LES CINQ TEMPLIERS DE JÉSUS

Né en 1950 à Paris, Didier Convard a suivi des études à l'École d'arts appliqués graphiques. Éditeur, scénariste de bandes dessinées et de téléfilms, il est également romancier. Il partage son temps entre Paris et la Champagne, où se trouve son atelier.

Paru dans Le Livre de Poche :

LE TRIANGLE SECRET

DIDIER CONVARD

Les Cinq Templiers de Jésus

Le Triangle secret **

MAZARINE / GLÉNAT

ISBN : 978-2-253-12566-2 – 1re publication LGF

La vie est l'ensemble des fonctions
qui résistent à la mort.

Xavier BICHAT.

PREMIÈRE PARTIE

Le voyage à Jérusalem

1

La première croix

Décembre onze cent sept.

La neige est venue avec la nuit, lourde, épaisse, recouvrant rapidement chaussées et toitures. Des cheminées s'élèvent de fines volutes de fumée que le vent tourmente. Au deuxième étage d'une haute bâtisse, une lueur filtre au travers des rainures d'un volet de bois.

Dans une petite pièce mansardée, un homme d'une quarantaine d'années écrit sur un parchemin, d'une plume lente et calme, s'appliquant à bien former ses lettres. Un brasero réchauffe la pièce emplie de rouleaux et de manuscrits ; une lampe à huile, posée sur un coffre, diffuse une lueur orangée que fait danser un léger vent coulis.

L'écrivain porte une robe épaisse et des mitaines. Il a le front dégarni ; les cheveux qui lui restent sont longs et lui tombent dans le cou, blonds et blancs. Ses pieds reposent sur un petit banc soigneusement ouvragé.

L'annulaire de sa main droite est orné d'une chevalière enserrant une pierre rouge que des éclats de lumière animent parfois de manière fugitive.

Concentré, serein, il ne cesse d'écrire sur le vélin épais. Ce sont ses mémoires qu'il rédige. L'histoire remarquable de cinq chevaliers partis trois ans plus tôt en quête du plus improbable des mystères… Cinq frères unis par un indicible Secret.

Il s'appelle Arcis de Brienne, compagnon d'Hugues de Champagne, d'Hugues de Payns, de Geoffroy de Saint-Omer et de Basile le Harnais.

Et il se remémore la terre ocre et brûlante de Jérusalem, son ciel étoilé, ses odeurs épicées… Le village des lépreux, le Tombeau.

Le Tombeau !

Sa main tremble un peu à cette évocation. À peine. Car il a appris à contrôler son émotion, contraignant son esprit et son cœur à ne pas se laisser envahir par des pensées qui l'ont ébranlé autrefois.

Désormais, il sait. Il a découvert la vérité, le mensonge de l'Église. L'imposture…

C'est pourquoi il écrit, penché sur son pupitre, ses yeux fatigués se plissant à chaque nouveau mot, son visage, aujourd'hui empâté, figé en un masque de cire.

Il fut maigre et anguleux. Le temps lui a recouvert les os d'une graisse qui lui donne l'allure d'un sénateur romain.

Derrière les volets, la neige étouffe le moindre bruit. Même le vent est muet. Ce silence engourdi convient à Arcis de Brienne qui s'abandonne à ses souvenirs. Ceux-ci s'imposent d'eux-mêmes, précis comme à leurs premiers jours.

Ses pensées ne peuvent se diriger vers Dieu, bien qu'il eût aimé le prier en cet instant. Son âme est désormais vide, écorce sèche ayant perdu sa sève lors de son expédition en Terre sainte. Une âme morte… La défroque d'une foi ancienne et fervente.

Aussi écrit-il, de peur qu'un jour sa mémoire défaillante n'oublie la dépouille d'un jeune homme aux poignets et aux pieds percés, au flanc blessé… Il s'écrit à lui-même. Cela le rassure un peu. Il écrit… Appliqué et méthodique, évoquant les quatre lettres que les Romains tracèrent sur un cartouche au-dessus de la croix de celui qui se fit passer pour le Christ :

I.N.R.I.

Iesus Nazarenus Rex Iudaeorum… « Jésus de Nazareth, roi des Juifs. »

Mais Arcis de Brienne, tout comme ses quatre compagnons, sait maintenant que ce monogramme cache un message occulte dont la révélation mettrait à bas les fondements de la Sainte Église.

Là, dissimulée sous ce vocable, repose la Clef de la Connaissance. L'Équation de l'immortalité.

*

* *

La silhouette progresse sur le faîte du toit de la demeure d'Arcis de Brienne, forme brouillée par la neige et le vent qu'une large cape transforme en un immense oiseau de proie. C'est en effet à cela que ressemble cette présence agile, défiant l'équilibre en se jouant des tuiles verglacées. Un capuchon dissimule son visage. Une hache est passée dans sa ceinture.

C'est un fantôme d'ombre qui vole d'un pan de toit

à un autre, s'accroche à une cheminée, se laisse glisser le long d'un des gouttereaux de la façade donnant sur la cour intérieure du logis, se réceptionne sur le balconnet d'une large fenêtre close par un contrevent de bois.

À ce moment, il marque un temps, reprend rapidement son souffle et dégage un poignard d'un fourreau pendant à sa hanche gauche. Il entreprend alors de faire sauter la gâche du volet. En moins d'une minute il a forcé le pêne, qui cède sans bruit.

Il pénètre dans la maison, emprunte un corridor obscur traversé par un courant d'air glacial, escalade comme un chat un escalier et se dirige vers la porte du bureau d'Arcis de Brienne sous laquelle filtre un rai de lumière, libère sa hache de sa ceinture, la saisit fermement de la main droite et, doucement, très doucement, pousse la porte de la main gauche.

Il observe l'écrivain assis de dos, penché sur son pupitre, son crâne brillant à la lueur de la lampe à huile. Il reste un instant sans bouger, embrassant la scène dans son ensemble, en repérant le moindre détail…

Arcis de Brienne entend sans doute craquer une latte du parquet ; il se retourne, pensant que c'est sa femme qui vient le retrouver. Il ouvre grands les yeux pour la voir, car il doit s'habituer à la pénombre de la pièce.

— Hélène ?

Mais cette forme ample n'est pas Hélène. Il ne voit pas réellement que le visiteur qui s'avance vers lui en deux enjambées tient une hache. Il ne comprend que trop tard. En un temps figé où l'arme s'élève au-dessus de lui tandis qu'il est pris à la gorge par une serre implacable. En une fraction d'éternité… La lame de lumière déchire l'espace. Arcis de Brienne étouffe, regarde le tranchant de la hache, s'entend hurler un cri de bête affolée.

Le hurlement envahit la maison et saisit Hélène de Brienne dans son sommeil. La femme se redresse sur son lit, tentant de saisir la réalité qu'un songe interrompu embue encore.

— Arcis !

Le cri de son époux a cessé brutalement. Hélène cherche la lanterne, le briquet sur le coffre, près du lit, puis donne de la lumière dans la chambre, se dirige vers la porte.

Un nouveau cri, plus faible. Pareil à un râle, une plainte de mourant.

Hélène a peur. Elle fait quelques pas dans le couloir, sa lanterne tendue devant elle, éclairant à peine. Ses pieds nus sur le dallage la font frissonner. Elle doit monter à l'étage, au bureau d'Arcis. Gravir les marches de bois aux échardes mordantes.

— Arcis…

Le froid. Un courant d'air violent. « Une fenêtre a été ouverte ! » Monter… Gravir cet escalier avec une boule d'angoisse logée dans la poitrine, l'estomac noué, les jambes lourdes.

Le palier. La porte du bureau d'Arcis est béante. Hélène approche, s'interdisant d'accélérer le pas. Un peu de lumière émane de la pièce. Une lueur chancelante qui dessine un rectangle pâle sur le plancher du couloir.

Elle entre dans le bureau, le cou en avant, attentive, inquiète.

— Arcis, mon chéri !

Son mari a été jeté hors de son siège et gît sur le sol dans une mare de sang au milieu de manuscrits et de rouleaux renversés, piétinés, déchirés.

Elle avance, ne se souciant pas des documents épars qu'elle foule, tout son être attiré par le corps étendu d'Arcis. Par le sang qui s'étale en corolle autour de lui.

Il a les yeux ouverts, mais ne la regarde pas. Il ne la verra plus jamais. Il est mort avec une expression de terreur qui lui déforme le visage. Sur son front ont été tracés avec son propre sang le chiffre 1, ainsi qu'une croix :

1 +

Puis Hélène découvre que le poignet droit d'Arcis a été sectionné. La main qui portait la chevalière à la pierre rouge a disparu.

Prise de dégoût, la femme ne peut retenir une bile âcre qu'elle vomit, secouée de spasmes. Essoufflée, effrayée, elle pense que le tueur peut encore se trouver dans la maison et elle craint maintenant pour sa propre vie. Saisie de panique, elle scrute l'ombre de la pièce et n'y découvre aucune présence. À peine rassurée, elle quitte le bureau, sa lanterne ouvrant devant elle une voie circulaire réduite. La maison entière est devenue menace.

Il lui faut redescendre au premier étage, emprunter le corridor et le second escalier qui mène à l'extérieur ; l'assassin l'attend-il dans un recoin de cette trop grande bâtisse ? Quel assassin ? Pourquoi s'en est-il pris à son mari en lui arrachant la main droite ?

En larmes, Hélène s'engage dans l'escalier. Elle

peine à respirer, les ténèbres versant du sable dans sa gorge. Chaque marche représente un effort, une douleur inouïe…

La nuit fouit les murs de chaux et s'anime d'effiloches macabres qui accompagnent la descente de la femme. Celle-ci atteint bientôt le palier du premier étage et, malgré l'angoisse qui lui broie le cœur, s'aventure dans le corridor.

Elle progresse à pas mesurés, le plus silencieusement possible. Elle se dit que, lorsqu'elle aura atteint le coude du couloir, elle se mettra à crier pour appeler au secours le voisinage. Il ne lui restera plus qu'à dévaler une volée de marches pour jaillir dans la rue. Mais, soudain, une porte s'ouvre brutalement et son battant la frappe à l'épaule, la projetant en arrière, lui faisant perdre l'équilibre…

Sa large cape happant quelques rapides lueurs de la lanterne d'Hélène, une silhouette noire bondit : une forme spectrale brandissant une hache ensanglantée dans sa main droite et le moignon d'Arcis dans sa main gauche.

Une fugitive flamme rouge s'allume à la chevalière du membre amputé.

Hélène évite le coup de hache. La lame blesse le mur juste au-dessus de sa tête, pratiquant une large saignée dans le plâtre. Le meurtrier se prépare à frapper une seconde fois, mais la femme, bien plus jeune que ne l'était son époux, se glisse en hâte dans le boyau du couloir, se jette dans l'escalier et dévale les marches en appelant à l'aide. Le tueur est sur ses talons, frappant autour de lui, détruisant la rampe, brisant les briques du mur, ahanant comme un bûcheron.

Hélène ne cesse de crier. Elle parvient aux dernières marches de l'escalier de bois. La tache de lumière de sa lampe danse une gigue folle. L'autre, le tueur, derrière elle, continue à fendre l'espace de sa hache.

Le vestibule. L'homme est presque sur Hélène. Encore trois ou quatre pas et il l'aura atteinte. Elle s'est légèrement retournée et comprend que son heure est venue si elle ne réagit pas.

Le tueur paraît ne faire qu'un avec l'ombre. Il semble que la nuit se matérialise en s'animant dans sa cape, dans son capulet, dans toute sa silhouette. La lame de la hache luit dans la lumière produite par la lampe à huile.

La lampe… Hélène la jette soudain sur son agresseur, qui la reçoit au bas de sa cape dont le tissu s'est collé à sa jambe droite. Tandis qu'il se débat contre les flammes, la femme parvient à sortir de chez elle pour déboucher dans la rue enneigée. La nuit grésille de flocons.

La jeune femme met de la distance entre elle et la porte de sa demeure. Des volets s'ouvrent aux alentours. La tête hirsute d'un gros homme bouffi de sommeil apparaît.

— C'est toi, Hélène, qui fais tout ce sabbat ? s'étonne-t-il.

De nouvelles têtes se penchent sur la rue où la fugitive, pieds nus dans la neige, tourne sur elle-même, poupée effarée qui cherche des yeux un salut.

— Arcis a été massacré dans son cabinet d'écriture ! lance-t-elle.

Le tueur sort de la maison. Il a défait sa houppelande en flammes, qu'il tient encore à la main et semble faire danser autour de lui, pareille à une aile de feu. Hélène recule par réflexe. Elle discerne vaguement le regard du démon sous son capuchon. Des yeux de chat qui semblent sourire.

L'homme brandit la main d'Arcis de Brienne comme un trophée et se débarrasse enfin de son manteau, qu'il abandonne sur la neige où, telle une flaque de sang noir, il achève de se consumer. Puis il prend la fuite, laissant Hélène transie de froid et de douleur, sanglotante et perdue. Car son vieil amour est mort. Son Arcis… Son si bon époux, qu'elle aimait plus qu'un père.

2

Le roi de Jérusalem

Jérusalem, trois ans plus tôt.

Une chaleur moite colle les vêtements à la peau. Le jeune Baudouin, roi de Jérusalem, frère de Godefroi de Bouillon, mort en l'an onze cent, consulte des plans en compagnie des chevaliers Bertrand et André. De grands feuillets ont été déroulés sur une table et le suzerain, à peine rasé, la sueur lui ruisselant dans le cou, laisse glisser un doigt paresseux sur les lignes tracées par l'un de ses meilleurs architectes.

La salle est vaste, et sur un côté de grandes ogives donnent sur une galerie extérieure ombrée qui conserve un peu de la fraîcheur de la nuit.

Fanions, oriflammes, bandières et gonfanons ont été tendus çà et là, signes orgueilleux de la présence des chevaliers croisés qui ont investi l'enceinte du Temple de Salomon, ainsi que ses dépendances où ils ont établi un retranchement solidement fortifié pour entreprendre des fouilles au pied de la maison chevêtaine et tout autour de la mosquée al-Aqsâ.

Depuis peu ont été mises au jour des ruines que les

ingénieurs ont datées de l'époque israélite. Chaque jour, des centaines de terrassiers s'échinent à creuser une terre rouge et dure sous les ordres de contremaîtres vigilants, attentifs à ce que pioches et pelles ne brisent pas une jarre antique ni n'effritent une statuette en or…

Les hommes chantent pour se donner du courage, la peau nue de leur dos cuisant sous le soleil, leurs mains devenant calleuses à force de manier de lourds outils, la gorge emplie d'une poussière épaisse que l'eau fraîche absorbée en quantité ne parvient pas à éliminer. Ils chantent cependant, mêlant leurs patois tels les ouvriers de Babel.

Le jeune Baudouin replie les plans et les abandonne sur un coin de la table, puis reprend une missive qu'il a déjà lue de nombreuses fois ces derniers jours.

— Avons-nous réellement besoin de l'appui des Champenois ? interroge-t-il en parcourant de nouveau le message. Leur comte Hugues est trop riche pour s'intéresser à des soldats du Christ tels que nous !

— Il nous faudra pourtant lui faire bonne figure, Sire Baudouin, dit Bertrand en souriant.

Un quatrième homme se tient en retrait près d'une épaisse tenture et semble ne pas vouloir participer à la conversation. Il s'agit de l'évêque Bucelin, légat du pape Pascal. Le regard absent, il s'applique à éplucher une orange avec un soin presque féminin, une moue dédaigneuse accrochée à ses lèvres fines.

— Une délégation l'attend à Ascalon depuis plus d'une semaine, précise André.

Le roi soupire et hausse les épaules en ironisant :

— Je crains qu'Hugues et ses compagnons ne viennent à Jérusalem que pour satisfaire à la mode des gens qui s'avisent de plaire à Dieu.

— Il arrive flanqué du chevalier Hugues de Payns, dont j'ai parfois entendu parler, précise Bertrand.

Baudouin renchérit :

— Moi aussi ! Et l'on fait grand mystère de ce singulier personnage dont Hugues, à ce qu'il paraît, ne se sépare guère.

— Au point qu'on dit qu'ils seraient frères, ajoute Bertrand. Enfin, Payns serait un bâtard du comte Thibaud, qui n'aurait reconnu qu'Hugues, le comte actuel, pour héritier ! Une rumeur qui a la peau dure en Champagne, où il est de notoriété publique que Thibaud aurait fait quelques infidélités à Adèle de Valois !

Baudouin va se lever. Il prend appui sur la table et reste un moment ainsi, courbé, regardant distraitement la missive frappée du sceau du puissant Hugues de Champagne.

— Soit, fait-il. Nous composerons avec ces gens-là. Après tout, le comte de Champagne est l'époux de Constance, la fille du roi Philippe… Il nous sera peut-être utile !

André s'est emparé d'un carafon et se sert une grande coupe d'eau qu'il porte à ses lèvres. Après avoir bu d'un trait et s'être essuyé la bouche d'un revers de manche, il dit en riant :

— Ma foi, si nous parvenons à défendre notre cause, nous pourrions lui demander quelques bienfaits !

— Sûr, souligne Bertrand en passant une main dans sa tignasse rousse à la recherche de poux. Notre garnison subit d'incessants assauts de bandes sarrasines ; hommes, armes et vivres seraient les bienvenus.

— Naturellement, souligne le jeune roi, nous sommes l'armée de Dieu… Une telle armée se doit de n'être point miséreuse !

Mais il regarde les cernes bleuis sous les yeux de ses compagnons, leurs joues maigres, leur peau craquelée, prématurément vieillie… Il voit des gueux qui se prennent pour des maîtres, des guerriers à l'adolescence à peine mouchée. « Et ils sont tous ainsi, pense-t-il. Tous mes chevaliers, mes capitaines, mes preux. Tous mes croisés ! Une bande d'aventuriers que la fièvre décime. »

— Sire…

Baudouin se retourne sur l'évêque :

— Oui, Monseigneur ?

Le légat glisse quelques mots à l'oreille du jeune roi de Jérusalem, de manière à n'être pas entendu d'André et de Bertrand.

Baudouin s'excuse en souriant à ses amis :

— L'évêque, dont nous apprécions tous la discrétion, souhaite s'entretenir avec moi en privé. Continuez à consulter les derniers relevés de nos architectes en m'attendant.

Le légat et le souverain quittent la pièce pour emprunter la galerie extérieure. Ce péristyle court le long du bâtiment ; Baudouin en apprécie aussitôt la fraîcheur. Il a emboîté le pas au prélat et se distrait à le voir poser avec une attention ridicule un pied devant l'autre à la manière d'un funambule marchant sur une corde tendue au-dessus d'un abîme imaginaire.

Une odeur poivrée de sueur accompagne l'évêque.

— Vous ne vous départirez donc jamais de vos airs

de conspirateur, Bucelin ? J'imagine de quel sujet vous allez encore m'entretenir.

— Notre mission, Sire…

Les chants des terrassiers parviennent jusqu'à eux. Une voix forte donne le ton et rythme la cadence. Les sifflets des contremaîtres achèvent de ponctuer ce branle envoûtant.

— Notre véritable mission ! reprend le légat. L'entreprise secrète que dissimule cette croisade…

— Je fais tout pour m'en acquitter, et vous pourrez en rendre compte au pape. J'ai repris avec zèle l'enquête de mon regretté frère Godefroi.

La galerie donne sur la cour des écuries. Un escalier se présente aux deux hommes, qui l'empruntent et marquent un arrêt à son sommet. De là ils entrevoient un peu du chantier. Une grue accrochée à un édifice élance ses montants de bois dans un ciel presque blanc. Le chant des ouvriers se fait plus présent, et l'on perçoit maintenant des respirations rauques qui le rendent douloureux.

— Je n'ai aucun reproche à vous adresser, Sire. Rien n'a transpiré de notre opération. Le Saint-Sépulcre délivré demeure un leurre idéal tandis que nous cherchons le tombeau de l'Imposteur.

— Je devine votre hâte à le trouver, mais nos ouvriers creusent sans cesse et…

Ils descendent l'escalier menant dans une cour où des palefreniers et de jeunes écuyers soignent les chevaux. L'odeur de crottin et de pissat prend Baudouin au ventre. Il s'en repaît un instant, se rappelant les remugles de la ferme où il aimait traîner lorsqu'il était enfant.

Son enfance… Elle ne lui apparaît plus qu'épisodiquement, s'étiolant en souvenirs déchirés, recouverte de sang, de cris et de pleurs. Recouverte par la guerre.

— Qu'alliez-vous me dire, Sire ?

— Oui…, reprend le roi. Je me demande parfois si le secret dont j'ai hérité n'est pas un mythe ! Vos clercs pourraient s'être trompés, avoir commis une erreur de traduction.

Bucelin s'emporte :

— Non, Baudouin, non ! L'Église doit impérativement découvrir le Tombeau et faire disparaître la dépouille qui s'y trouve. Voulez-vous que les fondements mêmes de la chrétienté soient réduits en poussière ? Là, quelque part dans Jérusalem, repose un cadavre portant les marques de la crucifixion : les restes de Thomas, qui a subi le supplice à la place de son frère Jésus !

Le jeune roi porte une main à son front.

— Comme j'aurais aimé ne jamais être initié à ce savoir ! se plaint-il.

— Je voulais vous dire… Ce sont sans doute les Champenois que nous attendons qui nous mèneront à la tombe maudite.

— Par mon âme ! Et comment ?

Le légat applique une main ferme sur l'épaule de son souverain et lui impose son pas en le poussant doucement. Ils traversent la cour des écuries et se dirigent vers le chantier.

— Je vais vous expliquer, dit Bucelin. Je demande à être informé de leurs moindres faits et gestes dès qu'ils seront dans la ville.

— Ah, c'est donc cela ! Ce seraient des espions, n'est-ce pas ? Que craint vraiment notre Sainte Mère l'Église si un inconnu découvre la tombe de Thomas ? Ne m'avez-vous pas tout dit, Monseigneur ?

— Vous devez savoir, en effet…

Ils traversent un jardin éventré. Des hommes charrient des paniers emplis de gravats ; ils portent leur charge au bout de cordes passées à leurs épaules, protégeant leur chair par des pièces de cuir. À la base d'une muraille, une galerie a été creusée. On en a étayé l'ouverture par un complexe assemblage de charpentes et d'empoutreries qui pourrait paraître rudimentaire et grossier au premier coup d'œil. Mais en y portant un peu d'attention, on remarquerait que les architectes ont accompli des prouesses avec une grande économie de moyens et d'empiriques connaissances.

Un ingénieur et un abbé consultent des relevés.

Bucelin poursuit :

— Thomas aurait partagé sa tombe avec… avec son frère Jésus, qui se serait caché des Romains pendant trois jours dans les ténèbres du sépulcre !

— Le Christ serait resté avec le mort ? réagit vivement Baudouin. Cela ne change rien à notre affaire ! À moins que…

— À moins que le Christ n'ait laissé une trace de son existence, scande le légat. Une chose qui, si elle était découverte, témoignerait d'une vérité qui mettrait l'Église en péril.

— Je comprends : une preuve supplémentaire qu'il nous faudra soustraire au regard des profanes !

— En effet, lance le prélat. Nous devons tout effacer ! Tout ! Et brûler les restes de Thomas. Pour le monde chrétien, Jésus est mort et ressuscité. Il est passé de l'ombre à la lumière parce qu'il était fils de Dieu, né d'une Immaculée Conception. Rien ne doit être écrit autrement !

Baudouin s'arrête de marcher. Le souffle lui manque. « Cette chaleur ! Cette maudite fournaise ! »

— Et les Champenois ? demande-t-il d'une voix sèche. Quel rôle jouent-ils ?

Bucelin regarde par-dessus son épaule. À droite puis à gauche. Ils sont loin de l'ingénieur et de l'abbé, qui relèvent des cotes. Il peut donc délivrer ce secret qui le hante et le taraude :

— Ils se disent héritiers d'une antique tradition, légataires du Christ ! Mes clercs affirment qu'ils sont en possession d'informations qui les mèneraient directement à la tombe maudite. Feu le pape Urbain II, originaire de Champagne, avait récolté auprès d'eux quelques indiscrétions et avait cru, en lançant sa croisade, qu'il trouverait sans peine le lieu où Thomas a été enseveli, éliminant de la sorte les indices qui déstabiliseraient la chrétienté. Nous pensions que c'était ici.

— Mes ingénieurs n'ont trouvé que quelques galeries effondrées, souligne Baudouin. Les vestiges de l'ancien Temple de Salomon.

Bucelin hoche sa tête d'oiseau et cligne des yeux. Un éclat de soleil provenant d'une pioche vient de le gifler.

— Le comte Hugues de Champagne et le chevalier Payns travailleront pour nous ! dit-il. Ils viennent en Terre sainte pour nous empêcher de mettre la main sur ce que le Christ a laissé dans la tombe de Thomas.

— De quoi s'agit-il, Monseigneur ? s'impatiente Baudouin.

L'évêque détache chaque syllabe de sa réponse :

— Cela a rapport au suaire de l'Imposteur !

— Son suaire ? lance le jeune roi. Un vulgaire morceau de tissu dans lequel Thomas a pourri !

— Il n'y a pas que cela, Sire, articule Bucelin. Il y a bien pire ! Ce suaire contient un mystère innommable !

3

Les cinq chevaliers

La nuit.

Une énorme kogge au ventre pesant et au bordage lisse, arborant ses fanions marqués d'une croix, ses six voiles carrées gonflées prenant le meilleur vent, cingle à bonne vitesse sur une mer houleuse dont elle fend les vagues en les tranchant de plein front. À ses haubans se balancent quelques fanaux cerclés de halos jaunes, lucioles fragiles dansant entre ciel et mer comme des étoiles basses.

Geoffroy de Saint-Omer quitte le pont, où il vient de vomir. Il dévale lourdement les quelques marches qui mènent à la coursive aux parois trop fortement inclinées, en s'essuyant les lèvres avec un pan de son manteau.

Il fulmine, le teint vert, les yeux révulsés. « Houle, roulis, tangage… Comment peut-on supporter un tel traitement sans recracher tous ses boyaux ? »

L'homme a dépassé la trentaine depuis peu, mais un fort embonpoint gonfle sa chemise. De taille moyenne, il est bâti comme un ours. De solides épaules, des mains vigoureuses, un cou épais. Il a de petits yeux fendus, un nez marqué qu'une ancienne rixe a cassé, des cheveux châtains rejetés en arrière.

Le plancher semble se dérober sous lui à chacun de ses pas. Il ne cesse de jurer en cherchant à reprendre son équilibre, battant des bras en de grotesques moulinets.

— Tu es ridicule, Geoffroy ! lui lance une voix.

Une porte vient de s'ouvrir et Basile le Harnais, tenant une lanterne en main droite, ne peut s'empêcher de rire au spectacle que lui offre son ami.

— Ridicule ? reprend Geoffroy. C'est donc ainsi que je mourrai ! Il a fallu que je libère mon estomac par-dessus le bastingage. Si je poursuis ce régime, je n'aurai bientôt plus que la peau sur les os !

— Mon pauvre ami ; tu n'as pas cessé de cracher ta bile à la mer depuis que nous sommes montés sur ce navire.

Basile s'est approché et a pris le bras du malade en ajoutant :

— On n'attend plus que toi ! Le comte s'impatiente.

— Par Dieu, comment faites-vous pour ne point souffrir du mal de mer ?

— Sans doute choisissons-nous une nourriture légère qui ne nous pèse pas sur le cœur. Je t'ai conseillé mille fois de ne prendre que de la soupe ; un bon bouillon de légumes. Vois-tu ce qui arrive à t'empiffrer de lard et de poissons gorgés de saumure ? Sans compter les chopes d'hydromel que tu ingurgites du matin au soir !

— Sage Basile et ses conseils avisés !

Basile le Harnais peine à soutenir Geoffroy, quoiqu'il soit solide et sec comme du vieux bois. Le cheveu rare, la barbe poivre et sel, le visage long, pareil à une lame, il a conservé d'une mauvaise fièvre des tavelures sur sa peau parcheminée malgré ses trente-neuf ans.

Après maints efforts, les deux chevaliers parviennent enfin à pénétrer dans le carré où les attendent Hugues de Champagne, Payns et Arcis de Brienne.

Arcis est occupé à étendre soigneusement une étoffe blanche sur un coffre de bois qu'il orne ensuite de trois petits candélabres portant chacun une chandelle de suif de bœuf allumée.

Dès que Basile a refermé la porte, le comte lui demande :

— T'es-tu assuré qu'il n'y a personne dans la coursive ?

— La plupart des pèlerins dorment, et les marins de veille sont aux manœuvres, le rassure Basile alors que Geoffroy se laisse tomber sur un banc qui craque à se fendre.

Le comte a vingt-sept ans. Il est de grande taille et solidement charpenté, avec un visage carré et jovial qu'illumine un regard clair, très gai. Avant son départ, il s'est fait raser entièrement la tête ; un duvet blond repousse maintenant en brosse sur son crâne.

Se tournant vers Payns, il propose :

— Commençons-nous, frère ?

Payns ne répond pas immédiatement. Il porte son regard sur Geoffroy et hoche la tête, une moue réprobatrice étirant ses lèvres minces.

— Si notre malade peut tenir debout, nous pourrons en effet procéder à la cérémonie, reproche-t-il.

Geoffroy émet un grognement de chat et, désireux de prouver aux siens qu'il ne manque pas de courage, se dresse de son banc pour tenter de conserver une station verticale et digne en dépit des mouvements contrariants du navire.

Payns vient à lui, pose une main sur son front et constate :

— Tu es brûlant.

— Pourtant, dit Geoffroy, je sens de la glace couler dans mes veines. Regarde, j'ai la tremblote !

— Ferme les yeux un instant, lui commande Payns d'une voix soudainement douce et grave. Ferme les yeux comme si tu avais l'intention de t'endormir !

Les trois autres chevaliers se sont tus pour observer la scène.

Payns est long, sec, musclé. Son corps entier indique une hygiène de vie rigoureuse faite d'exercices physiques, de méditation et de jeûne. Ses yeux sont si bleus, si pâles, que parfois son regard semble être celui d'un mort. Intense, cependant, ce regard profond dans lequel brûlent, fugitives, des flammes blanches.

Sa chevelure épaisse est taillée haut sur sa nuque et brille d'éclats d'or.

Geoffroy a clos ses paupières. Payns lui enserre le front de ses doigts fins et dit :

— C'est ainsi que pratiquait ma sœur aînée… Elle posait ses doigts sur mon front quand mon estomac souffrait d'embarras. Puis elle faisait descendre ses doigts le long de mon visage, de ma gorge, de ma poitrine, pour les poser sur mon ventre.

Tandis qu'il parle, Payns répète les gestes d'une sœur tant aimée et morte trop jeune. Clotilde…

Le vaisseau geint dans tous ses bordages ; c'est le seul bruit qui emplit désormais le carré. Payns presse l'estomac de son ami et le masse lentement en décrivant de petits cercles. Puis il se met à murmurer des phrases que nul ne saisit tant elles sont dites à voix basse. Elles sont cependant scandées en une étrange mélopée gutturale, et les chevaliers pensent tous qu'elles appartiennent à une langue qui leur est inconnue.

— Rouvre les yeux, ordonne Payns à Geoffroy.

— Par Dieu, que m'as-tu fait ? Je vais nettement mieux… As-tu remis toute ma boyasse en place ? Tu es un véritable sorcier, Payns. Je n'ai plus cet affreux goût de bile dans le gosier ni cette colique qui me tiraillait la panse !

Payns se force à sourire. Son visage sévère se crispe. Mais si vivement que cela n'a paru qu'un mirage.

— Nous pouvons commencer, Hugues, dit-il.

De l'un de ses bagages, le comte sort alors un coffret de bois ferré à ses coins et fermé par une serrure grossière. Il dépose l'objet sur l'autel improvisé.

Les chevaliers forment un demi-cercle dans cette cabine devenue laraire, uniquement éclairée par les trois chandelles et une lanterne déposée au bas de la porte.

— Unissons-nous, frères, énonce le comte Hugues avec solennité en plaçant ses mains sur le coffret. *Puisqu'il est l'heure et que nous avons l'âge, ouvrons nos travaux…*

Les quatre autres chevaliers portent la main droite à leur poitrine, paume posée sur le cœur, et inclinent la tête tandis que Payns ajoute :

— À la gloire du Premier. Pour la lumière de sa Parole. Qu'I.N.R.I. nous illumine !

Hugues se prépare à ouvrir le coffret. Il a glissé une clef dans la serrure.

Les chevaliers laissent leur main droite retomber le long de leur corps.

Le couvercle du coffret ouvert, Hugues prononce ces mots :

— *Igne Natura Renovatur Integra.*

Aussitôt, Payns ajoute :

— Par le Triangle, l'Hexagramme, l'Omega, la Croix et le Tau…

— L'heure est venue de prêter serment et de faire alliance avec la Tradition, dit Hugues. Êtes-vous prêts, frères ? Vous engagez-vous à offrir votre vie à l'Œuvre ?

D'une même voix, les chevaliers répondent :

— Nous nous y engageons !

Le coffret contient cinq bagues dans un écrin de velours, toutes ornées d'une pierre rouge. Religieusement, avec des gestes empreints de gravité, le comte de Champagne dépose chaque bague sur le drap blanc. La flamme des bougies avive soudainement leur éclat.

— Puisqu'il en est ainsi, dit Hugues, passons ces chevalières à notre doigt et prononçons le serment…

Rituellement, en silence, il distribue quatre des bijoux à ses amis et glisse le cinquième à son annulaire.

Tous les hommes élèvent ensuite le bras droit tendu vers les trois candélabres.

— Moi, Hugues de Champagne…

— Moi, Hugues de Payns…

— Moi, Basile le Harnais…

— Moi, Arcis de Brienne…

— Moi, Geoffroy de Saint-Omer…

Un temps. Le comte regarde ses compagnons tour à tour avec une tendre amitié et dit :

— Je jure solennellement de préserver le Secret du Fils de la Lumière et d'empêcher quiconque de s'en emparer pour le détourner au profit de funestes intentions… De combattre les adversaires de la Tradition. Et, si cela doit être, de renaître de la mort pour chasser éternellement mes ennemis par-delà les siècles. Je le jure !

Quatre voix mêlées répètent :

— Je le jure !

L'écho de leur serment s'est à peine estompé que Payns se retourne vivement.

— N'avez-vous pas entendu ? Il y a quelqu'un derrière cette porte !

Il a traversé la cabine en dégainant son épée et ouvre la porte sur l'ombre de la coursive, dans laquelle il plonge comme un fauve.

Dans ses pas, Arcis, qui a pris la lanterne pour lui donner de la lumière, s'étonne :

— En es-tu certain ? Ce n'était peut-être qu'un rat comme il en grouille tant dans ces cales !

Mais Payns a le temps d'apercevoir le bas d'une cape qui s'envole dans l'escalier menant au pont. Une forme vague, pareille à une aile noire.

— Un gros rat, dans ce cas ! raille-t-il en gravissant quatre à quatre les marches à son tour.

Le pont. La nuit s'y étend, épaisse. Seule une lumière provient du château avant.

— Allons, dit Arcis essoufflé, il n'y a personne.

— Tu l'as vu dans l'escalier, n'est-ce pas ? Une cape noire…

— Non, je n'ai rien vu. Nous étions tous très émus et sans doute ton imagination t'aura-t-elle joué un vilain tour. Nous manquons de sommeil, peu habitués que nous sommes à vivre sur un navire qui danse trop à notre goût.

— Cependant, poursuit Payns, je suis persuadé de l'avoir entendu. Ses bottes sur les marches de bois…

D'un bastingage à l'autre, rien ne bouge. Payns rengaine à regret son épée. Arcis lui prend le poignet et le rassure :

— Nous serons rapidement à Ascalon et nous aurons bientôt rejoint Jérusalem pour y accomplir promptement notre mission.

— Tu nous as accompagnés sans élan, mon ami.

— Au contraire ! Mais j'avoue qu'Hélène, ma jeune épouse, me manque. Plus vite nous en aurons terminé, plus vite je serai dans ses bras.

Il sait bien qu'Hélène sera patiente. Elle lui a offert son amour et son adolescence. Elle lui a fait don de ses seize ans pour l'accueillir en sa chair et en son cœur comme un amant paternel.

— Viens, Payns, redescendons.

Payns ne peut s'empêcher de scruter une dernière fois le pont, certain de ne pas avoir été le jouet d'un mirage. Il y avait réellement une présence derrière la porte de la cabine. Quelqu'un qui a certainement entendu leur serment.

Payns suit Arcis qui éclaire l'escalier de sa lanterne. « Une présence néfaste… »

Le chevalier s'interdit d'avouer à son compagnon qu'il est souvent capable de percevoir ce que tous ses semblables ignorent. Son esprit parvient à fouiller l'invisible maillage des âmes qui l'entourent. Dans l'impalpable tissu du présent, il isole parfois une impression extérieure, un sentiment lointain…

Et là, cette nuit, il a senti le Mal l'effleurer.

*
* *

Neuf jours plus tard, sur le pont de la kogge, la plupart des pèlerins se pressent au bastingage du côté est pour voir Ascalon émerger d'une brume de chaleur qui la rend presque irréelle.

— On dit que les Francs de Godefroi de Bouillon ont massacré plus de dix mille personnes lors de la première attaque de la ville, déclare Arcis de Brienne, qui a rejoint Geoffroy de Saint-Omer près du château avant d'où le capitaine du navire commande la manœuvre d'approche.

— Oui, j'en ai entendu parler, dit Geoffroy que les nausées ont repris, cependant moins embarrassantes depuis que Payns le soigne en lui massant le ventre et en psalmodiant de mystérieuses formules.

— La cité est actuellement gouvernée par un certain Chams al-Khilafa qui ne la tient en main qu'avec le secours de Baudouin. Un équilibre précaire qui risque de se briser d'un jour à l'autre.

Le comte Hugues intervient :

— Le roi de Jérusalem a installé une garnison de trois cents hommes afin de soutenir Chams al-Khilafa, qui s'est vendu pour sept cents dinars. La population ne lui a jamais pardonné cette trahison. Il a d'ailleurs échappé à de nombreuses tentatives d'assassinat et se terre désormais dans son palais.

Arcis reprend :

— Cette ville est prête à s'embraser ; nous ne nous y attarderons pas. Les Égyptiens y sont encore nombreux, et c'est parmi eux que les Fatimides forment des groupes armés prêts à investir le refuge de leur gouverneur.

— La politique ! soupire Geoffroy. Je n'y entends pas grand-chose.

— Ascalon constitue un point stratégique d'importance, mon ami, précise Hugues.

— Elle représente surtout la terre ferme ! s'exclame Geoffroy en observant les brumes se dissiper sur le port.

Payns et Basile sont montés à leur tour sur le pont. Plus bas, dans la cale, les écuyers des cinq chevaliers achèvent de réunir les bagages de leurs maîtres : besaces en grosse toile, bissacs en peau de mouton, sacoches en cuir…

Payns ouvre grands les bras et aspire longuement l'air tiède et salé, dont il emplit généreusement ses poumons.

— Comme cela sent bon ! dit-il. Comme cela nous change de notre froide Champagne !

Arcis le tempère aussitôt :

— Quant à moi, je trouve que cela sent plutôt le sang ! Celui des Arabes, des Juifs et des Francs.

— Sans doute, mon ami, poursuit Payns, mais c'est dans le sang que s'écrit l'Histoire. Je veux parler de celle qui est vérité à prendre comme religion. Nous devons nous en accommoder si nous tenons à déjouer le mensonge de l'Église.

Puis Payns laisse retomber ses bras. Il se tourne vers les pèlerins impatients d'atteindre le port pour descendre du navire et fouler la Terre sainte.

« Il est parmi eux… le Mal ! Il se dissimule dans cette foule ! »

4

Fiat voluntas tua

À l'ombre de l'une des tentes adossées aux murs d'un entrepôt, deux chevaliers achèvent leur toilette. L'un, âgé d'une trentaine d'années, le cheveu blond, les joues creuses et mal rasées, les oreilles légèrement décollées, inspire immédiatement la sympathie. Il s'asperge joyeusement le torse avec l'eau puisée à grosses et généreuses brassées dans un baquet. Le second, plus âgé, plus sombre, de taille imposante, la peau recuite par le soleil, un bouc noir agressant son menton pointu, enfile sa broigne faite d'une grosse toile bardée de cuir. Il désigne le vaisseau qui vient de s'amarrer à quai, et ne dissimule pas une certaine hostilité pour annoncer :

— Voici tes amis, Sylbert. Les avons-nous assez attendus ! J'ai hâte de regagner Jérusalem.

Le premier, s'ébrouant, regarde à son tour en direction de la kogge et souligne :

— Tu ne portes pas les Champenois dans ton cœur, Longmaur. Cela se devine rien qu'au ton de ta voix.

— Ma foi, je ne te cache pas que j'aurais préféré

les avoir avec leur armée auprès de nous lors de la prise de la Ville sainte. Nous aurions sans doute perdu moins de bons compagnons.

Sylbert s'habille en hâte, pressé d'aller accueillir leurs hôtes. Longmaur prend manifestement tout son temps pour nouer sa ceinture, harnacher le fourreau de son épée et enfiler ses chausses.

De la passerelle jetée du navire descendent par petits groupes pèlerins, abbés, moines et chevaliers.

— Je vois mon cousin Sylbert, dit Payns en pointant du doigt l'échassier qui vient à eux en courant, tignasse en brousse et bras battant l'air pour être distingué par les nouveaux arrivants.

— Je le reconnais. Une bien maigre ambassade ! remarque sèchement le comte.

— Baudouin doit être déçu de ne recevoir que cinq pèlerins accompagnés d'une poignée d'écuyers, souligne Payns ; sans doute aurait-il préféré que le comte de Champagne voyage à la tête d'une troupe importante !

— Pour tous, nous venons ici à titre privé. Et c'est mieux ainsi.

Les cinq chevaliers sont accompagnés chacun d'un écuyer. À peine posent-ils le pied sur le quai que Sylbert se précipite sur le comte, auquel il tend les bras en un geste amical.

— Messire Hugues, je suis bien aise de vous serrer contre moi.

— Il en est de même pour moi, frère. Un visage ami est un réconfort pour qui débarque sur cette terre inconnue. D'autant que je ne suis guère habitué aux voyages.

Puis Sylbert, le chaleureux Sylbert se jette littéralement sur Payns pour l'embrasser, lui dévorant les joues tant il y met de cœur.

— Mon cousin ! Mon bon cousin ! Quel beau jour que celui-ci, n'est-ce pas ? Cela fait bien trois ans… Non, quatre… Oui, quatre ans que nous ne nous sommes vus ! Et tu n'as guère grossi. Te nourris-tu toujours de châtaignes, d'eau de pluie et de pain sec ?

Payns a pris Sylbert par le cou et se laisse étreindre par cet homme de bonté, si exubérant soit-il.

Arcis, Geoffroy et Basile, légèrement en retrait, s'amusent au spectacle de cette scène et sourient malgré leurs mines brouillées, fatiguées par la traversée. Quant aux écuyers, ils ont déposé leurs lourds bagages sur le sol pour attendre sans s'épuiser en vain que cessent ces interminables effusions.

Sylbert conduit alors le groupe vers les tentes des croisés venus les attendre. Certains commencent à apprêter les chevaux. Longmaur n'a pas bougé et regarde avec mépris les Champenois approcher.

Payns et le comte Hugues marchent au pas de Sylbert. À voix basse, de manière que les valets ne l'entendent pas, Payns interroge son cousin :

— Les recherches de Baudouin progressent-elles ?

Sylbert hausse les épaules.

— Ses ingénieurs et ses terrassiers ne cessent de fouiller le Temple, persuadés qu'ils sont employés à chercher les trésors de Salomon… Ils ont récolté quelques bibelots en or. Des urnes et des vases. Pour tous, le Tombeau du Christ a été libéré. Mais Bucelin, le légat du pape, ne cesse de presser le roi afin que soit mis au jour le caveau de l'Imposteur.

— Le pape Pascal meurt d'envie de nous prendre de vitesse, souligne Hugues.

— Il est évident que Bucelin connaît la raison de votre venue, précise Sylbert.

— Nous devrons agir avec beaucoup de discrétion et nous méfier des croisés, recommande Payns.

À contrecœur, Longmaur se décide à quitter sa tente pour témoigner un peu de politesse aux Champenois.

Aussitôt Sylbert chuchote :

— Plus un mot, voici le chevalier Longmaur, un fidèle de Baudouin. Un brave soldat aussi subtil qu'une huître ! J'étais à ses côtés lors de la prise de la Ville sainte ; cet homme est un véritable boucher… Il a débité ses adversaires mieux que ne l'aurait fait un équarrisseur. Ah, il fallait le voir patauger dans le sang, éventrant et tranchant hommes, femmes et enfants ! Infatigable et besogneux ! Et satisfait de son ouvrage…

Parvenu à leur hauteur, Longmaur salue les voyageurs :

— Soyez les bienvenus, messires. Vos chevaux sont prêts ; nous partons immédiatement. Aucune raison de nous attarder dans ce nid infesté d'Égyptiens.

Basile soupire et porte une main à son front. Geoffroy s'en inquiète :

— Tu ne te sens pas bien ?

— J'aurais aimé me reposer un peu avant de monter à cheval. J'ignore ce qui m'arrive… Je me sens las, en effet.

— Donne-moi le bras, lui dit Geoffroy, le lui prenant d'office.

Les hommes pénètrent dans l'enclos aux chevaux.

Arcis, qui observe Payns depuis quelques minutes, lui demande :

— Tu n'arrêtes pas de regarder par-dessus ton épaule comme si tu avais un fantôme à tes trousses !

— C'est le cas ! L'homme de l'autre nuit a dû débarquer avec nous, et…

— Allons, Payns ! le sermonne Arcis. Tu es le seul à l'avoir entendu. Tu n'es même pas certain de l'avoir aperçu.

Les écuyers arriment les bagages de leurs maîtres aux bâts de trois mules dociles.

Plus loin, lovée dans l'ombre du porche d'une maison lépreuse, une silhouette encapuchonnée regarde les cinq chevaliers monter en selle. Cette forme a posé sa main droite sur le manche d'une hache passée dans sa ceinture et prononce :

— *Fiat voluntas tua*[1] !

Puis la main droite gantée de noir abandonne le manche de la cognée. L'inconnu se signe lentement, dessinant une croix imaginaire en partant de son front. Quatre points marqués avec précision, appuyés, nets.

— *Fiat voluntas tua !* répète la silhouette.

---

1. Que ta volonté soit faite !

5

Le cauchemar de Sylbert

La troupe a quitté Ascalon pour prendre la direction de Beth Guvrin, où il a été prévu qu'elle ferait une courte halte avant de repartir pour Jérusalem.

Les cinq chevaliers champenois chevauchent en groupe, Payns s'en détachant légèrement pour parler avec son cousin Sylbert sans cesser de jeter de furtifs coups d'œil à Basile le Harnais qui semble souffrir le martyre sur sa monture, dodelinant de la tête, s'épongeant le front de sa manche et tentant malgré tout de faire bonne figure en grimaçant des sourires torturés.

— Cousin, j'ai remarqué ta chevalière, dit Sylbert, tout comme je l'ai vue à la main de nos amis ; elles seront bientôt dotées toutes les cinq d'un redoutable pouvoir.

— Plus bas, mon ami, le reprend aussitôt Payns. Oui, oui… Un pouvoir que nous avons juré de préserver au risque de nos vies. Trop de mouches sont déjà attirées par l'éclat de ces rubis et tournent autour avec avidité.

— Pardi ! L'enjeu est de taille. Avec cette force, le Premier, notre maître, aurait pu tenir le monde dans sa paume ! Je dois t'avouer quelque chose… Il m'arrive de me réveiller en sursaut, la nuit, pris par un épouvantable cauchemar qui me déchire les tripes à m'en faire vomir.

Sylbert est pâle, soudain.

C'est d'une voix légèrement tremblante qu'il poursuit :

— Et cela, depuis que j'ai été mis dans la confidence ! Le jour de mon initiation. Un cauchemar qui semble si vrai que je dois à chaque fois allumer une chandelle et m'assurer que je suis bien sur ma paillasse, que je respire et que tous mes membres sont en état de fonctionner comme la Nature leur en a donné le pouvoir.

Payns dissimule son impatience. Il aime trop son cousin pour lui reprocher la longueur de ses récits et leurs redondances souvent comiques.

Sylbert reprend après avoir aspiré une longue goulée d'air :

— C'est un songe bien étrange, en vérité. Je suis seul… Seul dans un cimetière boueux battu par une pluie glacée. Les tombes s'enfoncent dans une vase détrempée, leurs croix se brisant toutes sous les assauts de la tempête. Moi, je marche avec peine dans le limon noir et spongieux qui retient chacun de mes pas, me forçant à produire de gros efforts pour progresser jusqu'à une fosse béante. Une puissance invisible me contraint à me rendre devant cette sépulture dans les hurlements de la tourmente qui charrie des cris, des lamentations et des prières psalmodiées dans une langue inconnue. Mais je te le répète, Payns, je suis seul. Les vociférations, plaintes et braillements sont gueulés par les morts que la boue avale !

Le jeune homme marque un temps. Ses lèvres se pincent, une larme coule sur sa joue. Payns feint de ne pas l'avoir vue. Il a détourné vivement le regard pour examiner Basile le Harnais, en souffrance sur son cheval qu'il maîtrise avec peine.

Sylbert poursuit :

— Lorsque je suis parvenu au bord de la tombe, je me baisse lentement, déjà effrayé à l'idée de ce que je vais y découvrir. Et je vois ! Je vois le cadavre pourrissant de l'Imposteur qui me regarde de ses yeux d'encre. Et me sourit ! Puis se redresse, les os saillant de sa chair qui tombe en lambeaux. Ses mains et ses pieds sont percés ; des asticots grouillent dans leurs plaies. Je voudrais hurler, appeler au secours, fuir... Cependant, je demeure là, immobile. Le mort se dresse maintenant face à moi, me présente ses membres torturés et me murmure : « Je suis celui qui détient le Secret de son frère ! », et il pose une main froide sur mon front pour y tracer un signe de croix.

— Tu as l'esprit bien encombré dans ton sommeil, cousin ! sourit Payns en donnant à sa voix un ton rassurant.

— Tu te moques ! Ne penses-tu jamais que notre mission peut attirer sur nous une quelconque malédiction ?

— Au contraire ; nous cherchons à préserver les hommes d'un pouvoir qu'ils utiliseraient comme une arme effrayante. Notre maître, le Premier, a préféré sceller cette connaissance dans la glaise et il a agi avec intelligence. Qui se servirait de sa science par cupidité ouvrirait les portes de l'enfer.

— Sans doute… Oui, sans doute, par ma foi ! souffle Sylbert.

Payns approche son cheval tout près de celui de son cousin et se penche en avant pour dire très bas :

— Ne te torture pas ainsi. Cela fait plus de dix siècles que notre confrérie veille.

— Bien sûr ; n'empêche, cette fois, la menace est chaude !

— Oui, le pape ! admet Payns en tournant la tête par-dessus son épaule. La menace viendra de lui… si elle n'est déjà là !

Le Champenois scrute la route, plissant les paupières à cause de la poussière de sable soulevée par la caravane.

Le comte Hugues lui lance :

— Tu vas te dévisser le cou à jouer ainsi au dindon ! Tu cherches encore le fantôme de la kogge ?

— Notre ami Payns n'a point pour habitude d'abandonner une idée qui lui trotte dans la tête, renchérit Geoffroy de Saint-Omer.

Payns hausse les épaules et laisse glisser sur lui la vague de railleries de ses compagnons, qui joutent entre eux en rivalisant d'humour. Même Basile le Harnais, malgré la fièvre, s'est lancé dans le jeu. Sa langue est agile dans ce genre d'exercice.

Au bout de quelque temps, Sylbert intervient, venant à l'aide de Payns et s'étonnant :

— Tu ne leur réponds rien, cousin ? Ils sont en train de te fariner le museau et tu ne bronches pas !

— Que veux-tu que je leur dise ? lui répond le

Champenois. Que, malgré leurs grands airs et leur embonpoint pour certains, ils ne sont que de fragiles donzelles ? Tiens, prends Geoffroy, par exemple ; ce gros ours courtaud a vomi tout le long de notre voyage, son estomac chamboulé du matin au soir. Tu l'aurais vu se lamenter et pleurnicher ! Et Arcis : ce docte et grave scribe, qui se targue d'être le plus intelligent d'entre nous, s'est plaint tous les soirs d'avoir laissé sa jeune épouse au village. Tu ne croirais jamais qu'il se conduise en amoureux éploré ! Vois Basile : ce solide chevalier que le célibat a asséché comme une vieille branche, trop habitué aux terres humides de Champagne, souffre de malaises au premier soleil un peu fort. Tu l'aurais pris pour un roc ; il n'est que gravier ! Quant à Hugues : ce dignitaire qui pourrait faire ployer le roi rien qu'en frappant dans ses mains, ce comte éminent, influent, craint et respecté, a tout comme moi le cul douloureux sur la selle d'un cheval et ressemble à n'importe quel pèlerin. Tu le prenais pour un géant ; il grince et geint, pareil au plus vulgaire des voyageurs !

— Par saint Jean-Baptiste, s'exclame Sylbert, je ne peux acquiescer à ces moqueries ! Ce serait manquer de respect aux chevaliers qui m'ont initié et accepté dans leur confrérie. Quand je te demandais de réagir, je ne pensais pas que tu forcerais ainsi le trait !

Geoffroy de Saint-Omer éclate d'un bon gros rire joyeux qui se transforme rapidement en une cascade de hoquets, et reprend son souffle avant de dire à l'intention de Sylbert :

— Tu peux plaisanter à loisir sur nous, frère ! Tu

fais partie de notre famille. Nous sommes de simples humains, et Payns n'a énoncé que des vérités.

Le comte Hugues ajoute :

— Nous ne sommes que des hommes. Tel l'Imposteur de tes cauchemars.

— Ah, vous avez entendu, messire ? s'étonne Sylbert.

Payns souligne :

— Il n'a pas eu besoin de le faire ; Hugues lit sur les lèvres. Ce qui, dans certaines affaires de fine politique, peut se révéler d'une importance capitale !

6

L'éclat de lumière

La caravane s'est arrêtée aux portes de Beth Guvrin. Longmaur a donné l'ordre aux hommes de mettre pied à terre et d'emplir leurs gourdes aux trois puits creusés dans la roche de chaux solide, le *nari*, au pied de la muraille occidentale de la ville. L'écuyer de Basile le Harnais s'est précipité pour aider son maître à descendre de sa monture. Le chevalier peine à respirer, se plaignant de la poitrine ; un poids semble peser sur son thorax.

— Doucement, messire, dit le jeune laquais en tendant ses bras grêles, appuyez-vous sur moi…

Geoffroy de Saint-Omer et Arcis de Brienne accourent aider le garçon que la masse de Basile risque d'écraser.

Légèrement à l'écart, le comte Hugues et Payns assistent à la scène en se retenant de rire. C'est que leur ami, malgré sa mauvaise mine, donne à se moquer. Il met tellement de courage à demeurer digne et hautain qu'il en est pitoyable et grotesque.

— Il lui faut accomplir de rudes efforts pour ne

point se couvrir de honte ! souffle Payns à l'oreille du comte.

— J'avoue qu'il est peu charitable de notre part de nous divertir aux dépens du sévère Basile, mais je reconnais qu'il m'inspire plus l'hilarité que la compassion, dans une telle situation.

Sylbert s'est approché pour s'indigner :

— Je ne lis pas sur les lèvres, moi ! Cependant, mon ouïe est assez fine pour entendre gloser sur un compagnon qui souffre !

— Aimable et gentil cousin, fait Payns en posant une main sur l'épaule du jeune homme. C'est aussi – et surtout – de nous cinq que nous nous divertissons.

— Je ne comprends pas, dit Sylbert.

— Regarde donc le bel équipage d'apôtres que nous formons, ajoute Payns. Ne te l'ai-je pas décrit tout à l'heure ? Et je me compte dans le lot ! La voici, la compagnie du Premier… Un comte sans armée, quatre chevaliers sans gonfanons, cinq écuyers venant à peine de quitter l'enfance, et un brave garçon du nom de ce saint fort discret qu'était Sylbert ! Allons, disons-nous que c'est mieux ainsi et que nous tromperons plus aisément notre monde sur notre mise. Il est préférable que Baudouin et sa cour nous prennent pour d'humbles pèlerins…

— Ne considère pas Baudouin comme un sot, l'interrompt Sylbert. Je peux parier qu'il se méfie déjà de vous cinq. Gageons que ce pisse-vinaigre de Bucelin l'aura renseigné. Vous, comte Hugues, votre réputation est fort grande et votre figure inspire le respect à beaucoup de nos preux. Toi, Payns, tu intrigues par le mystère qui t'entoure et dont tu t'es fait avec malice une solide carapace ! Pour ce qui est de Basile, Geoffroy et Arcis, leur renommée, quoique discrète, attise néanmoins bon nombre de remarques. Tu l'as dit en raillant, Payns : le savoir d'Arcis est imposant et son esprit s'y entend pour aborder les sciences et la philosophie ; certains de ses travaux sont d'ailleurs commentés par les abbés qui se sont croisés. J'ai parfois écouté, à la veillée, ces derniers disserter sur les paroles de notre frère. Je reconnais que les débats me sont passés au-dessus la tête en faisant plus de vent qu'un vol de pigeons !

Sylbert a parlé d'un trait, vite et sans reprendre souffle. Il doit respirer. Il se hâte avant que Payns ou Hugues ne le coupent. Il revient donc à son discours de la voix haletante qu'ont souvent les bavards :

— Prenez maintenant Geoffroy ; certes, je conviens que son allure n'est guère élancée et donne à penser que l'homme apprécie la bonne chère et le vin, pourtant il n'y a pas meilleur jouteur en Champagne ! De sa lance il a brisé plus d'un bouclier et estropié une bonne dizaine d'adversaires. On se déplace de loin pour venir applaudir ses exploits aux tournois ! Il apparaît alors comme un colosse et fait tourner la tête des femmes mieux que s'il était le plus gracieux des hommes. Ajoutons à cet « équipage » – puisque c'est ainsi que tu l'appelles, cousin –, le respectable Basile. Oui, respectable ! Qui manie les prières comme l'épée. Qui a voué sa vie à la méditation et aux armes. Qui se tait souvent, mais réfléchit sans cesse et…

— C'est bon, Sylbert, parvient à lancer Payns. Tu nous as tressé de belles couronnes de laurier en chatouillant notre vanité là où cela fait du bien.

— Tu nous vois avec les yeux du respect, mon ami, dit Hugues.

— Sans doute parce que vous êtes de respectables personnes, précise Sylbert. Vous serez bientôt détenteurs de la plus merveilleuse des connaissances de ce bas monde…

Longmaur approche, obligeant le jeune homme à se taire et, pour se donner une contenance, à détacher une des deux outres pendant à la selle de son cheval. Mais Longmaur le retient alors qu'il s'apprête à se rendre à l'un des trois puits.

— Vous aviez l'air de conspirateurs, toi et les deux Champenois, camarade !

— Nous évoquions justement notre pays.

— À votre place, je me serais plutôt apitoyé sur l'état de ce malheureux chevalier qui ne semble pas supporter l'air de cette contrée.

— Je m'en vais chercher de l'eau ; il a besoin de boire. Cela ira certainement mieux lorsque nous lui aurons offert un lit pour se reposer, à Jérusalem.

Longmaur regarde Sylbert se diriger vers le puits, rejoint rapidement par trois écuyers de la troupe des Champenois portant des gourdes.

Payns et le comte Hugues, que les reproches de Sylbert ont toutefois troublés, rejoignent leurs amis. Basile est assis sur le sol et laisse Geoffroy ouvrir sa broigne et retrousser son bas-de-chausses, tandis qu'Arcis lui dispense de la fraîcheur en se servant d'un linge comme éventail.

— Tu es trop vêtu, le sermonne Geoffroy. À tant vouloir protéger ta vertu, tu empêches ta peau de respirer.

— Je ne te ressemble pas, c'est juste, articule le malade. Je ne saurais déambuler comme tu le fais, dépoitraillé, toute ta fourrure sortie !

— Dieu, dans sa belle et grande sagesse, a couvert l'homme de poils en pensant que celui-ci n'aurait jamais à s'accoutrer, rétorque Geoffroy. Et il a offert à la femme une belle chevelure pour toute parure. Si Adam et Ève n'avaient pas fauté, nous irions aujourd'hui nus par les chemins et nous en tirerions un bel enseignement sur l'égalité établie entre hommes et femmes.

Basile hausse les épaules et esquisse un petit sourire crispé.

Payns vient s'agenouiller devant lui.

— Ferme les yeux et détends-toi, lui demande-t-il en lui posant la main droite sur le front.

— Ah, tu vas exercer ta magie sur moi, cette fois ?

— Ce n'est pas de la magie.

— Cela y ressemble, pourtant.

— Ne parle plus.

La main de Payns est fraîche sur le front brûlant de Basile. Son contact, déjà, apaise le chevalier.

De sa main gauche, Payns cherche le pouls du malade à la gorge. L'ayant immédiatement trouvé, il se met à compter :

— 1… 2… 3… 4…

La main gauche abandonne la veine, glisse sur la poitrine, s'arrête à l'emplacement du cœur. Basile est secoué d'un vif sursaut. Une pointe froide, un fin et long clou d'acier, une flèche rapide lui a traversé le cœur. Une douleur. À peine. Une douleur soudaine, aussitôt disparue. Rien qu'une courte algie.

— … 5… 6… 7… 8…

Payns a fermé les yeux lui aussi. Tandis qu'il accomplit les gestes que sa sœur lui enseigna, il sent une sourde tristesse l'envahir, enfler dans sa gorge, s'emparer de sa chair. Les larmes lui viennent. Car il voit le visage aimé de Clotilde lui sourire dans les ténèbres. De ce si joli sourire aux contours vagues, entre bonheur et chagrin.

— … 9… 10… 11… 12…

La main droite de Payns quitte le front de Basile, la main gauche se retire de sa poitrine.

— Ouvre les yeux et regarde-moi.

Les paupières de Basile se relèvent lentement, lourdes d'un court et anormal sommeil.

— Je confirme ce que je t'ai dit : tu es un sorcier ! souffle le malade. J'ai le sentiment que mon malaise s'éloigne. Certes, je n'affirme pas que je suis totalement guéri, mais je crois que je pourrai m'en accommoder et remonter plus facilement à cheval.

Après un temps, Payns se redresse ; ses compagnons remarquent combien il paraît fatigué, soudain. Ils le voient s'éloigner les épaules basses, le front lourd. Hugues le rejoint, le prend par le bras et lui demande :

— Qu'as-tu, Payns ? Tu devrais être satisfait de toi, or te voici plus pâle qu'un spectre…

— Excuse-moi. Ne leur dis rien, surtout… Je dois te faire un aveu. Le don que m'a légué ma sœur peut se révéler un fardeau. Rebouter de la sorte ceux qui sont en souffrance, fouiller en eux, attraper le mal et l'extraire en partie de leur chair ou de leur esprit… c'est une tâche épuisante qui amenuise mon énergie, semblable à une créature qui se nourrirait de mon sang.

— Mon ami, mon bon ami… si généreux !

Hugues resserre son étreinte sur le poignet de Payns.

— Je vais marcher un peu. Accompagne-moi.

Ils font quelques pas en silence, croisant Sylbert et les écuyers de retour des puits. Ils longent la muraille qui défend la ville dans laquelle ils n'entreront pas, qui restera à tout jamais en leur souvenir comme une cité morte, brûlée par le soleil.

Puis Payns dit :

— Je pense chaque jour à ma femme, à ma fille et à mon fils. Ils me manquent tant !

— Oui. Ma famille me manque aussi. Je comprends le sacrifice que tu as fait en te joignant à moi pour accomplir ce voyage.

— Avais-je le choix ? Ni moi ni toi. Ni nos frères. Notre devoir est de préserver l'avenir. Le Secret que le Premier a enseveli dans la tombe de l'Imposteur risque d'être découvert par Baudouin.

— Il ne sait pas où fouiller.

— Il cherchera…

— Certes, mais nous bénéficions de temps par rapport à lui. Nous le devancerons sans difficulté.

— Je m'inquiète pourtant, dit Payns en s'arrêtant de marcher.

— L'ombre de la kogge ?

— Tu ne crois pas que je l'ai vue, n'est-ce pas ?

— Au contraire, je suis certain que tu l'as vue, souligne le comte.

— Eh bien, pourquoi m'avoir raillé à ce propos, tantôt ?

Hugues prend son ami par les épaules et lui répond en souriant :

— Je l'ai fait pour ne pas alerter nos frères. Ils portent un poids déjà suffisamment lourd sur les épaules ; je souhaite retarder l'instant où je devrai les lancer dans la bataille… Ce moment viendra assez tôt. Dès que nous aurons pénétré dans Jérusalem ! Oui, dès que nous serons dans la ville, nous devrons craindre à chaque pas pour notre vie.

Le comte retire ses mains des épaules de Payns. Son geste est accompagné d'un éclat rouge. Une flamme vive, subite. Qui laisse son empreinte dans l'espace. C'est le reflet du soleil sur la pierre de sa chevalière.

De sa place, Longmaur a eu le regard accroché par cette brillance. Il se demande si celui qui suit la caravane a aperçu la lueur. Il tourne la tête de gauche et de droite, ne voit rien. Pas la moindre silhouette dans la brume de chaleur. Il sait pourtant avec certitude que l'envoyé du pape Pascal est sur les talons des chevaliers champenois.

Il sait qu'il a pour mission de les tuer tous les cinq.

7

L'envoyé du pape

Jérusalem.

Arcis de Brienne, d'un ample geste circulaire du bras droit, étreint la cité en donnant l'impression qu'il se l'approprie tout entière, l'embrassant avec une passion que ses amis ne lui ont jamais connue.

— La ville des Juifs ! commence-t-il de sa voix grave et lente. Titus les massacra ou les exila en l'année soixante-dix et mit à bas remparts, temples et demeures. Le peuple hébreu se dilua dans tout l'Empire, ses racines tranchées. C'est l'empereur Hadrien qui imposa que l'on reconstruise la ville à l'intention des Romains. Des temples païens s'élevèrent alors à l'emplacement des Lieux saints. Les Juifs se révoltèrent une seconde fois et subirent une nouvelle répression.

— N'est-ce pas la mère de Constantin qui tenta de retrouver les vestiges sacrés ? demande le comte Hugues.

— En effet, dit Arcis. Bien plus tard, il y a six siècles… Je précise cela pour cet ignare de Geoffroy, qui a toujours clamé que l'histoire des hommes n'était qu'un galimatias indigeste composé de tant de mensonges et d'erreurs que la vérité n'y trouve pas son lit !

— Et tu ne me feras pas changer d'avis, rétorque Geoffroy. Non, je campe sur mes positions malgré ton érudition et l'habile manière dont tu l'utilises pour la distiller.

Arcis poursuit :

— Tu n'es qu'un vulgaire béotien. Jérusalem mérite que l'on connaisse son passé, car c'est le moyen de la respecter. Elle a souffert mille fois, elle a été violée, déchirée, pillée. Par les Romains, les Perses et les Arabes. Puis par nous, aujourd'hui. Nous, les croisés, qui avons fait couler des flots de sang dans ses ruelles, sans distinction de sexe. Femmes et hommes ont été massacrés ; Sylbert pourrait nous conter les carnages et les actes de boucherie auxquels se sont livrés les chevaliers bénis par le pape.

À ces mots, Sylbert baisse la tête. Il prend une longue inspiration avant de se redresser. Les Champenois remarquent l'ombre humide qui noie son regard. Le jeune homme dit :

— J'ai vu dans les batailles l'expression de la nature effrayante que manifestent parfois les enfants de Dieu !

— Cela, précise Geoffroy, je l'imagine aisément.

Sylbert poursuit :

— La ville a été prise alors que le soleil était à son midi. Il faisait une grosse chaleur et nous cuisions sous nos brigandines. Nous avions tous le souffle court. En ce qui me concerne, j'avais bu plus que de raison pour étouffer ma peur. Longmaur et moi étions du groupe qui devait passer par le rempart nord. Les sapeurs y avaient creusé une faille qui nous permit de nous répandre dans la cité. Dieu, quel carnage ! Longmaur prenait un fort malsain plaisir à décapiter la population, traquant femmes et enfants jusque dans les maisons. Je le vis même démembrer plusieurs nouveau-nés en hurlant d'une joie obscène. Moi, je me contentais de me frayer un passage en ne tuant que les hommes ; on prend aisément le rythme d'une telle besogne ! Bientôt les croisés pénétrèrent en masse dans la cité. Nous pataugeâmes rapidement dans le sang, dans les tripes. Une bande de brutes plus ivres que moi s'acharnèrent sur les cadavres auxquels ils tranchèrent la tête et les mains pour en faire de petites pyramides. Et nous tuâmes. Nous tuâmes sans relâche, méthodiquement, comme si l'affaire était devenue naturelle. Nous étions des bêtes. Des loups stupides qui étripaient sans distinction musulmans et Juifs, brûlant mosquées et synagogues. Les rues ruisselaient d'un épais fleuve rouge que le soleil rendait visqueux. Ma cotte et ma robe étaient trempées… rouges… Les mains aussi… rouges ! Rouges du sang d'innocents. Du sang de femmes et d'enfants.

Sylbert marque un temps, la gorge soudainement serrée, les yeux emplis de larmes. Il renifle et ajoute :

— On dit que la population de Jérusalem comptait près de trente mille âmes avant que nous l'investissions. Un recensement récent commandé par Baudouin en dénombre à peine quatre mille !

Sylbert s'essuie les yeux d'un revers de manche. Puis il donne le sentiment de vouloir poursuivre son récit, mais se tait.

Les Champenois chevauchent alors en silence jusqu'à ce qu'Arcis pointe l'index en avant et s'exclame, forçant la voix pour paraître jovial :

— Regardez cette merveille ! Le Dôme du Rocher, que les musulmans édifièrent sous le cinquième calife de la dynastie des Omeyyades dont l'ancêtre, Omayya, était le grand-oncle du prophète Mahomet ! Voyez comme la lumière qui s'y réfléchit peut être aveuglante. N'est-ce pas là un ouvrage sublime ? Je vous le dis, mes amis, nous avons beaucoup à apprendre des architectes arabes. Il faut être un Occidental bien sot et vaniteux pour considérer ces gens comme des barbares.

Hugues, Basile et Payns acquiescent d'un signe de tête ou d'un sourire entendu. Geoffroy se renfrogne, évitant de donner son avis pour ne pas essuyer de critique ; son esprit de guerrier ne possède pas la finesse requise pour apprécier l'architecture, et il n'entend rien aux arts. S'il avait délivré Jérusalem, il aurait certainement trucidé les musulmans jusqu'aux limites de ses forces. Non par haine envers eux. Après tout, que connaît-il de ces indigènes ? Non, pas par haine… Juste avec le souci de respecter et d'honorer le métier des armes.

Après avoir passé la porte de Jaffa, solidement gardée par des croisés hirsutes et crasseux, la caravane se fraie un chemin parmi une population dense, bruyante et animée. On s'écarte sur son passage. Longmaur a poussé son cheval et paraît éprouver du plaisir à bousculer commerçants, badauds, paysans et pèlerins.

La troupe pénètre alors dans l'enceinte chevêtaine où s'élèvent la tour de David et la mosquée al-Aqsâ.

Les hommes descendent de leurs montures qu'ils abandonnent à des écuyers chargés de les conduire aux écuries.

Un jeune homme maigrichon, flottant dans ses vêtements, les joues creuses et mal rasées, vient à la rencontre des Champenois. Un abbé le suit à quelques pas. Et, encore plus loin, deux chevaliers.

— Voici Baudouin, roi de Jérusalem, annonce Sylbert. Tiens, Bucelin ne l'accompagne pas… J'aurais pensé que le légat du pape aurait la délicatesse de se présenter à vous, comte ! Au lieu de cela, il dépêche une vulgaire soutane à la gueule couverte d'acné !

— Je ne suis pas orgueilleux au point d'en être offusqué, le rassure le comte Hugues.

Geoffroy aide Basile à se défaire de ses étriers, et Baudouin, qui s'est approché du groupe, découvre l'état du chevalier. Il s'en émeut avec sincérité :

— Cet homme a bien triste aspect !

— Il est ainsi depuis quelques heures, Sire, dit Payns. Il lui faudrait une bonne médication.

Le roi se retourne vers les chevaliers Bertrand et André qui l'ont rejoint :

— Bertrand, fais dépêcher en hâte un docteur auprès de nos hôtes, qu'André va conduire dans leur maison où ils pourront se reposer et se restaurer !

— En ma qualité, je vous remercie, Sire. Je suis Hugues, du comté de Champagne, honoré de fouler le sol de la Sainte Terre que votre frère a conquise au prix du sang.

Baudouin a noté une pointe de raillerie dans la voix courtoise du Champenois, mais feint de l'ignorer :

— Je vous reçois dans le modeste confort de ma

garnison, messire. Je souhaite néanmoins qu'avec les vôtres vous partagiez ma table ce soir, après que nous nous serons recueillis devant le Tombeau de Notre-Seigneur Jésus-Christ.

— Nous sommes pressés de prier dans ce saint lieu, affirme le comte.

« Une seconde pointe ! pense Baudouin. Bucelin m'a prévenu : il me faudra compter avec la rouerie de ces pèlerins. »

Le roi de Jérusalem regarde ceux-ci se diriger vers leur dortoir, emmenés par André. Leurs écuyers, harassés, portent des bagages bien trop lourds pour leur maigre stature.

Baudouin se tourne sur l'abbé au visage gravelé :

— Étonnant équipage ! Le comte de Champagne est le plus important feudataire de France ; sa fortune est double, sinon triple de celle de son roi, et le voici à Jérusalem comme un miséreux !

— On le proclame très pieux… Sans doute est-ce vrai !

— Pieux ? Oui, sans doute. Mais quel dieu invoque-t-il ?

*
* *

Le légat Bucelin ouvre la porte du modeste oratoire que ses abbés ont aménagé dans une pièce sombre, chichement éclairée par une étroite meurtrière.

Il s'écarte pour laisser entrer l'envoyé du pape, qui laisse tomber son barda à ses pieds sur le dallage grossier.

— *Dominus vobiscum*[1], prononce le légat.

— *Et cum spiritu tuo*[2], lui répond l'homme en capuchon.

Avec une appréhension incontrôlable qu'il aurait aimé ne pas trahir, Bucelin fait :

— Ainsi, c'est vous… C'est à vous que nous devons d'être si bien renseignés. Et vous êtes venu en personne !

— Une besogne qui me convient, Monseigneur. Je prends quelque satisfaction à servir à ma manière la cause de Dieu.

— C'est grâce à l'épouse d'Arcis de Brienne que vous êtes ici, n'est-ce pas ?

— La péronnelle m'a permis d'apprendre que les Champenois possédaient une carte précisant l'emplacement du tombeau de l'Imposteur. Et surtout qu'ils passeraient une bague à leur main droite au cours du voyage.

— Quel intérêt peuvent bien présenter ces bagues ?

— Allons, vous ne devinez pas, Monseigneur ?

— Ma foi, j'ai beau réfléchir…

— Les Champenois ont l'intention de dissimuler dans les bagues ce qu'ils comptent arracher au tombeau de Thomas ! D'autre part, en les espionnant sur le navire, je les ai entendus prononcer I.N.R.I… Puis cette phrase : *Igne Natura Renovatur Integra*.

Bucelin regarde la croix de bois suspendue au mur oriental de la chapelle, au-dessus de l'autel.

1. Dieu soit avec vous.
2. Et avec votre esprit.

— I.N.R.I. ! s'exclame-t-il. Le monogramme tracé par les Romains au-dessus de la tête du « crucifié » !

— On m'a toujours enseigné que ces lettres signifiaient : *Iesus Nazarenus Rex Iudaeorum* !

— C'est en effet ce que rapportent les Saintes Écritures. Par cette phrase, les Romains se moquaient de celui qui se proclamait le Messie ! Ils venaient de le coiffer d'une couronne d'épines pour l'humilier publiquement.

— Pourtant, j'ai nettement distingué ces mots. Je n'ai pas pu me tromper…

Bucelin a fait quelques pas vers l'étroite fenêtre.

— Non, dit-il après un temps, cela a bien un sens… *Igne Natura Renovatur Integra* : « Par le feu, la Nature est intégralement renouvelée ! » Que veulent exprimer ces sorciers de Champenois par cette maxime ?

— Il est temps de les empêcher de nuire, Monseigneur.

L'homme n'a pas bougé depuis son entrée. Il demeure près de la porte, immobile, parlant d'une voix très douce, privée d'intonation.

Bucelin se retourne vers lui, cherche à deviner son visage dans l'ombre du coqueluchon. Seule une fine ligne de lumière a emprunté la forme de son menton glabre.

— Je vais tenter de me procurer leur carte au plus vite, annonce-t-il. Nous nous emparerons de leurs prétendues preuves, et l'affaire sera rapidement réglée.

— Oui, oui… Car cette phrase énigmatique a sans aucun doute un rapport avec le secret du sépulcre de l'Imposteur ! Avec ce que nous cherchons : le Secret de Jésus !

Cette fois, l'homme réagit. Il porte une main à son cœur. Puis se signe en hâte.

— Tout cela est faux, n'est-ce pas ? Ce n'est qu'une légende que nous devons étouffer dans l'œuf !

Bucelin fait deux pas, se plante face à l'inconnu, tentant encore de deviner ses traits, et dit :

— Il y a, certes, une part de fable dans cette affaire, mais elle repose malheureusement sur un solide socle de vérité.

L'homme se signe à nouveau. Bucelin ajoute :

— À Rome, beaucoup y croient. Le pape en premier lieu !

Au loin résonnent les voix du chantier, les chants rythmés par les sifflets des contremaîtres, les longues notes marquant les efforts des ouvriers.

— Où vais-je loger ? interroge l'homme.

— Ici, répond l'évêque en désignant l'autel.

— Ici ?

Bucelin passe derrière l'autel :

— Venez. Ce lieu sera certainement le plus sûr de tout Jérusalem. Les terrassiers ont découvert une cave sous cette bâtisse. Une sorte d'entrepôt. J'ai moi-même placé une échelle pour y descendre. Voyez, il suffit d'ouvrir cette trappe. Et, comme cette chapelle m'est réservée, vous y serez en sécurité. Seul un abbé risque de venir de temps à autre dire quelques prières…

L'homme s'est avancé. L'évêque s'est penché et a empoigné un anneau de bronze pour soulever la trappe.

— Un tombeau, murmure l'homme. Vous m'offrez un tombeau pour foyer…

— Je suis désolé, ment Bucelin.

— Ne le soyez pas, Monseigneur. Cela me convient parfaitement. Je pratique en abondance les mortifications, privations et pénitences. J'ai appris à mon corps la douleur, le froid et la faim. On sert mieux Dieu lorsqu'on souffre.

Bucelin frissonne. La voix de l'homme est si monotone, si calme, dénuée de vie. Si lasse et pourtant si jeune.

— J'y ai disposé quelques effets, annonce l'évêque. Un seau d'aisances, une cuvette, un broc d'eau, une paillasse, une bougie…

— Je vous remercie, Monseigneur.

— Pour vos repas…

— Je vous l'ai dit, je mange peu.

— Je vous les apporterai cependant moi-même.

— Un morceau de pain et des fruits secs le matin. Une pièce de couenne, un bol de lait de chèvre et un fruit frais le soir.

— Soit, il sera fait ainsi.

L'homme s'apprête à descendre dans son caveau. Il retrousse sa cape pour emprunter l'échelle ; son geste laisse apparaître la hache passée à sa ceinture.

Bucelin a sursauté en voyant l'arme.

— Cette cognée, mon fils…

— Elle me sert à briser les légendes ! À les hacher menu comme du vilain bois de chauffe !

L'homme s'enfonce ensuite dans les ténèbres et referme la trappe sur lui. Le légat attend quelques instants que ses mains cessent de trembler pour ressortir de la petite chapelle.

C'est avec réconfort qu'il traverse la cour inondée

de soleil, ses semelles foulant le pavé brûlant, tout son corps appelant la lumière.

Le chantier, plus loin, pousse sa clameur. La vie.

L'évêque Bucelin, légat du pape, est pleinement conscient qu'il vient de faire entrer la Mort dans l'enceinte du petit royaume de Jérusalem.

8

Une lettre d'Arcis de Brienne

Mon amour, ma tendre Hélène, nous sommes arrivés à Jérusalem. Un étrange sentiment m'oppresse et je peine à lutter contre l'inquiétude qui m'envahit. Mes compagnons ressentent sans doute la même chose, mais aucun d'eux ne s'abandonne à le manifester.

Notre frère Basile, que tu apprécies tant pour sa sagesse, est mal. Sa santé fragile n'a pas résisté au long et inconfortable voyage. La fièvre qui le ronge n'est-elle pas déjà le signe d'une malédiction posée sur nous cinq ? Ne nous sommes-nous pas damnés en venant chercher les clefs de l'indicible Secret ?

Le médecin dépêché par le jeune roi Baudouin nous a cependant rassurés sur l'état de Basile, n'ayant pas diagnostiqué de profonde attaque. Il nous a même affirmé que notre ami serait rapidement sur pied et lui a prescrit une drogue de son invention. Je me suis permis de lui demander de m'indiquer les ingrédients entrant dans sa composition ; tu connais ma méfiance pour ce qui concerne les médications ! Les apothicaires sont souvent de braves gens soigneusement ins-

truits, mais il s'en trouve parmi eux qui vous envoient au cimetière avec une tisane mal dosée.

Nous avons installé nos quartiers dans une grande pièce dont j'ignore quelle fonction elle avait avant que les croisés n'investissent les lieux. Cela ressemble à des écuries aux murs grossièrement passés à la chaux. Seules deux minuscules fenêtres grillagées donnant sur une cour laissent passer un peu de lumière. Je t'écris d'ailleurs à la lueur d'une chandelle, le soir venant. Tout cela est fort rustique et me rappelle combien notre propre demeure est chaleureuse, confortable et plaisante. Imagine des paillasses à même le sol recouvert de coûteux tapis provenant du « trésor de guerre » de Baudouin. Imagine une maie, deux tabourets, des vases de nuit, des brocs et des gobelets. Imagine ton époux écrivant sur ses genoux une lettre qu'il te remettra en main propre dès qu'il te reverra. Car j'espère ne pas avoir à confier mon courrier à l'un de mes compagnons. Cela signifierait que je ne suis plus en état de faire le voyage du retour.

Actuellement, Payns soigne notre malade. Il vient de lui faire boire le traitement du médecin et lui masse la poitrine avec beaucoup de douceur et de bonté. Ses gestes sont lents, répétitifs, circulaires. Des gestes qu'un amant aurait pour sa bien-aimée. Comme il est étonnant d'assister à ces tendres caresses prodiguées par un homme à un autre homme ! Payns me surprend un peu plus chaque jour. Alors que nous nous plaignons souvent, les uns d'avoir laissé notre famille au pays, les autres de devoir supporter les misères imposées par notre aventure, lui, ce bon ami, ne se lamente jamais ni ne s'apitoie sur son sort, bien que sa femme et ses deux enfants lui manquent certainement.

Aux étrangers, Payns montre un visage austère qui inspire plus le respect et la crainte que la sympathie. Pour nous, ses « frères », il n'est que compassion et générosité. Il aime aussi – cela m'a d'ailleurs surpris – rire et plaisanter, et n'a pas son pareil pour manier la raillerie, le verbe agile, la leste caricature ! Il fut un excellent compagnon de route durant la traversée.

À ce propos, loin de moi la volonté de t'inquiéter, ma mie, mais Payns est persuadé qu'un espion s'est collé à nos basques. Il a d'ailleurs cru le poursuivre sur le navire. Je tente de me persuader qu'il s'est mépris et qu'il a été le jouet des bruits de la mâture et des ombres de la nuit. Néanmoins, Payns n'est pas homme à se laisser berner par des mirages. Il est souvent le premier à voir des choses qui ne nous apparaissent que bien plus tard. L'homme a l'esprit prompt ; il est le plus souvent avisé de le croire.

Je le sens inquiet. Il ne cesse de regarder autour de lui, jetant un œil aux fenêtres, ouvrant souvent la porte qui donne sur un sombre corridor qu'il fouille de son regard blanc, écoutant le moindre bruit. Il conserve son épée en permanence à la hanche.

Ah, ma tendre Hélène, je n'ai guère l'âme d'un guerrier ! La seule arme que je me reconnaisse est celle de l'esprit. Payns, encore lui, a voulu m'enseigner quelques-unes de ses feintes et deux ou trois passes ; je reste malgré tout persuadé que ma lame est fort gourde et maladroite. J'envie parfois Geof-

froy, qui ne s'encombre pas de tortueuses réflexions et manie le fer comme je fais la langue. C'est pourtant de soldats que le comte a besoin.

Je me suis confié à toi, mon amour. Je t'ai dit ce que nous sommes venus chercher à Jérusalem. Je me souviens de t'avoir troublée en ébranlant cette foi pure qui t'anime et te rend aussi innocente. Il m'arrive de regretter de t'avoir révélé le but de notre mission. Était-il nécessaire de planter en ton âme ce poison ?

Je pense que tout sera bientôt accompli. Nous détenons le plan qui nous permettra de nous rendre au tombeau de l'Imposteur. Nous y pénétrerons et nous agirons selon notre serment.

Me crois-tu ? Ne me prends-tu pas pour un fou ? Tu es en droit de douter de nous cinq, et je ne t'en blâmerai pas. Nous obtiendrons prochainement la preuve de cette magnifique et redoutable vérité. Lorsque je reviendrai, ma chérie, je serai un autre homme. J'aurai approché, avec mes amis, cet ineffable mystère qui viole les lois de la Nature !

Oui, Hélène, je porterai alors l'un des cinq Signes du Christ. Je serai l'un des cinq doigts de la main droite de Jésus !

Je vais interrompre là ma lettre ; j'y reviendrai plus tard. Hugues nous demande de nous préparer pour nous rendre à une messe. Il propose que Basile reste alité, le trouvant encore bien pâle. Payns partage l'avis du comte. J'assiste à une scène pittoresque, et je ne résiste pas au plaisir de te la conter. Basile veut prouver sa fierté et son courage en tentant de se lever. Ai-je besoin de te décrire l'expression du malade ? Sache seulement que c'est un mélange de douleur et d'orgueil, et, comme tu le connais bien, tu n'auras aucune peine à te représenter la situation périlleuse dans laquelle il vient de se mettre. Il titube, pareil à un homme saoul, doit se retenir à la chemise de Payns, obligeant le comte et Geoffroy à se précipiter pour le soutenir. Hugues lui impose de se recoucher, mettant dans sa voix la fermeté dont un père use à l'égard d'un enfant indocile.

Je ne peux m'empêcher de rire en partageant avec toi ce moment. Basile beugle comme un veau à l'abattoir et s'exclame : « Je ne me recoucherai point ! Champenois jamais ne faiblit ! Jamais ne meurt au lit ! »

Sans l'aide amicale que lui offrent ses amis, le malheureux se briserait la nuque par terre. On le couche de force, lui disant que le roi comprendra qu'il ne soit pas en mesure de se déplacer.

Je crains que notre bon Basile n'ait pas entendu les dernières syllabes. Il me semble qu'il dort déjà !

Cette fois, ma douce épouse, mon amour, je dois refermer mon pupitre et ranger ma plume et mon encrier.

Baudouin nous attend devant le Tombeau vide de Jésus.

9

L'homme à la hache

Les chevaliers se sont regroupés en arc de cercle dans la rotonde qui abrite le Saint-Sépulcre. Ils sont une trentaine à porter un des cierges que de jeunes abbés leur ont distribués. Comprenant et regrettant l'absence de Basile le Harnais, le roi Baudouin a souhaité que les quatre Champenois se placent à ses côtés, le comte Hugues à son épaule droite. Ce dernier, appréciant l'hommage qui lui est rendu, a chaleureusement remercié le souverain.

On attend Bucelin, le légat du pape, qui doit officier. Pour meubler le temps et se rendre poli, Baudouin s'adresse à ses hôtes :

— Comme vous le savez, nous devons la découverte de la tombe de Notre-Seigneur à la mère de l'empereur Constantin, il y a près de sept siècles… Il s'élevait là un temple romain que le monarque fit raser. Constantin a été le premier empereur romain à se convertir au christianisme, qu'il imposa d'ailleurs comme religion officielle à tout l'Empire. En l'an 326, il convia un aréopage d'évêques pour leur demander de démêler les fils d'une singulière polémique ecclésiastique. Macarius, l'évêque de Ælia Capitolina – comme on appelait alors Jérusalem –, décrivit à cette occasion l'état de délabrement dans lequel étaient tombés les lieux que Notre-Seigneur Jésus-Christ avait foulés. Cela contraria fortement Hélène, sa mère, qui entreprit de se rendre en Palestine où elle reconnut le Golgotha ainsi que le Tombeau de notre Sauveur. Elle n'eut aucune peine à convaincre son fils d'ériger la superbe église du Saint-Sépulcre… Je ne me lasse pas de relire l'*Histoire ecclésiastique* de l'évêque Eusèbe de Césarée, qui relate cet événement…

Arcis de Brienne intervient :

— Cette église, le calife Hakim, au siècle dernier, l'a bien détruite ? Comment se fait-il que la sépulture ait été préservée ?

Le roi sourit et dit :

— Vous êtes remarquablement savant, chevalier ! En effet, la tombe a toujours suscité un indéfectible respect chez les occupants de cette cité. De la superstition, sans doute.

Un mouvement dans la foule. Payns et ses amis se retournent sur l'évêque Bucelin qui fait son entrée, accompagné de trois prêtres. Les chevaliers s'écartent pour permettre au légat de s'approcher du Tombeau. Au passage, il jette un vif coup d'œil aux Champenois qu'il dénombre mentalement. « Ils devraient être cinq ! »

L'ecclésiastique paraît soudain contrarié ; il pense à l'envoyé du pape, à la mission qu'il va bientôt exécuter…

Sylbert, qui se tient juste derrière son cousin, souffle à l'oreille de ce dernier :

— Voici notre ennemi ! L'homme est retors, sournois et manipulateur, mais il est remarquablement intelligent. Il a l'oreille de Baudouin, lequel est bien jeune pour peser à leur juste poids les paroles qui sortent de sa bouche en forme de cul.

— Nous nous méfierons de lui, répond Payns, très bas.

Hugues, lisant sur les lèvres de ses amis, leur adresse un rapide signe de tête pour leur montrer qu'il partage leur défiance à l'égard du prélat.

L'un des prêtres, grosse outre courtaude, le visage rouge et vergeté, le crin gris, élève une grande croix au-dessus de la foule. Baudouin pose un genou en terre, aussitôt imité par tous les chevaliers.

La voix mielleuse et doucereuse de Bucelin peine à s'imposer dans l'édifice :

— *In domum Domini ibimus*[1].

— *Amen*, lance le chœur de l'assistance.

*

* *

L'homme a attendu dans l'ombre du caveau de l'oratoire. Il a senti la fraîcheur du soir descendre sur ses épaules, glisser le long de sa nuque, atteindre le bas de sa colonne vertébrale… Comme la caresse de Dieu. Ce Dieu intransigeant et redoutable qu'il sert

1. Nous irons dans la maison du Seigneur.

avec une dévotion d'esclave. La caresse de Dieu ! Un baiser de glace au creux de son échine.

Et, cette fois encore, l'homme a joui. Un orgasme bref, intense, violent. Semblable à une déchirure.

« *Pater noster…* »

Puis il s'est redressé, le ventre mouillé, poisseux. Il a passé le manche de sa hache dans sa ceinture, grimpé à l'échelle, soulevé la trappe.

Il traverse une cour ombrée, vide. Quelques pas souples, sa cape faisant un bruit d'ailes. Quelques pas pour descendre une volée de marches et atteindre une seconde cour en contrebas.

Bucelin lui a dit que tous les chevaliers seraient en prière devant le Tombeau du Christ, aussi se dirige-t-il en confiance vers le bâtiment abritant les dortoirs.

Un corridor. L'homme progresse sans bruit, rapide, déterminé. « La troisième porte ! » Il allonge le bras, pose sa main gantée sur le pommeau d'acier, le tourne en le tirant vers lui afin qu'il ne grince pas. Puis entrouvre la porte. Attend trois secondes sur le seuil, s'interrogeant sur l'odeur âcre et mentholée qui le saisit.

« Il y a un malade là-dedans ! » Et, retirant sa cognée de sa ceinture, pénètre de deux pas dans la pièce. « Origan, verveine, valériane et menthe… », énumère-t-il, reconnaissant tous les composants de la tisane que Basile a bue quelques instants plus tôt.

Ses yeux s'habituent à l'ombre qu'une unique bougie perce au fond de la chambre. Il découvre alors le corps allongé sur le côté, face au mur. « Respiration lourde et syncopée… Mais le bonhomme dort. »

Il entreprend de fouiller les lieux, agissant méticuleusement, silencieux et précis. Il soulève le couvercle de la maie, ouvre les besaces et les musettes, déplace bliauds, broignes et tabards.

Aucun bruit autre que les longues et douloureuses inspirations suivies des courtes et brutales expirations de Basile le Harnais. Aucun bruit jusqu'à ce qu'une voix appelle doucement à la porte :

— Maître Basile, êtes-vous endormi ? Je vous apporte votre bouillon maigre. Ordre m'a été donné par messire le comte de vous forcer à le boire jusqu'à la dernière goutte.

C'est une voix frêle de très jeune garçon qui n'a pas encore mué. L'homme s'est plaqué contre le mur en un saut de chat. Basile a remué dans son lit en maugréant.

L'écuyer entre, un large sourire découvrant ses dents gâtées.

— Il est tout fumant, maître.

Les yeux de l'adolescent s'écarquillent alors comme des calots en voyant la haute silhouette se déployer devant lui telle une chauve-souris géante.

Le bol échappe à ses mains tremblantes pour se briser sur le sol en un son bref qui achève cependant de réveiller le malade.

Basile découvre la scène au travers d'un voile flou. L'homme élève sa hache, l'écuyer croise les mains sur sa poitrine en sanglotant… Et la hache, la hache qui s'abat ! Qui fend le crâne de sa victime, faisant éclater les os avec le même bruit que le bol fracassé. La hache qui se retire d'un amas glaireux et carmin, se dresse à nouveau à l'approche d'un second écuyer qui a jailli, dague en main et hurlant :

— À moi, les Champagne, on a massacré Dents-Sales !

Basile s'est redressé, a cherché son épée. Il entend rire et s'en étonne. C'est le tueur. Un ricanement animal, pointu, hystérique. Une petite musique grinçante qui accompagne la hache s'abattant une seconde fois. Ce bruit, encore. Os fracturés. Succion du cerveau lacéré.

Basile a empoigné son arme. Il se jette hors de son lit tandis que l'inconnu se retourne sur lui, son visage d'ombre dans le capuchon riant encore et psalmodiant les premières phrases du Pater noster :

— *Pater noster, qui es in caelis, sanctificetur nomen tuum…*

Mais il s'arrête dans son élan ; on crie dans le corridor. On appelle à l'aide, réveillant les dortoirs des écuyers, des valets et des oblats. Le tueur abandonne la pièce à regret. Il marque néanmoins un temps avant de sortir, fixant Basile debout au pied de sa paillasse, une épée trop lourde dans ses mains fébriles.

— *Adveniat regnum tuum, Fiat voluntas tua…*

Il enjambe les deux corps qui répandent leur sang sur le dallage et se retrouve face à une poignée de gamins plus effrayés les uns que les autres, braillant pour se donner du courage, le menaçant de leurs bâtons ou de leurs dagues.

— *Sicut in caelo et in terra…*

— Nous sommes en nombre, compagnons, lance l'un.

— Allons ! prenons ce démon au cou et massacrons-le comme il a massacré deux des nôtres ! jette un autre.

Ils se précipitent tous en une mêlée désordonnée, frappant l'air en une attaque brouillonne dans laquelle ils lancent leur jeunesse et leur colère.

— Non ! Fuyez ! rugit Basile qui redoute un carnage. Fuyez ! Cet homme est un dément ; il va vous tailler en pièces !

La voix du tueur s'élève au-dessus des cris, étrangement douce, monocorde et paisible, presque chantante.

— *Panem nostrum quotidianum da nobis hodie…*

L'homme s'ouvre un chemin dans la masse, arrachant des lambeaux de chair comme un fauve se frayant un passage. Il éventre, étripe, écharpe, casse, sa hache sifflant à chaque coup. Il tue par plaisir plus que pour se défendre. Il tue en psalmodiant sa prière sur un ton de comptine syncopée.

— *Et dimitte nobis debita nostra…*

Basile s'est approché dans son dos en titubant et se prépare à lui transpercer le corps de sa lame, quand il heurte du genou un tabouret qu'il renverse. L'homme a entendu, s'est retourné.

— *Sicut et nos dimittimus debitoribus nostris…*

Le Champenois esquive la hache en une feinte de biais, abusant ainsi son adversaire qui ouvre sa garde. Basile s'y engouffre ; la pointe de son épée atteint l'homme au visage. Celui-ci grogne. Un jappement étonné, à peine douloureux. Puis, évitant les coups des écuyers, donnant encore de la cognée, il se dégage de la meute.

La nuit. À l'extérieur, la nuit le happe. Il disparaît aux yeux des jeunes gens persuadés d'avoir combattu le Diable en personne.

— Il s'est envolé ! Avez-vous vu ? Il a sauté par-dessus ce muret…

— Non, c'est bien trop haut !

— Il s'est envolé, vous dis-je !

*

* *

La cérémonie devant le Tombeau du Christ est brutalement interrompue par un écuyer champenois qui vient d'assister au massacre. Le gamin, un roussiot efflanqué, les joues rouges d'émotion, la chemise trempée de sueur et de sang, fend la foule des chevaliers pour atteindre le comte et ses compagnons.

Parvenu à leur hauteur, tout tremblant, ignorant le roi Baudouin, il lance :

— Messires ! Venez vite, il y a eu grand malheur au dortoir !

Payns, inquiet, demande :

— C'est Basile, n'est-ce pas, son état s'est aggravé ?

L'écuyer secoue la tête.

— Non, au contraire ! bafouille-t-il. Le chevalier nous a aidés à mettre en fuite un homme qui nous a attaqués…

C'est alors que le comte Hugues, s'approchant, remarque la chemise souillée de l'écuyer.

— Par ma foi, tu es couvert de sang ! s'exclame-t-il.

— Ce n'est pas le mien, répond le gamin. Dents-Sales est mort… Ainsi que Robert-Azur ! Et les oblats qui sont venus nous prêter main-forte ont perdu deux ou trois de leurs frères. Sans compter les membres arrachés de quelques valets !

— Reprends ton souffle et explique-nous, propose le roi.

— Jamais vu une telle violence ! Dieu me garde, j'ai vu l'ange du Mal monté sur terre pour nous occire tous ! À la hache, qu'il se bat ! Un véritable boucher…

Le roi tire son épée de son fourreau et lance :

— Le Seigneur nous pardonnera, mes amis : épée en main ! Allons voir.

Puis, se tournant vers ses deux amis fidèles :

— Bertrand, André, prenez dix hommes munis de torchères ; je veux que vous inspectiez les environs proches. Longmaur, avec une quinzaine de chevaliers, vous demeurez au Saint-Sépulcre. Passez par les armes le premier qui fera mine d'y pénétrer.

Baudouin entraîne ensuite la petite troupe composée des Champenois, de Sylbert et de Bucelin. L'écuyer n'a plus le courage de marcher. Il s'est effondré en pleurs dans les bras d'un abbé qui tente de le réconforter.

Le gamin ne cesse de répéter :

— Un démon ! Un démon…

En chemin, Baudouin s'adresse au comte :

— Il est improbable que ce soit une incursion de Sarrasins… Vous êtes mes hôtes, et je saurai réparer ce méfait ! Une enquête sera diligentée ; nous trouverons rapidement le coupable, je vous le promets, comte !

— J'en suis persuadé, Sire. Mais s'il ne s'agit pas de l'ennemi, qui est responsable ? Avez-vous déjà rencontré un tel problème ?

— Non, c'est la première fois que le sang coule entre ces murs. Nous avons eu à déplorer quelques larcins, deux ou trois rixes. Rien de plus normal, dans une population confinée. Ces affaires ont été réglées par une bonne volée de coups de fouet sur la couenne des fautifs.

— Il semble que, cette fois, l'adversaire soit plus dangereux. Je ne peux m'empêcher de noter qu'il apparaît la nuit même de notre arrivée.

Le roi regarde Bucelin à la dérobée et, d'une voix qui se veut affirmée, dit :

— Ce n'est qu'une coïncidence, comte.

— Je l'espère sincèrement, Sire.

*

* *

L'homme s'est glissé dans son réduit. La nuit en rafraîchit la pierre, l'imprégnant d'une odeur de caveau.

Il s'est mis nu et s'est assis à même le sol, dos contre le mur. Le contact des moellons râpeux lui procure un intense réconfort. Chaque aspérité piquant sa chair lui prodigue une petite morsure de plaisir.

Les ténèbres l'apaisent. Le rythme de son cœur ralentit, se calme. Dans sa poitrine, les battements sourds qui le brûlaient quelques minutes auparavant ont maintenant totalement disparu.

Il sait que du sang glisse sur sa joue. Il provient de la blessure que le Champenois lui a infligée. Est-ce profond ? L'os est-il touché ? Si la pointe de l'épée était sale, la plaie risque de s'infecter rapidement. Il va devoir la faire soigner et recoudre…

Il attendra que la fièvre qui s'est emparée du camp retombe, puis il se rendra chez le légat.

Dans quelques heures. Le temps de prier, d'absorber le froid des pierres par tous les pores de sa peau, de ne plus faire qu'un avec ce caveau, en une osmose parfaite qui engourdira ses muscles et tétanisera le moindre de ses tendons.

« *Et ne nos inducas in tentationem : sed libera nos a malo.* »

À son sang se mêlent des larmes. L'homme pleure. Il pleure de joie, son âme sereine déposée dans les bras glacés de Dieu.

*

* *

L'évêque Bucelin est pris de nausée à la vue des trois corps gisant dans un bouillon de sang, ainsi que des jeunes garçons mutilés ou estropiés que leurs camarades soutiennent ou pansent grossièrement, parant au plus pressé dans l'attente des médecins.

Basile a regagné son lit pour s'y asseoir, le souffle court, la vue toujours brouillée.

— Je ne suis parvenu qu'à le blesser d'un coup d'estoc au visage, sans même être certain de lui avoir fait grand mal ! apprend-il avec regret à ses amis.

— As-tu vu de qui il s'agissait, au moins ? demande le comte.

— Non, je n'ai pas vu ses traits. Rien d'autre que son regard lorsque je l'ai touché. Ce charognard gardait son capuchon sur la tête et prenait soin de dissimuler son visage. Mais ses yeux…

— Quoi, ses yeux ? tonne Geoffroy.

— Ils étaient emplis d'une tristesse infinie, précise

Basile après un temps. Semblables aux yeux d'un enfant venant de perdre père et mère.

Arcis pose une main sur l'épaule de Payns en lui soufflant à l'oreille :

— Tes craintes étaient fondées, l'ami. Pardonne-moi d'avoir mis ta parole en doute. Tu as en effet poursuivi un homme de chair et de sang sur le navire ! Mais, par les deux Jean, nos saints patrons, qui a pu apprendre que nous nous rendions à Jérusalem ? Nous avions pris soin de nous entourer du plus grand secret…

— Tais-toi, Arcis, l'arrête Payns. Le roi ne doit pas se douter… Nous parlerons plus tard. Pour l'heure, occupons-nous de ces malheureux gamins.

À ces mots, Arcis fouille dans l'une de ses musettes pour en ressortir quelques ustensiles de chirurgie et deux pots d'onguent. Il demande que l'on étende les blessés sur le dos, que l'on fasse bouillir de grosses bassinées d'eau et que l'on confectionne de la charpie avec des linges propres.

Maîtres Hotemaux, Virgile et Manuel, respectivement médecins et chirurgien, qui viennent d'arriver, voient d'un fort mauvais œil qu'un étranger, tout champenois qu'il soit, se permette de dispenser des soins dans l'enceinte du camp.

Accompagnés chacun de leur assistant personnel qu'ils prennent à témoin, ils manifestent haut et fort leur réprobation, usant de leur plus beau latin pour prouver à la cantonade combien leur science est grande. Ils piaillent ainsi durant de longues minutes. Un temps qu'Arcis met à profit pour juguler l'hémorragie d'un patient.

— Vous êtes d'une rare habileté, chevalier, remarque Baudouin en articulant très distinctement, de manière que les praticiens entendent.

— En effet, souligne Hugues. La modestie d'Arcis est telle qu'il se refuse à arborer son titre de docteur en médecine. Tout comme il dit n'être ni astrologue ni mathématicien, quoiqu'il soit l'un et l'autre.

— Et philosophe ! appuie Geoffroy.

Maîtres Hotemaux, Virgile et Manuel se sont tus. Ils ont apprécié à contrecœur la précision des gestes d'Arcis, qui vient de sauver la vie d'un adolescent au poignet droit sectionné. Baudouin se retourne vers eux et, sèchement, leur dit :

— Qu'attendez-vous pour intervenir ? Ne voyez-vous pas que quatre garçons attendent sur ces paillasses ?

— Oui, oui, Sire, bredouille maître Hotemaux.

Bucelin est sorti précipitamment dans la cour pour vomir contre un mur. « Mon Dieu, pense-t-il, comme il est difficile de défendre Votre cause ! Combien de vies devrons-nous faucher avant d'étouffer le Secret ? Combien de sacrifices serons-nous obligés de perpétrer en Votre nom ? »

Après avoir repris son souffle, le prélat retourne dans le dortoir. Les chevaliers et le roi en personne s'affairent auprès des blessés. Un jeune homme râle et se plaint qu'il ne veut pas mourir. Il a pris la main de Baudouin entre les siennes.

— Priez pour moi, Sire ! Je vous en prie, Dieu saura vous entendre… Vous êtes le roi de Jérusalem et veillez sur le Tombeau de son fils… Priez pour moi !

Et le roi lui obéit. Il se met à prier, tandis que maître Hotemaux ligature deux tendons du genou gauche de l'adolescent.

Bucelin s'est forcé à approcher malgré sa répugnance. La rotule du blessé est sortie des chairs ; le légat porte la main à ses lèvres pour refouler un haut-le-cœur.

Arcis en a terminé avec son deuxième patient et se redresse, le front en sueur. Payns lui tend un bol d'eau fraîche qu'il boit d'un trait. Puis, après s'être essuyé les lèvres d'un revers de manche, il dit :

— Une tâche de viandard ! Le tueur a frappé volontairement sur les jointures des membres. Les survivants du massacre seront infirmes pour le restant de leurs jours. Je n'ai jamais connu plus ignoble besogne !

Sylbert intervient :

— C'est que vous n'avez pas vu Longmaur à l'ouvrage ! Cet homme-là fait montre d'une aussi cruelle nature.

Arcis soupire et hoche la tête.

— La nature humaine ! dit-il. *Il n'y a pas de signe certain de la vertu : tout est confusion dans la nature humaine !*

Sylbert hausse les sourcils.

— Pardon ?

Payns vient à son secours :

— C'est ainsi, cousin ; Arcis ne peut s'empêcher d'évoquer l'esprit de beaux penseurs qui l'aident à ponctuer les actes exemplaires de sa docte et généreuse existence ! Là, il vient de réveiller la mémoire d'un poète grec… As-tu déjà entendu parler d'Euripide ?

— En aucune sorte, répond Sylbert. Aurais-je dû ?

— Cela ne t'aurait pas servi à grand-chose dans l'exercice de ton métier. Tu as mieux fait d'apprendre à manier l'épée et à te tenir convenablement en selle.

— Il n'empêche que je me trouve bien sot au milieu de vous cinq, soupire Sylbert en esquissant une moue qui fronce tout son visage en un museau de fouine.

— Ne crois pas cela, cousin ! Tu es frère tout autant que chacun d'entre nous…

Puis, l'entraînant à l'écart de manière à ne pas être entendu du roi, Payns ajoute :

— Tu es la cheville de notre projet, Sylbert. Nous t'avons demandé de quitter ta famille pour participer à l'expédition des croisés, et tu as accepté sans rechigner. Il nous fallait un homme de confiance dans Jérusalem ; tu es devenu cet homme !

— Ma foi, en cela je ne peux te contredire. Ma dévotion est aussi forte que mon amitié pour toi, Payns.

— Mon bon ami ! La voici, ton intelligence : c'est celle du cœur. De ce bon gros cœur chaleureux qui bat dans ta poitrine. Une intelligence simple et réconfortante qui donne tort à Euripide : la nature humaine peut parfois être équilibrée et sage. Tu en es le vivant témoignage.

— Ton compliment a le goût du miel. Mais j'ai conscience que ce n'est pas avec des gens comme moi que l'on remporte les batailles. Tu l'as dit, Payns, je ne suis pas un guerrier, alors qu'il vous aurait fallu, à toi et à tes amis, un véritable soldat ! Un de ces géants qui ne s'embarrassent pas de pitié pour occire et trucider.

— La bataille que nous livrerons à nos ennemis réclamera plus d'habileté que de force, mon bon cousin. Nous luttons contre des ombres que le pape anime comme des pantins.

10

Le tombeau de l'Imposteur

La nuit est très avancée quand les chevaliers champenois se retrouvent enfin seuls dans leur dortoir.

Basile s'interdit de dormir et doit accomplir de redoutables efforts pour repousser le sommeil. Il lui arrive de chanceler, ses fesses glissant sur le bord du lit, mais Arcis, qui s'est assis à côté de lui, le retient à chaque fois qu'il manque de tomber.

L'épais Geoffroy arpente la pièce, cou rentré dans les épaules, œil d'ours et front plissé.

— Comment ? ne cesse-t-il de répéter. Comment ont-ils pu être informés de nos intentions ?

Sylbert se risque :

— Vous parlez de cette secte occulte, messire ?

— Pardi ! fulmine Geoffroy. Vous entendez bien : je pense à cette satanée coterie dont les membres trahissent, mentent et tuent avec la bénédiction du pape ! Oui, pour sûr, je parle d'elle… Car il ne peut s'agir que d'elle ! Rusée, sournoise, maligne ! Une hydre qui cherche la même chose que nous sans avoir jamais cessé de nous épier !

— Moins fort ! impose Payns en se rendant vers la porte, qu'il entrouvre pour s'assurer que le corridor est vide.

Geoffroy baisse à peine la voix pour poursuivre, sans cesser de marcher en cercles de plus en plus étroits :

— Nous partageons tous la même réflexion, mais n'osons pas prononcer le nom de nos rivaux, comme si nous n'étions que des pleutres superstitieux.

— Tu as raison, Geoffroy, dit le comte. L'homme à la hache, qui s'est introduit ici, fouinait dans nos affaires pour trouver notre carte. Bien sûr, cet estafier appartient aux Gardiens du Sang !

Geoffroy reprend :

— Par quelle magie a-t-il appris que nous détenions cette carte ? Qui le lui a dit ? Nous sommes six dans cette pièce, et nous six uniquement possédons cette information ! Comment les Gardiens du Sang en ont-ils eu vent ?

Le silence s'impose alors. Les hommes se regardent. Ils se connaissent tous depuis longtemps. Depuis l'enfance pour le comte Hugues et Payns. Depuis plus de dix ans pour les autres. Ils ont prononcé leur serment lors de leur initiation dans la Loge Première et se sont engagés à servir corps et âme la Tradition. Ils se sondent pourtant en se posant tous une question qu'ils n'auraient jamais cru pouvoir se poser un jour.

Enfin Payns rompt le silence d'une voix dans laquelle point la colère :

— Inutile de jeter le trouble entre nous, Geoffroy ! Nous ne pouvons pas nous permettre de laisser naître la suspicion. C'est un poison qui nous tuerait plus vite que ne le feraient les Gardiens du Sang ! Nous sommes des apôtres, mais nous ne comptons pas de Judas parmi nous.

Geoffroy s'arrête net de marcher. Il s'empourpre et bredouille :

— Non… Non… Il n'était pas dans mes intentions de vous vexer, mes frères. Je réfléchissais tout haut, et vous savez bien que la réflexion n'est pas la discipline dans laquelle j'excelle le plus. Si je vous ai froissés, je vous demande humblement de me pardonner. Oui… Oui… Quel butor je fais, n'est-ce pas ?

— Allons, le rassure Hugues, nous t'aimons tel que tu es ! Il n'empêche que ton raisonnement sonne juste. Par je ne sais quel moyen, le pape et ses sbires ont appris que nous détenions le plan devant nous conduire au tombeau de l'Imposteur.

— Il nous fait sans doute espionner depuis des mois, marmotte Basile.

Le comte Hugues plonge la main droite dans sa chemise pour en ressortir une petite sacoche en cuir qu'il ouvre aussitôt. Elle contient une feuille de parchemin qu'il déplie avec soin. La peau craque un peu sous ses doigts.

— Frères, commence-t-il, il me paraît sage de ne pas nous attarder à Jérusalem. Utilisons cette carte dès maintenant.

— Cette nuit même ? s'étonne Arcis.

— Je n'aurai l'esprit en repos que lorsque nous aurons honoré notre engagement en prenant possession des Saints Signes ! répond le comte.

— Bien parlé, lance Geoffroy en jetant son épais tabard de laine sur ses épaules. J'apprécie ce genre de décision. De l'action, enfin ! Nous ne sommes pas venus jusqu'ici pour nous endormir en récitant des patenôtres devant un tombeau vide !

Basile entreprend de se lever de sa paillasse. Il s'appuie sur le bras que lui tend Arcis.

— Je suis des vôtres, ânonne-t-il.

— Faudrait-il que tu tiennes debout ! objecte Payns.

Basile riposte en se redressant et en bombant le torse dans un geste crâne.

— Je vais mieux ! Cet assassin m'a réveillé les sangs… N'oubliez pas que je suis parvenu à le mettre en fuite.

Il fait quelques pas d'abord mal assurés puis, à force de volonté, recouvre bientôt son maintien droit et quelque peu rogue.

— Voyez, poursuit-il, je tiens parfaitement sur mes jambes et je ne souffre plus d'aucun vertige. Tes passes de magicien ont fait des merveilles, Payns !

Payns lève les yeux au ciel et hausse les épaules.

— Incorrigible âne bâté ! réplique-t-il.

*

* *

L'évêque Bucelin a pris soin d'obturer toutes les fenêtres de la pièce en tirant les tentures afin que de l'extérieur nul ne puisse voir qu'il ne dort pas.

Le prélat tient un chandelier au-dessus du visage de l'homme à la hache. Un jeune abbé recoud les lèvres de la blessure infligée par l'épée du chevalier Basile le Harnais.

— Vous tremblez, Monseigneur ! remarque l'homme de sa voix morne et douceâtre.

— C'est que je me demande… Enfin, je pensais que vous aviez manqué de prudence en vous rendant dans mes appartements.

Mais ce n'est qu'une des raisons qui troublent le légat du pape, la principale étant le visage du tueur. Ce dernier a tout juste vingt ans et ressemble à l'ange auquel il rêve parfois. Cet ange au sexe indéterminé, les yeux pâlis par un regard de détresse, les lèvres ébauchant un sourire ennuyé et dédaigneux… Cet ange, tantôt femme, tantôt homme, auquel il confie ses péchés en espérant que ceux-ci lui seront pardonnés au jour du Jugement.

— Tout était désert, le rassure le tueur.

Le suif des chandelles coule sur le poignet de Bucelin et s'y dépose en fines couches brûlantes. Mais l'évêque n'ose se plaindre pour si peu alors que le blessé ne manifeste aucune douleur sous l'aiguille et le fil du jeune abbé.

— Pourquoi vous refusez-vous à absorber quelques cuillerées de cette drogue hypnotique qui atténuerait la souffrance ? interroge Bucelin en désignant un flacon sur une table.

— Un bien faible martyre, en vérité, par comparaison avec celui des premiers chrétiens persécutés.

— Vous ne ressentez vraiment rien ?

— Les mortifications, pénitences et abstinences que je me suis imposées ont eu raison de cette faiblesse. Mon corps et mon esprit apprécient la douleur ! Ils s'en repaissent avec extase.

— Votre impassibilité semble effrayer mon jeune abbé. Une telle insensibilité n'est pas humaine !

— Au contraire ! L'ascèse devrait conduire tous les hommes à se détacher des afflictions de la chair. Je ne suis qu'une arme, Monseigneur ! L'outil qui protégera les intérêts supérieurs de l'Église. L'Histoire est mensongère ; il nous appartient de la récrire de manière à préserver la foi en Dieu… La foi est l'indispensable ciment de la société qui doit préserver l'humanité contre les hérétiques.

— Voilà, annonce le jeune abbé. J'en ai terminé. Sans doute faudra-t-il appliquer régulièrement un emplâtre d'*Anthyllis vulneraria* sur la cicatrice.

— De l'eau bénite, plutôt ! C'est la lame d'un renégat qui m'a fait cette blessure !

Le tueur quitte sa chaise et se saisit d'un grand plat rond en cuivre qu'il utilise comme miroir. Dans son dos, le jeune abbé, qui range ses instruments de chirurgie dans une musette, ne le quitte pas des yeux, appréhendant son jugement.

— Bel ouvrage de couture ! s'exclame enfin l'homme.

Puis il repose le plat, se tourne vers l'abbé qu'il saisit au cou comme s'il ne s'agissait que d'un vulgaire poulet, et lui ordonne très bas :

— Vous ne parlerez de cela à personne, ou je vous fends la tête comme une bûche, moinillon !

— Je vous le jure, messire ! Vous pouvez avoir confiance en moi.

Bucelin intervient en affirmant, avec un geste d'apaisement :

— N'ayez crainte, il a prononcé le serment d'allégeance aux Gardiens du Sang, et je réponds de son silence.

Le tueur desserre son étreinte sur le cou de sa victime, qui commençait à pâlir et à tousser.

Bucelin poursuit en se servant une coupe de vin :

— Je peux aussi compter sur quelques chevaliers qui adhèrent à notre cause, ainsi que certains de leurs écuyers. J'ai fait surveiller le dortoir des Champenois et l'on me préviendra dès qu'ils bougeront.

L'évêque marque un temps : « Vais-je le lui dire ? »

L'homme à la hache remet son capuchon et dissimule son visage.

Bucelin avance :

— Tout à l'heure, dans le dortoir…

— Oui ?

— Étiez-vous obligé de causer une telle désolation ? Vous avez tué cinq malheureux enfants ! Et en avez laissé quatre autres estropiés à tout jamais…

— Vous m'aviez dit que je ne rencontrerais aucune résistance, Monseigneur !

Bucelin se ressert une deuxième coupe. Le vin lui picote les joues et échauffe son esprit, le libérant un peu de cette angoisse qu'il ressent en présence du tueur. Il réplique :

— J'ignorais que le chevalier Basile le Harnais était souffrant et garderait la chambre. En découvrant cela, vous auriez dû remettre la fouille à plus tard.

— Votre conscience se serait-elle alourdie, cette nuit ? Qu'imaginiez-vous ? Que la bataille que je suis venu livrer en ces terres ne causerait pas de victimes ?

— Mais… des innocents !

— Ils portaient des bâtons et des dagues pour se

ruer sur moi comme un hourraillis d'aboyeurs ! Je vous l'ai dit, Monseigneur, j'éprouve une certaine complaisance à servir Dieu. Le pape m'a donné son absolution ; je suis le serviteur de l'Église. Ceux qui se mettent en travers de mon chemin prennent le risque d'être rappelés prématurément auprès du Père éternel. Que leur âme me soit redevable : je leur offre la félicité et la béatitude !

Le jeune abbé paraît embarrassé d'être le témoin de cette conversation. Il lui semble que chaque seconde passée dans cette pièce à peine éclairée le rapproche de l'enfer. Cet homme, ce tueur qui garde une hache passée dans sa ceinture, ce garçon à peine plus vieux que lui, est un démon incarné. Et il l'a touché ! Il a recousu une vilaine entaille sur sa joue droite sans qu'il bronche ni se plaigne. Il a enfoncé par dix fois son aiguille dans la chair et tiré fortement sur le fil pour refermer la plaie sans faire naître le moindre cri, le plus petit tressaillement.

Maintenant l'abbé se tient près de la porte, faisant passer le poids de son corps d'un pied sur l'autre en une danse impatiente. Bucelin et l'envoyé du pape l'ignorent.

*

* *

Les cimes des cyprès bruissent dans la nuit encrée de grandes ombres étales. Sylbert porte une lanterne et devance les cinq chevaliers, qu'il conduit hors de l'enceinte de la maison chevêtaine.

Une poterne dérobée non gardée. Un rapide coup

d'œil par-dessus son épaule, puis Sylbert fait signe à ses compagnons de franchir la porte, qu'il referme rapidement derrière eux en deux tours de clef.

Basile a donné le bras à Geoffroy qui le soutient fermement.

Un aboiement de chien au loin. Un long jappement qui s'éteint en une note rauque auquel aucun autre chien ne répond. Le silence, juste troublé par le chuchotis des santolines.

Arcis hume avec gourmandise le parfum complexe, riche et lourd, composé d'une infinité d'arômes, que la chaleur du soleil a révélés toute la journée et que la nuit a figés dans sa fraîcheur.

— J'aime ce pays ! murmure-t-il à Payns qui chemine à sa hauteur.

— Déjà ?

— En effet, déjà. Ne trouves-tu pas que cette ville sent bon ?

— Ma foi, je n'ai rien remarqué de tel. J'avoue que mon esprit n'est plus guère enclin à la contemplation. Je pense plutôt à ce qui nous attend…

— Justement, tu devras retenir à tout jamais ces moments particuliers, car ta mémoire aura besoin de guides pour ne point les oublier. Moi, je me souviendrai des effluves de cette ruelle, de ce léger courant d'air sur mes chevilles, du sable où affleurent ces gros pavés irréguliers sur lesquels je me tords les pieds, de la fragile boule de clarté produite par la lanterne de ton cousin… Autant de détails que la peau, les os et les yeux absorbent afin d'aider la tête à se remémorer.

— J'apprécie la poésie de ton âme, mon ami. Elle te permet de voir le beau côté de chaque chose, quand la plupart des hommes n'en regardent que la mauvaise face.

Le comte marche maintenant en tête. À son côté, Sylbert lui donne de la lumière.

— C'est une sainte nuit, dit-il, la voix sèche.

— En vérité, elle le sera lorsque nous aurons trouvé le Tombeau et fait ce que nous avons à y faire, souligne le comte Hugues en sortant de sa chemise la pochette en cuir. Une sainte ou une maudite nuit ! ajoute-t-il.

*

* *

Deux hommes se détachent de la masse noire d'un haut mur.

— Tu as vu qui les a conduits par la poterne, Longmaur ?

— Mon vieux compagnon Sylbert ! Pardi, n'est-il pas né en Champagne ? Ce traître mourait d'impatience de retrouver son cousin Payns. Hâte-toi de prévenir le légat, Euric ; qu'il réunisse ses hommes. Je ne les perds pas de vue…

Euric s'en retourne en courant. Longmaur s'approche de la poterne pour en examiner la serrure : « Le bougre a prévu son affaire depuis bien longtemps ; il s'est forgé une clef ! »

Puis il sort son poignard, avec lequel il entreprend de forcer le pêne en tentant de le dégager de sa gâche. Cela lui prend plus de temps qu'il n'a prévu, et il enrage. Il parvient enfin à faire glisser l'ardillon lorsque l'évêque, l'homme à la hache, Euric et trois hommes le rejoignent. Il les entraîne aussitôt à l'extérieur en leur recommandant de ne pas fermer entièrement la porte, car ils devront la repasser rapidement après leur expédition.

— Quelle direction prendre ? demande Bucelin.

— Ils ont laissé des empreintes dans le sable, regardez.

— Il y a très peu de vent, poursuit Euric, nous allons pouvoir les suivre à la trace.

— De plus, reprend Longmaur, ils doivent étudier leur plan et chercher leur chemin.

Ils font quelques pas. Longmaur s'étonne alors en désignant le tueur encapuchonné :

— Qui est cet homme qui nous accompagne, Monseigneur ?

— Allons, vous le savez bien !

— Je m'en doute ; cependant, il eût été aimable que vous nous le présentiez ! À moins qu'il ne désire le faire lui-même ?

Mais l'homme à la hache demeure coi.

Bucelin est obligé de répondre :

— Pour sa sécurité, il ne donnera pas son nom. Sachez simplement qu'il est envoyé par le pape et qu'il nous épaulera dans notre opération.

— C'est à lui que nous devons le massacre perpétré dans les dortoirs ? ironise Longmaur.

C'est d'une voix mal affirmée que l'évêque précise, embarrassé :

— L'un des Champenois ne s'est pas rendu à l'office au Tombeau. Il lui a fallu réagir.

— Et quelle réaction ! Je connais des tueurs plus subtils.

Sous le capuchon d'ombre, une voix douce et presque féminine répond :

— J'ignore la subtilité lorsqu'il s'agit de tuer. Fasse le Ciel que je n'aie jamais à me retourner contre vous, chevalier !

— Nous sommes du même bord, l'ami.

— Je n'ai aucun ami.

*

* *

Les Champenois se sont regroupés auprès du comte Hugues. Sylbert tient sa lanterne très haut de manière que tous puissent voir le plan.

— Parviendrons-nous à lire cette carte ? La ville a sans doute beaucoup changé en dix siècles, s'inquiète Arcis.

— Joseph d'Arimathie, l'oncle de Jésus, a dessiné ce plan en prenant le Temple de Salomon comme point de départ du trajet à effectuer pour atteindre le tombeau de l'Imposteur, dit Hugues.

— Et le Dôme du Rocher a été construit à l'emplacement même du Temple que Joseph d'Arimathie fait figurer sur la carte comme étant l'étoile Alkaïd, précise Payns en montrant un astre avant d'ajouter : Alkaïd, généralement représentée sous la forme d'un êta, la septième lettre de l'alphabet grec, est la première étoile de la queue de la constellation d'Ursa major. Il nous suffit de calquer notre route au degré près sur cette figure céleste. L'idée de Joseph d'Arimathie est ingénieuse : il a imaginé Jérusalem comme étant une partie du ciel, notre parcours devenant la reproduction de la Grande Ourse à l'échelle de la ville.

Hugues sourit.

— Payns est suffisamment savant en astronomie et en mathématique pour nous conduire jusqu'à la dernière étoile d'Ursa major : Dubhe ! C'est là que devrait se trouver la tombe de Thomas.

— D'autant plus que Joseph dit avoir laissé des indices dans la pierre de certains murs, souligne Payns. Peut-être aurons-nous la bonne fortune d'en trouver quelques-uns que le temps aura préservés ?

Les Champenois reprennent leur marche. Moins d'un quart d'heure plus tard, ils arrivent sur une petite place pavée au centre de laquelle se trouve un puits laissé à l'abandon, recouvert d'un gros lierre torturé et d'une épaisse mousse griffue.

C'est maintenant Payns qui tient le plan, le consultant à chaque pas, avançant parfois le nez au ciel, comptant les étoiles pour se référer au schéma tracé par l'oncle du Christ et effectuer de tête des calculs compliqués.

— Alors ? s'impatiente Arcis.

— Alors, si j'interprète convenablement ce tracé et si mon évaluation est correcte, nous devrions découvrir un signe sur cette place. Ce qui devrait confirmer que nous sommes sur la bonne voie.

Basile soupire :

— Si vous le permettez, je vous laisse chercher. Je vais m'asseoir sur le rebord de ce puits et me reposer un peu.

Geoffroy l'aide à se jucher sur la margelle.

— Voilà, tu seras bien ainsi.

— Tu prends soin de moi avec beaucoup d'attention. Tu as donc peur que je rende mon âme à Dieu dès cette nuit ?

Geoffroy hausse les épaules et dit :

— Ni cette nuit ni la prochaine… Ni aucune de celles à venir avant que je ne sois enterré moi-même !

— C'est bien aimable, mais pourquoi souhaites-tu mourir avant moi ?

— Eh bien, tu es meilleur que moi dans l'art de la parole ; je suis certain que tu sauras tourner de jolies phrases au-dessus de ma tombe : un magnifique panégyrique qui fera pleurer d'abondance l'assistance. Ainsi, chacun se souviendra longtemps de mes funérailles !

— Mon brave Geoffroy, dès notre retour je te promets de réfléchir aux vers que je trousserai pour tes obsèques, car je gage que tu t'inscriras à de nouveaux tournois où tu joueras ta vie, n'est-ce pas ?

— On ne se refait pas, Basile. Il me faudra bien succomber en héros !

Geoffroy va pour rejoindre ses amis lorsqu'il est retenu par ce qu'il voit sur un moellon du puits.

— Qu'on me donne de la lumière ! crie-t-il.

Sylbert accourt, brandissant sa lanterne à bout de bras.

— Là ! désigne Geoffroy.

Payns s'est approché, Hugues et Basile sur ses talons. Tous se penchent sur le muret. Ils y voient une marque creusée jadis par un ciseau.

— Ce signe est un zêta, la sixième lettre de l'alphabet grec, annonce Payns. Il correspond à la seconde étoile d'Ursa major, à laquelle on a donné le nom de

Mizar. Poursuivons, nous tomberons bientôt sur Alioth, qui devrait être désignée par un epsilon.

Payns examine de nouveau le plan et indique une ruelle qui descend en contrebas.

Basile reprend le bras de Geoffroy et les chevaliers s'enfoncent dans la venelle. Quelques minutes plus tard, Payns avise la façade d'une demeure de deux étages en partie recouverte par une vigne vierge. Payns doit en écarter les rameaux de manière à dénuder la base du mur en torchis.

Il lui faut peu de temps pour découvrir la cinquième lettre de l'alphabet grec, l'epsilon.

— C'est à croire que tu es déjà venu défricher le chemin ! lui dit le comte.

— Mille fois en rêve, en effet !

Ils poursuivent leur progression. À deux reprises, Basile est pris de vertiges, les obligeant à s'arrêter pour lui permettre de recouvrer son souffle.

La plupart des pierres marquées par Joseph d'Arimathie ont été effacées, mais Payns parvient à trouver sans difficulté les points correspondant au delta de Mégrez, au gamma de Phecda, au bêta de Mérak…

— Tu nous as conduits en enfer ! s'exclame Arcis.

— C'est le quartier des lépreux, précise Sylbert. Il n'y a que des malheureux comme eux, presque morts, pour investir une ancienne nécropole.

Les Champenois ont atteint la lisière sud de Jérusalem. C'est un lieu désolé où de sinistres bâtisses s'accrochent aux pans d'une roche noire ; y poussent des herbes folles dans de la vilaine terre ocre sur laquelle plane une odeur fétide, âcre et pernicieuse.

Payns et Sylbert se détachent du groupe pour fouiller les ronciers qui gangrènent les rochers.

— On nous regarde, souffle Geoffroy.

— Derrière ces volets, montre Arcis d'un coup de menton. Là… et là…

— Cette odeur de pourriture, fait Basile, toute la nuit en est embaucanée ! J'ai connu dans ma vie des tâches plus plaisantes. Plus vite nous serons revenus dans notre fraîche contrée, mieux je me porterai !

— Ton vœu sera bientôt exaucé, lance Payns qui vient de faire apparaître sous des branchages un alpha grand comme la paume d'une main.

— Qu'I.N.R.I. nous illumine ! s'émerveille le comte.

Ils accourent tous, formant un demi-cercle devant la paroi de pierre.

— Voyez, dit Payns, ces interstices… Ils délimitent la porte ronde qui a muré l'entrée du sépulcre. Hâtons-nous de la dégager de son lierre et de ses halliers ; nos épées devraient y suffire.

Basile s'apprête à sortir son arme de son fourreau quand Geoffroy retient son geste.

— Je travaillerai pour deux, lui dit-il. Repose-toi encore ; tu devras descendre dans le Tombeau lorsque ce sera fini.

— Merci, frère.

Car Basile sait ce qu'ils vont devoir accomplir tous les cinq. Eux seuls : les CINQ… Ceux qui ont fait le serment de préserver le Secret du Christ.

Les lames sont utilisées comme des cisoires. Elles s'attaquent au ciment de poussière et de mousse que le temps a déposé dans l'anfractuosité du mur. Les lames râpent et raclent. Les chevaliers se consacrent à cet ouvrage en y mettant toutes leurs forces, ne se souciant guère des silhouettes brisées qui apparaissent sur le seuil des misérables demeures. Bancroches, éclopés, boiteux, femmes et homme déchirés, couverts de loques et de hardes, monstres abandonnés par les vivants, ils sortent de leurs antres, approchent à peine, regardent ces intrus en s'étonnant.

Certains murmurent. Ils commentent dans leur langue cette scène étrange. Voix de rocaille, écorchées et curieuses.

— Par saint Jean, dépêchez-vous ! jette Basile à ses amis. Les lépreux se demandent ce que nous faisons là. Imaginez que notre ouvrage les indispose…

— Ces pauvres bougres ne tiennent pas sur leurs jambes, répond Sylbert. Il ne leur viendrait jamais à l'esprit de s'attaquer à nous. Nous les réduirions en miettes en trois coups d'épée.

— Tout de même, poursuit Basile, ils sont nombreux…

Enfin, au terme de maints efforts, Payns, Hugues, Geoffroy, Arcis et Sylbert parviennent à déchausser la lourde porte ronde qu'ils font rouler avec d'infinies précautions afin d'éviter qu'elle ne se couche et n'écrase l'un d'eux.

Cette besogne achevée, Payns s'adresse à son cousin :

— Tu garderas la place pendant que nous accomplirons notre devoir, Sylbert.

— Bien sûr, cousin. La tâche ne me sera pas coûteuse. Mais pressez-vous, cependant : je risque de m'inquiéter si vous tardez. Qui nous dit que le plafond de ce tombeau ne s'effondrera pas ? Est-il bien raisonnable que vous descendiez tous ?

— Le rituel nous impose d'être présents tous les cinq, précise Payns.

— Oui, oui… Vos bagues !

— Allons, ne te fais pas de souci. Tout se passera pour le mieux.

— Puisque tu le dis ! se moque Sylbert. N'es-tu pas sorcier ?

— Balivernes !

Puis Payns prend la lanterne :

— Descendons !

Basile abandonne le petit rocher sur lequel il se reposait et rejoint ses amis. Geoffroy lui offre son avant-bras et l'aide à enjamber le monticule de pierraille tombée sur le seuil du caveau. Payns s'est déjà introduit dans l'excavation.

— Faites attention, conseille-t-il, il y a une volée de marches à descendre qui ne sont guère pratiques !

Les cinq hommes s'enfoncent ensuite dans les ténèbres du Tombeau. La flamme de la lanterne est couchée par l'air qui s'est engouffré avec eux.

— Fouillons tous les arcosoliums, propose Payns ; nous ne cherchons pas un ossuaire, mais un corps décomposé, le seul squelette que contienne ce caveau.

Les chevaliers examinent les niches successives qui se présentent à eux. Elles abritent chacune une urne de grès comportant les restes d'un membre de la famille de Joseph d'Arimathie.

Soudain, Payns s'arrête devant l'une des alcôves. Il élève sa lampe au-dessus d'une forme grise allongée : une malheureuse dépouille dont les os saillent sous le suaire poussiéreux, élimé, à demi rongé par la vermine.

— Habituellement, commence-t-il, afin de préparer la résurrection, après que la chair avait quitté les os, on plaçait ceux-ci dans une urne. Ce qui fut interdit pour l'Imposteur !

L'Imposteur : Thomas, le frère jumeau du Christ. Celui qui a pris sa place sur la croix. Mort cloué à sa potence comme un vulgaire porc que l'on saigne. Mort nu, les cuisses couvertes d'urine, de sang et de boue, le dos lacéré par le fouet, le front déchiré par une couronne d'épines. Mort en pleurant tel un enfant, douleur et honte mêlées. Dans les cris de la foule, les invectives, les jurons, les railleries. Mort le visage couvert des crachats reçus tout le long de son calvaire, de sa montée au Golgotha. Bousculé, frappé.

— À quoi penses-tu, Payns ? demande Hugues.

Payns regarde le mur qui fait face au caveau où gît le squelette de Thomas.

— Là… C'est là que Jésus se serait tenu assis, selon la Tradition. Il se serait adressé à son frère, certain que la Mort n'avait pas encore obturé toutes les portes de son esprit… Il l'interrogeait !

— Jésus avait trouvé refuge dans ce tombeau, précise Arcis. Les Romains le cherchaient à son tour, ayant découvert qu'ils avaient torturé un usurpateur.

— Oui, dit Basile, Pilate en fut informé par le Sanhédrin. Il fit visiter toutes les maisons appartenant à la famille du Christ. Il n'a jamais pu imaginer que celui qu'il cherchait s'était fait enfermer auprès de son frère, dans cette fosse.

— Thomas était son jumeau, reprend Payns. Leurs

deux âmes étaient liées. À moins qu'ils n'en aient possédé qu'une ? Une âme unique qui les faisait souffrir en les obligeant à la partager entre ombre et lumière, à se la disputer sans cesse…

Payns semble épouser ce souvenir. Il s'est adossé au mur où s'est reposé Jésus.

— Ce que tentait de découvrir le Christ depuis qu'il avait été initié par les docteurs égyptiens, poursuit Payns, ce que sa science lui avait fait effleurer à maintes reprises sans lui offrir de victoire, il le découvrit ici, dans une extase ! Alors qu'il questionnait son frère, il fut pris d'une illumination. La douleur qui brûlait son esprit et sa chair, les drogues qu'il avait absorbées comme il avait pris l'habitude de le faire, la présence de la Mort accomplissant son œuvre sur Thomas, tout cela le mit en transes…

Payns abandonne le mur et revient vers la dépouille de Thomas, que la lueur de la lanterne soustrait en partie à l'ombre gluante du tombeau. La forme à peine humaine, aux angles cassés, paraît s'animer sous le suaire, mue par la flamme qu'un souffle léger fait danser.

— Jésus avait approché le Grand Arcane, poursuit Hugues, il ne lui restait plus qu'à symboliser l'Œuvre ultime par cinq figures. Celles-ci lui apparurent alors… Comme si Thomas, venant de les dérober à la Mort, les lui avait dictées.

Geoffroy intervient :

— Et il s'empressa de les esquisser de la pointe du doigt sur le suaire de son frère. Avec le sang et les glaires de ce dernier !

Tous les cinq connaissent avec précision cet épisode que les clercs de l'Église ont soustrait des Saintes Écritures. Ils le répètent cette nuit en un chœur uni, retardant volontairement le moment où il leur faudra enfin découper une partie du linge gris qui enveloppe la dépouille de Thomas.

— Jésus dessina l'ordre dans le chaos, ajoute Payns. Il traça les Saints Signes ! Le Secret de l'immortalité pour l'initié qui saurait les traduire…

Alors, gravement, d'un geste lent, Payns abaisse la lanterne pour scruter le suaire taché. Ses amis se penchent, parcourent des yeux le lin souillé. Le premier, Arcis découvre les cinq Signes de couleur brune dessinés par Jésus. Ils ressortent distinctement parmi les nombreuses tavelures du linge.

— Voici le Savoir ! s'écrie Payns. Voici la Connaissance qui oppose la Vie à la Mort. Voici la lumineuse Équation alchimique de notre maître Jésus !

Hugues s'incline, porte la main droite à sa poitrine et dit :

— Nous, frères de la Loge Première, nous en devenons, en cette nuit de grâce, les dépositaires pour les siècles à venir !

— *Igne Natura Renovatur Integra*, scande Payns.

— Par le Triangle, l'Hexagramme, l'Omega, la Croix et le Tau…, prononcent ensuite les cinq chevaliers.

Payns dépose la lanterne sur le rebord du lit de craie de Thomas et sort sa dague de sa gaine. Il entreprend de découper le suaire, qu'il entaille bientôt franchement à la hauteur des cinq figures.

— Communions dans la véritable eucharistie ! murmure-t-il. La chair de la Vie…

Sous le regard grave de ses compagnons, il partage la pièce d'étoffe en cinq morceaux, isolant les figures les unes des autres, qu'il distribue ensuite.

— Ceci est la Lumière de Jésus que nous séparons en cinq éclats. Prenons-en chacun un…

Les chevaliers plient soigneusement leur petit morceau de tissu avant de le glisser dans le minuscule tabernacle de leur bague.

— Devenons les cinq doigts de la main droite du Christ !

Ils referment leur bague.

Surprenant ses amis, Basile se saisit du linceul. Vif, fiévreux, bien que Geoffroy tente de l'en empêcher, il arrache le linge du squelette.

— Je veux voir, dit-il. Les marques !

Des lambeaux de chair momifiés, tannés par le temps, s'accrochent encore aux os.

— Les poignets et les pieds troués ! lance Basile. Je vois enfin le crucifié… L'Imposteur a tellement hanté mes nuits de cauchemar !

Hugues intervient, saisit son ami par les épaules pour l'arracher à cette vision morbide et sacrilège. Extatique, Basile se laisse entraîner. Son menton est tombé sur sa poitrine ; il s'est voûté d'un coup.

— Il n'est pas bon de porter les yeux sur lui, mon ami, le sermonne le comte.

— Mille fois je l'ai vu se dresser dans l'ombre… me tendre ses bras morts et m'attirer à lui. Le maudit !

Payns replace le linceul sur la dépouille de Thomas tandis que Basile poursuit :

— Il m'enlaçait dans la puanteur de sa chair en décomposition et me baisait les lèvres…

— Tais-toi ! fait sèchement Arcis.

— Remontons, notre tâche est accomplie, conclut Payns en se saisissant de la lanterne.

Mais Basile ne peut s'empêcher de se retourner. La forme qui repose dans sa niche s'efface dans l'ombre qui l'enveloppe. Une dernière lueur danse un court instant sur le linceul.

11

Le combat dans la nuit

À peine les Champenois sont-ils sortis du tombeau que Sylbert vient à leur rencontre pour leur dire :

— Il nous faut déguerpir ; j'ai vu quelques silhouettes et des lames briller.

— Des lépreux ? interroge Payns.

— Par mon âme, les marauds se tenaient bien roides pour des éclopés ! Avez-vous réalisé ce que vous aviez à faire ?

— Nous avons en effet accompli notre mission. Peu importe que d'autres pénètrent dans cette tombe, désormais. Nul ne saura jamais ce que nous emportons.

— Ce quartier est un véritable labyrinthe, précise Sylbert. Restons groupés et fuyons sans plus tarder.

— Éteignons la lanterne, propose Hugues.

*

* *

L'homme à la hache se retourne sur Longmaur pour lui ordonner :

— Chevalier, prenez vos hommes et donnez la chasse à ces rats !

Longmaur n'a guère l'habitude d'être commandé, mais Bucelin lui décoche un regard qui lui intime l'ordre de se soumettre. Il s'y résout :

— Bien, suivez-moi ! lance-t-il aux quatre hommes qui l'accompagnent.

Seuls dans la nuit, l'homme à la hache et le légat restent un instant sans rien dire, regardant dans la direction du sépulcre. Puis, après avoir allumé une torche, le tueur annonce :

— Il était préférable d'éloigner tout ce monde de la sépulture, n'est-ce pas, Monseigneur ? Il eût été fâcheux que vos croisés découvrissent ce que nous allons y voir.

— Certes. Je crains cependant que les Champenois n'aient eu le temps de toucher au suaire !

— Je sais ! Je sais aussi que nos hommes ne parviendront pas à les prendre.

— Comment pouvez-vous en être certain ?

— Vos agents de Champagne n'ont donc pas colporté jusqu'à vous la réputation de ce maudit Payns, Éminence ?

— Ma foi, il court en effet certains bruits sur lui. Des ragots qui se donnent des airs de légende. Faut-il prêter l'oreille à ce genre de rumeur ?

— C'est un sorcier engendré par le Diable ! Et c'est le Malin en personne qui lui a enseigné la maîtrise des armes. Qui se trouve à portée de son épée est condamné !

Bucelin hausse les épaules, désireux de clore là cette conversation. Certes, on lui a souvent parlé du chevalier Hugues de Payns. On lui a rapporté maints propos suggérant que le Champenois pratiquait la sorcellerie.

Le prélat du pape ne peut avouer au tueur qu'il a peur. Peur de cette nuit silencieuse, de ces ombres tourmentées qui sont apparues sur le seuil de leurs masures. Peur de ce qu'il va découvrir dans le caveau. Cette vérité endormie dans la terre depuis près de dix siècles. Cette vérité !

Peur. Et froid.

Son sang frappe à ses tempes à grands coups glacés.

— Vous tremblez, remarque l'homme à la hache.

— Ce n'est rien, articule difficilement Bucelin. Finissons-en !

Quelques lépreux ont allumé à leur tour des torches ou des lanternes et se sont avancés à quelque distance de l'ouverture du tombeau.

Bucelin a porté la main à sa bouche, pris d'une nausée soudaine. Il ignore comment se propage la lèpre. Suffit-il de respirer l'air vicié qui entoure les malades pour être contaminé ?

— Venez ! commande le tueur qui s'enfonce déjà dans le caveau.

*

* *

— Encore un effort, Basile, je t'en supplie…

— Damnées jambes qui ne portent plus ma carcasse !

Payns, l'épée en main, tout en ne quittant pas des

yeux les cinq silhouettes de croisés qui ont débouché de derrière un mur, à moins de vingt mètres, impose :

— Qu'Arcis et Geoffroy ramènent notre frère Basile au dortoir ! Hugues et Sylbert avec moi…

— Hé, cousin, s'exclame Sylbert, nous ne nous retrouvons plus qu'à trois pour nous mesurer à ces canailles !

— C'est largement suffisant, lui répond Payns en s'esclaffant. Pour la gloire de Jésus !

— Par fidélité à sa Parole ! ajoute Hugues.

Les croisés approchent. Lorsqu'ils ne sont plus qu'à quelques pas des Champenois, Sylbert, reconnaissant l'un d'eux, s'écrie :

— Ah, c'est toi, Longmaur ! Toi, un frère d'armes ?

— Je ne compte pas les renégats parmi mes compagnons !

— Tu ignores pourquoi il t'est demandé de nous tuer, et tu obéis aveuglément ?

— Je ne possède pas une intelligence avisée ; je sais simplement que Monseigneur, en qui j'ai la plus grande confiance, m'a certifié que j'œuvrais pour une juste cause.

Payns intervient :

— Vous avez encore le temps de vous retirer avec vos hommes, chevalier. Nous éviterons ainsi de verser inutilement le sang.

Se tournant vers les croisés, et prenant plus précisément l'un d'eux à partie, Longmaur, dans un éclat de rire, lance :

— Le beau conseil que nous donne là ce triste sire ! Bien sûr que le sang va couler, et ce ne sera pas le nôtre ! Qu'en penses-tu, Euric ?

Ce dernier ne partage pas l'hilarité de son compagnon. Il ignore pour quelle raison une sourde appréhension contrarie sa respiration et lui noue la gorge. Il ne craint pas Sylbert qui, s'il est habile bretteur, ne représente cependant pas un grand danger. Mais les deux autres ? Ces deux-là qui attendent, impassibles, solidement campés sur leurs jambes, les deux mains empoignant le pommeau de leur épée…

— Eh bien, qu'en penses-tu, Euric ? répète Longmaur.

Euric finit par répondre sans grand courage :

— Je me range à ton avis.

Alors, d'un geste, Longmaur jette ses croisés contre les Champenois.

Chocs métalliques. Ahans, cris, jurons…

*

* *

— Voyez ! lance Bucelin en se penchant sur le linceul sous lequel pointent les os de Thomas. Ils ont découpé le suaire. Ce n'était donc pas une légende. Vous comprenez, maintenant ? C'était vrai ! Ils ont emporté la formule révélée par le Christ !

Puis, voyant que le tueur ne manifeste aucune émotion, qu'il se contente de demeurer impassible devant la dépouille de l'Imposteur, l'évêque ajoute d'une voix sèche :

— Cela ne vous fait donc rien ? L'Église que nous servons corps et âme a cherché ce corps depuis les origines, et vous ne semblez pas en être affecté !

— Simple péripétie… Un temps pour chaque chose.

La voix est douce, enfantine.

— Une péripétie ! tonne Bucelin. Vous ne pouvez pas ignorer l'importance magistrale de cette découverte ! C'est le miracle de l'immortalité ! Jésus ne possédait pas de pouvoir divin… C'était un alchimiste qui a transgressé les lois de la Nature !

La voix de miel, sous le capuchon, se durcit un peu :

— Blasphème !

— Je l'ai nié longtemps, moi aussi. Je me suis résigné à défendre la cause mensongère de l'Église. Défendre le dogme… car le dogme est plus important que la vérité !

— Non, vous êtes dans l'erreur, Monseigneur. Moi, je défends la Vérité. Celle qui dit que le Christ a été fils de Dieu. Quoi que je voie, quoi que j'entende qui aille là-contre, je ne cesserai d'y croire.

— Mais c'est folie que de ne pas admettre l'usurpation d'identité de Jésus par son jumeau ! Voyez ! Voyez !

Bucelin retire le drap gris tacheté de moisissures des restes de Thomas.

— Voyez ! crie-t-il à nouveau. Les poignets et les chevilles ! Tous quatre percés par les clous qui ont maintenu sur la croix cet imposteur. Il n'y a jamais eu de résurrection dans ce caveau. Jamais ! Le Nazaréen y a séjourné trois jours, certes. Oui, cela, je le concède : les Saintes Écritures font allusion à ce temps passé sous la terre. Mais Jésus est ressorti avec sa chair et ses os pour prendre la fuite.

La voix douceâtre reprend :

— Sainte Ménehould a écrit que, *le premier jour de la semaine, les femmes qui étaient venues de Galilée avec Jésus se rendirent au sépulcre, tôt matin, les bras chargés d'aromates qu'elles avaient préparés durant la nuit. Elles trouvèrent que la pierre avait été roulée de devant le sépulcre ; et, étant entrées, elles ne découvrirent pas le corps du Seigneur Jésus. Comme elles ne savaient qu'en penser, voici que deux hommes leur apparurent, revêtus d'habits resplendissants. Effrayées, elles baissèrent le visage contre terre, mais les deux hommes leur dirent : « Pourquoi cherchez-vous parmi les morts celui qui est vivant ? Il n'est point ici, mais il est ressuscité. Souvenez-vous comme il vous a parlé, lorsqu'il était encore en Galilée et qu'il disait : "Il faut que le Fils de l'homme soit livré entre les mains des pécheurs, qu'il soit crucifié et qu'il ressuscite le troisième jour."* »

Ne pouvant plus dissimuler son irritation, Bucelin lance :

— Êtes-vous aveugle ou sot ? Comment refuser cette preuve ? Comment ne pas voir ? Là, devant vos yeux, gît le squelette de celui qui a été flagellé, torturé et mis en croix !

— Je vois ce que je dois voir, Monseigneur. Oui, en effet, je distingue les marques du supplice sur ce drap. À Rome, d'habiles artisans sauront rapiécer ce suaire et, pour la chrétienté entière, il deviendra la plus sacrée des reliques ! La preuve de l'existence du Christ ! De son passage par les ténèbres de la mort avant sa résurrection.

— Vous voulez faire honorer le linceul de Thomas par les croyants ? Le linceul d'un mystificateur ?

La voix calme, toujours, et lente :

— Qui pourra affirmer que ce linge ne fut pas celui de Jésus ? Où sera la supercherie ? Je suis ici pour écrire l'Histoire !

*
* *

Payns s'aide du pied pour retirer son épée de la poitrine d'Euric qu'il vient de terrasser. Le blessé hurle de douleur et de terreur en voyant la lame rougie de sang s'extraire de sa chair, entraînant avec elle peau et muscle.

Il implore le chevalier de l'achever afin de le libérer de ce martyre. Mais Payns l'abandonne déjà pour courir à l'aide de Sylbert que Longmaur malmène, le faisant reculer pas à pas sous de violents assauts.

De son côté, le comte Hugues pare avec agilité les coups de deux croisés, les retenant le temps que Payns libère son cousin et vienne ensuite l'épauler.

— Tes muscles se sont rouillés depuis la bataille de Jérusalem, Sylbert ! raille le croisé.

Attaque au fer. Parade de la pointe. Quinte. Le Champenois recule, se défendant de son mieux sans pouvoir mettre Longmaur en difficulté.

Et le croisé d'en rajouter en riant :

— Mon pauvre ami, j'ai grand-pitié de toi. Il m'est aisé de te tuer maintenant que je t'ai bien fatigué. Et, pour ce geste, le légat Bucelin m'octroiera au moins deux siècles d'indulgences !

Payns a entendu. Au nom de Bucelin, sa colère est telle qu'il attaque le croisé dans le dos pour lui traverser le torse d'un coup brutal et franc.

Longmaur ne saisit pas immédiatement. Il ignore pour quelle raison il a soudainement froid. Pourquoi il sent ses jambes fléchir, leurs muscles vidés de toute énergie.

Il voit cette pointe d'acier dépasser de sa chemise, rouge. Et il comprend qu'il a été transpercé de part en part.

Peut-il parler encore ? Car il souhaiterait maudire ce boucher de l'avoir assassiné par traîtrise. Ce Payns que l'on dit proche de Satan et faisant commerce avec toute la coterie de l'enfer. Ce Payns qui lui vole sa vie comme l'aurait fait n'importe quel brigand !

— Ce n'est guère chevaleresque, articule-t-il d'une voix stupide et déjà noyée de sang.

Puis ses jambes ne le soutiennent plus ; il s'effondre sur les genoux.

— C'est là une bonne position pour prier, entend-il dans le martèlement de son sang qui frappe à ses tempes.

Payns, comme il l'a fait à sa première victime, pose sa botte droite bien à plat sur le dos de Longmaur pour reprendre son épée. En la dégageant ainsi, il arrache au croisé une plainte de bête blessée.

Longmaur tombe alors sur les mains, secoué de spasmes et de hoquets, vomissant un sang d'encre aux pieds de Sylbert qui n'a plus esquissé le moindre geste depuis l'attaque de Payns.

— Vite, cousin, prêtons main-forte à Hugues !

*
* *

Le tueur a soigneusement plié le suaire de Thomas.

— Tenez, Monseigneur, je vous le confie un instant.

Puis il précise :

— Ma mission consiste aussi à effacer les mensonges.

Il élève sa hache au-dessus du squelette de Thomas. Bucelin s'écarte, tenant le linge et la torche. Il recule de trois pas, se colle à la paroi humide du tombeau. Et murmure tout bas :

— *Magnificat anima mea Dominum. Et exsultavit spiritus meus in Deo salutari meo*[1].

Le tueur abat son arme. Les os sont fracassés et volent en esquilles qui scintillent un instant dans la lumière de la torche.

— Mon Dieu ! souffle le légat du pape.

L'homme s'acharne alors sur les restes de l'Imposteur. Sa cognée frappe et brise cette malheureuse chose blanche qui se démembre, se désintègre. Les os claquent et cassent comme du bois sec.

En bûcheron damné, ivre de folie, le tueur réduit en poussière cette affligeante dépouille qui se disperse bientôt en atomes d'or dans la nuit du sépulcre.

Bucelin ne cesse de prier. Il marmonne maintenant une litanie inintelligible tant il a peur. Le massacre du squelette lui paraît durer une éternité. La hache du

1. Mon âme glorifie le Seigneur. Et mon esprit exulte de joie en Dieu, mon Sauveur.

jeune bourreau crisse quand elle heurte la pierre. Ce bruit déchire les tympans de l'ecclésiastique.

— Mon Dieu ! répète-t-il alors distinctement.

— Quoi, mon père ? demande soudain l'homme à la hache en se retournant.

Une odeur de sueur et d'urine. La sueur du tueur. La pisse de Bucelin, qui s'aperçoit qu'il a les cuisses trempées.

— Quoi, mon père ? est-il de nouveau demandé avec les mêmes intonations que la première fois.

« Cette voix, pense l'évêque, si délicate, si féminine… Après tout, ai-je distinctement observé ses traits ? Suis-je certain qu'il s'agit bien d'un homme ? Lorsque l'abbé lui a recousu joue et pommette, une pensée m'a traversé l'esprit. Je me suis dit que son visage était presque trop parfait : la ligne de son menton glabre, la douceur de son regard… »

— Veuillez me rendre le suaire, Monseigneur.

— Oui. Prenez.

— Il y a autre chose.

— Quoi ?

— Vous et votre jeune abbé avez vu mon visage. Sachez que je le regrette fort…

Bucelin soupire longuement. Il n'a plus de voix pour défendre sa cause, promettre qu'il ne parlera jamais. À personne. Jurer qu'il sera capable d'oublier le visage de cet androgyne. Pour toujours.

Il se contente de fermer les yeux. Les ténèbres s'imposent à lui dans toute leur horreur. Elles sont vides. Nul ne lui tend la main.

Il le sait. Le Christ n'était pas le fils de Dieu.

Il meurt ainsi, la tête éclatant sous un violent coup

de cognée. Il meurt avant que son corps ne se soit affaissé.

Son assassin ramasse la torche tombée à terre et enflamme les vêtements de sa victime avant de quitter la sépulture.

La nuit le saisit de sa fraîcheur parfumée ; il en aspire l'air sucré. Cherchant des yeux les croisés qui l'ont accompagné, il hausse les épaules, certain que les Champenois les ont tous tués. Aussi décide-t-il de reprendre son chemin et de retourner au Temple. Il remet sa hache à sa ceinture.

Des formes sont sorties de leurs cahutes et encerclent bientôt l'étranger en parlant bas. Certaines s'approchent plus près de lui. D'autres préfèrent se tenir en retrait, étonnées, craintives.

L'un de ces fantômes désigne la tombe d'où l'homme est sorti. Une lueur en jaillit.

Le tueur tourne lentement sur lui-même pour découvrir l'un après l'autre tous ces lépreux, momies défigurées, créatures de glaise difformes. Il attend que ces pantins désarticulés forment un large cercle autour de lui pour abaisser son capuchon. Ses yeux transparents sont ceux d'un saint extatique. Ils illuminent son visage d'androgyne.

— Soyez bénis, car cette nuit est celle de la Lumière ! s'écrie-t-il. Celle de la foi rayonnante ! *Père, l'heure est venue, glorifie Ton fils afin que Ton fils Te glorifie et que, selon le pouvoir sur toute chair que Tu lui as donné, il offre la vie éternelle à tous ceux que Tu lui as donnés. Or la vie éternelle, c'est qu'ils Te connaissent, Toi le seul vrai Dieu, et celui que Tu as envoyé, Jésus-Christ. Je T'ai glorifié sur la terre, j'ai achevé l'œuvre que Tu m'as donnée à faire. Et maintenant, Père, glorifie-moi auprès de Toi de cette gloire que j'avais auprès de Toi avant que le monde fût.*

Puis, de sa main droite, il trace dans l'espace un large signe de croix avant de réajuster sur sa tête la cagoule de sa broigne, replongeant son visage dans l'ombre.

Il s'en retourne, traversant les lignes des lépreux sans éprouver le moindre dégoût.

Le voici seul dans une ruelle, marchant d'un pas rapide, le suaire de Thomas sur l'épaule.

« Il ne me reste plus qu'à me charger de ce jeune abbé. Quant au secret des Champenois, Hélène de Brienne finira bien par me le livrer un jour ! Je saurai être patient. »

12

Le second serment

Les cinq chevaliers champenois ont regagné leur dortoir. Basile, que la marche dans Jérusalem a épuisé, repose sur sa couche de paille, un linge mouillé d'eau fraîche couvrant son front.

Arcis s'est assis à côté de lui et a pris sa main gauche dans les siennes.

— Je suis désolé, murmure Basile dans une plainte. Je suis devenu bien encombrant. J'ai mis votre vie à tous en péril, tout à l'heure.

— De quoi parles-tu ? demande Arcis.

— En laissant Payns, le comte et Sylbert se battre contre les hommes de l'évêque.

— Eh bien, intervient Payns, nous nous en sommes sortis sans trop de difficulté, vois-tu ! J'ai même éprouvé un certain plaisir à planter mon épée dans le dos de ce Longmaur. Le brigand s'attendait sans doute à un combat obéissant aux règles de la chevalerie, et en a été pour ses frais.

Sylbert, qui s'apprêtait à sortir de la pièce, s'arrête sur le seuil pour dire :

— Par ma foi, cousin, j'avoue que moi aussi tu m'as bel et bien étonné. Je ne regrette certes pas ton geste, qui m'a sorti d'une périlleuse situation, mais je ne t'imaginais pas aussi brutal.

Payns éclate de rire et réplique :

— Je ne connais qu'une seule et unique règle dans une bataille, cousin. Un principe dont je ne me départs jamais : il faut vaincre ! J'ai jugé que nos assaillants ne méritaient pas d'être traités honorablement, et c'eût été une grande perte de temps que de mieux les considérer. Vaincre, te dis-je !

— Je m'en souviendrai, affirme Sylbert en se retirant.

Quelques minutes plus tard, le comte Hugues s'enquiert si Basile se sent suffisamment solide pour se lever.

— Oui, oui, fait le malade en ôtant de son front le linge humide.

Arcis l'aide à se redresser, puis à sortir du lit.

— Joignons nos mains, frères, dit alors Hugues.

— Tu as raison, comte, ajoute Payns, ne tardons pas ; formons la Chaîne d'union pour prononcer notre second serment.

Les chevaliers lèvent leur bras droit tendu. Les mains s'unissent. Les hommes dessinent ainsi une étoile à cinq branches.

— Par Salem, la ville de la Paix qui devint Jérusalem, commence Hugues, la cité de toutes les confrontations entre les mains des souverains omeyyades, des Abbassides, des Fatimides chiites et des Seldjoukides sunnites…

Payns poursuit :

— Par l'indicible Secret scellé dans ses pierres cimentées par le sang de ses victimes…

— Par le cristal de son eau…

— Par l'eau de ses roches…

— Par son or spirituel !

— Puisqu'il sera toujours l'heure et que nous aurons toujours l'âge, selon l'enseignement de notre maître le frère Premier, jurons de poursuivre nos travaux dans l'Unité recouvrée.

— Que jamais nous n'enlevions de notre main cette chevalière qui rattache la mort à notre vie et notre vie à la mort selon un cycle irréversible.

— Jurons de nous unir en ouvrant la main droite du Christ dès qu'un danger menacera notre ordre et notre science. Jurons-nous une éternelle fidélité pour que progresse l'humanité. Tant que le soleil se lèvera à l'est et qu'il se couchera à l'ouest au-delà de la mort, nous répondrons présents à l'appel de nos frères. Jurons !

Les cinq Champenois reprennent en chœur :

— Jurons !

Les bras s'abaissent à l'unisson ; seul Payns porte ensuite la main droite à sa poitrine et récite :

— *Au commencement était le Verbe, et le Verbe était tourné vers la Connaissance, et le Verbe était la Connaissance. Il était au commencement tourné vers la Connaissance. Tout fut par elle, et rien de ce qui fut ne fut sans elle. En elle était la vie et la vie était la lumière des hommes, et la lumière brille dans les ténèbres et les ténèbres ne l'ont point comprise. Il y eut un homme, envoyé de la Connaissance, son nom était Jean. Il vint en témoin pour rendre témoignage à la lumière, afin que tous croient par lui. Il n'était pas la lumière, mais il devait rendre témoignage à la lumière. La Connaissance était la vraie lumière qui, en venant dans le monde, illumine tout homme. Il était dans le monde, et le monde fut par lui, et le monde ne l'a pas reconnu. Il est venu dans son propre bien, les siens ne l'ont pas accueilli. Mais à ceux qui l'ont reçu, à ceux qui croient en son nom, il a donné le pouvoir de devenir enfants de la Connaissance. Ceux-là ne sont pas nés du sang, ni d'un vouloir de chair ni d'un vouloir d'homme, mais de la Connaissance. Et le Verbe fut chair et il a habité parmi nous et nous avons vu Sa gloire, cette gloire que, Fils unique plein de grâce et de vérité, il tient de la Connaissance. Jean lui rend témoignage et proclame : « Voici celui dont j'ai dit : après moi vient un homme qui m'a devancé, parce que avant moi il était. De sa plénitude en effet, tous, nous avons reçu, et grâce sur grâce. Si la Loi fut donnée par Moïse, la grâce et la vérité sont venues par Jésus. Personne n'a jamais regardé l'œil de la Connaissance ; le Fils unique, qui est dans le sein du Savoir, nous l'a dévoilé. »*

Après un temps, Payns ajoute :

— Ainsi a été prononcée la véritable parole. Celle de l'Évangile de vérité. Celle que les docteurs de l'Église ont altérée et répandue, dissimulée derrière de nombreux mensonges. Notre maître Jésus, le frère Premier, n'a pas souffert sur la croix, n'est pas monté aux cieux, ne s'est pas assis à la droite du Père. Nous sommes fils de la Lumière, enfants de la Connaissance, et sommes initiés aux arcanes subtils reliant les vivants aux morts.

Le silence, maintenant. Payns regarde ses amis, leur sourit et, de la pointe du pied gauche, fait mine de tracer une croix sur le sol. Il est le premier à cracher sur cette croix invisible, aussitôt suivi par les quatre autres chevaliers.

Le comte Hugues conclut la cérémonie par ces mots :

— Maudite soit la croix ! Par I.N.R.I., Jésus s'est endormi dans l'attente de recouvrer la Vie, et nous veillerons sur son sommeil dans les siècles à venir.

*
* *

Il ne parvient pas à trouver le sommeil. Il est rare qu'il s'endorme aisément. Cela, depuis son arrivée à Jérusalem. Il ne cesse de se remémorer les plaintes des mourants, les cris des femmes et des enfants… Tous ces malheureux que les croisés ont massacrés, marchant dans leur sang, hurlant leur folie tels des damnés. Et frappant sans cesse malgré la fatigue. Brisant les crânes, sectionnant les membres, déchirant les chairs.

Il supporte ses insomnies en priant, agenouillé au pied de son lit, le visage levé vers la grossière croix de bois clouée sur le mur de chaux.

Ses genoux saillants souffrent sur la pierre fraîche, des crampes tétanisent souvent ses muscles et ses reins le font souffrir, mais il se force à ne pas bouger.

Il prie.

— Tu es bien jeune, l'abbé ! Bien trop jeune pour avoir des péchés à te faire pardonner !

La voix posée, angélique. La voix de l'homme à qui il a recousu tantôt le visage.

L'abbé se retourne, étonné de n'avoir entendu aucun craquement. Pourtant, la porte de sa cellule a été ouverte en grand et l'envoyé du pape se tient sur le seuil.

— Ah, c'est vous ! s'exclame l'abbé. Tout s'est-il bien passé ? Monseigneur Bucelin est-il couché ?

L'homme tient sa hache de la main droite. De la gauche il abaisse son capuchon, et fait trois pas.

— Relève-toi et regarde-moi bien, l'abbé.

Ce dernier obéit, tremblant comme un chat mouillé, un incontrôlable sanglot montant dans sa gorge. Une boule de terreur et de tristesse.

— Je vous ai demandé si Monseigneur Bucelin était revenu avec vous de votre expédition, parvient-il à articuler.

Le tueur ne répond pas, il se contente de sourire en approchant son visage tout près du sien. Si près qu'il donne l'impression de vouloir l'embrasser.

L'abbé sent l'haleine de l'homme tiédir ses lèvres.

La voix, la voix suave s'insinue en lui en un murmure :

— Judas a embrassé Jésus pour le désigner aux Romains et le livrer ainsi à la mort. *Alors l'un des Douze, qui s'appelait Judas Iscariote, se rendit chez les grands prêtres et leur dit : « Que voulez-vous me donner, et je vous le livrerai ? » Ceux-ci lui fixèrent trente pièces d'argent. Dès lors, il cherchait une occasion favorable pour le livrer*. C'est écrit ! C'est ce qui sera vrai pour les siècles à venir.

— Le légat ? Où est-il ? Qu'en avez-vous fait ?

— Embrasse-moi et meurs avec le baiser fraternel de ceux qui se sacrifient pour préserver le dogme de la Sainte Église. *Celui qui le livrait leur avait donné un signe : « Celui à qui je donnerai un baiser, avait-il dit, c'est lui, arrêtez-le ! » Aussitôt il s'avança vers Jésus et dit : « Salut, rabbi ! » Et il lui donna un baiser. Jésus lui dit : « Judas, mon ami, fais ta besogne ! »*

Le jeune abbé recule d'un pas. Ses jambes froides et raides lui interdisent de bouger davantage.

— Par pitié, messire… Je suis des vôtres ! balbutie-t-il. Que Dieu me vienne en aide ; j'ai juré allégeance aux Gardiens du Sang !

— Oui. Mais tu as vu mon visage. Et celui qui croise le regard de l'ange exterminateur est condamné à mort !

— Vierge Marie, vous êtes fou !

La voix de l'assassin se fait crécelle, aigre et acide. Pointue comme un stylet. Un rire acide, hoqueté.

Et c'est cette musique hystérique qui accompagne le mouvement de la hache dans l'espace de la cellule. Un ample demi-cercle conduisant la lourde lame à la tête du jeune abbé.

Le meurtrier s'écarte pour laisser tomber sa victime.

— Le fou de Dieu ! lance-t-il dans un dernier rire. Son bras de justice !

*

* *

À peine le jour s'est-il levé sur Jérusalem que le roi Baudouin se présente au dortoir des Champenois sous le prétexte de s'enquérir de la santé du chevalier Basile le Harnais.

— Je suis heureux de constater que votre santé n'a pas empiré avec la nuit… Bien que celle-ci ait été nuit de chaos !

Se redressant sur un coude, Basile demande innocemment :

— Que voulez-vous dire ? Avez-vous dû repousser quelque combat que nous n'ayons pas entendu ?

Payns s'est approché. Le roi poursuit :

— Certes non ! Il ne s'agit pas de l'enceinte qui nous abrite ; je parle plutôt d'événements qui se sont produits dans les faubourgs.

— Un soulèvement de la populace ? demande Payns.

— Ce n'est pas cela non plus, dit le roi tandis que les Champenois font cercle autour de lui.

— Vous aiguisez notre curiosité, Sire, fait Geoffroy sans même dissimuler l'ironie de sa voix.

Baudouin accepte la joute et joue l'ingénu en précisant :

— Très tôt ce matin, des lépreux sont venus nous rapporter ce à quoi ils avaient assisté, et nous avons dépêché une escouade dans leur quartier. Nous y avons trouvé le cadavre du chevalier Longmaur ainsi que ceux de quatre croisés. Poursuivant nos investigations, nous avons aussi découvert quelque chose de bien surprenant…

— Oui ? lance Payns.

— Une tombe antique avait été incendiée. Elle

s'est effondrée alors que nos hommes allaient pénétrer à l'intérieur, nous interdisant de la fouiller. Mais il y a autre chose encore…

— Oui ? répète Payns.

— Monseigneur Bucelin, le légat du pape, a disparu ! Et l'un des abbés attachés à sa suite a été trouvé tout à l'heure dans sa cellule, le crâne fracassé !

Ces révélations surprennent les Champenois. Jusqu'à présent, les propos de Baudouin étaient tous prévisibles. Ces deux dernières informations les désarçonnent.

Le roi fait mine de n'avoir rien remarqué et poursuit :

— Mes chevaliers et moi-même avons immédiatement fait le rapport avec l'inconnu qui a massacré écuyers et pages hier, et que le chevalier Basile a mis en fuite. Nous pouvons affirmer qu'il est encore entre nos murs.

— C'est à craindre, en effet, souligne Basile. La blessure que je lui ai infligée n'était guère profonde et ne l'aura certainement pas handicapé.

— Ce serait lui qui aurait tué l'abbé ? interroge Arcis.

— À n'en pas douter, affirme le roi. Seule une hache a pu lui fendre le crâne de la sorte.

Puis, après un temps, il ajoute :

— J'ai cru tout d'abord que les visiteurs de la tombe du village des lépreux étaient des pillards. Ces derniers causent souvent de grands dommages et je regrette de devoir vous avouer que nombre d'entre eux viennent de nos propres rangs. La tentation est grande pour eux d'amasser une petite fortune qu'ils dissimulent dans leurs bagages pour la rapporter chez eux plus tard.

— Vous n'avez pas retenu cette éventualité ? demande Payns.

— Que peut-on vouloir marauder dans un ancien cimetière hébreu ? On n'y trouve aucune parure de prix, ni or ni argent. Rien que des urnes funéraires. Et puis, je ne peux admettre que le chevalier Longmaur ait été un brigand. L'homme n'était pas pétri d'une grande finesse, mais il était loyal. Je crains de ne jamais connaître la clef de cette énigme. De ne jamais savoir qui est ce boucher qui me tue de braves garçons en leur fendant la tête comme de vulgaires bûches.

Le roi se dirige vers la porte. Il se retourne vers Basile, maintenant assis dans son lit, et lui dit :

— Je suis fort aise de vous trouver vaillant, chevalier. Votre fièvre aura disparu dans peu de temps, à en juger par votre teint qui reprend un peu de couleurs.

— Votre sollicitude me touche, Sire.

Le jeune roi esquisse un soupçon de sourire qui lui creuse une menue fossette dans chaque joue, et quitte la pièce.

Le comte Hugues lui emboîte le pas et l'accompagne dans le couloir.

— Oui, comte ?

— Sire, je voulais vous dire…

— Quoi ? Que les lépreux qui ont été réveillés par des combats dans leurs rues ont vu trois chevaliers en fuite et trois autres aux prises avec cinq croisés ? Qu'ils ont particulièrement remarqué l'un d'eux ? Un bretteur émérite qui manie l'épée comme un forcené ? C'est de cela que vous vouliez me parler, comte ?

— Non, Sire, je désirais demander votre protection. Mes compagnons et moi avons l'intention de voyager à travers la Palestine ; nous souhaitons retrouver tous les lieux que Notre-Seigneur Jésus-Christ a marqués de son empreinte.

— Je vois… Comment refuser au puissant comte de Champagne et à ses chevaliers une escorte pour un si pieux pèlerinage ? Vous aurez ce que vous demandez, Hugues.

Hugues s'incline pour dire :

— Soyez-en loué, Baudouin. Vous pourrez dès lors me considérer comme l'un de vos plus fidèles vassaux. Je vous assure que les gens de Champagne viendront bientôt en grand nombre vous soutenir à Jérusalem et vous aider à défendre la sécurité des croyants.

— Ce jour-là, je serai votre débiteur, comte.

Le roi a parlé sèchement. Il abandonne le comte et regagne la cour, où il rejoint les chevaliers Bertrand et André qui l'attendent.

Hugues tourne les talons et se retrouve nez à nez avec Payns.

— Ah, tu as entendu ? C'est bien ce que tu désirais, mon frère ? Que nous nous engagions en Terre sainte ?

— C'est ce que nous ferons tant qu'il nous faudra préserver le Secret. Nous y investirons toutes nos forces et tout notre or ! Car nous savons que nous ne manquerons jamais d'or, n'est-ce pas, frère ?

13
Le Confiteor

Nous sommes remontés sur Bethléem où naquirent les deux frères, Jésus et Thomas, dont la légende dit qu'ils sortirent enlacés du ventre de Marie.

Puis nous avons poussé jusqu'à la patrie de Joseph, Arimathea, où nous sommes demeurés un long temps à la recherche d'écrits de celui qui ensevelit Thomas.

Nous avons ensuite traversé la Samarie pour atteindre enfin la Galilée... Je pense sans cesse à Hélène qui m'attend ; je ne pourrai m'empêcher de lui raconter notre aventure. À elle je ne saurais rien cacher...

Le vent hurle aux volets, qui claquent contre la brique, et se glisse par les interstices du bois pour venir mordre les chevilles d'Hélène. Celle-ci achève de lire le dernier feuillet des mémoires de son mari, qu'un inconnu a tué l'avant-veille en lui volant sa main droite.

On frappe doucement à la porte. On l'appelle. Reconnaissant la voix grave et sévère de Payns, elle court lui ouvrir.

— Comme je suis heureuse que vous ayez pu venir aussi vite, lui dit-elle en se jetant dans ses bras pour y pleurer comme une petite fille.

— J'ai accouru pour enterrer un ami et réconforter son épouse, murmure le chevalier dans les cheveux de la jeune femme.

Il referme la porte derrière lui et repousse doucement Hélène, embarrassé, peu habitué à manifester ainsi sa compassion.

La jeune femme se frotte les yeux du coin de son châle et se rend à la cheminée pour y tisonner de grosses braises rouges, presque translucides. Elle désigne ensuite les feuilles de vélin sur la table.

— Je lisais le journal d'Arcis. Je m'aperçois que j'aimais un hérétique. Je l'aimais au-delà de tout ! Mais, par ma foi, je n'ai jamais partagé sa croyance.

— Alors, vous savez…

— Ne craignez rien, j'ai conservé le silence sur ses… sur vos convictions ! Mais c'est l'« homme à la hache » qu'il décrit dans son journal qui l'a tué, n'est-ce pas ? Celui qui s'est introduit dans votre dortoir à Jérusalem ?

— En effet, Hélène. Lorsque j'ai lu le message que vous m'avez fait porter, j'ai compris d'emblée qu'il s'agissait du même assassin.

— Arcis repose dans notre chambre ; désirez-vous le voir ?

— Oui, mais avant, je dois brûler son journal. Il n'aurait jamais dû écrire ces mots, ni vous mettre dans la confidence. Certains secrets, lorsqu'ils sont tracés, cheminent avec les mauvais vents.

— J'étais sa femme bien-aimée, Payns.

— Justement ! Il eût été préférable de vous laisser en dehors de cette affaire.

Payns s'est approché de la cheminée, les feuillets de vélin à la main. Il regarde un instant les braises, semblant réfléchir au geste qu'il s'apprête à faire.

— Vous avez raison, Payns, lui dit Hélène. Brûlez ce manuscrit. Brûlez-le !

Le chevalier se décide enfin. Il jette les feuilles dans l'âtre ; elles s'embrasent aussitôt en crépitant. En se repliant sur elles-mêmes sous l'effet de la chaleur, elles paraissent vouloir protéger leur contenu des flammes.

— Maintenant, dit Payns, conduisez-moi auprès de lui.

Hélène s'est emparée d'une lampe à huile pour emprunter le corridor empli d'ombre.

— Suivez-moi.

Les grossières lattes de parquet craquent sous leurs pas. La jeune femme ouvre une porte et s'efface pour laisser entrer Payns.

— Je reste sur le seuil, souffle-t-elle. J'éprouve trop de peine à le voir ainsi.

Quatre cierges ont été placés aux coins du lit. Leurs petites flammes vacillent sous le vent qui traverse la maison en couinant.

— Les voisins m'ont aidée, dit Hélène. Pour sa toilette… Pour le porter jusque dans cette pièce. Pour…

Elle ne peut finir. Sa voix s'étouffe dans les larmes.

Payns observe le visage cireux de son ami. Le front à la peau blanche froncée. Les joues et les orbites creusées par la mort. Les lèvres tendues en une grimace de douleur, laissant apparaître les dents inférieures jaunies.

Le bras droit a été dissimulé sous le drap qui en a épousé la forme, montrant nettement qu'il a été sectionné à hauteur du poignet.

« L'Église possède une première bague, pense Payns. Elle nous a condamnés… Tous les cinq ! Et c'est le tueur du pape qui a été chargé de cette fauchaison. »

Hélène voit Payns se pencher sur le visage d'Arcis pour déposer un baiser sur son front, là où le meurtrier avait tracé une croix et le chiffre 1 avec le sang de sa victime.

Pleurer. Pleurer encore. Hélène sanglote, la poitrine en feu, la gorge nouée.

Payns la rejoint, l'attire dans le couloir et referme la porte de la chambre derrière eux.

Ils retournent près de la cheminée. Pour attendre.

— Geoffroy, Basile et Hugues ne tarderont pas, annonce Payns.

— Le comte va se déplacer ? s'étonne Hélène.

— Bien sûr ! Vous avez lu le journal d'Arcis. Vous savez donc quel lien nous unit tous au-delà de la mort. Au-delà du temps.

— Oui, sans doute, soupire la jeune femme. Néanmoins, ces choses qui vous lient – tous ces mystères – me troublent tant que j'éprouve le besoin de demander pardon à Dieu de les avoir approchées.

— Conservez votre foi telle qu'elle vous a été enseignée, si celle-ci vous procure chaleur et réconfort.

— Vous êtes un homme étrange, Payns. Vous me confortez dans une croyance que votre âme refuse !

— Je ne repousse pas Dieu, explique Payns d'une voix calme. Je lui attribue seulement un autre nom. Je le reconnais dans un principe créateur qui a insufflé l'ordre dans le chaos de l'Univers. Qui a imposé des lois immuables à la Nature. Qui a permis à cette dernière d'engendrer la Vie.

— Vous me donnez le vertige, mon ami !

*

* *

Trois cavaliers entrent dans le village alors que le jour s'amenuise dans une brume ocre. Leurs montures aux sabots lourds doivent se dégager à chaque pas d'une croûte de neige collante.

Geoffroy de Saint-Omer, Basile le Harnais et le comte Hugues de Champagne se rendent à la maison de leur défunt frère Arcis de Brienne.

Hélène est quelque peu intimidée par la présence du comte, bien que ce dernier use de toute sa bonté pour la mettre à l'aise.

Arcis est bientôt mis en bière. Son cercueil, porté par deux fossoyeurs, quitte la demeure. Le glas résonne alors dans le village et les habitants se rendent à l'église. Sur le parvis, un abbé attend, ses mains bleuies de froid croisées sur sa poitrine.

La chapelle est bientôt pleine ; un gamin vêtu d'une aube blanche trop grande pour lui repousse la porte, brisant net l'élan d'un vent glacial.

L'abbé bénit le cercueil et entame le Confiteor, repris en chœur par les paroissiens :

Confiteor Deo omnipotenti,
beatae Mariae semper Virgini,
beato Michaeli Archangelo,
beato Joanni Baptistae,
sanctis apostolis Petro et Paulo,
omnibus Sanctis,
et tibi, pater,
quia peccavi nimis cogitatione, verbo et opere :
mea culpa, mea culpa, mea maxima culpa.

— Vengeance ! souffle Basile à l'oreille de Payns. Vengeance pour Arcis !

— Nous le vengerons.

Ideo precor beatam Mariam semper Virginem,
beatum Michaelem Archangelum,
beatum Joannem Baptistam,
sanctos apostolos Petrum et Paulum,
omnes Sanctos,
et te, pater,
orare pro me ad Dominum Deum nostrum.

Ayant suivi l'échange entre ses deux amis en lisant sur leurs lèvres, le comte Hugues se penche vers eux pour murmurer :

— Mais comment combattre une ombre ? L'homme à la hache lit dans nos propres pensées ; il connaît notre serment comme s'il l'avait prononcé avec nous. De plus, sommes-nous certains qu'il agit bien pour les Gardiens du Sang, et non pour son compte personnel ?

Misereatur nostri omnipotens Deus,
et, dimissis peccatis nostris,
perducat nos ad vitam aeternam.
Amen.

— Il avait l'appui de Bucelin à Jérusalem, poursuit Payns à voix très basse. N'est-ce pas une preuve de l'implication des membres les plus importants de l'Église ?

— Tu as certainement raison, admet Hugues.

Indulgentiam, absolutionem et remissionem
peccatorum nostrorum
tribuat nobis omnipotens
et misericors Dominus.
Amen.

— *Igne Natura Renovatur Integra*, souffle Payns.

— Qu'I.N.R.I. nous illumine et accueille notre frère Arcis dans la lumière du Premier, poursuit Hugues.

— La mort n'est pas la mort, reprend Payns.

— Et la terre n'est pas la tombe !

14

La confession

Le cimetière jouxte l'église. Les tombes collées les unes aux autres semblent se chevaucher tant la neige qui les recouvre en abolit les contours.

La cérémonie s'achève. À grands coups de pelle, les fossoyeurs enfouissent déjà le cercueil d'Arcis sous la terre. Hélène demeure un instant à les regarder. L'abbé, après avoir longuement recommandé l'âme du défunt à Dieu, s'en retourne. Le jeune diacre le suit, portant devant lui une haute et lourde croix de bois avec laquelle il lutte contre le vent.

Les villageois sont tous venus embrasser Hélène avant de regagner rapidement la chaleur de leurs foyers.

— Venez, Hélène… Rentrons.

La jeune femme se tourne vers Payns et ses amis.

— Allez vous réchauffer à la maison, je vous rejoindrai un peu plus tard. J'aimerais me rendre à nouveau dans la chapelle pour prier.

Les quatre Champenois quittent le cimetière à leur tour après avoir discrètement salué une dernière fois leur compagnon en portant leur main droite à la poitrine, à hauteur du cœur.

Geoffroy traîne un peu les pieds et renifle comme un vieux chien au poil trempé. « Après tout, il n'est guère déshonorant de pleurer un tendre ami ! Les larmes seraient-elles réservées aux femmes ? Homme et femme souffrent chacun de même manière. La douleur n'a point de sexe. »

— Allons, Geoffroy, donne-moi le bras, dit Payns en l'attendant.

— Avec plaisir, car ce vent me saoule et je vais de guingois.

— Oui, oui, fait Payns. Le vent nous abrutit et nous brûle les yeux, j'en conviens.

— C'est cela, confirme Geoffroy. Il nous jette sa neige glacée en pleine figure.

Bras dessus, bras dessous, les deux amis rejoignent Basile et Hugues. Geoffroy ne cherche plus à dissimuler son chagrin. Des larmes coulent sur ses grosses joues picotées de poils drus.

Les quatre chevaliers font le chemin en silence. Ce n'est que lorsqu'ils pénètrent dans la maison des Brienne que le comte Hugues annonce :

— Il nous faudra bientôt prendre les dispositions que nous avons déjà évoquées au sujet du Tombeau de Jésus. Les Gardiens du Sang ne se contenteront pas de chercher à nous reprendre les Saints Signes.

— Ils voudront s'assurer que le miracle s'est bien produit ! ajoute Payns.

— Oui, la seule et unique fois où le miracle a été tenté et réalisé. Par Jésus, notre frère d'entre les morts !

*

* *

— Confessez-moi, mon père, car j'éprouve un grand besoin de contrition et de repentance en ce jour de deuil.

— Une pure intention que celle qui aspire à la légèreté de l'âme en de pareils moments.

L'abbé fait entrer Hélène dans l'unique confessionnal de l'église. C'est plutôt un étroit cagibi dont les lattes de bois ont été disjointes par l'humidité.

L'abbé a pris place derrière la grille contre laquelle la jeune femme a posé son front.

— Je me sens toujours mieux après m'être confessée, dit-elle. Vous m'avez tant soutenue dans ma foi ! Mon cœur aurait éclaté depuis longtemps si je n'avais pu vous parler dans le secret inviolable de ce sacrement.

— Je comprends, Hélène. Seul Dieu écoute ce qui est prononcé ici. Parlez… Confiez-vous à Lui et vous serez délivrée.

Hélène déglutit avec difficulté. Elle éprouve la sensation d'être étranglée en permanence, une cordelette imaginaire lui enserrant le cou.

Elle respire longuement, lentement, pleinement. Elle respire cette atmosphère où s'agrègent l'odeur mielleuse des cierges avec celle, plus rêche, des pierres, la senteur pâle et discrète du bois et l'haleine proche de l'abbé, chaude et âcre.

Elle parle…

*

* *

L'abbé a attendu quelques instants après le départ d'Hélène pour sortir à son tour de l'église.

Il dépasse les dernières maisons du village, penché en avant, butant contre le vent chargé de neige qui le frappe de plein fouet. Il gravit un talus pour retrouver à son sommet un homme qui attend près de son cheval.

L'inconnu, le visage dissimulé sous un capuchon, porte une hache à sa ceinture.

— Avez-vous appris du nouveau des lèvres de la veuve ? demande-t-il.

— Non, messire. Rien de plus que lors de sa dernière confession.

— Alors je reviendrai… Mais je sais le principal. Et cela, grâce à vous. Les Gardiens du Sang possèdent maintenant un doigt de la main droite du Christ !

— Tout de même, se plaint l'abbé, Dieu ne me pardonnera pas d'avoir enfreint le secret de la confession. J'ai violé ce sacrement à maintes reprises pour vous satisfaire, et j'en souffre beaucoup.

Le tueur porte une main à sa hache et caresse le fil de la lame. L'abbé fait un pas en arrière, au risque de tomber à la renverse dans le fossé.

La voix doucereuse le rassure :

— Ne me craignez pas. Je ne vous ferai aucun mal tant que vous m'obéirez.

— Vous me l'avez dit souvent, messire. Il n'empêche que votre allure me cause bien des frayeurs.

— Nous sommes alliés et travaillons à la même entreprise.

— Oui, cela aussi, vous me l'avez répété. Cependant, je commets d'impardonnables sacrilèges qui pèseront lourdement sur mon âme au jour du Jugement dernier.

— Considérez-vous comme un soldat de Dieu. Pour cela, l'absolution vous sera donnée.

L'homme à la hache remonte en selle. Avant d'éperonner sa monture, il lance à l'abbé :

— Qu'il ne vous prenne jamais l'idée de vous confier à l'un de vos supérieurs. Ni d'avouer à la dame de Brienne que vous trahissez sa confiance…

— Certes non !

— Vous êtes un bon soldat, l'abbé.

Le cavalier lance son cheval et disparaît bientôt au milieu des flocons tourbillonnant dans le vent.

DEUXIÈME PARTIE

La liste rouge

1

La visite du pape

En janvier onze cent huit, le pape Pascal II prend pour prétexte la tenue d'un vague séminaire avec l'évêque de Reims pour se rendre secrètement dans un petit monastère reculé de Champagne. La guerre qu'il a déclarée aux cinq chevaliers héritiers de la Loge Première a débuté à Jérusalem quatre ans plus tôt ; elle n'aura de fin que lorsqu'il aura réuni toutes les bagues contenant les Saints Signes tracés par Jésus-Christ sur le suaire de son frère.

Il a cessé de neiger depuis deux jours, mais les routes restent difficilement praticables, obligeant les voyageurs à la prudence.

Un convoi composé de six cavaliers armés et d'un chariot bâché tiré par deux chevaux passe la porte charretière du monastère de Sainte-Ménehould. Un homme corpulent, couvert d'une épaisse fourrure, descend de la voiture en maugréant :

— Sinistre pays de froidure !

Le cocher, qui a quitté son banc, vient aider le gros ours.

— Prenez mon bras, Saint-Père.

— Merci, c'est inutile, voici le père supérieur.

Un petit moine encapuchonné se hâte en effet, sautillant dans la neige comme un échassier pressé. Parvenu à la hauteur du pape, il s'incline respectueusement et prononce :

— *Dominus vobiscum.*

— *Et cum spiritu tuo !*

— Très Saint-Père, béni soyez-vous…

— Nous prierons plus tard. Conduisez-moi auprès de lui.

Visage fermé, lèvres étroites, regard sévère, le pape Pascal n'éprouve manifestement aucun plaisir à cette visite.

Le père supérieur l'invite à emprunter un déambulatoire dont la majeure partie, à claire-voie, est parcourue par un vent sifflant et coupant.

— Je dois vous prévenir, commence le père supérieur en bredouillant, à cette heure il…

— Eh bien, est-il là, oui ou non ? s'impatiente le souverain pontife. Il était prévu que je vienne ce jour, n'est-ce pas ?

— Il est bien là, effectivement. Dans l'arrière-cour, derrière ce bâtiment…

Le père supérieur a désigné un cellier à son visiteur. Celui-ci réagit aussitôt :

— Je n'entends rien à ce que vous dites ! Que ferait-il à l'extérieur par un tel froid de tombeau ?

— Justement…

Ils traversent le cellier, qui donne sur un espace carré entièrement recouvert de neige.

Le pape marque un temps d'arrêt.

— Mon Dieu ! s'exclame-t-il. Je n'ai jamais vu plus fol esprit de ma vie ! Cherche-t-il à attraper la mort ?

L'homme à la hache est quasiment nu. Il ne porte qu'une capuche pour dissimuler son visage et un linge blanc noué sur le ventre. Bras écartés et tendus, jambes jointes, crucifié au vent qui le frappe et le mord, il psalmodie le Pater :

Panem nostrum quotidianum da nobis hodie.
Et dimitte nobis debita nostra,
sicut et nos dimittimus debitoribus nostris.
Et ne nos inducas in tentationem :
sed libera nos a malo.

— Ce sont ses exercices, comme il dit, précise le moine. Il les pratique ainsi chaque jour depuis qu'il est arrivé… Pour s'endurcir. Une terrible mortification ! Je dois vous avouer qu'il me fait grand-peur, ainsi qu'à tous mes frères.

— Laissez-nous.

Le père supérieur, dont la curiosité est brutalement frustrée, se retire à contrecœur. Le pape s'approche du tueur. Celui-ci n'abandonne pas sa posture de Christ pour dire :

— *Coram Sanctissimo*[1] *!* Vous voici enfin, Père. Que ma nudité ne vous offusque point ; ma chair et mes os appellent cette souffrance que mon âme étouffe de ses prières.

---

1. En présence du pape.

— Est-ce pour expier vos crimes que vous vous infligez ce genre de châtiment ?

— Je ne tue que sur les ordres de la Sainte Église. Je suis votre arme, Père. Je défends une juste cause ; Dieu me pardonnera pour cela.

— Et j'intercéderai en votre faveur auprès de Lui.

Un vol de corbeaux au croassement grave et monocorde. Puis, de nouveau, la voix presque féminine et atone de l'assassin :

— Sans doute préféreriez-vous que nous regagnions ma cellule ?

— En effet, je ne possède malheureusement pas vos vertus, et mes pieds, quoique chaussés, souffrent de ce grand froid.

Le pénitent abaisse les bras.

— Venez, invite-t-il, j'oublie mon devoir d'hôte ; vous devez être las du long voyage que vous avez fait. Sachez que je suis honoré que vous vous soyez déplacé en personne.

Gêné de suivre cet homme nu, le pape Pascal accélère le pas. Il est pressé d'en finir. Pressé aussi de recevoir des mains de ce dément la première bague soustraite aux chevaliers champenois.

Ils entrent dans une pièce sombre à l'écart du dortoir des moines : une cellule aux murs lézardés et au sol de terre battue dont le mobilier n'est composé que d'un lit, d'un tabouret et d'un coffre sur lequel ont été posés la hache et les effets du tueur.

Dans une cheminée étroite, une bûche achève de se consumer.

À la vue de la cognée, le pape ne peut s'empêcher

de frissonner en pensant aux membres qu'elle a tranchés, aux crânes qu'elle a brisés.

— Les bons moines de cette abbaye n'ont guère posé de questions lorsqu'ils ont dû m'héberger, précise le jeune homme tout en se rhabillant. Mais sans doute votre recommandation ne souffrait-elle pas le refus ?

— Nous pouvons avoir toute confiance en cette congrégation. Il convenait de vous trouver un abri dans le comté de Champagne.

Puis, d'un ton irrité, le pape s'écrie presque :

— Alors, cette bague ? Je me suis brisé les reins sur les routes pour la voir ! J'ai pris un gros risque en quittant mon palais toutes affaires cessantes, cela pourrait intriguer la Curie !

— Vous vous souvenez de notre accord, Père ?

— Je vous ai donné ma parole et ne reviendrai point dessus. Le morceau du suaire de Thomas restera la propriété des Gardiens du Sang. J'en ferai juste une copie, comme nous en sommes convenus.

— Soit.

Le pape Pascal s'assied sur le tabouret et demande :

— Avez-vous de quoi écrire ?

— J'ai ce qu'il faut, Père.

Le tueur sort un petit paquet de sa sacoche de voyage.

— Prenez déjà ceci.

Le pape délie la cordelette qui maintient le grossier tissu enveloppant le mystérieux objet.

— Mon Dieu ! s'exclame-t-il en découvrant ce que renferme le ballotin. Mon Dieu ! répète-t-il d'une voix pointue et horrifiée en regardant la main droite mutilée d'Arcis de Brienne, la bague rouge brillant à son annulaire.

Le membre glacé est verdâtre, marbré de brun, parsemé d'hématomes violacés.

— Mais pourquoi avoir conservé cette… cette chose ?

Un rire bref sous le capuchon.

— J'ai considéré qu'il vous revenait de retirer la bague de la main d'Arcis de Brienne.

— Je comprends : je dois être votre complice jusque dans l'horreur ! C'est là le moyen que vous avez choisi pour m'impliquer corps et âme dans cette effroyable entreprise !

— Tout n'est que rituel, Père. Je veux que ce soit vous qui me remettiez le contenu de cette bague.

Et l'homme à la hache tend une feuille de vélin, une plume et un encrier au souverain pontife.

Avec dégoût, le pape ôte la bague du doigt, se louant de n'avoir pas retiré ses gants de daim. La chair est putride et s'arrache des phalanges.

— Qu'attendez-vous pour soulever cette pierre ? demande le tueur.

Pascal se décide enfin à extraire du bijou la pièce de tissu qu'il défroisse aussitôt pour examiner le dessin tracé jadis par le Christ.

— Est-ce tout ? interroge-t-il avec une déception non dissimulée.

Le motif est composé d'un triangle au contour noir épais, tête en bas, entrelacé avec un second triangle au contour maigre, tête en haut. Les deux figures unies forment, en croisant leurs côtés, un hexagone enserrant un trait vertical surmonté d'un appendice crochu pointant vers la droite.

— Ainsi, poursuit le pape, ceci est l'un des Saints Signes ! L'une des cinq figures…

— Oui, les quatre chevaliers survivants revenus de Jérusalem possèdent les autres dessins.

— Une fois réunis, ils formeraient la clef de l'*Ars magna*, reprend Pascal. La Voie royale ! Le chemin de l'immortalité ! Mais notre réussite ne sera complète que lorsque nous aurons trouvé le véritable tombeau du Christ. Toutes les enquêtes successives que nous avons diligentées nous conduisent invariablement… en Champagne.

— Je sais où chercher, Père. Je le découvrirai ! Et tout sera accompli afin que l'Histoire ne retienne que la vérité de l'Église. Je dispose de nombreux agents, d'espions et de tueurs pour y parvenir.

Le pape reproduit le dessin du Christ sur la feuille de vélin. La plume d'oie mal taillée gratte le parchemin, qu'elle constelle de minuscules éclaboussures.

Lorsqu'il a achevé sa copie, il souffle sur l'encre fraîche et attend quelques secondes avant de replier le document, qu'il glisse dans sa tunique.

Il a hâte de partir, de quitter ce jeune assassin auquel les Gardiens du Sang ont confié la plus criminelle des missions.

— Nous nous reverrons bientôt, Père.

— Je le crains.

— Demeurerez-vous à Reims ?

— En effet, le temps que durera le mandat qui vous a été assigné. À ce propos, je vous saurais gré de ne point trop tarder.

Il se reproche intérieurement d'avoir prononcé ces mots. Il est face à un mercenaire de l'Église, un *condottiere* ! « Comme s'il s'inquiétait de mes volontés ! Il prendra le temps qu'il jugera nécessaire pour s'emparer des quatre autres Signes et découvrir le Tombeau du Christ venu mourir en Champagne. »

Pascal se dirige vers la porte de la cellule. L'homme à la hache s'empresse de la lui ouvrir en s'effaçant respectueusement pour le laisser franchir le seuil.

— Père…

— Oui ?

— *Jube, domne benedicere*[1].

Le tueur incline la tête en soulevant son capuchon. Le pape est saisi par les yeux transparents qui confèrent à son regard une profonde tristesse.

— Au nom du Père, du Fils et du Saint-Esprit, articule le souverain pontife en faisant du pouce droit le signe de la croix sur son front. Soyez béni, mon fils, et allez en paix.

— *Amen*, murmure la voix sans timbre.

*

* *

La neige s'est remise à tomber. Le pape Pascal presse le pas pour rejoindre le chariot, dont la bâche est déjà couverte d'une fine et granuleuse pellicule blanche.

Le cocher présente un petit escabeau à son passager, qui l'utilise pour grimper dans la voiture où il

1. Mon père, donnez-moi votre bénédiction.

retrouve, dans l'ombre, un ecclésiastique corpulent engoncé dans un épais manteau qui se réchauffe les os en tendant ses épaisses mains au-dessus d'une bassinoire emplie de braises.

— Sa Sainteté est-elle satisfaite ?

— Ce tueur me glace le sang ; son âme est une pierre. Mais c'est le seul à pouvoir mener cette mission jusqu'à son terme. Lui et sa Loggia !

Pascal s'installe sur la banquette et montre à son voisin le parchemin sur lequel il a tracé le premier des cinq motifs, dérobé aux Champenois.

— J'ai recopié le Saint Signe sur cette feuille de vélin. Je n'ose imaginer de quelle manière cet homme entrera en possession des autres bagues.

— Avons-nous choisi la meilleure alliance en plaçant l'avenir de l'Église entre les mains des Gardiens du Sang ? N'aurait-il pas été moins dangereux de nous rapprocher du comte de Champagne ainsi que de ses chevaliers ? Nous aurions pu concilier nos intérêts respectifs…

Le convoi se met en marche. Le chariot branle de gauche et de droite sous l'indécision des chevaux qui le halent.

Le pape poursuit :

— Le Secret de Jésus doit être la propriété de l'Église, dom Mestrany. Il ne peut être partagé ! Si je devais vendre mon propre frère pour cela, je le ferais ! Nous préservons le monde du chaos. Il est bon que le message d'amour du Christ soit retransmis aux générations futures dans toute la beauté de son enseignement. Nous ne serons que quelques-uns à savoir que les Écritures ont effacé le rôle de Thomas.

— Je vous comprends. Votre combat est louable.

— Mais il coûte à ma conscience, que j'ai jetée ainsi aux orties. C'est un bien lourd sacrifice que la religion m'a demandé.

— La religion, Saint-Père ? Ne vouliez-vous pas plutôt parler de votre foi ?

— La foi, mon ami, je ne sais plus de quelle vertu la vêtir. La foi est un principe qui vous est transmis par la grâce de Dieu et qui vous sublime. La religion est constituée d'un ensemble de règles : nous pouvons y souscrire sans la foi !

— Ces mots ! Dans votre bouche !

— Eh bien ?

— Ils sont le témoignage d'une telle affliction !

— Considérez-moi comme un ministre de l'Église qui exécute son travail avec sincérité et humilité, et qui ne se consacre qu'à cette tâche.

— N'êtes-vous pas plutôt un ministre de Dieu ? C'est de Lui que vous tenez les pouvoirs sacrés de votre charge.

— Mes pouvoirs ne sont pas sacrés, ils m'ont été donnés par les hommes, dom Mestrany. Par les hommes ! Par ceux qui m'ont placé à la tête de la Sainte Église catholique.

*

* *

Il a rabaissé son capulet. Son visage est sans expression. La blessure que Basile le Harnais lui a infligée à Jérusalem a imprimé à tout jamais dans sa chair un trait brun légèrement boursouflé.

Il regarde la main d'Arcis de Brienne que le pape a laissée sur la table. Il reste ainsi de longues minutes à contempler cette chose morte, hideuse, recroquevillée comme une araignée géante.

Puis, se décidant enfin, il s'en empare et la jette dans la cheminée sur la bûche rougeoyante.

— Ce qui est mort doit le demeurer !

Bientôt une odeur âcre emplit la cellule.

Il sourit. « Le parfum de l'enfer ! » pense-t-il.

Avec satisfaction, il prend la bague pour la glisser dans un sachet de cuir qu'il enfourne dans sa sacoche.

Dans la cheminée, le feu s'est réveillé. Il dévore la chair et les os qui lui ont été donnés. Un crépitement obscène accompagne son œuvre.

2

Le puits

Le ciel déploie ses pâleurs sur le village de Brienne, se confondant avec la ligne de crête des collines avoisinantes.

Hélène s'est rendue à l'église. Agenouillée dans le confessionnal, elle fait machinalement le signe de croix avant de parler d'une voix lente et posée, très faible. Presque un murmure.

— Depuis l'assassinat de mon époux, depuis qu'on lui a volé sa main droite, je ne cesse d'être hantée par d'épouvantables cauchemars. Sans cesse je crains de voir resurgir cet homme – ce démon ! – avec sa hache…

— Implorez la Vierge mieux que vous ne le faites, Hélène. Elle vous sera d'un grand secours. C'est une femme qui a beaucoup souffert ; elle sera sensible à votre désarroi.

— Je vous ai tout révélé, car vous êtes le seul à pouvoir recueillir les terribles doutes qui me persécutent. Je vous ai parlé du chevalier de Payns, du comte Hugues, et…

— Je me souviens ; il y a aussi Basile le Harnais et Geoffroy de Saint-Omer. Vous m'avez dit quel effroyable secret ils ont rapporté de Terre sainte et je vous ai adjurée de n'y point croire sous peine de perdre votre âme.

— Néanmoins, vers qui tourner mes prières depuis que je sais que le Christ n'est pas mort en croix ?

— Par la grâce de Dieu, plus un mot sur cette fable, ma fille ! Souhaitez-vous finir sur le bûcher ?

— Tout ce que je vous dis est scellé par le sacrement de la confession. J'attends de vous aide et réconfort, non des réprimandes. Je ne suis responsable que d'avoir été la confidente de mon époux.

— Certes, souffle l'abbé. Pardonnez mon emportement. C'est que je suis aussi troublé que vous. Comment croire de telles choses ? Ce ne sont que blasphèmes dirigés contre Notre-Seigneur Jésus-Christ, qui a vécu le martyre pour délivrer l'humanité de ses péchés.

— J'ai cependant lu le journal de mon mari. Il était écrit avec les accents de la sincérité. Arcis était un homme droit et honnête ; jamais il n'aurait trahi la vérité !

L'abbé soupire.

— Il aura été trompé par ce Payns, reprend-il. Car j'ai le sentiment que c'est celui-ci qui fut à l'origine de l'expédition en Terre sainte.

— Croyez-vous que Payns se serait joué de lui et de ses amis ? Dans quel dessein ?

— Vous m'avez bien fait comprendre que Payns paraissait être le responsable de cette secte qu'il nomme Loge Première, n'est-ce pas ?

— Je ne suis pas certaine qu'il y ait jamais eu un chef au sein de leur société.

— Néanmoins, Payns paraît la diriger et insuffler sa volonté à ses membres qu'il appelle « frères ». N'ai-je pas raison ?

— Arcis m'a confié certaine chose, peu de temps après son retour de Terre sainte. Un bien curieux propos, en vérité.

— Je vous écoute, fait l'abbé en se penchant plus près du grillage contre lequel Hélène chuchote.

La jeune femme souffre toujours de ce malaise qui la prend à la gorge et lui donne l'impression de s'étrangler avec sa propre salive.

La voix rauque, elle dit :

— Mon époux écrivait dans son cabinet et, comme il se faisait tard, je suis montée lui apporter un bol de soupe chaude et un verre de vin sucré ; je me souviens de ce soir-là avec tant de précision ! J'ai ouvert la porte ; il ne m'a pas entendue. J'ai marché jusqu'à lui et, désirant lui faire une surprise, je suis restée sans bruit dans son dos. J'ai jeté un coup d'œil aux parchemins qu'il avait étalés sur son pupitre et qui accaparaient toute son attention, au point qu'il ne remarquait même pas la présence de sa femme. J'ai vu alors des dessins compliqués qui m'ont paru être des plans. Ils étaient couverts de cotes, d'opérations mathématiques et de mots en latin. J'ai toussé pour attirer son attention ; il a été fort surpris de me découvrir là, et je fus étonnée de constater qu'il en était contrarié. Cependant, il s'est détendu lorsqu'il m'a vue déposer sur sa table la collation que je lui avais préparée. Il m'a chaleureusement remerciée, louant le destin d'avoir voulu que nous nous aimions, et m'a dit qu'il appréciait la sollicitude et l'affection que je lui témoignais. Je ne pus m'empêcher de l'interroger au sujet des plans. Légèrement embarrassé, il m'a répondu qu'il s'agissait d'un puits qui devait être creusé sur les terres de Payns, dans un bois auquel il a donné le nom de forêt d'Orient à son retour de Jérusalem : une grande étendue de terre non loin du diocèse de Larrivour, aux portes de Troyes ; un lieu infesté et inculte, à ce qu'on dit. Je ne suis guère experte en architecture, néanmoins je trouvai sa réponse étrange. Car s'il s'agissait bien d'un puits, celui-ci, au vu des épures, me semblait d'une architecture fort complexe. J'en fis la remarque à Arcis, qui répondit qu'en effet, le forage et l'agencement de l'appareillage de pierres nécessiteraient une série d'opérations extrêmement minutieuses, réalisées par des maîtres terrassiers, charpentiers et maçons. Il précisa qu'au fond de ce puits serait enterré un trésor que nul curieux n'était censé devoir jamais trouver. Je le pressai alors de questions. De quel trésor s'agissait-il ? Ses amis et lui avaient-ils rapporté des richesses de Palestine ? Évoquait-il les bagues aux pierres rouges ? Je revois encore mon époux sourire et me prendre sur ses genoux comme il aimait à le faire souvent. Là, je redevenais une toute petite fille soumise à son amour. Il me murmura à l'oreille que le trésor qui serait dissimulé dans les entrailles de sa chère marne de Champagne ne s'évaluait ni en or ni en diamants. Il ajouta cette phrase énigmatique : « Payns, le comte Hugues, Saint-Omer, Le Harnais et moi enterreront bientôt la Connaissance qui est morte et vivante à la fois, la preuve du savoir sacré de Jésus-Christ ! Ce qui est chair et sang pour les siècles des siècles ! » Le puits faisait partie d'un vaste projet. Les chevaliers, pour le mener à bien, avaient fait appel à un architecte et à deux docteurs hébreux fort instruits de kabbale, de géométrie et d'alchimie.

— N'en a-t-il pas dit plus long ? s'enquiert l'abbé après qu'Hélène s'est tue.

— Je souhaitais en apprendre davantage, mais il a préféré rester sur ces quelques phrases sibyllines et changer de sujet. Il était manifeste qu'il se reprochait d'avoir évoqué ce puits et ce qu'il renfermerait.

L'abbé émet un long soupir.

— Il vous faudra prier quotidiennement pour le salut de l'âme de votre époux, Hélène. Prier avec ardeur… Car il est évident que le chevalier Arcis et ses quatre amis ont évoqué des forces obscures. Ils se sont livrés à des pratiques sacrilèges et blasphématoires.

— Voulez-vous dire que ces hommes si respectables, si justes, sont des sorciers ? Accusez-vous le comte Hugues de commercer avec le démon ?

— Laissons à Dieu le soin de les juger. Mais n'oubliez pas d'implorer Sa compassion et Sa mansuétude pour l'âme de votre époux.

3

Pater noster

Une fois seul, l'abbé passe une cape sur ses épaules, met une cuculle sur sa tête et quitte l'église.

Il est saisi par les flocons de neige qui s'abattent violemment sur le village.

Pressant le pas, il se rend à l'écurie attenante au presbytère et détache sa jument, un gros animal lourd au ventre large, à l'encolure épaisse. Il lui jette sur les reins une couverture pour toute selle, et enfourche l'animal.

« Dieu, me pardonnerez-vous ? »

Les rues sont désertes. L'abbé flatte l'échine de sa jument et la conduit à la voix, empruntant bientôt un chemin qui gravit une colline en serpentant entre des rochers aux arêtes tranchantes.

La route se fait escarpée, accrochée qu'elle est au flanc d'un à-pic qui devient de plus en plus profond et dicte la prudence à chaque pas.

Le visage trempé, ses doigts gourds accrochés à la crinière de l'animal, l'abbé aperçoit au sommet de la colline la silhouette de l'homme à la hache. Ce dernier attend, immobile dans la neige et le vent qui font tournoyer sa houppelande noire. Son cheval se tient un peu plus loin, docile et patient.

Parvenu à la hauteur du jeune tueur, l'abbé descend de sa jument.

— Nous sommes lundi, la veuve s'est-elle confessée ?

— Oui, répond l'abbé, comme elle en a pris l'usage tous les lundis à matines sonnantes.

— Alors, délivrez-moi vite ce qu'elle vous a confié.

— C'est la dernière fois, messire. Je ne veux plus violer mon ministère, même au nom de notre sainte cause… La dernière fois !

— Eh bien, que cette dernière fois me soit instructive ! A-t-elle évoqué les amis d'Arcis de Brienne ?

L'ecclésiastique répète à l'espion ce que lui a révélé la veuve. Doué d'une excellente mémoire, il lui livre le récit pratiquement mot pour mot.

— Ah, fait le tueur quand il en a terminé, elle a mentionné deux hommes de science, des Juifs ! Et un architecte… Oui, cela confirme ce que j'ai pu déduire grâce à ma propre enquête.

— Je n'ose imaginer de quoi il s'agit ! s'écrie l'abbé.

— Ne jouez pas l'hypocrite ; vous savez très bien quelle est la nature de l'entreprise initiée par les Champenois.

— Je préfère ne plus jouer aucun rôle dans cette affaire. Je crois vous avoir servi suffisamment, avec dévotion et sincérité. Je me permets de répéter que je vous vois pour la dernière fois.

Le tueur est secoué d'un rire saccadé, bref et pointu. Puis il ouvre vivement son manteau, se saisit de la hache passée dans sa ceinture et la brandit au-dessus de la tête de l'abbé en disant :

— Vous avez raison, l'abbé. La dernière fois !

L'abbé a levé son visage mouillé de neige pour suivre, hypnotisé, la trajectoire de la lame.

— Avec ma permission ! lance l'assassin.

La cognée dessine un large demi-cercle pour venir frapper sa victime à la taille.

— Et ma bénédiction !

Le sang jaillit immédiatement à grands flots de la blessure dont s'extrait le fer.

L'abbé demeure quelques secondes plié en deux sous la douleur qui lui broie le corps. Une bile de sang lui remonte à la gorge. Il vomit d'épais caillots noirs sur la neige, à ses pieds.

Puis, les yeux fixés sur le ciel blanc, il vacille, tourne sur lui-même en une danse grotesque. Et chavire.

Il bascule dans le vide et boule dans le profond fossé.

Le tueur prend une poignée de neige pour laver la lame souillée avant de remonter en selle et de s'en retourner.

Le mouvement tranquille de sa monture, sa houle rythmée achèvent de le mener à un orgasme apaisant.

Le creux de ses cuisses trempées d'une lénifiante tiédeur, il adresse à Dieu la prière qu'il aime le plus :

— *Pater noster, qui es in caelis, sanctificetur nomen tuum…*

4

Le scriptorium

Maurin a pris l'habitude de se rendre dans le scriptorium de son père dès qu'il a bu son bol de lait chaud et dévoré une bonne tranche de pain de seigle recouverte de saindoux. Il enfile à la hâte une grosse chemise bien chaude par-dessus laquelle il passe une pelisse de fourrure et, chaussé de bottes, il traverse la cour de la grande ferme.

Il aime entendre craquer la neige glacée de la nuit à chacun de ses pas. Sa mère, sur le seuil de la vaste salle de séjour, le regarde en souriant puis, comme tous les matins, le réprimande :

— Maurin, tu ne vas pas encore déranger ton père ? Laisse-le travailler en paix !

Le garçon se retourne alors pour dire :

— Il m'avait promis de m'apprendre de nouveaux coups d'épée !

Il poursuit son chemin dans le caquetage des poules qu'il croise, s'amusant à en poursuivre une ou deux durant quelques secondes, sachant que cela amuse

Émeline, sa petite sœur, qui le regarde par la fenêtre de sa chambre.

C'est à ce moment que la gamine descend retrouver sa mère pour boire son lait et grignoter des fruits secs.

— Que font papa et ces mystérieux hommes que nous hébergeons, maman ?

— Ah, ça… Ton père s'est attelé à un gros ouvrage, Émeline. Quant à ses hôtes, ce sont de doctes personnages qui l'aident à résoudre de savants calculs !

— Tu me réponds toujours la même chose, mais cela fait plus de trois semaines qu'ils s'enferment dans le scriptorium. Maurin a le droit d'y aller, lui !

— C'est un garçon ! Et il aura bientôt dix ans.

La fillette s'attable avec une moue boudeuse et plonge le nez dans son bol. Au bout de quelques secondes, elle marmonne :

— Maurin ne veut pas me parler de ce que font papa et ses amis. Il dit que je ne comprendrais pas !

— Je crois plutôt qu'il n'a pas appris grand-chose et qu'il aime se donner de l'importance. Les hommes sont souvent ainsi : ils éprouvent le besoin de s'entourer de mystère.

— Je regrette d'être née fille !

— Allons, tu t'apercevras bien assez tôt que les femmes possèdent aussi leurs secrets. Mais elles sont certainement plus habiles que les hommes en n'en faisant point état !

*
* *

Maurin passe devant le behour, un mannequin de bois et de paille tenu à la verticale sur un pieu fiché en terre, bras étendus, confectionné par son père pour l'entraîner à porter de solides et habiles coups d'épée.

— Voici notre petit visiteur matinal ! lance un vieil homme qui vient d'ouvrir la porte du scriptorium.

— Bonjour, maître Eliphas. Je ne me ferai jamais à ces verres que vous portez sur le bout du nez !

— Bonjour, Maurin. Prie pour que tes yeux n'aient pas un jour besoin de loupes, mon garçon. Entre, ton père, qui a une excellente vue, t'a aperçu traverser la cour. Viens vite au chaud.

Il règne une bonne odeur dans la grande pièce ; Maurin l'apprécie plus subtilement chaque nouveau jour. Elle est composée de senteurs épicées d'aromates et de plantes que maître Ferrer, l'un des invités de son père, fait bouillir pour obtenir de désaltérantes décoctions, au parfum entêtant de cire, de résine et de goudron, utilisées pour fabriquer d'habiles maquettes, véritables œuvres d'art représentant des écluses, des barrages, des treuils, des poulies ou un double puits hélicoïdal.

Sans compter les parchemins de peau d'agneau, dont les empyreumes prennent à la gorge mais que l'odeur de l'encre adoucit et rend presque agréables !

L'enfant aime cette pièce. Il en aime les livres nombreux sur les étagères en bois, les pots d'onguent, les fioles, les ampoules, les dessins compliqués tracés sur de grandes ardoises.

Il apprécie Eliphas avec ses ronds de verre aux yeux, Ferrer et ses longs cheveux gris, ses vêtements chamarrés composés d'étoffes soyeuses, Schelomet et sa petite taille, sec comme une bique, un éternel sourire aux lèvres.

Et son père, Hugues de Payns. Son père qu'il embrasse en lui claquant un « bonjour » sur chaque joue. Son père qui ne semble jamais dormir, mais que les longues veilles ne marquent pas.

— Je présume que ta mère t'a encore fait la morale et que tu ne l'as pas écoutée, dit Payns. Quelle est la chose qui t'intrigue le plus dans cette pièce ?

— Ce grand rideau, répond l'enfant en désignant une lourde tenture interdisant la vue sur une seconde salle.

— Une curiosité naturelle : on cherche toujours à découvrir ce que d'autres dissimulent avec soin. N'y a-t-il rien d'autre ici qui t'intéresse ?

L'enfant s'approche de la table où sont posées les maquettes de quelques édifices. L'une d'elles retient en particulier son attention.

— Certes, je me demande comment et pourquoi tu veux construire un tel puits. Il en faudra, des pierres, pour bâtir une chose semblable ! Et du bois, pour charpenter l'ensemble !

— Les pierres et le bois ne manquent pas en forêt d'Orient, précise Eliphas de sa voix de rocaille.

— Sans doute, poursuit Maurin, mais où trouver assez d'or pour payer tous les ouvriers et tâcherons que vous devrez employer ?

— Tu es décidément trop malin ! remarque Payns en riant. N'es-tu venu que pour inspecter notre travail ?

— Dieu m'en garde ! Je suis venu te chercher, car tu m'avais dit que nous nous entraînerions sur le behour et que tu me montrerais comment le mettre en charpie, ainsi que tu l'as fait des incroyants à Jérusalem.

— Tu me prêtes des exploits que je n'ai pas accomplis. Je ne suis pas le géant que tu crois !

— Si, si ! insiste Maurin. C'est ce qu'on dit partout aux alentours, papa…

— Donne-moi encore un peu de temps pour étudier une épure, et je te rejoins.

— Je cours enfiler ma cotte.

Sitôt que Maurin a quitté la pièce, Eliphas dit à Payns :

— Ton fils est malin ; sa question au sujet de l'or n'était pas anodine ! Il a compris que nous en aurions besoin d'une grande quantité pour mener à bien notre entreprise.

— Ce n'est qu'un enfant ; il est loin d'imaginer quel pouvoir nous détenons. Typhaine, ma femme, l'ignore elle-même. Je lui ai juste parlé de digues et d'écluses que j'avais l'intention d'édifier sur mes terres. Quant à Geoffroy de Saint-Omer, à Basile le Harnais et au comte Hugues, elle les considère comme mes fidèles amis, mes compagnons de voyage en Terre sainte, rien de plus. Je l'ai tenue à l'écart de notre découverte. Elle ne se doute de rien et me prendrait pour le pire des hérétiques si elle savait…

— C'est très sage ainsi, en effet.

Schelomet intervient :

— Mais cette bague, frère… Elle ne t'a pas interrogé à son sujet ?

— Bien sûr. Elle a aussi appris qu'un tueur a arraché la main droite d'Arcis de Brienne qui en portait une semblable. Mon épouse se doute certainement que cette pierre contient une relique rapportée de Jérusalem… Néanmoins, elle n'a pas cherché à en apprendre davantage et je loue sa discrétion !

Emplissant quatre tasses d'un liquide aromatisé et brûlant, Ferrer dit :

— Cependant, mes frères, le lourd secret que nous défendons dans la Loge Première risque à tout moment d'être découvert par nos ennemis.

— Tu as raison, reprend Payns, c'est pourquoi nous devons rapidement protéger la dépouille de notre maître, de manière que nul ne puisse l'atteindre.

— Lorsque nous aurons déposé le Premier dans la crypte, au fond de ce double labyrinthe vertical, le Secret dormira en toute sécurité pour les siècles à venir, précise Eliphas.

Payns pose une main sur l'épaule du vieil architecte et lui dit :

— Seul un esprit aussi habile que le tien, Eliphas, pouvait concevoir un tel prodige architectural. Un sanctuaire inviolable !

— Je te remercie. Néanmoins, notre regretté frère Arcis m'a bien aidé en me communiquant ses schémas. Je pense à lui chaque fois que je reprends mes travaux… Maintenant, va rejoindre ton fils, mon ami, et enseigne-lui ton art. Notre compagnie réclame autant de valeureux chevaliers que de savants esprits. Quant à nous, nous allons nous remettre à l'ouvrage ; le temps risque de nous manquer !

5

Le mourant

— Revenons à I.N.R.I., dit Schelomet en dépliant un parchemin sur lequel Payns a dessiné les Saints Signes. *Igne Natura Renovatur Integra !* scande-t-il.

— « Par le feu, la Nature est intégralement renouvelée », traduit Ferrer.

— Par la Lumière, le Christ recouvre la Vie ! articule lentement Eliphas.

— Mais l'heure n'est pas venue, mes frères, reprend Schelomet. Nous devons faire en sorte que le Grand Arcane ne tombe pas entre les mains de nos ennemis. Jésus nous a légué son pouvoir afin que nous veillions sur lui et le transmettions à l'humanité lorsque nous jugerons celle-ci apte à le recevoir.

— Les hommes seront-ils un jour suffisamment sages ? demande Eliphas. I.N.R.I. ne devra-t-il pas reposer éternellement dans le Tombeau que je lui construis ? Qui sera juge ? Qui saura apprécier le moment où les frères Premiers devront divulguer la Connaissance ?

— Je l'ignore, admet Schelomet. Tout ce que je sais, c'est que l'or et la vie éternelle causeraient actuellement les pires maux ! Félicité et immortalité deviendraient des instruments infernaux si elles étaient dévoyées. I.N.R.I. est un miracle qui n'aura peut-être été produit qu'une unique fois lorsque sonnera l'heure de la fin du monde.

— Crois-tu que la Tradition traversera les époques ? interroge Ferrer. Crois-tu que la chaîne ne se brisera jamais ?

Schelomet ne répond pas ; il se rend à l'une des trois fenêtres donnant sur la cour spacieuse où Payns a retrouvé son fils, qui achève de nouer les cordons de sa cotte. Ferrer et Eliphas le rejoignent.

— Je devine à quoi tu penses, dit ce dernier de sa voix grave et légèrement voilée.

— Moi aussi, souligne Ferrer. Payns et Maurin sont l'avenir.

— À condition que nous parvenions à déjouer les pièges que nous tendront les Gardiens du Sang, précise Eliphas. Ils nous ont volé l'un des Saints Signes ; ils feront tout pour s'emparer des quatre autres.

— Mais si c'était le cas, les clercs et les docteurs de l'Église en découvriraient-ils le sens ? s'inquiète Ferrer.

— Sans la Tradition initiée par Jésus et transmise oralement depuis onze siècles aux frères Premiers, il leur faudra du temps, beaucoup de temps ! Mais l'Église est patiente… Son combat lui semble légitime et l'absout des meurtres qu'elle doit perpétrer pour parvenir à ses fins.

— Regardez ! dit Schelomet. Payns apprend l'une de ses plus belles bottes à Maurin.

*

* *

Payns a empoigné les avant-bras de son fils, qui tient entre ses mains le pommeau de l'épée. Le chevalier le soulage ainsi d'une partie du poids de l'arme et le guide dans ses mouvements.

Le père et le fils sont unis l'un à l'autre, ne faisant plus qu'un. Payns est derrière Maurin pour impulser à son corps le moindre déplacement, le plus discret déhanchement, la plus imperceptible des esquives, lui imposant une chorégraphie rigoureuse et précise.

Et le behour reçoit les coups portés par la lame du chevalier tenue à quatre mains. Une attaque sans cesse répétée à l'identique, de manière que l'enfant la mémorise parfaitement.

— Pointe à l'aine ! crie Payns à chacun des assauts. Fente sur la droite de l'adversaire, et tu estoques vivement en plongeant ton épée dans le creux de sa cuisse gauche.

— Est-ce de la sorte que tu t'es débarrassé des ennemis en Terre sainte ?

— Je n'ai guère combattu. De plus, ce que je t'enseigne là obéit à la règle chevaleresque. Il arrive le plus souvent que l'on doive se conduire en brute pour se défaire de son rival.

Puis Payns relâche son étreinte sur les avant-bras de son fils et lui dit :

— À toi de combattre seul, Maurin !

— Mais… d'habitude, je le fais avec mon épée de bois. Celle-ci est bien trop lourde !

— Si tu accomplis un mouvement parfait, la lame

perd de son poids. Elle s'envole et siffle avant de frapper. Essaie…

Fronçant le front sous l'effort, l'enfant se jette à l'assaut du mannequin, qu'il frappe comme son père vient de le lui enseigner.

— Recommence !

Il s'élance à nouveau. La pesante épée déchire la paille.

« *Payns…* »

Maurin laisse retomber l'arme au sol.

— Tu as entendu, père ?

— Oui. Cela venait de derrière l'écurie.

« *Payns…* »

Un appel plaintif et douloureux. L'homme et l'enfant se sont retournés. Ne discernent rien.

— Rends-moi mon épée et allons voir.

La voix, derechef : « *À l'aide… Payns !* »

Ils se dirigent vers l'écurie.

— Reste en arrière, garçon.

— Un râle… C'est toi qu'on appelle, papa !

Une dizaine de pas encore. Une dizaine de pas pour atteindre l'angle du bâtiment abritant les écuries.

Une silhouette titubante apparaît, une main ensanglantée se tenant au mur. Cape et robe noires. Une jument, plus loin. Des empreintes dans la neige. Marques de chute de l'homme, puis traces de pas venant jusqu'aux écuries ; le blessé est tombé de sa monture et a parcouru les derniers mètres de son calvaire à pied.

— Par saint Jean, je connais cet homme ! s'exclame Payns en courant à la rencontre du visiteur qui vient de s'effondrer.

— Il porte des vêtements d'abbé, remarque Maurin.

— Car c'en est un. Avec une vilaine blessure au flanc.

Payns a mis un genou en terre pour retourner l'abbé sur le dos.

— Payns ? Est-ce bien vous ?

— Oui, c'est moi. Vous êtes le vicaire de la paroisse d'Arcis de Brienne, n'est-ce pas ? Vous avez inhumé mon ami ; je me souviens parfaitement de vous.

— Messire… Je devais vous parler… Vous prévenir…

— Maurin, cours chercher de l'aide, ordonne Payns, il nous faut prodiguer sans tarder des soins à cet homme. Préviens ta mère : qu'elle prépare une tisane sédative !

Le garçon détale.

— Je vais mourir, balbutie l'abbé. Maudit ! Je suis… maudit !

— Pourquoi dites-vous cela, l'abbé ? demande le chevalier. Vous êtes homme de Dieu et serez tenu pour saint si ce dernier doit vous juger prochainement.

— Dieu me tourmentera… Vous êtes condamné… vous et tous les vôtres… à cause de moi…

Le blessé s'est accroché au col de Payns de ses mains tremblantes. Il semble vouloir se redresser, mais sa grande faiblesse le cloue au sol. Son visage déformé par la douleur est déjà blanc. Payns sait que la mort a pris possession de cette carcasse déchirée.

— La liste rouge…, ânonne l'abbé. La liste rouge !

Les yeux se révulsent, les lèvres se tendent sur les dents en un rictus d'effroi, puis le mourant s'évanouit.

Payns examine la blessure béante, les chairs fendues net, l'os brisé.

« Un coup de hache ! »

Maurin est de retour avec deux garçons de ferme, suivis plus loin de Schelomet, Ferrer et Eliphas, qui peine à allonger le pas.

Payns s'adresse aux valets :

— Portons-le au chaud dans la maison, bien que je ne sois pas certain qu'il reste en vie jusque-là.

Puis, se tournant vers Eliphas, il ajoute :

— J'aimerais pourtant qu'il ne meure pas trop vite. Du moins pas avant d'avoir achevé ce qu'il a commencé à me dire.

— C'est pour cette raison qu'il est venu trépasser chez toi ? Ses propos étaient-ils d'une grande importance ?

— Il divaguait à cause de la fièvre et de la douleur… Il m'a cependant parlé d'une certaine liste, me faisant comprendre que mon entourage et moi étions en danger par sa faute. Une « liste rouge » !

Les deux garçons de ferme se hâtent. Sur le seuil de la maison, Typhaine se prépare à les recevoir, des linges dans les bras.

Payns poursuit à l'intention de ses trois amis :

— Seule une hache a pu l'entailler de cette manière.

— Je comprends, dit Ferrer. Cette blessure lui aurait été infligée par le tueur de Jérusalem ?

— Dans ce cas, réagit Eliphas, quel rapport y a-t-il entre cet abbé et l'assassin qui a massacré Arcis ?

Typhaine se précipite alors qu'on pénètre dans la maison avec le blessé.

— Hors de nos pattes, les enfants ; ce n'est guère un spectacle pour vous !

Maurin et Émeline s'écartent. On couche l'abbé sur la grande table pour le dénuder et appliquer sur sa blessure les linges pliés en compresses.

— Ta décoction est-elle prête, chérie ? s'enquiert Payns auprès de Typhaine.

— Oui, oui… Houblon et millefeuille en doses égales.

— *Humulus* et *Millefolium,* dit Schelomet. C'est parfait, dame Typhaine. Cela devrait calmer la douleur et contenir l'hémorragie.

La mère attire ses enfants dans ses jupes.

— Viens, petite, cela sent trop la mort, ici ! Viens aussi, Maurin.

On tente de faire boire à l'abbé la tisane sédative.

— Voyez, dit Schelomet, ses lèvres sont livides. Cet homme est au bord du trépas. Je crains que nous ne puissions rien tenter.

— Qu'il ne parte pas avant de m'avoir parlé, insiste Payns. Je veux connaître la raison qui l'a conduit jusqu'ici.

— Le pouls est très bas. Aucun espoir, Payns.

— Fais un miracle, Schelomet ! N'es-tu pas homme de science ?

— Soit, je peux faire remonter sa température quelque temps. Qu'on m'apporte une couverture et de l'eau chaude !

En quelques minutes, le mourant est emmailloté dans une épaisse couverture mouillée d'eau très chaude. Il rouvre les yeux, voit briller la bague rouge au doigt de Payns.

— Cette bague…

— Parle, l'abbé, commande Payns tout près de son oreille. Parle ! Tu as évoqué une menace nous concernant, moi et les miens. De quoi s'agit-il ?

L'abbé grelotte malgré la chaleur de la couverture qui l'enveloppe dans un cocon humide. Un froid de glace coule dans ses veines et se répand dans ses poumons, dans son cœur qui le fait souffrir à chaque battement.

Il doit cependant parler au chevalier… Il a accompli un effort surhumain pour se dégager du fossé, ramper jusqu'à sa jument, remonter sur son dos, la conduire de la voix… Et braver la mort, la repousser. Prier Dieu, Lui demander de lui offrir un répit. Encore un peu de vie pour se confier à Payns. Racheter son âme au prix de ce sacrifice.

Puiser loin en lui cette toute dernière once de courage…

— L'agent du pape, le Gardien du Sang… Il cherche toutes les bagues. Il sait tout. Car je lui ai dit… cette épouvantable vérité ! Le tombeau de l'Imposteur à Jérusalem… Son suaire…

— Comment as-tu appris cela ? s'écrie Payns. Comment ?

Maintenant, l'ombre envahit son regard. Une ombre qui estompe le visage de Payns penché sur lui. Un voile opaque rougi de sang.

— Comment as-tu appris cela ? résonne comme un écho à ses tempes.

— Le tueur… Il sait tout… Tout ce qu'Hélène de Brienne m'a avoué…

Sa voix sort-elle de sa gorge ? Est-il entendu ?

Payns frappe la table de son poing, tout près du visage de l'abbé. Un coup qui tonne dans la pièce.

Le chevalier hurle presque :

— Tu mens ! Hélène n'a pu nous trahir ! Jamais, tu m'entends, jamais Hélène n'aurait trompé son époux ni ne nous aurait vendus !

— Ce n'est pas elle, bredouille l'abbé. C'est moi qui ai répété au tueur ce que la dame de Brienne m'a révélé en confession… Les Gardiens du Sang sont informés depuis des années de la nature de vos recherches… de votre volonté de découvrir le tombeau de l'Imposteur et de découper les Saints Signes dans son suaire…

Soudain l'abbé s'aperçoit qu'il ne ressent plus aucune douleur. Il a même perdu conscience de son corps. Il n'est plus qu'un esprit tendu vers une proche rédemption. Dans les bras de Dieu, la sérénité éternelle.

Cet état lui est plus plaisant que la vie. Car il a compris qu'il est entre deux mondes. Là où la conscience s'efface doucement, progressivement. Pour libérer l'âme de sa prison corporelle.

« *Credo in Deum, Patrem omnipotentem*[1]… »

Sa voix chante dans une cathédrale de lumière. Elle s'élève, pareille à une flamme qui cherche le vent.

Il demeure cependant une dernière question :

— Payns, je voudrais savoir, avant de mourir…

— Quoi ?

— Le Christ… S'il n'a pas péri en croix… s'il a survécu… Qu'est-il devenu ? Était-il de chair et de

1. Je crois en Dieu, le Père tout-puissant…

sang comme n'importe quel homme ? Seulement cela ?

Que lui importe ! L'intense clarté qui a chassé l'ombre s'est emparée de son esprit.

— Je vais te répondre, dit Payns.

La main de Schelomet s'est posée sur l'épaule de Payns pour l'inviter à se redresser.

— Inutile, il a rendu l'âme.

— Il est préférable qu'il n'ait rien su de plus. À quoi bon s'alourdir d'une vérité aussi encombrante pour trépasser ? Mais son cadavre nous embarrasse. Que dire à la prévôté à son sujet ?

Ferrer propose :

— Rien qui puisse l'alerter sur nos affaires. Cet abbé a été attaqué par un détrousseur de grand chemin et il est venu mourir chez toi par hasard : c'est la meilleure version à donner.

— Tu as raison, Ferrer, accepte Payns. Je m'en tiendrai à cette assertion, en espérant que l'évêché ne réclamera pas d'enquête particulière.

— Nos gras prélats ont d'autres chats à fouetter que de s'occuper du petit abbé d'un diocèse perdu !

Payns désigne les deux valets qui sont restés dans la pièce le temps qu'a duré l'agonie de l'abbé :

— Mes gens sont acquis à notre cause et je réponds de leur silence. Quant à mon épouse et à mes enfants, ils noueront leur langue si je le leur demande.

Puis, s'adressant à l'un des deux employés en particulier, il ajoute :

— Émeric, après avoir transporté le corps dans le cellier, tu nous rejoindras aussitôt dans le scriptorium.

— Bien, maître.

Les deux garçons de ferme s'emparent des jambes et des bras du cadavre, le soulèvent de la table et quittent la pièce.

Typhaine et ses enfants descendent de l'étage. Émeline pousse un petit cri pointu à la vue du sang que Payns et Ferrer sont en train de sécher avec des linges.

— Laissez, dit la femme, je vais m'en occuper. Je présume que vous avez plus important à faire. Maurin va m'aider.

Payns surprend son épouse en l'embrassant soudainement sur la joue avant de se retirer sans un mot, le visage sombre.

Peu après, Émeric, qui vient de transporter dans le cellier le cadavre de l'abbé, retrouve les quatre hommes dans le scriptorium.

Payns lui tend trois lettres en lui disant :

— Tu remettras ces plis en main propre à nos frères après leur avoir donné les mots de reconnaissance.

— « Orient-Origine », je sais, maître.

— Hugues de Champagne, Geoffroy de Saint-Omer et Basile le Harnais brûleront chacun leur message devant toi après l'avoir lu, recommande Payns. Tu iras ensuite chercher le prévôt, que tu ramèneras pour qu'il vienne constater le décès de l'abbé.

— Ce sera fait.

Émeric s'en retourne.

— Tu comptes donc réunir notre Loge, Payns ? demande Ferrer.

— En effet, et le plus vite possible. Mais, auparavant, nous devons nous rendre auprès d'Hélène de Brienne et l'interroger. Il faut que nous sachions exactement ce qu'elle a dit en confession qui pourrait nous nuire.

— Notre frère Arcis a été bien imprudent de dévoiler nos secrets à sa femme, avance Eliphas. Crois-tu qu'il lui aura avoué où repose le corps du Christ ?

Payns lui répond sans grande conviction :

— Je ne pense pas… Du moins, je prie pour qu'il ne l'ait pas fait. Pas cela !

— N'empêche, poursuit Eliphas, le moindre détail qu'il aura donné peut aider les Gardiens du Sang dans leurs recherches. Ils ont resserré leur étau sur nous en nous prenant de vitesse.

— C'est pour cette raison que nous ne courrons pas le risque de laisser le corps du Premier là où il se trouve actuellement. Nous le déplacerons pour le garder en lieu sûr, le temps que son Tombeau définitif soit creusé en forêt d'Orient, selon tes plans, Eliphas. L'heure est venue de ressortir l'Anneau…

Payns a parlé très bas. Il se tient près d'une des fenêtres, d'où il peut voir Maurin revenu se battre contre le behour avec son épée de bois.

Eliphas se place auprès de son ami.

— Penses-tu que le pape puisse se douter que c'est toi qui détiens l'Anneau parce qu'il t'a été transmis au travers de ta lignée ? Par le père de ton père, par le père de ce dernier, et ce, depuis Jean, le fidèle ami de Jésus ?

Schelomet ajoute :

— Lequel l'a donné au fils aîné du Christ !

— Et qui te revient ainsi de droit, souligne Eliphas.

Payns se tourne vers ses amis.

— À moi… puis à Maurin, un jour, dit-il.

6

El-kimya

Reims… Sa cathédrale s'élève dans le ciel étouffé de neige. Ses formes robustes, brutes, parfois massives et pourtant élégantes, solides et élancées à la fois, dispensent à l'édifice sagesse et sérénité.

À son flanc sud s'adosse le palais épiscopal, composé de bâtiments dessinant un T. C'est dans l'une de ses ailes que l'évêque héberge le pape Pascal et sa suite.

Le souverain pontife aime à passer les premières heures de la matinée dans une bibliothèque regorgeant d'ouvrages qu'il consulte parfois, se faisant aider dans leur traduction par dom Mestrany, qui manie avec aisance plus de six langues. Il s'intéresse aux manuscrits les plus divers, prenant même plaisir à parcourir les longues listes de tenures paysannes consignées dans d'austères et antiques polyptyques.

La pièce est de grandes proportions, parfaitement chauffée par une imposante cheminée sans cesse alimentée d'énormes bûches, éclairée de chandelles et de candélabres aux flammes protégées par des manchons grillagés.

Ce matin, le pape, assis dans une confortable chaise à haut dossier, les reins convenablement calés par d'épais coussins, s'entretient avec dom Mestrany, comme à son habitude, et avec un homme menu, vêtu d'une bure brune, grossièrement tonsuré et dansant d'un pied sur l'autre.

Cet hôte est en train d'examiner le Saint Signe que le souverain pontife a recopié.

— Alors, l'abbé ? demande le pape Pascal. Vous faites autorité dans les sciences hermétiques, n'est-ce pas ? J'attends que vous m'instruisiez au sujet de cette figure.

— Sa Sainteté me prête un grand savoir, dit le petit homme en se mordant la lèvre inférieure et en clignant plusieurs fois des yeux comme une chouette.

— Un savoir que votre modestie vous interdit de reconnaître, Denis, ajoute dom Mestrany.

L'abbé reprend :

— C'est plutôt que j'aurais honte de vous induire en erreur. Certes, je suis très fier et grandement honoré que Sa Sainteté m'ait fait chercher pour l'éclairer de mes humbles lumières. Je reconnais posséder une certaine réputation dans le pays et j'ai même donné mon conseil lors d'un procès en sorcellerie. Grâce à mon intervention, la suspecte – c'était une jeune fille de quinze ans – a évité le bûcher. J'ai pu prouver que la malheureuse n'entretenait aucun commerce avec le Malin, mais souffrait d'une tumeur dans la tête qui lui comprimait le siège de la raison.

— Qu'est-il advenu de cette enfant ? interroge le pape avec intérêt.

— Un chirurgien lui a ouvert le crâne pour en extraire cette tubérosité qui la faisait sombrer dans la folie et prononcer des injures par chapelets !

— Bien, bien, fait le pape. Et ensuite ?

— Ensuite, poursuit l'abbé Denis, on lui a remis le crâne en place et on a recousu les chairs selon les règles de l'art en priant pour que les os se ressoudent. Ce qui s'est réalisé.

— Parfait ! Cette petite a donc été sauvée !

L'abbé se mord à nouveau la lèvre inférieure et saute deux fois d'un pied sur l'autre avant d'ajouter :

— Je ne sais si je dois considérer mon intervention dans cette histoire comme positive, Saint-Père. J'ai permis à l'infortunée jeune fille de ne pas finir sa courte vie brûlée vive, et c'est là le bon côté de l'affaire, mais, depuis son opération, la pauvre enfant ne bouge ni ne parle, elle fait sous elle et ne s'alimente que si on la gave avec un entonnoir comme on pratique avec les oies.

Le pape Pascal dissimule un sourire derrière sa main et dit :

— Vous me semblez être un homme de bon sens, l'abbé. Vous avez agi en accord avec votre conscience et n'avez donc pas de remords à avoir. Revenons au dessin que vous avez entre les mains. Cela vous parle-t-il, au moins ?

— Ma foi, commence Denis, j'ai déjà rencontré cette singulière étoile de David dans le *Livre secret* du philosophe arabe Artéphius que j'ai pu consulter à la collégiale de Sens et dont j'ai appris quelques passages… Cette étoile est faite d'un triangle blanc et d'un triangle noir qu'Artéphius nomme aussi « clef de l'Univers ». Au centre, ce signe hébraïque, cette lettre, évoque l'esprit de Dieu, le souffle de la Création venu des sphères les plus élevées pour organiser les choses les plus infimes… les particules mêmes de la terre ! La terre noire !

— Je vois, fait le pape, vous parlez d'alchimie !

Denis confirme :

— Le mot alchimie est d'ailleurs issu du vocable *el-kimya* qui découle du *kème* égyptien : la terre noire ! Dans son traité, Artéphius dit ceci : *Celui qui sait blanchir la terre noire possède le secret du magistère ; il peut ressusciter le mort.*

Le souverain pontife se penche en avant, ses deux mains enserrant les accoudoirs de sa chaise, et dit tout bas en articulant nettement chaque syllabe :

— Les triangles blanc et noir entrelacés… La Vie et la Mort mêlées. L'alpha et l'omega imbriqués !

L'abbé Denis ne peut contenir sa curiosité :

— Puis-je demander à Sa Sainteté où elle a trouvé ce symbole ? Dans quel grimoire ?

Le pape répond sèchement :

— Il ne vous appartient pas de le savoir. Par contre, je vous demanderai peut-être bientôt d'en lire d'autres qui me parviendront. Et de les associer les uns aux autres.

L'abbé sourit.

— Comme il vous plaira, Saint-Père. Je suis à votre disposition. Je m'efforcerai de vous faire part de mes humbles lumières. J'avais d'ailleurs compris que cette figure ne pouvait se suffire à elle seule.

— Ah ?

— C'est comme un simple mot que l'on isole d'une phrase. Quel sens lui donner véritablement sans l'éclairage de tous les autres ? Une équation incomplète…

Le souverain pontife plonge son regard dans celui du petit homme au visage malicieux.

— On ne m'avait pas trompé, l'abbé : vous avez l'esprit fin et adroit.

Dom Mestrany intervient :

— Vous vous êtes engagé à ne rien révéler de cette entrevue à quiconque, ne l'oubliez pas !

— Je vous l'ai promis, confirme l'abbé. Vous saurez me trouver, si jamais… si jamais d'autres dessins de ce genre apparaissent ! Sa Sainteté me fera alors demander, et j'accourrai.

L'abbé Denis rend la feuille de parchemin au pape et se retire. Dom Mestrany referme la porte sur lui.

Dans le corridor qui mène à un large escalier, Denis fait un bond en arrière en voyant surgir de derrière un pilier une grande silhouette décharnée.

— Monseigneur l'évêque ! s'exclame-t-il. Vous avez failli me faire peur en surgissant ainsi de l'ombre. Voyez, j'en ai le souffle coupé !

— J'en suis désolé, Denis. Je vous ai surpris dans vos réflexions ; vous me paraissiez si absorbé ! Le pape vous a reçu en audience privée et je me demandais… enfin, je me disais qu'il souffrait peut-être d'un mal caché pour avoir fait venir un apothicaire aussi compétent que vous.

L'abbé n'a jamais apprécié cet évêque hautain et

vaniteux, versant plus dans la politique que dans la religion. Il lui répond avec une pointe de raillerie :

— Rassurez-vous, notre souverain pontife n'est atteint d'aucune affection.

— Ah, j'en suis fort aise. Sans doute cherchait-il à s'instruire auprès de vous sur quelque obscur sujet dont vous faites votre quotidien ?

— Votre tentative pour me faire parler est vaine, Monseigneur ; le Saint-Père m'a donné ordre de garder secrète la teneur de notre entretien.

Puis le petit abbé, d'un geste effronté, repousse l'évêque qui lui barre le passage.

— Excusez-moi, Monseigneur.

— Soit ! Me voici mis à l'écart dans ma propre maison par un pape qui intrigue avec un abbé pourvu d'une réputation de sorcier et qui serait plus à sa place sur un bûcher !

Denis entend à peine. L'évêque a marmonné d'une voix coléreuse. Il ajoute entre ses dents :

— À qui fera-t-on croire que Sa Sainteté ne s'est rendue à Reims que pour consulter en personne les poussiéreuses archives religieuses de la région, et m'entretenir d'insignifiants sujets de protocole concernant le sacre des rois de France ?

7

La générosité de Payns

Le comte Hugues de Champagne, Geoffroy de Saint-Omer et Basile le Harnais sont arrivés tour à tour dans la ferme de Payns, qui les a informés des derniers événements.

Ils se sont réunis dans le cellier et font cercle autour de la dépouille du vicaire de la paroisse de Brienne. Le corps a été allongé sur une planche de bois reposant sur deux tréteaux.

Hugues, qui a attentivement écouté Payns sans l'interrompre, dit enfin :

— Ainsi, l'homme à la hache a éliminé l'espion dont il n'avait plus besoin. Cela signifie que ce tueur en sait suffisamment sur nous, désormais. Je comprends mieux pourquoi le pape est venu en Champagne.

— Le pape Pascal est ici ? s'étonne Geoffroy.

— Un voyage discret qu'en ma qualité de comte je ne pouvais ignorer, explique Hugues. Le Saint-Père m'a même informé qu'il me rendrait une visite de courtoisie à la fin du mois.

— Belle hypocrisie ! jette Payns.

— Naturellement ! Je présume que je suis sur la « liste rouge » des Gardiens du Sang au même titre que vous, dit le comte. Sa Sainteté espère sans doute que je serai mort avant peu.

— Un renard que cet apôtre-là ! s'exclame Basile. Il est bien capable de te demander une grosse somme avant de te faire trucider.

— Tu as raison, frère Basile, reprend Payns. Mais l'or peut aussi nous sauver.

— En finançant les croisés de Baudouin à Jérusalem ? avance Geoffroy.

— Je comprends : nous pourrions noyer l'Église sous un flot d'or et acheter de la sorte notre sécurité, précise Basile.

Payns se tourne vers le comte Hugues pour lui dire :

— Tu es le plus puissant des feudataires de France et ton pouvoir s'étend bien au-delà de la Champagne ; tu parviendrais vite à rendre indispensable ta contribution aux croisades.

— Mais l'Église ne serait pas dupe quant à la provenance de notre or, Payns, remarque Geoffroy. C'est aussi le secret de sa fabrication qu'elle convoite.

— Bien sûr, frère Basile, dit Hugues. Bien sûr… Néanmoins, tant qu'elle n'aura pas atteint le magistère, nous demeurerons ses maîtres.

— Et tu crois que ce pape renoncerait à ses plans si l'on se donnait les moyens de le corrompre ? demande Geoffroy.

— Celui-ci ou le suivant, répond Payns. Toute âme à un prix ! Nous avons les moyens de répondre aux enchères les plus élevées et de passer n'importe quel marché !

Puis, voyant par la porte entrouverte venir deux cavaliers, il annonce :

— Ah, voici le prévôt ! Attendez-moi dans le scriptorium, le temps que je règle mon affaire.

Ses trois amis le laissent et traversent la cour, passant devant le behour aux épaules blanchies d'une jeune neige.

Le prévôt semble transi sur son cheval, le dos cassé, le nez en avant sur la nuque de sa monture, soudé à elle. Son clerc, plus jeune, est à peine plus fringant.

Les deux hommes mettent pied à terre tandis qu'un garçon de ferme saisit les bridons des bêtes. Le clerc passe à son cou des bretelles, puis y suspend un minuscule lutrin sur lequel il rédigera bientôt le rapport que lui dictera son supérieur.

Payns les accueille avec une feinte bonhomie :

— Prévôt, entrez vite dans le cellier. Soyez remercié d'avoir fait aussi vite.

— Une affaire de meurtre ne doit pas souffrir de retard, énonce l'homme de justice d'un ton sentencieux. Votre commis, à ma demande, m'a expliqué de quoi il retournait. Vous dites donc, seigneur Payns, que ce malheureux est parvenu à se traîner jusque chez vous. Dans cet état !

— Sa jument l'aura conduit ici au hasard de sa course.

Le prévôt fait un signe de la main à l'intention du clerc, qui ne cesse de trembler et de claquer des dents.

— Notez, Besan… L'abbé a été frappé pour être dépouillé… Il n'a pas succombé à sa blessure… Il est remonté sur sa jument qui l'a porté jusque chez le seigneur Payns…

Le prévôt se penche sur le corps pour examiner la profonde blessure et constate :

— Notez, Besan… Un seul coup a suffi pour occire l'individu. Un seul et unique coup, donc. Mais de quelle force ! Assené par une lame très large, à en juger par la profondeur de l'entaille.

Payns se garde d'intervenir ; que le prévôt n'ait pas déduit que la blessure avait été occasionnée par une hache lui convient plutôt. Inutile d'évoquer le tueur.

À pas lents, dos courbé, l'officier tourne autour du cadavre. Il le flaire presque comme ferait un chien d'une charogne.

— Bien, bien, dit-il. Notez, Besan… Résumons : la victime a été attaquée non loin du domaine du chevalier Payns où elle est venue mourir… Que dire de plus ? L'enquête s'arrête là et j'en informerai l'évêché. Je connaissais un peu ce prêtre ; il n'avait plus de famille… Décimée par la dernière épidémie de peste…

Puis, frappant dans ses mains avant de se les frotter avec vigueur, il conclut :

— J'aime les enquêtes rondement menées, moi !

— Je me chargerai de ses obsèques, annonce Payns, c'est bien le moins que je puisse faire pour lui. Tout sera à mes frais.

— Notez, Besan… Notez que le seigneur Payns prend en charge les funérailles et que ce geste lui vaudra la gratitude de la communauté.

— Je ferai dire des prières chaque année pour le repos de son âme, poursuit le chevalier.

— Votre bonté est grande, mon ami. Vous me déchargez d'une corvée. Si vous connaissiez le nombre d'agressions que l'on déplore actuellement !

— Comme tous les hivers ; les pauvres ont faim et se comportent comme des loups.

— C'est cela… Oui, oui, des loups ! Mais tout de même, s'en prendre à un prêtre ! Des loups, c'est bien vrai. Et celui qui a attaqué cet abbé avait une terrible mâchoire ! D'où il se trouve maintenant – près du Père éternel, je présume –, ce malheureux prêtre se félicite d'avoir rendu son dernier souffle dans votre maison, chevalier. Il ne pouvait trouver meilleure âme, ni plus charitable personne.

Jetant un dernier coup d'œil au corps, il ajoute :

— Vraiment, si l'on se met à assassiner les gens d'Église, où allons-nous ?

Il remonte son col de fourrure sur son menton et prend congé de Payns :

— Je vous salue, chevalier.

— Moi de même. Portez-vous bien.

Typhaine rejoint son époux qui, sur le seuil du cellier, s'attarde à regarder s'éloigner le prévôt et son clerc.

— Ils n'emportent pas le corps ? s'étonne-t-elle.

— J'ai décidé de pourvoir à son enterrement. L'abbé est venu mourir chez nous ; il mérite notre générosité. Cela ne te contrarie pas, chérie ?

— Si quelque chose devait me contrarier, mon amour, ce serait l'épais mystère qui entoure le moindre de tes gestes. Secret, sibyllin, énigmatique : tu as toujours été ainsi ! Mais tellement plus depuis que tu es revenu de Jérusalem ! Et tes amis sont pareils !

— Pardonne-moi, Typhaine, demande Payns en prenant les mains de sa femme dans les siennes.

— Te pardonner, mon amour ? Mais que te pardonner ? J'ignore ce que tu me caches. Je ne te reproche rien, car tu me prouves chaque jour combien tu m'aimes.

— Il est vrai que je te chéris, mon ange. Tous mes silences ne servent qu'à te protéger. Je dois me rendre bientôt chez Hélène de Brienne pour m'assurer de… Je t'expliquerai plus tard, chérie.

Payns embrasse les doigts de sa femme. Maints baisers brefs. Petites empreintes chaudes sur sa peau fraîche.

— C'est sans doute en rapport avec le meurtre de son mari ? propose Typhaine. Les amis qui t'ont accompagné à Jérusalem sont menacés, n'est-ce pas ? Et toi aussi, tu es en danger ! Quelle malédiction as-tu rapportée de Terre sainte ?

— Sois patiente, Typhaine… Je te dirai tout le temps venu.

— J'attendrai donc. Sache que je prie chaque jour pour qu'il ne t'arrive pas malheur. Que deviendrais-je sans toi ?

Il va se séparer d'elle quand elle le retient par la main droite.

— Cette bague est fort belle, dit-elle.

Il esquisse un sourire. En vain. Ce n'est qu'une expression d'impuissance. Il ne peut rien lui avouer.

Elle lui lâche la main et il sort du cellier pour se rendre dans le scriptorium, où il retrouve les trois chevaliers en discussion avec Eliphas, Schelomet et Ferrer. Il s'adresse aussitôt à eux :

— Ne perdons pas de temps et partons sur-le-champ trouver Hélène.

— Si tu le permets, Payns, je préfère rester ici, indique Basile, légèrement embarrassé. Je me remets difficilement de ce mal sarrasin qui me tracasse toujours les reins et me brûle boyaux et vessie.

— Comme tu voudras, Basile. Quant à nous, en route !

Ils sortent tous. Maurin, qui les voit, accourt vers son père.

— Désolé, s'excuse Basile, j'ai beau ingurgiter rigoureusement tous les remèdes que me concocte mon apothicaire sur ordonnance de Payns, je me sens encore flageolant.

— Ne t'excuse pas, frère, raille Geoffroy en lui tapotant le dos. Ce sont les misères de l'âge !

— Tout de même ! Ai-je l'air si vieux ? Je suis encore capable de vous prendre tous à l'épée et de vous faire mordre la poussière, Payns compris, tout excellent bretteur qu'il soit !

— C'est cela, assène Geoffroy. Un fol esprit vantard dans une carcasse de souffreteux !

Maurin se tient près du behour et semble déçu.

— Tu pars, papa ?

— Je ne serai pas long, garçon. Trois heures tout au plus. Tu n'as qu'à poursuivre ton entraînement.

Mais Basile se penche sur l'enfant pour lui murmurer à l'oreille :

— Je vais te montrer, moi ! Je vais t'apprendre des passes et des feintes qui feront de toi un rude ferrailleur. Il ne sera pas dit que le brave Basile le Harnais est fini !

— C'est un grand honneur pour moi que d'être votre élève, chevalier Basile, répond Maurin avec joie.

Geoffroy, se tournant vers Basile, lui lance :

— Tu ferais mieux de te servir d'une épée en bois, frère ! Je tiens à te retrouver en un seul morceau à notre retour !

8

L'attaque

Des bourrasques de neige frappent les trois chevaliers en pleine face alors qu'ils se rendent à Brienne par une route que longe un canal figé dans la glace, vers lequel plongent en vain des corbeaux affamés.

Geoffroy ne cesse de pester et de jurer sur les hivers de Champagne, plus rigoureux chaque année.

Lorsqu'ils pénètrent dans le village, s'attendant à y trouver peu de vie à cause du mauvais temps, ils sont surpris de constater qu'il y règne au contraire une grande animation.

Plus ils avancent, plus la masse des villageois grossit, se concentrant vers la demeure d'Hélène.

Inquiets, Payns et ses amis brusquent leurs montures pour fendre la foule compacte.

— Laissez passer ! Laissez passer !

Ils mettent pied à terre quand, de la maison de la veuve, deux hommes sortent un corps dans un linge blanc déjà souillé de sang.

La terreur pousse Payns à bousculer sans ménagement les badauds agglutinés devant la charrette dans laquelle on s'apprête à déposer le cadavre.

Et, d'une voix blanche, nouée par l'angoisse :

— Attendez, je veux voir !

Il arrache le drap malgré les protestations des deux porteurs.

— Ce n'est pas Hélène de Brienne…

La femme est plus âgée. Les cheveux gris. Une profonde blessure entre les seins. Une seconde au ventre.

— Non point, messire, dit un homme. Il s'agit de sa tante, venue l'aider à supporter son veuvage. Voyez ce que des soudards en ont fait !

Payns accroche un villageois par sa tunique et le presse de questions :

— Qu'est-il arrivé ? Qui a commis ce crime ? Et qu'est-il advenu de dame Brienne ?

Son interlocuteur, se dégageant :

— Inutile de me secouer de la sorte : tournez la tête et vous serez rassuré.

— Payns, mon ami…

Soutenue par un gros homme, Hélène apparaît parmi l'assistance qui s'écarte sur son passage. Payns se précipite, la prend dans ses bras, la serre fortement contre lui, riant presque de la trouver vivante.

Sa voix a recouvré son timbre :

— J'ai cru un instant…

— Ils ont tué Nanthilde… Ils me cherchaient et… et c'est elle qu'ils ont massacrée !

Le comte Hugues et Geoffroy se sont approchés.

— Qui ? Racontez-nous !

— Ils étaient trois, je crois. Ils ont pénétré de force

dans la maison ; Nanthilde a tenté de les retenir en me criant de me cacher. J'étais alors dans le cellier…

— C'est après vous qu'ils en avaient ? En êtes-vous certaine ? s'enquiert Hugues.

— Oui, oui… Je me suis dissimulée dans une maie emplie de grain où je me suis entièrement enfouie. Deux hommes sont venus fouiller le cellier et je les ai entendus parler avant que des villageois accourent, alertés par les cris de ma tante qui se faisait occire.

— Ces hommes, qu'ont-ils dit ? demande Payns.

— Je n'ai pas bien saisi… J'ai cependant compris qu'il était question d'une liste établie par leur chef, sur laquelle j'avais mon nom… Je devais mourir comme mon malheureux Arcis.

— Est-ce tout ?

— Non, ils ont parlé de votre domaine, Payns… D'une attaque prochaine… Puis ils ont déguerpi par les champs. Votre chevalière… Arcis portait la même et on lui a tranché la main droite pour la lui voler ! Je sais ce que ces pierres rouges contiennent, et…

Payns l'interrompt :

— Plus tard, Hélène ! Nous parlerons en chemin. Basile et ma famille sont en danger. Les Gardiens du Sang sont en train d'effacer de ce monde tous ceux qui figurent sur la liste rouge de l'homme à la hache ! En selle, vite !

Payns a enfourché son cheval et se penche sur Hélène pour lui tendre la main droite.

— Montez avec moi, Hélène.

Il la soulève du sol d'un coup : elle est si légère, si jeune. Dans son dos, il sent son corps tremblant d'adolescente.

— Prenez-moi par la taille.

Elle l'enlace. Il éperonne son cheval. Hugues et Geoffroy font de même, manquant de renverser des badauds, et sortent du village à grande vitesse.

La neige s'abat maintenant sur leur dos, le vent trempé, glacial, les pousse sur la route qu'accompagne le long miroir blanc du canal où se reflète leur cavalcade.

— Votre confesseur était à la solde de nos ennemis, Hélène, dit Payns en forçant le ton. Il leur a rapporté tout ce que vous lui avez appris. Tout ce que vous a confié Arcis, les Gardiens du Sang l'ont su !

Les mains d'Hélène se crispent sur la poitrine du chevalier. La jeune femme sanglote en disant :

— Mon Dieu, cela veut dire que je suis responsable de la mort de mon époux ! C'est comme si je l'avais tué moi-même, lui que je chérissais tant ! Mais comment avez-vous su ?

— L'assassin n'avait certainement plus besoin des services de votre confesseur. Il l'a frappé grièvement ; l'abbé est venu mourir chez moi pour soulager son âme. C'est par lui que nous avons compris que les Gardiens vous avaient utilisée à votre insu pour nous espionner.

*

* *

L'homme à la hache et sept hommes ont attaché les rênes de leurs chevaux aux branches basses d'un chêne et progressent maintenant, courbés en deux, souples et rapides, à l'abri d'un talus.

De la place où ils se tenaient plus tôt, ils ont pu voir entrer et sortir les chevaliers champenois ainsi que le prévôt et son clerc.

Après avoir parcouru une trentaine de pas à couvert, ils grimpent sur le flanc de l'ados pour traverser un grand champ creusé de longues et profondes fondrières. Leurs semelles brisent la croûte épaisse d'une neige dure.

Ils vont droit sur le domaine de Payns. Ils distinguent ses lourds bâtiments solidement fichés en terre, leurs toits empesés de blanc, leurs hautes cheminées fumantes ; sa demeure principale avec ses fenêtres où jouent les reflets de quelques lampes ; son scriptorium fermant la vaste cour carrée où trône le behour sur lequel frappent en riant Basile et Maurin. Leur rire porté par le vent parvient jusqu'aux hommes, qui viennent de sortir épées et poignards de leurs fourreaux.

Le rire clair, effilé et joyeux, de l'enfant ; celui, bien plus rond et grave, de l'adulte.

Une ligne d'arbres cristallins. La troupe s'y arrête un instant et reprend son souffle. L'homme à la hache désigne un muret et repart, aussitôt suivi par ses spadassins.

Il escalade vivement le muretin, qu'il franchit avec agilité pour se retrouver dans la petite cour des écuries. En silence, derrière lui, ses hommes en font autant.

*

* *

— Cette neige contrarie nos chevaux ; ils ralentissent leur pas, se lamente Payns.

Par-dessus son épaule, le comte tente de rassurer son ami :

— Nous serons bientôt arrivés. Je t'en prie, ne sois pas aussi sombre.

Mais Payns ne parvient pas à chasser l'appréhension qui l'a saisi lorsque Hélène lui a appris que les tueurs avaient projeté de se rendre à sa ferme. Une vision morbide s'est alors emparée de lui. Une image de feu et de sang, d'appels apeurés, de cris de douleur. D'horreur.

Il a beau frapper son cheval de ses éperons, à l'en faire saigner, celui-ci rechigne et renâcle. Ses sabots dérapent souvent dans les ornières.

Là-bas, tout au bout de cette route trop droite, Typhaine, Émeline, Maurin et ses amis sont en danger. Là-bas, derrière cet horizon flou que la brume ne cesse de faire reculer…

L'esprit de Payns possède une mystérieuse faculté ; il est parfois capable de se projeter dans un futur proche, comme s'il pouvait abolir les règles du temps. Il saisit alors des bribes d'événements pareilles à des chimères.

Le chevalier s'est toujours efforcé d'étouffer cette singulière aptitude, la considérant comme une malédiction plutôt que comme une chance. Cependant, elle s'est fréquemment imposée à lui dans toute sa brutalité, lui faisant effleurer plus de malheurs que d'agréments.

Toute son âme tendue vers sa famille et ses proches, il est la proie d'un pressentiment oppressant.

On lance son nom au travers du temps. Là-bas, on hurle son nom. Est-ce maintenant ? Sera-ce plus tard ?

*

* *

— Je suis fier de toi, Maurin, dit Basile. Je vois que ton père veut faire de toi un chevalier à son image.

— Est-ce vrai qu'il n'y a pas meilleur bretteur que lui dans toute la Champagne ?

— C'est ce que disent ceux qui ne m'ont pas vu combattre !

Puis, constatant que le jeune garçon est trempé et imaginant la réprobation de dame Typhaine :

— Nous ferions mieux d'arrêter le cours. Je te recommande un bon bain chaud dans lequel auront macéré quelques feuilles de laurier. Je serais malheureux d'être responsable d'une fluxion de poitrine qui te clouerait au lit !

— Je suis plus résistant qu'il n'y paraît, affirme crânement Maurin.

— Il est conseillé de prévenir plutôt que de fanfaronner. Et puis, j'avoue que je commence à ressentir quelques douleurs dans les jointures de mes membres.

Soudain, un cri les saisit. Un cri déchirant. Maurin a reconnu la voix de sa mère.

Il se retourne. Il lui semble agir rapidement, mais son corps se meut dans un espace soudain différent. Épais, gluant.

Il voit sa mère qui a jailli de la maison, battant étrangement des bras, criant encore, criant toujours, alors qu'il n'entend plus rien.

Un homme sort à son tour, dans son dos. Il tient une hache ensanglantée qu'il élève au-dessus de la tête de sa mère. Et la lame s'abat. Et la lame brise le crâne, s'enfonce dans la chair qui éclate en grumeaux rougeâtres.

D'autres hommes dans la cour.

Sa mère s'effondrant doucement, si doucement. Basile l'arrachant de terre, le jetant en arrière.

— Recule, petit ! C'est ce démon, l'homme à la hache de Jérusalem !

Basile, épée en garde, lui fait un rempart de son corps. Le tueur qui retire sa hache de la tête de Typhaine. Qui se redresse, prend son temps pour adresser un geste à ses hommes.

Schelomet sur le pas de la porte du scriptorium. Basile qui lui crie :

— Une attaque des Gardiens du Sang ! Nous devons sauver ce qui doit l'être et agir en conséquence.

Une main attrape Maurin, l'attire dans la bibliothèque. Les commis de ferme surgissent, épées et fourches empoignées.

— J'ai l'enfant, Basile ! s'écrie Schelomet.

Puis la voix de Ferrer :

— À toi, maintenant !

— Impossible, il en vient de partout. Fermez la porte et agissez. Ne vous souciez plus de moi. Seul Maurin compte !

Dans le scriptorium, les odeurs : cire, goudron, parchemins, encre…

Maurin poussé, happé, protégé.

Eliphas réunit en hâte certains documents tandis que Ferrer, qui a empoigné une masse, s'impatiente près de deux jarres qu'il vient de placer devant la porte.

Schelomet a fait basculer une table, libérant ainsi une trappe dans le plancher. Il en soulève le vantail. Une volée de marches.

— Hâtez-vous !

— Que Maurin descende le premier.

Les yeux de l'enfant sont mouillés de larmes.

— Mais les autres ? Ma sœur, Basile, Émeric ?

Schelomet, le pressant :

— Ne pose pas tant de questions et descends dans cette cave.

— Je veux savoir… Pourquoi me sauver, moi ?

Une bourrade de Schelomet.

— Parce que tu es un garçon… De *son* sang ! Le sang des Payns !

Ferrer, à la porte :

— Êtes-vous prêts ?

— Donnons encore un peu de temps à notre frère Basile, dit Eliphas.

Comme s'il les avait entendus, Basile leur crie :

— Brisez les jarres, par saint Joseph ! Qu'attendez-vous ?

Un premier commis a été égorgé et gît à terre. Ses compagnons reculent malgré les injonctions d'Émeric et sa volonté de venger la mort abominable de sa maîtresse.

Trois hommes ferraillent avec Basile, qui peine à repousser leur assaut, ses forces ayant déjà été entamées par la leçon qu'il a donnée à Maurin et dans laquelle, pour paraître au mieux de sa condition, il s'est engagé plus que de raison.

L'homme à la hache semble se distraire du pathétique combat que livre le chevalier, faiblissant à chaque nouveau coup, parant avec une force amoindrie les attaques répétées, sans cesse plus précises, plus puissantes.

Basile fléchit, titube ; son épée se fait lourde entre ses mains tremblantes.

Une lame lui traverse le torse en un trait de feu. Ses jambes se dérobent ; il tombe sur les genoux, lâchant son arme. La respiration lui manque. Son sang trempe sa vareuse, lui tiédissant la peau.

Il ferme un instant les paupières sur des ténèbres hurlantes et carminées. Il cherche un point lointain où reposer son esprit. Un souvenir clair et serein où il pourrait éteindre sa terreur. Rien qu'une image de sa jeunesse. Une femme, un ami…

Un havre où mourir en paix.

Mais il entend une voix monocorde et lasse le rappeler dans cet enfer qu'est encore la vie si proche du trépas :

— Ceci pour la cicatrice que tu m'as faite à Jérusalem, chevalier Basile !

Il rouvre les yeux pour soutenir, dans un dernier élan de courage, le regard de son assassin.

Il comprend en une ultime fraction de seconde, peiné de finir ainsi, qu'il est mis à mort comme un vulgaire porc, l'échine fendue d'un effroyable coup de hache.

Lui, Basile le Harnais, frère de la Loge Première, héritier de la Tradition, est cloué au sol, agenouillé, le visage dans la neige. Humilié.

Dans le scriptorium, Ferrer a brisé les deux jarres et répandu ainsi sur le dallage un épais liquide noir et huileux. Il vide ensuite à ses pieds le contenu d'une petite poche en cuir : une poudre grise, lourde et dense.

— Prudence, Ferrer ! lui lance Eliphas en passant la tête par la trappe ouverte. Pas plus d'un quarteron de poudre pour un tel mélange d'huile, ou nous serions soufflés nous aussi comme des fétus de paille !

— Ne t'inquiète pas, frère Eliphas ; j'ai maintes fois expérimenté mon sable de salpêtre !

L'opération achevée, Ferrer se saisit d'une torche.

— Tu n'auras que très peu de temps pour te glisser dans la cave, lui rappelle Eliphas.

— Je sais. C'est pourquoi je te prie de t'éloigner et de me laisser le passage.

Ferrer s'apprête à jeter sa torche sur la poudre grise, tandis qu'à l'extérieur l'homme à la hache réunit ses hommes devant la porte et leur demande de la dégonder à l'aide de quelques solides coups d'épée.

Deux hommes s'y emploient en riant, déjà certains qu'ils vont bientôt se livrer à un nouveau massacre, pendant que trois de leurs compagnons mettent en fuite les commis de la ferme.

Soudain, une fulgurante déflagration projette alentours bouts de bois, éclats de pierre, bris de vases et manuscrits en charpie, déchirant les deux hommes occupés à forcer la porte, jetant à terre les autres dont certains sont blessés par une pluie d'esquilles.

L'homme à la hache a été arraché du sol et renversé sur le dos plus durement que si un bœuf l'avait chargé. Il se relève rapidement, les tympans voilés, les yeux en feu.

— Par notre Dieu tout-puissant, s'exclame un survivant, était-ce là l'œuvre du Diable, qui a dégueulé une partie de l'enfer pour occire deux des nôtres ?

L'homme à la hache, regardant ses deux compagnons démembrés et brûlés, presque entièrement dévêtus par le souffle de l'explosion, répond :

— Un sortilège ! Ce prodige maléfique prouve que nous avons bien affaire à des sorciers. La magie des Juifs !

Et, s'avisant seulement alors que le scriptorium n'est plus qu'un brasier :

— Ils ont préféré se détruire…

Un homme désigne une troupe de cavaliers au loin :

— On vient, messire !

— Payns et les deux autres chevaliers… À vos chevaux ! Je vous rejoins dès que j'en aurai terminé avec cet hérétique.

Le tueur met un genou en terre, dégage le bras droit de sa victime, l'étend sur la neige et prononce :

— *Res indigna atque intoleranda*[1] !

Il abat sa hache sur le poignet, qui se brise dans un bruit de bois sec, s'empare de la main sectionnée et redresse le corps de Basile.

Sur le front de ce dernier, il trace avec le propre doigt du chevalier qu'il vient de colorer de sang :

2 +

— *In hoc signo vinces*[2] ! Bonne moisson, qui me rapporte le deuxième doigt de la main droite du Christ !

---

1. Chose indigne et intolérable !
2. Par ce signe tu vaincras !

9

La douleur

Dès le départ des assaillants, Émeric a organisé une chaîne pour tenter de circonscrire l'incendie du scriptorium, devinant cependant que rien ne pourrait en être sauvé. L'eau est tirée d'un puits ; femmes et hommes sortis des bâtiments se passent les seaux de main en main. Gestes dérisoires et vains contre la violence des flammes que le vent attise.

Les chevaliers ont mis pied à terre. Et Payns a couru vers le corps de sa femme, sur lequel il s'est laissé tomber pour pleurer, mêlant ses larmes au sang de la victime.

Il se lamente. Il geint. Il pleure son amour.

Émeric abandonne ses compagnons pour rejoindre son maître.

— Je n'ai rien pu faire, messire. Ronan a été tué alors que nous entreprenions d'aider le chevalier Basile.

Payns se redresse, le visage rougi. Il aperçoit le cadavre de son ami.

— Basile aussi ! murmure-t-il.

— Il s'est défendu avec un grand courage, mais les forcenés étaient trois contre lui.

— Et Maurin ? Et Émeline ?

Payns a bondi, saisi d'une sourde angoisse qui lui broie la poitrine.

— Maurin est parvenu à trouver refuge dans le scriptorium, le rassure Émeric. Il est sans aucun doute en sécurité dans la cave avec messires Schelomet, Eliphas et Ferrer. Par contre, je n'ai pas revu Émeline.

Le chevalier se tourne vers sa maison. La porte de l'office est restée grande ouverte. Il fait quelques pas, ses jambes raides répondant à peine à sa volonté.

Le comte Hugues, le retenant :

— Non, laisse-moi y aller !

Et Geoffroy, lui prenant le bras :

— Reste avec moi, mon frère. Je suis trop sot pour te dire les mots qui te réconforteraient. Mon esprit n'est pas aussi délié que le tien, mais je peux t'assurer de ma peine et de ma compassion.

— As-tu vu ce que ce boucher a fait de Typhaine ?

À ces mots, Geoffroy dénoue sa cape, qu'il dépose avec douceur sur le cadavre de la jeune femme. Il revient prendre le bras de Payns, serre son ami contre lui et lui déclare tout bas à l'oreille :

— Comme je te l'ai dit, je ne possède pas une fine intelligence. Cependant je suis maître dans l'art de la guerre, et je ne crains pas de trucider mon prochain si ce dernier a la malchance de mériter son sort. Je serai toujours à tes côtés pour chasser ce monstre ! Je te jure que je donnerai ma vie si l'entreprise m'impose ce sacrifice.

Payns, s'essuyant les yeux d'un revers de manche :

— Tu es sans doute le plus fidèle de mes amis, Geoffroy. Et le plus affectueux aussi, car ta bienveillance est sans calcul. Elle est pure comme celle d'un enfant. Ta miséricorde, ta prodigalité et ton innocence valent bien mieux que la plus grande des intelligences.

Hélène de Brienne s'est approchée des deux hommes. Elle n'ose parler. Pourtant, elle partage la souffrance de Payns pour vivre avec celle que la mort d'Arcis lui a causée : un chagrin désormais chevillé à son âme pour le restant de son existence.

Un cri retentit dans la cour, long et poignant. Payns vient de voir le comte Hugues passer le seuil de sa maison, portant dans ses bras le corps sans vie et maculé de sang d'Émeline.

Sans le support de Geoffroy, Payns se serait affalé sur le sol. Toute son énergie l'a brutalement abandonné pour ne laisser en lui qu'un vide glacé. Une béance vertigineuse qui engloutit sa raison.

Secoué de spasmes, il vomit dans la neige à s'en déchirer la gorge.

— Aide-moi ! implore-t-il en levant les yeux vers Geoffroy.

Ce dernier le soutient, le soulève presque pour le faire avancer et rejoindre Hugues.

Hélène, demeurée à sa place, joint les mains et s'efforce de prier. Des paroles brouillées sortent de ses lèvres sans qu'elle soit vraiment consciente de leur signification. C'est seulement sa mémoire qui retrouve quelques-unes de ces insipides formules qu'un abbé lui a apprises dans son enfance, lui certifiant qu'elles étaient un excellent recours en période de deuil.

Payns a pris sa fille contre son torse pour la bercer,

sa petite tête dans son cou, ses lèvres sans souffle sur sa peau.

Geoffroy lance à Hugues un regard plein de désarroi. Il est tout aussi malheureux que ce père anéanti. Malheureux de ne plus savoir qui pleurer. Car Basile gît seul, plus loin, et nul n'est encore venu l'allonger décemment.

— Viens, dit Hugues à Geoffroy.

Les deux hommes passant devant Hélène, Hugues demande à celle-ci :

— Ayez la bonté de vous rendre auprès de Payns. Je crois que seule une femme saura le réconforter en un tel instant. Prenez la petite ; il n'est pas souhaitable qu'il la garde longtemps ainsi. Vous l'allongerez sur son lit et lui ferez sa toilette.

— Oui, messire comte.

Parvenus auprès du cadavre de leur frère Basile, les deux chevaliers l'étendent sur le dos pour effacer de son front le chiffre et la croix que l'homme à la hache y a dessinés.

— Ne penses-tu pas que nous devrions nous séparer de nos bagues, Hugues ?

— Impossible ! Nous avons fait le serment de les conserver à nos doigts, car leur place ne saurait être ailleurs. Il nous revient de mieux les protéger. D'autre part, le tueur des Gardiens du Sang cherchera à nous assassiner, que nous portions ou non ces bagues !

— Tu sais que je ne suis pas un couard ; cette fois, pourtant, je dois avouer que ce viandard me fait peur. Il nous livre une authentique guerre. Une guerre à laquelle nous ne sommes pas habitués. Il y a quelque chose d'irrationnel dans le comportement de ce démon.

— Au contraire ! le reprend le comte en continuant de laver le visage de Basile avec de la neige. Il agit avec froideur et méthode, ne se souciant ni d'éthique ni de morale. Déterminé, implacable, il exécute sa mission en fanatique de Dieu, avec une effroyable rigueur. Il est certainement persuadé de mériter son salut éternel au terme de ce combat. C'est en cela qu'il est dangereux. Parce qu'il croit trop fort en Dieu !

— Le Secret de Jésus nous coûte beaucoup de sang, frère, lance Geoffroy en caressant le poignet sectionné de Basile.

— Le conflit ne fait pourtant que commencer.

Et, se relevant :

— Occupons-nous maintenant des vivants, le temps ne nous manquera malheureusement pas pour chérir la mémoire de nos morts.

Les deux chevaliers rejoignent la chaîne des commis et valets qui jettent de l'eau à grands seaux sur les flammes, qui commencent à perdre de leur ardeur.

Émeric est allé chercher une pelle dont il se sert avec une solide énergie pour lancer de gros paquets de neige dans l'incendie.

À force d'acharnement, le brasier est vaincu et, n'attendant pas que les fumées soient retombées, Hugues et Geoffroy pénètrent dans les ruines du scriptorium.

Ils enjambent tables, coffres et lutrins calcinés.

Geoffroy passe la lame de son épée en travers de

l'anneau de la trappe afin d'en relever le vantail sans se brûler les mains.

Le premier à sortir de la cave est Maurin, les yeux gonflés de larmes, les joues cramoisies sous l'effet de la chaleur.

Le comte Hugues l'attire à lui pour le porter rapidement hors du bâtiment, dont la toiture risque de s'écrouler à chaque instant.

— Émeline ? demande l'enfant. Émeline ? Ma petite sœur, où est-elle ?

10

La deuxième bague

Le soir tombe sur Reims.

Le pape a manifesté l'intention d'être seul pour prier dans la petite chapelle consacrée à la Vierge Marie. Aussi éprouve-t-il quelque mauvaise humeur en voyant un abbé se diriger vers lui.

— Que voulez-vous ? demande-t-il sèchement.

— Je sollicite une entrevue de votre part, Père.

Pascal a reconnu la voix lente et asexuée de l'homme à la hache.

— Êtes-vous fou, pour venir ici ? Si quelqu'un vous avait croisé !

— Nul ne m'a remarqué. Je sais traverser les murs comme une ombre. Voyez, vous m'avez pris vous-même pour un humble prêtre…

Dans un soupir, le pape abandonne son prie-Dieu et dit :

— Suivez-moi, je vais vous conduire dans mes appartements. Qu'avez-vous à me dire ?

La voix, encore plus suave :

— J'ai plutôt quelque chose à vous offrir.

— Vous avez donc fait une nouvelle victime ?…

Les deux hommes sortent de la chapelle, traversent le transept de la cathédrale et passent une porte basse pour emprunter un corridor qui les mène au palais épiscopal.

Le souverain pontife fait entrer son visiteur dans un cabinet jouxtant sa chambre. Il sait que nul ne viendra les déranger ici.

Le Gardien du Sang retrousse son surplis, qui dissimule une sacoche dont il extrait un paquet de toile, qu'il pose sur une table.

— Voici la main droite du chevalier Basile le Harnais !

Un réflexe de dégoût oblige Pascal à faire un pas en arrière.

— Je vous en prie, Père, hâtez-vous de recopier le dessin que vous allez trouver dans cette nouvelle bague ; je dois regagner Sainte-Ménehould avant que les routes ne soient impraticables en raison de la neige qui tombe dru.

Le pape déplie le chiffon et enlève aussitôt la chevalière de l'annulaire. Il relève la pierre rouge et retire de son petit réceptacle la pièce d'étoffe, qu'il défroisse et pose à plat sur la table.

Il examine le motif. L'alpha et l'epsilon encadrent un P coupé en son milieu par une barre horizontale.

Il ouvre son écritoire, y prend une plume taillée en biseau et de l'encre, puis entreprend de recopier la figure dessinée sur le morceau de tissu volé au suaire de Thomas.

Tout en s'appliquant à respecter soigneusement le modèle, il dit :

— Je devrais vous louer pour les services considérables que vous rendez à l'Église. Néanmoins, je ne peux m'empêcher de penser que vous tirez du plaisir à vous acquitter de votre mission.

— La satisfaction que je ressens est celle qu'un homme de foi doit éprouver en défendant le dogme de la Sainte Église. Oui, c'est avec un indicible bonheur que je me bats pour préserver le règne de Dieu !

— Seriez-vous plus croyant que moi, mon fils ? N'êtes-vous pas ébranlé dans vos certitudes ? Le Christ n'est pas mort en croix et il a eu une descendance que nous craignons…

— Peu m'importe ! J'ai fait une vérité du mensonge de l'Histoire et je m'en accommode. Sa Sainteté sait pertinemment que Jésus n'est pas réellement mort. Il appartient aux Gardiens du Sang de le retrouver afin de préserver la gloire de l'Église. N'est-ce pas votre but, Père ?

— Sans doute, fait le souverain pontife avec lassitude. Oui, cette chose impensable est malheureusement une certitude, bien que mon esprit soit incapable de l'admettre raisonnablement : le Christ a expérimenté sur lui l'Équation alchimique !

Le bruit de la plume qui accroche le parchemin. Le craquement des bûches dans la cheminée. Le vent qui se brise sur les volets de bois.

— Vous savez aussi que nous devrons nous débarrasser du corps du Nazaréen, poursuit le tueur.

— En effet, cette preuve, comme toutes les autres, doit disparaître. L'humanité ne peut apprendre qu'un homme a vaincu la mort avec l'aide de la science et non avec celle de Dieu. Il est inconcevable qu'un tel homme demeure dans son tombeau dans un état qui ne se situe ni dans la vie ni dans la mort. Qui pourrait admettre ce prodige sans douter de la toute-puissance de notre Créateur ? Qui pourrait envisager qu'un corps corrompu par le trépas, décomposé et putréfié, puisse un jour recouvrer sa chair, son sang et sa conscience sous l'effet d'un traitement alchimique ?

— Certes, Père… L'humanité est sotte, et sa foi en Dieu n'est pas suffisamment établie ! Si elle apprenait l'existence de ce cadavre, elle sombrerait dans les ténèbres. Pour ce qui me concerne, connaître cette chose ignoble n'ébranle en rien mon credo. Une fable est souvent plus exemplaire que la réalité quand elle sert à étayer notre croyance. La légende de Jésus mourant en croix et ressuscitant restera à tout jamais l'un des principes les plus édifiants des Saintes Écritures !

— Vous jouez sur les mots, lance le pape en achevant sa copie. Ce n'est pas Dieu que vous défendez, mais la religion édifiée en Son nom !

Puis, repliant la feuille de vélin :

— Vous pouvez reprendre cette bague et sa relique.

Le tueur accepte la chevalière, mais refuse la main :

— Jetez-la au feu comme j'ai fait pour la première.

Il quitte la pièce. Le pape s'empare de la main avec répugnance pour la lancer dans les flammes, tout en ne pouvant s'empêcher de la regarder se contracter comme si elle était encore vivante. Il ne s'écoule que peu de temps avant que sa peau ne se mette à cloquer et à se déchirer.

L'odeur de chair grillée qui emplit le cabinet devient si écœurante qu'il regagne sa chambre.

Cette nuit encore, son sommeil sera agité de cauchemars morbides, et au matin il se lèvera avec le sentiment d'avoir dormi en enfer.

C'est à ce prix pourtant que l'Église sera sauvée.

11

La tombe du Premier

Dans la plus grande pièce de la maison de Payns, des planches ont été posées sur des tréteaux ; on y a placé les corps de Typhaine, Émeline et Basile, que l'on a recouverts de draps blancs, ne laissant apparaître que les visages. La tête et le front de Typhaine ont été emmaillotés de linges pour dissimuler l'ignoble blessure infligée par le tueur à la hache.

Payns, ses frères de la Loge Première et Maurin se tiennent par la main en une chaîne formant cercle autour des dépouilles.

Aux murs brûlent des chandelles dont les flammes sont rabattues par un léger souffle de vent qui passe par les interstices des volets clos.

Intimidé, Maurin observe tour à tour ces hommes graves aux traits accusés par des ombres sévères. Constatant la présence d'Émeric, il se demande pourquoi Hélène n'a pas été conviée à cette assemblée, mais se retient d'en demander la raison.

Il les regarde tous. Il lui semble qu'il les voit pour la première fois. Qu'il les voit réellement ! Immobiles, silencieux. Statues hiératiques auxquelles seuls leurs yeux brillants donnent vie.

Plus que du chagrin, ils expriment de la colère. De la haine.

Maurin se tient entre son père et le comte de Champagne ; les deux hommes serrent ses mains avec force, à lui faire mal. Il y a dans cette étreinte la volonté de lui manifester leur affection et leur protection. Aussi n'a-t-il aucune intention de se plaindre.

Soudain, Payns, lâchant la main de son fils, dit :

— Il est temps !

Arrachant d'un mur l'une des torches, il ajoute à l'adresse de Maurin :

— Tu peux m'accompagner. Tu en as désormais le droit. Un droit que tu as payé tout aussi cher que moi, avec la mort de ta mère et d'Émeline.

Ils se rendent dans la cour et Payns se dirige droit sur le behour.

— Que devons-nous faire ? interroge l'enfant.

— Récupérer certain objet que j'ai caché… Quelque chose de sacré ! Et qui était à la portée de tous, sous le nez même des tueurs !

Tendant la torche à son fils :

— Éclaire-moi.

Le chevalier dégaine son épée et, à la surprise de l'enfant, se met à tailler à grands coups rageurs dans le mannequin de paille.

— Père !

Payns frappe. Frappe encore. Frappe de toutes ses forces, à gauche, à droite, éventrant le behour, le transformant en charpie tout en poussant des râles dus à l'effort.

— Père !

L'éteule vole en poussière, ses grains éclatant dans la lumière comme de minuscules flocons.

Enfin le poteau apparaît, dénudé. Payns s'en approche et demande à Maurin d'élever sa torche. Accroché au sommet du pieu, un anneau de bronze a été encastré entre deux encoches.

— Un anneau ?

— Oui, Maurin… Mais cet anneau est une clef qui ouvre une tombe sur laquelle nous allons nous rendre cette nuit.

— Tu me fais peur, père !

— Je te parlerai en chemin, mon fils… Je te communiquerai un merveilleux secret. À travers toi je parlerai aussi à ta mère et à Émeline. Je leur livrerai la cause du mystère pour lequel elles sont tombées. Lorsque je t'aurai tout dit, tu accepteras peut-être leur sacrifice avec plus de sérénité. Viens, allons chercher nos amis, et partons.

Le chevalier rengaine son épée et reprend la main de son fils.

— Papa…

— Oui ?

— Tu pleures !

— En effet, je pleure, faute de prier.

*
* *

Les sept hommes et l'enfant vont à pied, de crainte que des chevaux ne s'embourbent dans les marécages de la forêt d'Orient. Geoffroy et Émeric portent un brancard sur lequel, comme Payns l'a expliqué à son fils, ils placeront bientôt la dépouille de Jésus.

Jésus !

Maurin a retenu des Évangiles que le Christ avait ressuscité à Jérusalem. C'était d'ailleurs pour délivrer son Tombeau que les croisés s'étaient rendus en Terre sainte.

— Non, dit Payns. Jésus, qui avait été initié par les Égyptiens de Deir el-Medineh, puis plus tard par les prêtres esséniens de Qumran, s'était consacré à l'alchimie. L'enseignement d'amour qu'il prodiguait à ses semblables, l'exemple de générosité et de fraternité qu'il leur adressait, étaient le fruit de ses études. Il avait réussi à assimiler les immuables lois de la Nature dans leur complexe organisation et leur ordre intangible pour en appliquer les règles à l'espèce humaine. Il affirmait que la Nature n'était qu'amour ! L'énergie qui la régentait devait obligatoirement se retrouver dans l'âme de l'homme… Dans sa conscience, plutôt.

— Père, je ne saisis pas tout ce que tu me dis.

Ferrer intervient :

— Cela ne m'étonne pas, Maurin. Payns oublie qu'il ne parle pas à un adulte.

— Je suis désolé, s'excuse Payns. Je vais trop vite en besogne, effectivement. Je prenais un chemin bien trop tortueux pour t'amener à admettre que Jésus n'a pas été crucifié. Thomas, son frère jumeau, a été arrêté à sa place, et c'est lui qui a subi le supplice.

— Comment être certain de cela ? interroge l'enfant.

— Après avoir quitté la Palestine, Jésus et ses disciples ont longuement voyagé avant de s'installer sur la terre de Champagne où, dans le secret, ils ont commencé à initier de nouveaux adeptes.

— Pourquoi en secret ?

— Parce que le Christ était détenteur du plus grand des mystères… Un mystère qui devait être protégé tout au long des siècles. C'est pourquoi il fonda une compagnie qu'il appela la Loge Première, qu'il chargea de veiller sur son propre corps.

— Son corps ? s'étonne Maurin.

— Oui, le mystère est le corps de Jésus ! Le seul, le véritable miracle jamais accompli à la surface de cette terre… Le miracle d'I.N.R.I. : *Igne Natura Renovatur Integra.*

Tandis que les hommes s'enfoncent dans l'un des endroits les plus boueux de la forêt, Payns poursuit son récit, oubliant encore qu'il s'adresse à un garçon de dix ans seulement.

Il lui parle du message occulte de Jésus, de l'expérience faite sur lui-même avant qu'il ne rende son dernier soupir, de ce cadavre pourrissant lentement dans son tombeau, mais conservant une infime particule de vie éternelle qui lui permettra un jour de renaître de la mort, de cet atome de conscience demeuré dans le cerveau en partie putréfié, de cette once d'âme à laquelle il est interdit de se dissoudre définitivement dans le néant. De cette âme retenue par une dépouille capable de traverser des temps infinis dans l'attente d'une résurrection. Un mort patient, se nourrissant de l'énergie terrestre et absorbant les fluides de la Nature.

— Tu veux me faire croire que Jésus pourrait se relever de sa tombe ? Parviendrait-il à le faire seul ?

— Non, pas vraiment. S'il s'est appliqué le magistère, s'il possède dans la moindre de ses fibres la potentialité requise pour vaincre définitivement la mort et se reconstituer à partir de vestiges de chair et d'os, s'il peut régénérer son sang et ses organes, il a néanmoins besoin d'être accompagné dans l'aboutissement de ce miracle. La décision de lui permettre de revenir à la vie ne peut être prise que par ses disciples, qui devront prodiguer une certaine science à ses restes. Un grand savoir est nécessaire, Maurin.

— Tu es l'un de ses disciples, père ?

— Tout comme les amis qui nous entourent cette nuit. Oui, nous sommes les disciples de Jésus par-delà le temps. Son secret nous a été transmis de génération en génération ; il en sera ainsi dans les siècles à venir. Cela s'appelle la Tradition. Le Christ lui-même était l'un des maillons de la Tradition. Je te l'ai dit plus tôt, Jésus avait reçu l'enseignement occulte des sages égyptiens et des docteurs esséniens, qui avaient eux-mêmes hérité d'un enseignement empirique remontant à l'aube de l'humanité. Remontant aux enfants de Dieu, Adam et Ève !

Le comte Hugues interrompt Payns :

— N'est-ce pas la borne dont tu nous as parlé, celle qui doit nous indiquer le nouveau cours du chemin ?

Payns écarte une brassée de joncs et examine attentivement la pierre qui émerge de la vase.

— C'est celle-ci. Deux cents pieds à partir d'elle. Voyez, elle forme une flèche et nous indique la direction : plein est !

— Tu me surprends décidément beaucoup, dit Maurin à son père. Comment as-tu appris que cette pierre nous indiquerait la voie à emprunter ?

— Tout comme tu viens de l'apprendre, fils ! C'est mon père qui me l'a dit.

La procession se remet en route. Il faut désormais traverser une vaste étendue de roseaux aux feuilles coupantes, progresser dans une boue lourde et collante.

Enfin le cortège débouche dans une sommière plus sèche plantée de saules aux larges frondaisons alourdies de neige. Légèrement à l'écart se dresse un chêne géant au tronc large et noir et aux branches torturées.

— La clairière ! lance Payns. Comptons sept pas en allant plein est à partir du chêne.

— Il repose là ? demande Maurin.

— Oui, lui répond Payns. Dans une fosse que Jean a fait creuser alors que Jésus allait atteindre nonante ans.

Les hommes ont rapidement atteint un tertre peu haut, petite excroissance moussue et herbeuse autour de laquelle ils forment un cercle en se tenant par la main.

— Unissons-nous, frères, annonce Payns. *Puisqu'il est l'heure et que nous avons l'âge, ouvrons nos travaux*. Entrons dans la voie qui nous a été tracée par notre maître, le Premier. Par la lumière de sa Parole, par la force de sa Connaissance, qu'I.N.R.I. nous illumine !

Le comte poursuit :

— Par les Saints Signes. Par les figures respectées, le Triangle, l'Hexagramme, l'Omega, la Croix et le Tau, œuvrons cette nuit aux fins de préserver la Tradition !

Puis Geoffroy :

— Par les lois éternelles, par ce qui a été et sera, comme le soleil se lève à l'est et se couche à l'ouest, parce qu'un cycle irréversible rattache la vie à la mort, par l'amour qui régit l'Univers, accueillons en nous la chair et le sang de notre frère sans âge.

Payns, de nouveau :

— En ce temps-là, Jésus dit à ses disciples assemblés devant lui : *Ma chair est véritablement une nourriture, et mon sang est véritablement un breuvage. Celui qui mange ma chair et qui boit mon sang demeure en moi, et moi en lui par-delà les siècles. Celui qui partage mon pouvoir est enfant de la Connaissance. Il sait que ma chair ne sera jamais putride et que mon sang ne sera jamais vicié. La Connaissance est en moi comme elle est en lui. En vérité, en vérité je vous le dis : Un homme neuf né de la Mort reviendra, appelé par ses frères. Il sera le berger apportant l'Amour à son troupeau. Mais certains chercheront à le renvoyer dans les ténèbres et ses frères devront se battre pour sauver sa chair et son sang. En vérité, en vérité je vous le dis : Malheur et douleur attendent mes frères dans les temps à venir !*

Maurin a écouté avec émotion la voix de son père qu'un sanglot a brisée au terme de son homélie. Lui-même ne peut retenir ses larmes et il les laisse jaillir de ses yeux, piquantes et brûlantes. Il pense à sa petite sœur. À sa mère. Il revoit celle-ci tournoyer sur elle-même, le crâne éclaté, les bras tendus vers lui qui ne pouvait plus bouger. Qui, bien trop jeune, n'était qu'un témoin horrifié. Qui aurait aimé alors posséder la force de son père pour se précipiter sur le criminel et le traverser de part en part d'un violent coup d'estoc.

Mais son arme était de bois.

La main de son père serre plus fort la sienne.

— Brisons la Chaîne pour recevoir le Premier parmi nous…

Les hommes élèvent et abaissent leurs bras par trois fois avant de se désunir.

Payns s'agenouille sur le tumulus. Il fouille sous son manteau pour en sortir l'anneau de bronze, qu'il dépose sur le sol. Il écarte les herbes que le gel a rendues cassantes, gratte et déchire la mousse blanche, se souciant peu de se blesser les doigts.

Les hommes se sont approchés. Le comte a posé une main sur l'épaule de Maurin. Présence chaude et amicale.

Payns a dégagé une manille en pierre qui affleure d'une dalle en partie dénudée. Il reprend l'anneau pour le passer dans le crochet qui l'enserre parfaitement.

S'apprêtant à tirer, il dit :

— C'est la première fois que cette tombe est descellée.

Et, se tournant vers Geoffroy :

— Aide-moi à soulever la dalle ; je vais avoir besoin de tes muscles.

— C'est là bien trop d'honneur, Payns !

— Cesse donc de te faire passer pour un rustre et tire avec moi. Tire sur cet anneau !

Les deux hommes ont beau s'échiner, rien n'y fait. La trappe ne bouge pas.

Eliphas intervient :

— Sans doute faudrait-il passer une lame dans les jointures des pierres ; le temps est le pire des ciments !

Émeric a dégainé son épée et s'agenouille à son tour près des deux hommes. Il fouille la mousse pour trouver le contour de la dalle et passer l'acier de son arme dans ses charnières.

Peu après, Payns et Geoffroy se saisissent à nouveau de l'anneau. Cette fois, ils parviennent à dégager la dalle de son logement. Grincement des pierres frottées, respiration hachée des hommes.

Bientôt, tous s'y mettent.

Ils libèrent la tombe, se redressent, n'osent pas encore regarder à l'intérieur…

Payns reprend la torche qu'il avait fichée en terre et l'élève au-dessus de la fosse. La lumière dansante de la flamme accroche le suaire enveloppant la dépouille.

— Qu'y a-t-il sur sa poitrine ? interroge Maurin en montrant un paquet de cuir moucheté de moisissures.

— C'est son Évangile, répond Payns. Ses disciples l'ont déposé là au cours de la modeste cérémonie des funérailles. Jésus avait demandé à être enterré avec ses mémoires. L'Église, qui en connaît l'existence, les recherche depuis l'origine. Elle les mentionne sous le nom de Testament du Fou.

Le comte, faisant un pas pour se pencher sur les restes du Christ :

— Outre le récit de sa vie, Jésus a confié au Saint Livre le traité initiatique de son magistère. Nous, frères Premiers, avons été chargés de veiller sur cet Évangile et d'empêcher à tout prix nos ennemis de s'en emparer.

— Nos ennemis ?… articule Maurin.

— Les Gardiens du Sang ! jette Ferrer. Ce sont eux qui nous traquent.

Schelomet poursuit :

— Ils se sont juré de récrire l'Histoire de manière à imposer leur apologétique en dépit de la vérité. Nous pensons même que le pape est leur vassal, quoiqu'il s'imagine les contrôler. Ils appartiennent à une secte aussi vieille que la Loge Première, ayant découvert très tôt que le crucifié était Thomas, le frère jumeau de Jésus.

— Je m'y perds, avoue Maurin. J'ai l'esprit bien lourd et trop triste pour comprendre ces choses troublantes. De plus, ce matin, Schelomet, en me poussant dans la cave du scriptorium, m'a dit une phrase qui me revient et me donne à penser.

— Que t'ai-je dit ? Le moment était dramatique et je reconnais que je ne me souviens pas de ce que j'ai pu te confier alors.

L'enfant précise :

— Vous avez dit que je devais être sauvé parce que j'étais de *son* sang ! Que j'étais un Payns ! J'ai conscience d'être trop jeune pour apprécier certaines finesses des adultes, néanmoins j'ai su que je devais vivre parce que j'étais un mâle…

— Oui, en effet, admet Schelomet, j'ai prononcé ces mots et je le regrette maintenant ; il appartient à ton père de t'éclairer à ce propos.

— Je ne t'en tiens pas rigueur, assure Payns avant de se retourner vers Maurin pour lui expliquer : Sans les drames de cette épouvantable journée, j'aurais assurément attendu que tu sois plus vieux pour te révéler un secret qui nous concerne toi et moi. Nous sommes marqués par un destin auquel nous ne pouvons nous soustraire. Vois-tu, cet homme qui gît dans cette tombe, cet homme qui a imprimé sa marque à l'humanité par son message d'amour, cet homme est notre ancêtre, mon fils ! Nous sommes de son sang !

*

* *

Des gestes lents. Religieux.

Le corps du Christ est déposé sur le brancard. Le suaire gris accuse la maigreur de la dépouille, mais en souligne cependant quelques lignes pleines, informant que les membres sont solidaires les uns des autres, que des chairs existent encore.

Maurin ne parvient pas à détacher son regard de ce cadavre, auquel il invente un visage très proche de celui de son père. L'arête d'un nez marqué, l'os dur et saillant. Les pommettes relativement hautes, anguleuses. Les lèvres fines, pâles.

Maurin n'a plus prononcé le moindre mot depuis la révélation que lui a faite Payns. Épuisé, bouleversé et fiévreux, il est devenu un lointain témoin des événements, qu'il suit avec un détachement qui le surprend. Dans une torpeur presque glacée, il reste là, atone, à regarder le corps du Christ, son aïeul.

Il perçoit la voix de son père, éloignée :

— Refermons la tombe. Je mettrai l'anneau en lieu sûr.

Et la voix du comte :

— Tu as l'air épuisé, Maurin.

C'est donc à lui que l'on parle. Il doit faire effort pour recouvrer le sens des réalités, revenir à cette nuit étrange qui ressemble à une hallucination.

— J'ai froid, s'entend-il dire. Je voudrais rentrer.

Il aimerait retrouver sa condition d'enfant, avec ses joies insouciantes, ses joutes contre le behour, ses courses derrière les poules, ses jeux avec Émeline, ses moments d'affection entre les seins de sa mère. Être de nouveau, tout simplement, cet enfant qu'il était encore ce matin. Non ce gosse mort-vivant planté dans la cour de la ferme avec les cris de désespoir et de douleur de sa mère qui lui déchirent les tympans.

Le cortège se remet en route. La main de Payns prend celle de son fils.

— Je te préparerai une tisane de menthe et de thym que je te porterai dans ta chambre.

— Où comptes-tu cacher la dépouille, papa ?

— La forêt d'Orient entière deviendra le Tombeau du Premier. La terre, l'eau et le vent seront les éléments dans lesquels il puisera ses forces pour régénérer le feu de la Vie qu'il maintient en léthargie dans son sang. Eliphas et nos frères vont construire une sépulture inviolable dans cette forêt. Elle contiendra plus tard le corps de Jésus que nul ne pourra jamais profaner. En attendant, il convient de lui trouver un abri provisoire qui le soustraira aux recherches des Gardiens du Sang. Un endroit que nous pourrons surveiller en permanence.

12

Un écrit de Payns

Ce matin nous avons célébré les obsèques de Typhaine, Émeline et Basile le Harnais. La cérémonie s'est déroulée dans la plus stricte intimité et je n'ai pas souhaité le concours d'un prêtre.

Il était primordial qu'aucun témoin étranger ne surprenne la manipulation que j'ai organisée avec l'aide de mes frères. L'abbé qui a trahi dame Hélène a été discrètement inhumé en bordure d'un champ avant l'aube ; nous avons marqué sa sépulture d'une simple pierre blanche. À sa place, dans le cimetière de ma famille, nous avons enseveli les restes de Jésus en attendant de lui creuser un sépulcre inviolable dans la forêt d'Orient.

À ses côtés dorment maintenant ma femme bien-aimée, ma fille chérie et mon ami Basile. Je pourrai ainsi venir me recueillir et méditer à mon gré sur leurs tombes.

De ma chambre, de la fenêtre orientée au nord, je vois les trois sépultures. Je devrai désormais m'habi-

tuer à leur présence, sachant que la première chose que je ferai chaque matin sera de les regarder.

Je ne pourrai cependant pas oublier que Typhaine et Émeline se décomposent dans la glaise, dans cette terre noire de Champagne, alors que le Christ se maintient dans un état sublime, une catharsis hors du temps humain. Un miracle dont l'origine se situe il y a plus de mille ans. Un prodige issu de l'expérience qu'il a réalisée sur lui-même et que nul autre alchimiste n'a jamais répétée depuis lors.

Jésus a révélé le Grand Œuvre de la science hermétique en conjurant le phénomène naturel de la putrescence.

Je sais que Maurin ne parvient pas à concevoir pleinement tout ce que je lui ai appris en si peu de temps. Il est si jeune ! Il souffre tant de la perte de sa mère et de sa sœur !

Durant les obsèques, il s'est placé à côté de dame Hélène, recherchant naturellement la douce présence d'une femme. Que celle-ci soit louée ! Elle a su témoigner compassion et pitié à mon fils, refoulant le désagrément que lui causait la surprenante cérémonie à laquelle elle avait été conviée. J'ai vite compris qu'elle était fort mal à l'aise au sein d'une assistance qui pleurait ses morts sans l'appui d'un représentant de l'Église.

Mais elle a néanmoins prodigué une telle sympathie à Maurin que ce dernier en a été réconforté pendant la célébration de notre rite.

Étonnante et mystérieuse liturgie pour qui découvre notre cérémonial ! Nous avions tous revêtu un man-

teau blanc, ce qui surprit d'emblée dame Hélène, pour qui le deuil ne se conçoit qu'en noir.

Nous avons porté nos morts sur des brancards et les avons allongés près des fosses creusées la veille. Émeric a allumé trois torches qu'il a plantées en terre à leur tête.

J'ai prononcé cette phrase :

— Puisqu'il est l'heure et que nous avons l'âge, ouvrons nos travaux !

Nous nous sommes donné la main. Hélène a consenti à prendre la mienne. Elle a regardé Maurin, lui a souri avec une pointe d'étonnement, et a saisi la sienne.

J'ai ensuite récité les mots enseignés par mon père et les maîtres qui m'ont reçu autrefois dans la Loge Première.

Le vent venu de la forêt soufflait fort ; il charriait des odeurs d'humus, de tourbe et d'écorce. Un ciel laiteux retenait sa neige. Des corbeaux criaient dans le lointain.

Lorsque j'eus fini de parler, nous plaçâmes les corps dans les fosses et Émeric moucha les torches à la première pelletée de terre jetée.

Le comte Hugues dit :

— La Connaissance est notre chemin. Elle se situe entre la Mort et la Vie. Elle est mère de l'Univers. En elle tout a été et tout sera. Par elle et ses mystères, nous trouvons la force d'accepter la corruption du corps. Qu'I.N.R.I. nous illumine et accueille nos frères et sœurs dans la lumière du Premier !

J'ajoutai :

— La mort n'est pas la mort.

Geoffroy conclut :

— Et la terre n'est pas la tombe !

Maurin se mit à sangloter ; le spectacle de sa mère et de sa sœur que la terre commençait à recouvrir lui était insupportable. Il abandonna la main d'Hélène et tourna les talons pour s'enfuir du cimetière.

— Je vais le rejoindre, me rassura la jeune veuve en courant vers lui.

J'ignore pourquoi j'éprouvai alors un sombre pressentiment. Mon cœur fut pris dans une tenaille et je perdis la respiration. Le comte Hugues, qui s'aperçut de mon malaise, me donna le bras et me conseilla de regagner ma maison, mais je refusai. Je voulais assister à la cérémonie jusqu'à son terme.

Épaulé par mon ami, je regardai Émeric, Geoffroy et Ferrer combler les tombes. C'est lorsqu'ils eurent achevé leur besogne, seulement à ce moment, que je me résolus à quitter le cimetière pour retrouver Maurin.

J'avais le souffle court et mon esprit était encombré d'une vision effroyable que je ne parvenais pas à chasser. L'image de Maurin sans vie dans mes bras, la poitrine rougie de sang.

Je me retins de hurler. Mais toute mon âme était déchirée d'une douleur intolérable. Une détresse pire que celle qu'aurait pu m'infliger le Diable en personne.

Payns suspend sa plume, réfléchit, s'apprête à reprendre son récit, mais se ravise et referme son encrier.

Il est pâle. De la sueur lui coule sur le visage et dans le cou. Ses yeux sont rouges et gonflés d'avoir tant pleuré.

La nuit grince aux volets de la chambre. Une chouette entêtée ne cesse de hululer d'une voix sourde et sinistre.

Payns replie la feuille de parchemin, quitte sa table, se rend dans le fond de la pièce pour y déplacer une maie. Il libère ainsi un endroit du plancher dont deux lattes sont amovibles. Il les retire pour déposer le vélin dans une cavité d'ombre. Là où il a caché le Testament du Fou. Puis il remet les lattes en place.

TROISIÈME PARTIE

Le tombeau d'orient

1

Maître Rogemourd

Mars onze cent huit.

Le bourg de Gierry est situé à moins d'une heure de cheval de Troyes. Ses quelques habitations se massent autour d'une chapelle peu élégante, lourde et courtaude.

En cet hiver qui s'attarde sur la Champagne, le hameau s'est engoncé dans un froid persistant et une neige obstinée. Seul l'atelier de charpenterie de maître Rogemourd résonne de vie.

L'homme est robuste, le muscle noueux, les épaules larges. La peau très pâle, le cheveu roux, il a fait l'objet de quolibets durant ses études de menuiserie et a dû distribuer quelques cinglantes raclées à ceux qui le traitaient de sac de son.

Il s'est ainsi forgé une vigoureuse réputation, autant par la force de ses coups que par son talent à réaliser des pièces compliquées, car il rivalise d'habileté avec les meilleurs artisans dans la confection de lioubes, adents et autres abouts, dents à pivot et tenons.

Son autorité et son renom dépassent maintenant les

limites de sa paroisse, et l'on vient de fort loin pour lui proposer du travail, sachant qu'il honore chaque contrat avec un égal savoir-faire.

Ce matin-là, il s'est levé fort tôt et a attendu d'avoir redonné vie à la cheminée de la cuisine pour réveiller Nizier, son fils, qui aime paresser au lit, bien au chaud sous son édredon de plumes d'oie.

Nizier va sur ses douze ans. Tout aussi roux que son père, il tient également de ce dernier ses traits ronds, sa chair épaisse, sa force naturelle.

Dans son regard vert d'eau flotte en permanence un soupçon de tristesse depuis le décès de sa mère, survenu trois ans plus tôt.

Maître Rogemourd se vante d'imposer au moindre de ses actes une grande simplicité, vertu dont il a fait le principe fondateur de son existence. Ainsi, c'est en toute logique qu'il a pris Nizier comme apprenti, assuré que le noble métier de charpentier apporte son lot de satisfactions, qu'elles soient d'ordre artistique ou pécuniaire.

Il est un excellent enseignant, ne se mettant que très rarement en colère, usant plutôt de la patience que savent montrer les gens intelligents.

Tout en commençant sa journée, maître Rogemourd se félicite d'être heureux et remercie Dieu de l'avoir aidé à surmonter la perte de son épouse, qu'il chérit quotidiennement en pensée, et de lui apporter de quoi emplir avec harmonie une vie sereine, son fils grandissant à ses côtés. Les mains de celui-ci deviennent jour après jour plus expertes, maniant avec vivacité et adresse varlope, marteau, égoïne et passe-partout.

Ce matin-là, donc, maître Rogemourd chantonne en

ravivant les braises et en leur donnant de quoi enflammer une bonne bûche taillée dans l'ancien poirier de son clos.

Il ignore que quatre hommes surveillent sa maison. L'un d'eux porte une hache passée dans sa ceinture.

*

* *

L'homme à la hache et ses trois compagnons pénètrent dans l'atelier de menuiserie, qui reste toujours ouvert sur la rue.

— Messires ? fait maître Rogemourd.

— Est-ce bien toi qui t'appelles Landéric, de la famille Rogemourd ? demande la voix douce du tueur. Et voici ton fils Nizier, n'est-ce pas ?

— Par ma foi, je n'ai point l'avantage de vous connaître autant que vous paraissez me connaître !

— Tu m'intéresses, sans doute ; je sais que le chevalier Payns t'a contacté pour participer à un chantier sur ses terres.

— Vous n'avez guère la mise d'un ouvrier en demande de travail, remarque Rogemourd en cherchant à découvrir les traits de son interlocuteur sous le capulet.

— Cela dépend de l'ouvrage. Je sais que Payns a battu toute la région pour enrôler les meilleurs charpentiers, ferronniers ou tailleurs de pierre… Et qu'il fait assécher les marécages en sa forêt d'Orient. Dans quel dessein ?

Le charpentier n'apprécie guère le ton de l'inconnu, tout comme il lui déplaît que les trois hommes qui l'accompagnent les encerclent, lui et son fils. C'est pourquoi il dit avec une sévérité non dissimulée :

— Hé ! Que faites-vous du secret professionnel que tout honorable membre d'une guilde doit respecter ? J'ai prêté serment et suis tenu à la discrétion. Si je passais outre, je perdrais vite de mon crédit. Maintenant, ayez l'amabilité et la politesse de me laisser. Je vous souhaite le bonjour, messire.

L'inconnu, riant :

— Il n'est pas dans mon intention de repartir sans avoir obtenu ce que je suis venu chercher.

Puis, soudainement, il se saisit de la main droite de Nizier qui pousse un cri de surprise.

— Ton fils a de belles mains, lance le tueur. Robustes, mais fines ! Solides et élégantes. Des mains qui deviendront sans aucun doute celles d'un artiste à ton image… s'il ne leur arrive pas malheur !

Rogemourd veut libérer Nizier de cette étreinte, mais deux hommes le retiennent et l'immobilisent.

Le tueur force l'enfant à poser la main sur un établi et lui écarte les doigts brutalement avant de dégager la hache de sa ceinture en demandant :

— Quel doigt préfères-tu que je lui coupe ?

— Père…, implore Nizier.

— Juste un doigt… pour commencer !

Rogemourd n'a pas le temps de répondre que la hache décrit un demi-cercle dans l'espace et s'abat sur l'établi. Un claquement sec. Un temps de silence. Nizier regarde sa main avec effroi avant de hurler.

Son index a été sectionné à la première phalange.

Le tueur retient l'enfant qui s'affaisse sur lui-même,

le redresse, plaque de nouveau sa main mutilée sur l'établi et lève son arme.

— Parle, ou j'abaisse de nouveau ma hache ! commande-t-il au charpentier.

— Par Dieu, vous êtes fou !

— Je suis sûr que c'est un bon apprenti. Ne crois-tu pas qu'il ait besoin de tous ses doigts pour tenir la varlope ou manier le ciseau ? Parle donc, l'ami. Son avenir de charpentier dépend de ce que tu vas m'apprendre.

Maître Rogemourd n'y tient plus ; il ne supportera pas de voir Nizier subir une autre mutilation.

— Je vais vous livrer ce que je sais, se résout-il à dire. Je vous en prie, épargnez-le.

— Je t'écoute.

Très bas, le souffle court, le charpentier explique :

— Il s'agit probablement d'une tâche immense. Tous les corps de métiers seront mis à contribution, mais chacun de ses représentants ignore vraiment à quel ouvrage il se consacrera. Payns maintient l'ensemble de son monde dans l'ignorance. Certains hommes venus tout droit de la maison du comte de Champagne – des terrassiers – travaillent même déjà en secret derrière un enclos, et nul ne peut approcher de leur chantier. Ils sont sous les ordres d'un architecte juif, un certain Eliphas que je n'ai pas encore eu le loisir de rencontrer.

— C'est tout ?

— Je vous en prie, épargnez mon fils, messire ! implore Rogemourd, le cœur déchiré par les sanglots de Nizier.

Le tueur a gardé sa hache au-dessus de la main de ce dernier.

Le charpentier ajoute alors vivement :

— Je dois retrouver le chevalier Hugues de Payns demain afin qu'il me confie des plans que j'exécuterai ensuite à la lettre…

— C'est en forêt d'Orient que tu as rendez-vous avec lui ?

— En effet, dans une petite chapelle… Laquelle sert de loge de contremaîtres, où se réunissent Payns et ses proches. C'est là que j'ai aperçu une première fois Sa Seigneurie le comte Hugues de Champagne.

Une longue expiration sous le capuchon. Comme un soulagement.

Le tueur lâche l'enfant, et les deux hommes qui immobilisaient Rogemourd desserrent leur prise. Le charpentier se précipite sur son fils, lui prend la main droite pour examiner la blessure d'où jaillit le sang.

— C'est bon, annonce l'homme à la hache. Désormais, tu m'appartiens. Tu seras mes yeux et mes oreilles sur le chantier du chevalier Payns. Si tu te plains à lui, j'amputerai de nouveau ton fils. Ou le tuerai ! Où qu'il aille, où que tu le caches, si c'est ton intention, je le trouverai. Tu as compris, l'ami ?

— Je me conformerai à votre volonté, messire, articule le charpentier, vaincu.

Les Gardiens du Sang sortent de l'atelier et rejoignent leurs montures. Ils s'éloignent bientôt du bourg de Gierry en empruntant une route verglacée sur laquelle ils avancent avec prudence.

L'un des hommes, chevauchant au côté du tueur, dit avec une évidente satisfaction :

— Nous tenons Payns et sa clique dans notre paume. Déjà la maison de Geoffroy de Saint-Omer est sous surveillance, comme convenu. J'ignore néanmoins comment vous comptez procéder, maître.

— J'en ferai mon affaire. Saint-Omer est le prochain sur ma liste et je suis attentif à maintenir mes comptes en règle. Il ne fait aucun doute que ces damnés apostats sont en train de construire un tombeau pour accueillir les restes de Jésus-Christ qu'ils ont dû provisoirement cacher. Leur entreprise semble bien avancée, à en juger par ce que nous a dit le charpentier.

— Un tombeau inviolable conçu par ce Juif, cet Eliphas…

— Nous les prendrons de vitesse ! Nous leur ferons cracher tous leurs secrets !… Je leur arracherai la main droite comme je l'ai déjà fait à leurs deux compagnons. Le pape Pascal retarde son départ de Reims dans l'espoir que nous en aurons bientôt fini avec eux. Mais il ne pourra demeurer éternellement l'hôte de l'évêque. Le pape est certes un allié et nous sommes actuellement sa milice, mais il doit ignorer que notre volonté est d'instaurer *notre* Église, celle des Gardiens du Sang ! Peu importe le temps qu'il nous faudra pour imposer un ordre nouveau ! Notre combat est juste et traversera les siècles. *Cum fortis armatus custodit atrium suum, in pace sunt ea quae possidet*[1].

— *Salvum fac populum tuum, Domine, et benedic hereditati tuae*[2].

Et tous ensemble, d'une voix unique et forte :

— *Amen.*

1. Lorsqu'un homme fort et bien armé garde sa maison, tout ce qu'il possède est en sûreté.

2. Sauvez votre peuple, Seigneur, et bénissez votre héritage !

2

En forêt d'Orient

La brume matinale s'est accrochée aux premières branches des arbres de la forêt d'Orient, s'étendant, laiteuse et épaisse, à la surface d'un marais asséché qui forme une large cuvette. Au centre de celle-ci s'élève, sur une petite île, une haute palissade dessinant un cercle parfait.

Cette clôture, faite de rondins de bois fichés en terre que des pieux étayent çà et là, dissimule le chantier dirigé par maître Eliphas pour le compte de la Loge Première.

Pour accéder au périmètre défendu, il faut emprunter une passerelle montée sur pilotis et franchir une porte à double vantail soigneusement gardée par des hommes armés appartenant à la maison du comte de Champagne.

D'autres soldats campent sur les rives de l'étang. Ils s'abritent sous des huttes de chaume et de bois, ou se réchauffent aux brandons de leurs braseros.

Plus loin au nord ont été creusées de nombreuses retenues d'eau que contiennent des digues et des barrages faits de terre, de pierres et de planches que des terrassiers continuent de consolider.

Un réseau d'étroits canaux a été excavé de manière à ce qu'une partie de l'eau des bassins artificiels s'écoule vers l'extérieur du chantier, en direction de plus lointains paluds.

Derrière la palissade, une grue s'élance au-dessus d'un puits récemment creusé. De massifs contre-boutants renforcent les parois de la fosse qui plonge dans les ténèbres.

À la palanque s'adosse une cabane à claire-voie, une petite loge sous laquelle peuvent s'abriter les contre-maîtres. C'est là que se tiennent pour l'heure Geoffroy de Saint-Omer et un maître mineur qui regardent deux ouvriers manœuvrer la roue de la grue, actionnant lentement une poulie qui déroule sa corde dans le puits.

Plus bas, Payns et Eliphas poursuivent leur descente dans une nacelle d'osier. L'architecte tient une lanterne qui éclaire à peine les murs de la large cheminée aux solides soutènements.

— Tout cet ouvrage réalisé en si peu de temps ! s'émerveille Payns. Tu es un magicien, Eliphas. Un maître d'œuvre hors pair !

— Allons, nous devons plutôt remercier notre frère Hugues. Ses équipes de terrassiers n'ont pas rechigné à la besogne ; elles ont travaillé jour et nuit. Par chance, nous n'avons eu à déplorer aucun accident, malgré la difficulté de l'entreprise.

La nacelle touche le fond du puits. Les deux hommes en descendent ; une galerie se présente à eux. Élevant sa lanterne, Eliphas engage Payns à le suivre en lui expliquant :

— J'ai imposé un appareillage de chevêtres pour retenir la terre ; cette dernière est meuble et me cause bien du souci. Je pensais qu'elle serait constituée d'une plus grande proportion de craie. Il n'empêche que c'est à partir de ce puits que les charpentiers et les maçons interviendront.

— J'ai tes plans en tête, souligne Payns. Le labyrinthe vertical en double cheminée que tu as imaginé est une merveille d'ingéniosité.

Après avoir progressé de quelques dizaines de pas dans la galerie boueuse, les deux amis parviennent à une salle forée au cœur de la glaise. De son plafond consolidé par d'importants madriers suinte une eau noire et glacée qui mouille têtes et épaules.

Eliphas dessine au sol un cercle de lumière avec sa lampe et dit :

— C'est ici… C'est ici qu'il reposera pendant les siècles des siècles jusqu'à ce qu'il revienne parmi les vivants. Nous cacherons le corps de Jésus dans cette salle. Dans ce tombeau ! Nous aurons besoin d'un habile charpentier pour confectionner les structures sur lesquelles les maçons poseront leurs pierres.

— J'ai l'homme qu'il nous faut, le rassure Payns, je l'ai rencontré à deux reprises avec Hugues. Je dois d'ailleurs le revoir ce matin pour te le présenter et lui confier sa mission.

*

* *

Resté à la surface, Geoffroy ne parvient pas à calmer son impatience :

— Par saint Jean, je n'aime pas les savoir au fond de ce puits ! C'est sans doute un bel ouvrage, mais il lui manque des murs solides pour être rassurant !

— Il n'y a rien à craindre, affirme le responsable des mineurs. Ce n'est pas la première fosse que je creuse, maître Geoffroy ; vous pouvez me faire confiance.

— Rien à craindre ? Plonger dans les entrailles d'une terre gorgée d'eau ! S'enfoncer entre ces mâchoires de vase… Rien à craindre, dis-tu ? Pardonne-moi de ne pas partager ton avis, l'ami. Et ne prends pas mal que ta renommée ne suffise pas à me rassurer pleinement. Vraiment, rien à craindre ?

— Pensez-vous que maître Eliphas serait descendu dans le puits et y aurait entraîné votre ami s'il y avait un danger à redouter ?

— Pardi, la confiance en soi est souvent source de grand aveuglement !

— Par mon âme, avec tout le respect que je vous dois, messire, je ne puis cependant m'interdire de vous considérer comme un homme de peu de foi !

Soudain, l'un des deux ouvriers affectés à la manœuvre de la grue, penché sur le vide, s'exclame :

— Ah, ils viennent de faire signe avec la lanterne ! Ils demandent à être remontés.

— Enfin ! souffle Geoffroy avec soulagement. Eh bien, hâtez-vous et sortez-les céans !

La nacelle est hissée. Geoffroy retrouve ses amis avec force démonstrations d'amitié, les serrant tour à tour contre lui et leur claquant le dos de ses grosses paumes.

— Je ne vivais plus ! Vous savoir là-dessous me tiraillait le ventre à m'en donner la colique !

— C'est certain, tu ne veux pas descendre à ton tour ? demande innocemment Eliphas.

— Tu me railles, maître Eliphas, car tu sais bien que j'ai le vertige… Sans compter le sentiment d'oppression que j'éprouverais à me trouver dans cette gueule d'enfer !

— Dommage, renchérit Payns, tu aurais pu admirer la tâche qui a déjà été accomplie.

— Je te crois sur parole. Je me contenterai de ton rapport.

Payns, se dirigeant vers la porte de l'enclos :

— Il est grand temps de nous rendre à la chapelle ; ne faisons pas attendre notre charpentier.

Avant de le rejoindre avec Geoffroy, Eliphas se rend sous l'appentis pour empoigner une musette de cuir posée sur une table.

— Je prends les épures qui le concernent, dit-il. Je leur ai donné des cotes si précises qu'il n'aura qu'à les suivre au trait près.

Les trois hommes empruntent la longue passerelle montée sur pilotis qui les conduit sur la berge, où ils prennent un sentier bordé d'épineux aux griffes acérées.

Payns note que Geoffroy traîne un peu les pieds, tout en jouant sombrement avec la chevalière rouge glissée à sa main droite.

— Tu sembles fatigué, frère. Peut-être n'aurais-tu pas dû nous accompagner mais rester au chaud chez toi.

— Cet hiver… Cet hiver qui n'en finit pas ! Ce

n'est que cela. Il faut bien tuer les heures. Repousser l'ennui, l'ombre et le froid. Et les souvenirs !

— Il y a autre chose, mon ami, insiste Payns. J'ai remarqué que tu ne cessais de te gratter le doigt comme si l'anneau de ta bague te brûlait.

— Payns et ses yeux de renard ! Je le confesse, cette chevalière me ronge l'os. Je ne fais que penser à ce qu'elle contient… À celles qui ont été arrachées à nos deux regrettés frères. Les Gardiens du Sang ont jeté leur malédiction sur nous et ce damné tueur à la hache ne nous lâchera pas avant de nous avoir tous massacrés. Je pense aussi à Typhaine et à Émeline… Ton épouse m'a toujours témoigné beaucoup d'affection et s'est montrée fort patiente à mon égard ; combien de fois ne l'ai-je pas étourdie en lui contant mes exploits dans les tournois ? Quant à ta charmante fille, je ne peux oublier que je la faisais encore sauter sur mon gros ventre il y a peu.

— Il ne s'agit pas de malédiction, le reprend Payns. Une menace n'est pas une damnation inéluctable.

— Regarde, un rhumatisme a fait enfler la jointure de mes phalanges, et je serais bien en peine de retirer cet annelet si je le voulais.

— Nous avons fait vœu de ne jamais nous en séparer, quel que soit le danger.

Geoffroy s'arrête net et, en proie à une violente colère qui explose par tous les traits de son visage, par la rougeur soudaine de sa peau, il tonne :

— Payns l'inébranlable ! Payns le vertueux ! Tes amis et ta famille sont hachés menu comme du vilain bois et tu restes là, droit dans la tempête, habité par tes certitudes, tes convictions ! Combien de temps devrons-nous attendre avant que le tueur à la hache ne nous abatte à notre tour ? Cet homme est l'incarnation du Mal !

Ne montrant pas qu'il a été touché par la charge, Payns dit :

— Il n'est rien d'autre qu'un assassin habile auquel je voue une haine sans borne.

Puis, reprenant sa marche, il ajoute :

— Un temps viendra où je lui passerai mon épée au travers du cœur.

Soudainement conscient de l'écart qu'il vient de commettre, Geoffroy allonge le pas et se place au côté de son ami pour lui dire :

— Pardonne-moi, Payns… Je m'apitoie sur mon sort alors que je devrais te plaindre et te réconforter. Je n'ai pas ta force de caractère, mon vieux compagnon. La mort qui nous entoure m'empêche de dormir en paix et me harcèle comme une louve affamée. Comment t'aider à porter cette effroyable douleur ?

— Nous vaincrons ! scande Payns. D'une manière ou d'une autre, nous vaincrons… Par n'importe quel moyen !

*
* *

Maître Rogemourd et son fils attendent devant une chapelle que l'on pourrait croire abandonnée si elle n'était gardée par trois hommes qui tuent le temps en jouant aux dés sur une large pierre plate.

Payns et ses deux amis sortent des joncs, les chausses boueuses, le bas de leur manteau trempé.

— Bonjour, maître Rogemourd. Je suis heureux de vous revoir.

— Moi aussi, messire. Je suis venu me mettre sous vos ordres ainsi que nous en étions convenus et suis impatient de découvrir ce que sera ma tâche.

— Je ne connais pas ce garçon : est-ce l'un de vos apprentis ?

— En quelque sorte, répond le charpentier en souriant. C'est Nizier, mon fils. Il m'accompagne désormais pour apprendre le métier. Il est en âge de s'instruire, et il n'est pas de meilleur enseignement que l'observation.

— Je suis certain que vous lui dispenserez une excellente éducation ; on dit grand bien de vous par la contrée.

Payns s'est approché de l'enfant ; il lui prend la main pour examiner son épais pansement rougi de sang, et ajoute :

— Il faudra cependant attendre pour qu'il vous soit d'une aide précieuse. Que s'est-il fait à la main ?

Maître Rogemourd marque un temps avant de répondre. Il se racle la gorge et se décide, d'une voix qui se veut claire :

— La lame d'une plane lui a emporté un morceau de doigt. Ce sont des choses qui arrivent quand on ne maîtrise pas parfaitement son outil, n'est-ce pas ?

— Sans doute. C'est grand dommage, cependant. La blessure est fraîche, à en juger par la pâleur de son visage et le sang du bandage. J'espère que le nécessaire a été fait pour éviter toute infection.

— Oui, seigneur…, commence Nizier, je vous

assure que je me remettrai rapidement. C'est peu de chose, en vérité.

Maître Rogemourd se hâte de poursuivre :

— Voilà, c'est exactement ce qu'il vous dit. Il se remettra. C'est cela…

Payns a remarqué de l'inquiétude dans la voix du charpentier. L'homme a-t-il certaine chose à se reprocher ? Est-il responsable de l'accident ?

— Entrons dans la chapelle, les invite Eliphas.

Le charpentier se tourne vers son fils :

— Attends-moi, Nizier ; tu n'es pas encore apte à recevoir des ordres de nos commanditaires.

— Oui, père.

Passant la porte, Payns dit à maître Rogemourd :

— Votre fils semble être un bon garçon… J'en ai moi-même un qui doit avoir à peu près son âge.

— Nizier n'a plus de mère. Celle-ci est morte en couches avec notre second enfant.

— Mon fils a lui aussi perdu sa mère…

— Alors, vous devez comprendre l'amour que je lui porte. Je dois compenser l'absence de ma femme tout en me comportant en père.

Eliphas se dirige vers l'autel, qui a été transformé en plan de travail. Il fait de la place parmi rouleaux et maquettes en volume pour y étendre les planches de trait qu'il sort de sa musette.

Une lumière brisée venue des vitraux colorés réchauffe les pierres grises de cet oratoire dénué d'ornementation auquel une unique croix de bois confère une note de sacré.

Eliphas convie maître Rogemourd à s'approcher de l'autel.

— La besogne que nous vous confions impose que vous recrutiez valets et compagnons au sein de votre confrérie, lui dit-il.

— Cela me sera aisé ; j'ai été désigné prud'homme de notre guilde et puis compter sur dix à vingt menuisiers dans les paroisses voisines, de bons sergents qui répondront à l'appel. L'ouvrage se fait rare, actuellement ; les bras ne manquent pas !

Eliphas tapote ses épures de l'index droit en précisant :

— J'ai dessiné tous les éléments qui formeront les lambourdes, bastaings et chevrons devant soutenir des appareillages en pierre et en maçonnerie. Vous devrez respecter avec une parfaite exactitude les proportions des pannes, parements et paumes, car la réussite de notre entreprise dépend beaucoup de vous. Vous nous livrerez les pièces, qui seront ensuite assemblées et mises en place par d'autres ouvriers…

— Ce travail incombera aux hommes appartenant à la maison du comte de Champagne, précise Payns. Je vous avais prévenu de cette procédure. Vous convient-elle toujours ?

— Ces plans sont très précis, seigneur. Je m'y conformerai sans chercher à quel édifice ils sont attribués, bien que ma curiosité naturelle en souffre déjà !

— Vous êtes un brave homme, et nous nous entendrons donc ainsi, dit Payns. Cependant, avant de parler de votre salaire, nous allons vous demander de prêter serment ; ce n'est point par hasard que nous avons choisi ce lieu.

Maître Rogemourd s'étonne :

— De quel serment s'agit-il ?

— Vous allez jurer sur la Sainte Bible que vous ne révélerez à personne la teneur de ces plans ni ne divulguerez la moindre de nos conversations.

— Ah ! Puisque c'est là votre volonté…

Payns présente sa propre Bible au charpentier, qui pâlit légèrement mais étend cependant le bras droit.

— Répétez après moi, lui demande Payns. *Moi, maître Landéric Rogemourd, je m'engage à garder le secret sur tout ce qui me sera dit dans cette chapelle, sur les plans qui me seront confiés, sur ce que je pourrais découvrir…*

Une sueur glacée coule dans le dos du charpentier, qui impose de toute sa volonté à sa main droite de ne pas trembler. Lui, si pieux, si respectueux des commandements de Dieu et des principes de la Sainte Église, lui, maître Rogemourd, va devoir se parjurer !

*
* *

Le charpentier sort de la chapelle et retrouve son fils qui danse d'un pied sur l'autre sur le parvis pour combattre le froid.

— Tu es resté bien longtemps dans la chapelle, père. J'ai cru que j'allais geler sur place.

— Il me fallait conclure le marché avec ces chevaliers, Nizier. C'est fait, repartons.

Le père et l'enfant rejoignent le puissant percheron qui leur sert de monture. Maître Rogemourd soulève Nizier du sol comme s'il ne pesait rien et l'installe à califourchon sur l'animal.

Payns, regardant s'éloigner le modeste équipage :

— Cet enfant…

— Tu penses à ton fils, dit Geoffroy.

— En effet. Les mêmes yeux. Le regard triste, un peu vide.

— Eh bien, qu'attends-tu pour le retrouver ? Ne devions-nous pas aller le visiter, ainsi que dame Hélène ? Ils sont l'un et l'autre en sécurité chez Hugues.

— En effet, renchérit Eliphas, je vois mal les Gardiens du Sang s'infiltrer dans le palais de notre illustre frère. Imagines-tu des tueurs assez fous pour s'attaquer au comte de Champagne, gendre du roi ?

— Justement, reprend Payns. Un seul suffit ! L'homme à la hache… J'ignorais qu'un jour j'éprouverais autant de haine ! Et, par le Christ, cette haine me conduira au pire pour venger mon épouse, ma fille et nos deux frères !

— Le pire ? fait Geoffroy. Ne l'avons-nous pas commis en rapportant de Jérusalem les cinq Signes de Jésus ?

— Ce qui doit venir sera bien plus terrible, précise Payns. J'irai porter le malheur au sein même de la papauté !

Il demeure quelques secondes silencieux, puis lance :

— Tu as raison, Geoffroy, il est grand temps de rejoindre notre frère Hugues en son comté.

— Vous le saluerez de ma part, ainsi que maîtres Schelomet et Ferrer, dit Eliphas. Et n'oublie pas d'embrasser ton fils pour moi et de donner le bonjour à dame Hélène.

— Je leur ferai part de ton affection. Veille bien sur le chantier. Le Tombeau doit être bâti au plus vite, car nous avons tout à craindre des Gardiens du Sang.

— Certes, nous respecterons le délai que nous nous sommes imposé. Jésus reposera bientôt dans un sanctuaire que nul ne pourra jamais profaner.

Eliphas embrasse ses deux compagnons et s'en retourne vers l'enclos de sa démarche lente d'homme âgé. Il disparaît derrière le rideau de joncs.

— Allons, en route, Geoffroy ! s'écrie Payns en se voulant enjoué. Une bonne chevauchée te fouettera le sang et te rendra peut-être quelques couleurs.

— Il m'en faudrait bien plus pour huiler mes articulations ! Cela faisait longtemps que nous n'avions pas souffert d'un tel hiver.

Les deux hommes montent en selle. Lançant sa monture, Payns annonce :

— Hugues m'a dit que son frère Philippe, l'évêque de Châlons, nous rendrait visite aujourd'hui ; il semblerait qu'il ait des renseignements d'importance à nous communiquer. J'ai cru comprendre qu'il s'agissait de l'homme à la hache !

— Ce démon !

— Un tueur, Geoffroy. Il n'est que cela. Habile et pervers… Un tueur qui se terre quelque part et que nous délogerons de sa tanière !

*

* *

Le percheron avance de son pas pesant dans la neige meuble du chemin. Il respire fort, à longs renâclements, l'échine basse, mais c'est moins la charge qu'il porte sur le dos que les ans accumulés qui lui donnent cette allure paresseuse.

Nizier se retient à la taille de son père, une joue posée contre son dos.

— J'ai fait un serment aux chevaliers, dit le charpentier. La promesse de ne rien révéler au sujet de cet ouvrage, qui fera vivre de nombreux compagnons de la guilde. Mais je ne peux m'empêcher de penser à l'homme qui t'a tranché le doigt…

— Tu aurais dû en parler au seigneur de Payns et à ses amis.

— Je ne suis pas certain qu'ils puissent nous protéger de ce fou, Nizier. Il s'est juré de s'en prendre à toi et nous tient par cette menace.

— Mais tu es un prud'homme, père ! Ton engagement auprès de tes commanditaires est sacré !

— Tu comptes plus pour moi qu'une parole donnée, mon fils. Dussé-je y laisser mon âme !

3

L'évêque Philippe

Le palais du comte Hugues de Champagne s'élève au nord-ouest de Troyes. Le suzerain y vit la plupart du temps, délaissant sans remords son austère demeure de Provins.

Hugues a su donner à sa ville, qu'il chérit, un élan commercial qui en a fait le carrefour de toutes les voies marchandes. Se tiennent entre les murs de sa cité les « foires chaudes » et « froides » qui ont lieu respectivement à la Saint-Jean et à la Saint-Rémi.

Ces rassemblements géants, qui lancent sur les chemins drapiers, ferronniers, bijoutiers, parcheminiers ou tanneurs, obligent le comte à protéger les routes, à aménager des hostelleries, à maintenir la paix et la sécurité dans le plus petit des quartiers, la moindre des ruelles, car les brigands, maraudeurs et coupe-jarrets se répandent en nombre dans la ville…

Toutes les monnaies de l'Occident circulent de main en main ; les maîtres du change, comme les Florentins ou les Vénitiens, imposent leurs taux lors des transactions calculées sur leurs abaques.

Et Troyes se gorge de richesses. Elle grouille, marchande, échange, chicane, bibelote, brocante. Elle vit de bruits, de cris et de chahuts. Elle se prépare entre deux foires, s'agrandissant, repavant ses chaussées, creusant de nouveaux puits, élargissant ses places.

— C'est bon, fait le comte Hugues d'une voix lasse. Nous allouerons le quartier Sainte-Hélène aux Levantins et leur promettrons de les protéger mieux que l'année dernière.

— Certes, dit le petit homme maigre et barbu qui replie les documents qu'il avait étalés sur la table. Certes, la requête de ces braves gens est fort justifiée, messire ; n'oublions pas que l'an passé ils ont perdu deux des leurs sous des coups de poignard, et que trois de leurs femmes ont été violées.

— Je sais, soupire Hugues. Le prévôt et les baillis m'ont tenu informé de leur enquête et, s'ils n'ont pu arrêter personne, ils sont assurés que ces crimes furent l'œuvre de quelques Flamands avinés. Je vous le répète, sénéchal, informez le représentant des plaignants que la ville s'engage à les prémunir contre toute nouvelle agression. Et sans leur demander d'en partager les frais !

— Ils apprécieront cette marque de bonté et de compassion, opine le sénéchal en souriant.

Le petit homme s'en retourne, ses documents sous un bras, glissant comme une souris jusqu'à la porte, sa robe brune balayant le dallage.

Dès qu'il est seul, Hugues se laisse tomber sur sa chaise. Il pose les coudes sur la table et prend son front entre ses mains. Habituellement, il aurait été enjoué à l'idée de préparer la nouvelle foire. Le moindre des problèmes à régler l'aurait exalté, l'obligeant à chercher une solution susceptible de servir au mieux les intérêts de chaque partie. Mais, cette fois, le sénéchal l'a ennuyé. Sa voix pointue lui a vrillé les tympans, à lui faire mal. Il en conserve un écho métallique dans les oreilles.

Son esprit traditionnellement léger et alerte lui semble désormais lourd et encombré. La mort de ses amis, celle de la femme et de la fille de Payns, y ont déposé une tumeur noire qui exhale la nuit d'épouvantables cauchemars.

Arcis et Basile lui manquent tant…

Tous les jours, du lever au coucher, leurs fantômes creusent en son âme un vide de désespoir qu'aucune prière ne peut réconforter.

Ils lui manquent comme de véritables frères. Les mains longues et osseuses d'Arcis qui prenaient les siennes avec tendresse, le regard de Basile, toujours lointain et rêveur…

Hugues se lève, se rend à une fenêtre et colle son front contre le verre froid. Il aimerait s'endormir ainsi, debout, pareil à une statue de pierre. Dormir en ne pensant plus à rien.

Un bruit de porte derrière lui. Des pas lents et lourds. Ceux de son frère Philippe.

Hugues se retourne sur l'évêque, ce géant bienveillant aux yeux d'enfant et au sourire d'ange. Tout auréolé de la lumière qui entre dans la pièce, il s'approche sans hâte, ouvre les bras en un geste d'accueil et prononce :

— Embrassons-nous, mon frère.

Le comte vient à lui, accepte l'accolade avec reconnaissance, embrasse une joue piquante et demande :

— As-tu fait bon voyage ? La neige ne t'a point trop gêné ?

— Ma roulotte a failli verser plus d'une fois dans les ornières, mais mon cocher est un homme d'expérience qui met un point d'honneur à ne pas jeter son évêque cul par-dessus tête ! Chose que je lui aurais sévèrement reprochée et jamais absoute, même s'il avait manifesté une sincère contrition !

Hugues aime la voix de son frère. Elle lui rappelle celle de leur père.

Se dégageant de leur étreinte, l'évêque remarque :

— Tu as mauvaise mine ! Ton teint est pâle et tu as maigri.

— J'ai quelques sujets de contrariété.

— Oui, je sais.

L'ecclésiastique se défait de la fourrure qui lui couvrait les épaules.

Hugues pousse un siège et propose :

— Assieds-toi, tu dois être moulu.

Philippe se laisse tomber sur le petit banc qui craque sous lui et dit :

— Le pape te livre une guerre sans merci. Il a libéré les Gardiens du Sang de leurs laisses et les a lancés à tes mollets ainsi qu'à ceux de tes amis. À ce propos, tu as agi avec légèreté en me faisant parvenir le récit de ton voyage à Jérusalem, puis la lettre m'informant de l'assassinat des chevaliers Arcis de Brienne et Basile le Harnais.

— Je pouvais répondre du messager à qui j'ai

confié ces plis. Il s'agit d'Émeric, de la maison de Payns. Un homme qui appartient à notre confrérie.

— Il aurait pu être intercepté !

La voix est forte.

— Tu as raison, admet le comte. Cependant, je souhaitais que tu sois mis au courant de la politique du pape à notre égard. Émeric avait mission de brûler ou de déchirer les messages s'il avait été pris dans une embuscade.

— Je n'entends pas grand-chose à ces affaires d'espionnage ; néanmoins, je pense que la prudence est certainement une vertu indispensable pour mener à bien ce genre d'entreprise.

— Es-tu venu jusqu'ici pour m'agonir de remontrances ainsi que tu le faisais lorsque nous étions enfants ?

L'évêque éclate d'un grand rire qui lui secoue la poitrine. Les larmes aux yeux, il répond :

— Tu as toujours pris mes conseils pour des reproches, Hugues ! Gamin, tu n'étais que nerfs en mouvement, battant des jambes et des bras à en mouliner l'espace des heures durant en d'imaginaires combats. Malgré ma force et ma taille, je consacrais la plupart de mon temps à lire, écrire et compter. Te souviens-tu de nos maîtres qui te forçaient à rester en place pour écouter leurs leçons ? Combien de fois t'ai-je soufflé les réponses à tes problèmes, les rimes de tes poésies ?

À cette évocation, Hugues sourit.

— J'avoue que tu m'as souvent été d'un grand secours, concède-t-il. Je n'ai oublié ni ta sagesse, ni ta bonté envers moi. Tu m'as réconforté à de nombreuses reprises et, aujourd'hui encore, te savoir à mon côté me soulage. Et m'inquiète aussi ! Ton messager m'a dit que tu avais une nouvelle d'importance à me communiquer…

— En effet. Cette information devrait plutôt vous satisfaire, toi et tes compagnons.

— Veux-tu attendre que nous soyons tous réunis pour nous la délivrer ? J'abrite nos amis depuis l'attaque du domaine de Payns par les Gardiens du Sang, et j'ai mis à la disposition de maîtres Ferrer, Schelomet et Eliphas une grange qu'ils ont transformée en laboratoire, Eliphas demeurant cependant le plus souvent en forêt d'Orient.

— Tu demanderas aussi au fils de Payns de participer à notre conférence. Je meurs d'impatience de m'incliner devant lui.

— Je comprends, dit le comte. Je comprends…

4

La bénédiction de Maurin

Les chevaliers se sont réunis et boivent du vin chaud coupé d'eau et sucré au miel devant la cheminée géante qu'un valet a alimentée en grosses bûches avant de s'éclipser, intimidé par tous ces personnages graves, austères et silencieux.

Certes, le valet s'est demandé pourquoi un enfant, le fils de Payns, avait été convié à participer à cette assemblée. Il ne connaîtra sans doute jamais la raison ; ce sera l'objet d'interminables discussions et de longues supputations avec les autres domestiques…

Le comte Hugues repose sa coupe sur la grande table de chêne et, donnant une petite tape dans le dos de son frère, dit :

— Voici mon frère Philippe, qui a fait le voyage depuis son évêché de Châlons pour venir nous communiquer une chose d'importance.

— Acceptez nos respects, Monseigneur, fait Payns.

L'évêque sourit et, s'approchant de Payns, précise :

— C'est plutôt à moi de mériter les vôtres, chevalier. Je sais qui vous êtes ; Hugues m'a instruit à votre propos. Je connais tout de vous… Tout ! Votre pèlerinage à Jérusalem, où vous avez pu pénétrer dans la tombe de Thomas. La découverte du suaire avec les cinq Signes que vous vous êtes partagés. Le combat que vous livrent le pape et les Gardiens du Sang. Les décès qui vous ont frappé…

Hugues intervient :

— Philippe est notre allié au cœur de l'Église.

— Je sais aussi ce que vous avez entrepris sur vos terres, reprend l'évêque. Hugues m'a appris que vous creusiez un tombeau pour… pour recevoir les restes de Notre-Seigneur Jésus-Christ. L'ouvrage est-il bien avancé ?

— Vous m'étonnez, Monseigneur ! s'exclame Payns.

Philippe semble amusé, et c'est presque en riant qu'il ajoute :

— En quoi puis-je vous surprendre ? Parce que je parle de la dépouille du Messie ? N'est-il pas vrai qu'il n'est pas mort sur la croix, qu'il a vécu une longue vie et laissé une descendance ?

— Justement ! réagit Payns. Sur quelle base peut reposer votre foi si vous acceptez le fait que le miracle de la résurrection ne s'est pas produit ?

— Que Jésus n'ait pas été crucifié ne lui interdit pas d'avoir reçu la grâce divine. La sainteté n'est-elle subordonnée qu'au martyre ? Je crois sincèrement que Notre-Seigneur était Fils de Dieu… *Gratias agamus Domino Deo nostro. Dignum et justum est*[1].

1. Rendons grâce au Seigneur notre Dieu. C'est digne et juste.

— *Amen !* lance Geoffroy sur un ton maussade que l'évêque feint de ne pas avoir décelé.

Philippe ajoute :

— Comme tous les hommes… Oui, tous les hommes sont enfants de Dieu !

Geoffroy élève la voix pour réagir :

— Les tueurs du pape appartiennent-ils à cette famille, Monseigneur ?

— Geoffroy ! le retient Payns qui a remarqué que son ami avait déjà bu trois coupes de vin sans même respirer.

— Laissez, dit Philippe avec douceur. Ce chevalier me demande de nuancer le degré de fraternité qui lie les hommes. Il ne me tend pas un piège en me posant cette question. Du moins n'est-ce pas ainsi que je la considère. Je sais malheureusement que le genre humain a engendré de malfaisants personnages qui ne craignent pas le courroux de Dieu en mentant, tuant, pillant… Certains massacrent même en se réclamant de leur Créateur. N'oubliez pas qu'à l'origine des temps, selon la Bible, les frères se déchiraient déjà…

— Vous parlez des fils d'Adam et Ève, l'interrompt Geoffroy. Caïn tua Abel, qu'il jalousait. Et Dieu marqua Caïn au front. Comme fait l'homme à la hache sur ses victimes !

Philippe pose une main sur l'épaule de Geoffroy.

— Je ne suis point venu soutenir une thèse théologique devant vous, quoique celle-ci mériterait qu'on s'y attarde, articule-t-il à voix basse. Je voulais vous parler de notre Saint-Père.

Les hommes referment leur cercle autour de l'évêque. Payns attire son fils pour l'intégrer au groupe.

Philippe reprend :

— Le pape poursuit son séjour à Reims. Il tarde à regagner son palais, où les affaires de l'Église sont actuellement dirigées par son fidèle camerlingue. Mais ce qui peut vous intéresser au plus haut point, c'est qu'il s'est rendu à deux reprises dans un modeste monastère de mon diocèse, non loin de Châlons. Deux visites très discrètes qui me sont néanmoins venues aux oreilles.

Le comte Hugues précise :

— Mon frère a l'ouïe fine lorsqu'il s'agit des petits secrets du clergé !

— Surtout quand ces mystères entourent la personne du souverain pontife et que ce dernier s'évertue à dissimuler ses allées et venues sur les terres chrétiennes de Champagne !

Puis, sortant un parchemin de sous son manteau, l'évêque Philippe ajoute :

— J'ai dessiné moi-même une carte de la région afin de vous montrer où se situe le monastère de Sainte-Ménehould dont je vous parle.

Il étend le vélin sur la table, entre les coupes de vin. Les hommes se penchent avec lui sur le plan qu'il décrit :

— Voyez… C'est là, à quatre lieues à peine au nord du hameau de Cormeux. Le pape y aurait rencontré un inconnu hébergé par les moines. Un homme étrange, à ce que j'ai ouï dire. Silencieux et sombre comme la nuit !

Geoffroy frappe un grand coup de poing sur la table, ébranlant coupes et aiguière.

— Serait-il possible que… ?

— L'homme à la hache se cacherait là ? se demande Payns à voix haute.

— Je n'ai pas dit cela, chevalier, précise l'évêque en se redressant. J'ai seulement parlé de deux rendez-vous fort discrets du Saint-Père en ces murs.

— Allons, Philippe, le raille Hugues, la nuance n'est pas ton fort ; tu nous as délivré une information capitale. Avoue que tu penses comme nous !

L'évêque hoche sa lourde tête de gauche à droite, les sourcils arqués. Une expression de gros chien contrarié.

— Sans doute, oui… Sans doute, convient-il. Mais… j'aurais tant souhaité ne pas avoir à trahir le Saint-Père. Vous rendez-vous compte de ma position ? Je ne me sens guère à l'aise avec le fessier entre deux bancs ! D'une part, je ne puis cautionner les agissements du souverain pontife ; d'autre part, je demeure sous sa tutelle. Non, décidément, je me sens écartelé et souffre grandement de cette inconfortable situation.

— Nous le comprenons, annonce Payns. C'est pourquoi nous vous remercions d'avoir fait cette démarche.

Philippe hoche derechef la tête, paupières closes. Et dit :

— Je pourrais me tromper… Après tout, le pape Pascal connaît peut-être quelqu'un dans ce monastère. Un frère auquel il aime à se confesser. Une âme qui sache écouter…

— Que fais-tu de l'inconnu qu'abritent les moines ? rétorque le comte.

— Nous devrions vérifier que ce mystérieux personnage est bien le criminel avant de porter un jugement, précise l'évêque.

— Nous le ferons, articule Payns avec fermeté. Je vous assure que nous le ferons sans tarder, Monseigneur. Votre nom ne sera jamais cité ; le pape ne saura pas d'où nous est venue l'information.

— Je vous en sais gré, chevalier.

Puis l'évêque se tourne vers Maurin et, à la grande surprise de celui-ci, s'agenouille devant lui en disant :

— Je dois me retirer, mais, auparavant, j'aimerais obtenir une faveur de ce jeune garçon : Maurin, n'est-ce pas ?

— Moi ? lâche l'enfant. Que puis-je pour vous ?

— Pose ta main sur ma tête, mon garçon. Et bénis-moi.

— Vous bénir ? Mais je ne suis pas habitué à ce genre de chose, Monseigneur. C'est là une affaire à laquelle je n'entends rien…

— Obéis, mon fils, ordonne doucement Payns. Bénis Monseigneur Philippe comme il t'en prie.

Maurin avance la main droite. Il tremble un peu. Et met sa paume sur le front de l'ecclésiastique, se demandant combien de temps il doit l'y laisser.

L'évêque dit alors :

— Tu es le dernier-né du sang de Jésus. Tu es Fils de l'homme par ton père, par tes ancêtres, par Dieu. Et par le sang du Christ, un jour viendra où le frère cessera de tuer son frère. Où l'homme aimera l'homme… *Deo gratias*[1].

Philippe se redresse et sourit à l'enfant.

---

1. Rendons grâce à Dieu.

— Merci, Maurin. Tu viens de me faire un merveilleux présent.

Et le prélat, après avoir donné l'accolade à chacun des hommes réunis dans la pièce, se retire de sa pesante démarche, légèrement voûté, les bras ballants, pareil à un ours fatigué.

Le silence… Un long silence au cours duquel les chevaliers échangent des regards que Maurin cherche à expliquer. Il comprend que c'est lui – l'enfant qui a béni un évêque – qui est au centre des pensées des trois hommes.

La voix de Geoffroy tonne soudainement, mal assurée, le ton forcé :

— Eh bien, allons-nous achever la journée dans ce silence de mort ? Pardi, buvons en compagnons. À moi, frères de Champagne ! Buvons à tous ceux que nous aimons et qui nous manquent !

Hugues et Payns se joignent au toast avec réticence et s'obligent à boire encore un peu de vin tandis que Geoffroy vide sa quatrième coupe d'une seule goulée. Un rot retentissant et un claquement de langue soulignent tout le plaisir qu'il vient de tirer de cette nouvelle rasade.

Le comte n'a pas le cœur à sourire de son ami. En tout autre moment, il l'aurait certainement moqué, raillant généreusement ses pommettes rouges, les vaisseaux écarlates qui strient le blanc de ses yeux, la sueur de son front…

Hugues repense à ce que son frère leur a appris.

— Je suis partisan que nous nous rendions au monastère dont nous a parlé Philippe, annonce-t-il.

J'userai de ma qualité de comte, feudataire du roi, pour y pénétrer et y mener une enquête.

— Bien dit ! éructe Geoffroy en s'emparant de l'aiguière pour la cinquième fois. Buvons à cela aussi !

Mais Payns arrête son bras et enserre son poignet dans le puissant étau de sa main.

— Hé ! réagit Geoffroy. Tu me brises les os, l'ami !

— Je te casserai la tête s'il le faut, ivrogne ! Ne vois-tu pas que tu donnes un vilain exemple à Maurin ? Penses-tu qu'il soit digne de se comporter de la sorte en pareil instant ?

— Quoi ? Depuis quand Payns est-il donneur de leçons de morale ?

— Depuis que j'ai compris que tu te tuais lentement, mon frère. J'ai remarqué que tu buvais plus qu'à ton habitude. Cela a commencé à notre retour de Jérusalem. N'ai-je pas raison ?

Geoffroy baisse le nez comme un gamin pris en faute.

— C'est vrai, admet-il. Et je bois encore bien plus depuis la première mort qui nous a tous endeuillés. J'ignore par quelle magie tu parviens à accepter la vie, Payns. Tu as perdu deux frères, ta femme et ta fille… Cependant, tu es toujours animé de la même fougue, de cette foi déconcertante qui te pousse sans cesse en avant… Comment fais-tu ? Moi, tous les matins, dès que je me lève après une mauvaise nuit de cauchemars, je me plains de mon existence qu'un tueur évide comme un fruit blet ! Comment fais-tu ? Ce boucher nous a arraché nos amis et a exterminé la majeure partie de ta famille ! Il nous a déchiré l'âme en tuant nos proches ! Moi, je trouve que la vie est de plus en plus aride sans Basile, Arcis, Typhaine et Émeline…

Les derniers mots de Geoffroy ont été prononcés dans un sanglot.

C'est la seconde fois que Maurin voit un homme pleurer. Il y a eu son père… et Geoffroy, aujourd'hui. Le solide Geoffroy qui a bousculé tant d'adversaires au cours des nombreuses joutes où il s'est vaillamment illustré. Le fort et inébranlable Geoffroy, capable de ferrailler jusqu'à épuisement contre les plus célèbres compétiteurs de Champagne.

Il pleure. Ses épaules sont secouées par des spasmes brefs, presque ridicules.

Payns soupire.

— Cours te passer un linge mouillé d'eau fraîche sur le visage, lui commande-t-il. Et force-toi à vomir tout le vin qui t'encombre l'estomac avant de nous revenir. Tu m'as entendu ?

Geoffroy relève le nez. De grosses larmes coulent sur ses joues rebondies.

— Oui, tu as raison, Payns, pleurniche-t-il. Tu as d'ailleurs le plus souvent raison.

— Avec toi, ce n'est guère un exploit !

Geoffroy se retire, le pas mal assuré, l'équilibre précaire.

Payns attend un peu avant de dire :

— Sait-il combien nous l'aimons, cet animal ?

5

La visite

Maître Landéric Rogemourd et son fils Nizier descendent de leur monture. Ils ont mis beaucoup de temps pour revenir de la forêt d'Orient. Le vent charriant sa neige les a cinglés de face tout au long du chemin, les abrutissant de ses hurlements et de son froid.

— Je ne sens plus mes jambes ! s'exclame le charpentier en s'ébrouant pour faire tomber la neige de la fourrure de son col. Nous allons nous préparer une bonne tisane : thym, aubépine, sureau et aspérule odorante. Et, ma foi, je crois même qu'une bonne dose de vin doux en plus ne sera pas pour nous déplaire. Qu'en penses-tu, Nizier ?

— J'y compte bien, père.

— Ta main ? Souffres-tu encore beaucoup ? Dans ce cas, j'ajouterai des graines de *Papaver somniferum* plutôt que du vin.

— Je ne vois pas d'inconvénient à ce que tu mettes les deux ! À moins que tu ne souhaites que nous retournions au travail séance tenante ?

— Non point. Je dois d'abord étudier les plans que

maître Eliphas m'a confiés. Je partirai ensuite à la recherche de bons ouvriers qui ne demanderont pas mieux que de se mettre à l'ouvrage. Cela ne manque pas, parmi tous les membres de la guilde. Je saurai être exigeant et n'engager que les meilleurs. C'est que j'ai une réputation à soutenir, moi !

Rogemourd a repris les brides du percheron, qui n'a pas relevé l'échine depuis qu'il s'est remis en route.

— Viens donc, lui crie le charpentier. Viens, le Gris… Je vais te bichonner comme tu le mérites !

Soudain, un sifflement violent, rapide. Un objet qui passe entre Rogemourd et Nizier. Puis un choc dans le bois de la porte de l'atelier.

— Gravelle du Diable ! jette Rogemourd. Quel est le merdailleux qui s'amuse à nous faire peur ?

— Regarde, père.

De sa main blessée, Nizier désigne l'huis sur lequel s'est fichée une hache.

Un grand rire pointu éclate alors. Le père et le fils se retournent. Reconnaissant la silhouette de l'homme qui a amputé Nizier, Rogemourd prend ce dernier contre lui dans un geste de protection dérisoire.

Le tueur saute à bas de son cheval et, lentement, de son pas de chat, vient récupérer son arme.

— Tu vois, Landéric, prononce-t-il, à un pouce près la tête de ton fils éclatait comme une courge ! Mais ce n'était pas son heure. As-tu quelque chose à m'apprendre ?

— Bien peu en vérité, articule le charpentier en faisant disparaître Nizier sous un pan de son large manteau.

— La vérité, justement… Elle est garante de la vie

de ton fils. Je n'ose pas imaginer que tu prendrais le risque de me mentir.

— Ce n'est pas mon intention ! J'ai reçu mission de mon travail dans la petite chapelle dont je vous ai déjà parlé. Il y avait là le seigneur Hugues de Payns, le chevalier Geoffroy de Saint-Omer et l'architecte Eliphas que l'on m'a enfin présenté. Je dois réunir une compagnie de charpentiers dans la semaine et commencer à tailler le bois selon les plans d'Eliphas. Au jugé, j'en aurai pour deux bons mois d'ouvrage. Il a également été convenu que je livre au fur et à mesure les pièces abouties qui sortiront de mon atelier.

— C'est bien ; reste-moi fidèle, et ce garçon vivra. N'oublie pas que j'éprouve un certain plaisir à tuer ceux qui trahissent ma confiance. J'ai déjà fauché de nombreuses âmes pour le compte de Dieu.

— Vous pouvez vous reposer sur ma sincère dévotion, seigneur, dit maître Rogemourd d'une voix blanche. Je vous transmettrai avec une grande franchise toutes les informations que je recueillerai en forêt d'Orient. Vous n'aurez pas à vous plaindre de moi. Mais vous devez comprendre que je ne suis qu'un simple charpentier et que les chevaliers ne me mettront pas dans la confidence. Comme je vous l'ai déjà dit, l'ouvrage dirigé par maître Eliphas a été soigneusement compartimenté ; les corps de métiers, à ce que j'ai compris, travailleront sans aucune concertation.

— Ces maudits Champenois sont malins ! Il leur faudra néanmoins des compagnons expérimentés pour unifier à un moment donné toutes les parties de leur chantier.

— Ils feront sans aucun doute appel aux hommes

du comte Hugues, messire. Il y en a déjà de nombreux sur le terrain. Terrassiers et gardes…

— As-tu une idée de ce qu'ils bâtissent ? demande le tueur en retenant son camail que le vent a failli défaire.

— Impossible ! Ils ont élevé une très haute palissade sur un îlot et protègent ainsi leur entreprise. Je pourrai deviner la nature de celle-ci lorsque j'aurai étudié les plans de maître Eliphas.

— Le Tombeau…, murmure le tueur.

— Pardon, messire ?

— Non, rien.

L'homme tourne les talons, s'apprête à rejoindre sa monture quand il marque un temps d'arrêt et lance par-dessus son épaule :

— Tu auras bientôt une nouvelle visite de ma part, Rogemourd. Bientôt ! N'oublie pas que le fil qui retient la vie de ton fils est ténu. Je pourrai le trancher sans remords lorsque je le désirerai. Conserve toujours à l'esprit cette menace et tu seras un fidèle serviteur de la cause que je défends.

Puis il enfourche son cheval et le pousse à avancer d'un coup sec de ses talons dans les flancs.

Une fois le tueur disparu, Nizier s'écarte de son père pour lui dire :

— Tu t'es rendu parjure pour me protéger !

— Oui, je suis un renégat… Mais cet homme est Satan en personne ! Et j'ai fait un pacte avec lui. Je lui ai vendu mon âme !

— Ne crois-tu pas que tu te sentirais plus libre si je m'éloignais de toi pendant une certaine période ? Je pourrais aller habiter chez ta sœur, à Louvoy…

— Il te retrouverait, fils. Je suis certain qu'il te retrouverait. C'est de moi et de moi seul qu'il a besoin. Tu n'es qu'une monnaie avec laquelle il joue pour m'asservir. Cet homme éprouve manifestement un malsain plaisir à faire souffrir son prochain ; nous gagnerons à ne pas le contrarier !

Rogemourd ouvre la porte donnant sur une petite cour. La neige, qui a redoublé, recouvre désormais tout le sol.

Maussade, le cœur battant douloureusement dans sa poitrine, le charpentier conduit le percheron à son écurie.

— Va faire chauffer de l'eau, demande-t-il à Nizier. Je frotte le Gris à la paille et je te rejoins.

L'enfant entre dans la maison.

Rogemourd ramasse une petite brassée de chaume et commence à frotter le percheron, dont la peau est toute fumante.

« Un tombeau, pense-t-il. Qu'a-t-il voulu dire ? Quelle sépulture nécessiterait autant de mystères ? Tant d'hommes au travail pour un tombeau ? »

*

* *

— *Sanctus, sanctus, sanctus, Dominus Deus Saboth*[1]...

Il hurle dans le vent.

— *Sanctus, sanctus, sanctus, Dominus Deus Saboth !*

---

1. Saint, saint, saint, le Seigneur Dieu des armées...

Il hurle et chante, son capuchon baissé pour que le froid lui gifle le visage, prenant chacune de ses morsures pour une caresse de Dieu.

— *Sanctus, sanctus, sanctus, Dominus Deus Saboth !*

Il est seul au monde. Seul avec son Dieu de colère qu'il servira jusqu'à son dernier souffle.

Pour Lui, il fauchera encore et encore. Sa hache tranchera la main droite des derniers chevaliers champenois. Et il récoltera cette moisson de secrets que le tombeau de Thomas l'Imposteur a exhalée.

Puis il démembrera et réduira en poudre la dépouille du Christ dont il jettera les poussières au vent.

Ainsi, tout ce qui a été écrit sera la Vérité.

La Vérité intangible qui se répandra dans les siècles à venir.

— *Memento, homo, quia pulvis es, et in pulverem reverteris*[1].

L'homme à la hache passe un doigt sur la cicatrice que la blessure infligée par Basile le Harnais a laissée sur sa joue.

Il sourit.

Il sourit en se remémorant la mort grotesque du chevalier. « Le croupion en l'air, le nez dans la neige, le dos fendu, pissant tout son sang ! »

---

1. Souviens-toi, ô homme, que tu es poussière et que tu retourneras en poussière.

6

La Chaîne d'union

Hugues de Payns a convié Hélène à se rendre dans la grange transformée en laboratoire pour participer à une réunion en présence des chevaliers champenois, de Maurin et de maîtres Ferrer et Schelomet.

Pour Maurin, la pièce ressemble à l'identique à celle où les hôtes de son père restaient enfermés des jours entiers avant l'attaque des Gardiens du Sang : les mêmes cornues, fioles, flacons et vases, les lutrins supportant de grosses liasses de parchemins, les tableaux d'ardoise recouverts de signes, de lettres, de nombres, ainsi que les maquettes à l'architecture compliquée…

Et aussi le grand rideau qui scinde la salle en deux et cache, comme dans la précédente, un mystère qui intrigue l'enfant.

Payns s'écarte devant dame Hélène, qui pénètre dans ce cabinet pour la première fois.

— Entrez, madame, lance Schelomet de son ton enjoué. Entrez et ne faites pas attention au désordre.

Ferrer débarrasse un petit banc des vélins qui le recouvrent et invite la jeune femme à s'asseoir.

— J'ai préparé un excellent apozème revigorant, ajoute Ferrer en se rendant à un fourneau. Il faut bien admettre que la Champagne nous a habitués à ses rudes hivers, mais en avons-nous déjà vécu de si longs ? La nature parviendra-t-elle à bourgeonner un jour ?

— Vous avez raison, répond poliment Hélène en acceptant le bol fumant qui lui est présenté.

— Dame Hélène n'est point venue pour discourir sur les tracas causés par cette damnée saison, grogne Payns avec impatience. Nous l'avons invitée pour l'instruire au sujet d'I.N.R.I.

— Certes, ce n'était qu'une entrée en matière, Payns ! dit Ferrer avec une pointe de contrariété.

Changeant volontairement le timbre de sa voix pour paraître plus aimable, Payns se reprend :

— Excuse-moi, mon ami. J'admets qu'il m'arrive d'être un compagnon peu charitable, ces jours-ci. Les deuils m'ont aigri le caractère.

— Tu es pardonné, le rassure Ferrer.

— Soit, poursuit Payns. Vous connaissez une partie du sens de ces quatre lettres, Hélène. I.N.R.I… Vous les avez découvertes dans le journal d'Arcis.

— Oui, répond Hélène, vous êtes descendus dans le tombeau de Thomas, à Jérusalem. Jésus y avait séjourné trois jours et trois nuits. Pris d'une illumination, il avait tracé cinq Signes sur le suaire de son frère.

— I.N.R.I. *Igne Natura Renovatur Integra*. Ce n'est que l'un des sens de la formule du Christ… « Par le feu, la Nature est intégralement renouvelée. » Mais I.N.R.I. se traduit aussi par *Ineffabile Nomen Rerum*

Initium, qui signifie : « Le Nom ineffable est le commencement des choses. » Le nom de Dieu !

— Dans la Tradition, le nom de Dieu ne se prononce pas, ajoute Schelomet, et il ne s'écrit que sous la forme d'un nombre.

— C'est ce nombre qui est la Clef de l'immortalité, précise le comte. Et il est là, dans ces cinq Signes… Il est la somme de tout ce qui a été, de tout ce qui est et de tout ce qui sera !

— Ce nombre est la Clef de la transmutation, scande Payns.

Tout en suivant avec intérêt ces propos, Maurin s'est approché de la tenture scindant la pièce en deux. Malgré l'opacité de la toile, l'enfant devine là-derrière une lueur. Une singulière lumière jaune qui parvient à traverser la grossière étoffe par quelques mailles distendues.

L'enfant aimerait tirer ce rideau. Il lui suffirait d'étendre le bras. Et, d'un coup rapide, il apprendrait… Il saurait enfin ce que son père et ses amis dissimulent dans cette seconde salle.

Cette nitescence… cette chaleur, ces légers bruits de bouillonnement…

Dans son dos, Payns parle :

— La Mort… Jésus a vaincu la Mort en mêlant à son sang la solution alchimique dont il eut la révélation dans le tombeau de son frère. Un sang éternel ! Un sang qui se régénère de lui-même dans le feu de Dieu ! Iod, le principe créateur… Naïn, la substance initiale… Rasit, la continuelle mutation de la Création… Iod, de nouveau, le principe créateur auquel tout revient… I.N.R.I…

Et Schelomet de préciser :

— Les docteurs hébreux employaient ces autres mots : Jamaïn pour l'eau, Nor pour le feu, Rouach pour l'esprit et Jabashah pour la terre. Soit le sel, le soufre, le mercure et l'azoth, l'élixir de vie !

Tous marquent alors un long silence que dame Hélène se résout à rompre :

— Cela signifie que Jésus, dont vous avez caché le corps, est… en attente de… ? en attente de ressusciter ?

— C'est cela, affirme le comte Hugues.

— Mais vous, Payns ?

— Oui ?

— Vous êtes de sa lignée ! Car je me souviens maintenant d'une phrase énigmatique des mémoires de mon regretté Arcis : *Béni soit le sang de Payns et de son fils Maurin ; par eux le sang de Jésus poursuivra de traverser les siècles !*

Maurin s'est retourné. Il regarde son père. Celui-ci lui lance un sourire et dit :

— Cependant, Maurin et moi ne sommes que de simples mortels. Mon aïeul expérimenta sur lui-même le principe d'I.N.R.I. longtemps après avoir enfanté. Et il fonda ensuite l'ordre des Frères Premiers, auquel il confia la charge de préserver le Secret et de veiller sur sa dépouille.

— Nous sommes les héritiers de son savoir alchimique, souligne le comte.

Un geste… Maurin n'aurait qu'à le faire promptement tandis que ses aînés entourent dame Hélène, qui paraît d'ailleurs fort troublée par ce qu'elle apprend.

Écarter un pan du rideau et jeter un coup d'œil.

Quelques secondes dérobées à l'attention de son père… juste quelques secondes.

Maurin agit vivement. Il voit. De lourdes et massives cornues de fonte, des athanors dans lesquels cloque du métal en fusion. Une matière dorée…

Une main rabat brutalement la tenture.

— Décidément, que nous soyons dans ce laboratoire ou dans celui de ton père, tu te comportes comme un incorrigible curieux ! le rabroue Ferrer. Chaque leçon vient à point, et il n'est pas bon de brûler les étapes !

— Ce que j'ai vu, là…, bredouille l'enfant.

— Tu as vu des marmites, des chaudrons et des cornues, c'est tout !

— Et un étrange liquide en ébullition, affirme Maurin avec assurance. Cela ressemblait à s'y méprendre à de l'or.

— Viens, Maurin, lui ordonne Payns. Tu sauras bien un jour !

L'enfant rejoint son père à regret. Ce dernier lui prend la main droite en disant :

— Formons un instant la Chaîne d'union. Si vous le souhaitez, dame Hélène, vous pouvez vous associer à nous en mémoire de notre frère Arcis. Néanmoins, je comprendrai que vos convictions et votre foi vous incitent à refuser.

Hélène tend ses mains et, souriant :

— Non point, mon ami. Acceptez-moi dans votre chaîne ; vous parlez de fraternité et d'amour, cela me convient. Et ce sera un honneur que de tenir la main d'un descendant de Notre-Seigneur Jésus-Christ…

Payns l'invite alors à se placer entre lui et le comte. Puis, lorsque tous se sont liés, il explique :

— Jésus et ses disciples agissaient déjà ainsi. Les frères, au cours des siècles, ont répété le cérémonial institué par le Premier Maître. C'est de cette manière que perdure la Tradition. Que nous la transmettons afin de ne jamais la perdre…

Le comte Hugues poursuit :

— Nous nous unissons aux morts de notre cause pour poursuivre leur œuvre…

Payns, plus fort :

— *Igne Natura Renovatur Integra*. Par le Triangle, l'Hexagramme, l'Omega, la Croix et le Tau… Par la chair et l'esprit immortels du Christ, nous jurons de préserver éternellement le savant mystère du Grand Œuvre. Et la conscience viendra du mariage de l'étoile avec le triangle en son cercle. Et la vie renaîtra de l'Unité fractionnée formant le Tau. L'Unique sera multiplié et recouvrera l'esprit.

Tous les hommes, en chœur :

— Par I.N.R.I. !

— Rompons la Chaîne, mais gardons-la intacte en notre âme.

Ils lèvent et baissent leurs bras par trois fois. Hélène et Maurin font de même. La jeune femme se détourne pour dissimuler les larmes qui lui coulent sur le visage.

Payns, qui s'en est rendu compte, la prend par les épaules et l'attire à lui.

— Qu'y a-t-il, dame Hélène ?

— Cette phrase… « Nous nous unissons aux morts de notre cause pour poursuivre leur œuvre » ! Je n'ai pu m'empêcher de penser à la mort d'Arcis, à son bras mutilé… Et votre main serrant la mienne… j'ai imaginé un instant que c'était la sienne ! Oui, j'ai eu fugitivement le sentiment qu'il s'était imposé dans cette chaîne. Qu'il était venu me faire comprendre qu'il me protégerait… Est-il raisonnable de concevoir de pareilles chimères, Payns ?

— C'est au contraire très sain. Nous ignorons tous de quelle manière se comportent les âmes au-delà de la vie ; peut-être certaines d'entre elles, plus affectueuses, plus fidèles que les autres, trouvent-elles le chemin pour venir nous visiter ?

— Je croyais que les âmes des défunts n'avaient le choix qu'entre quatre voies : le purgatoire, le paradis, l'enfer, et les limbes pour les malheureux enfants non baptisés…

— Allons, dame Hélène, ceci n'est que patois d'église ! Que faites-vous de la mémoire et des rêves des vivants ? Là aussi, nos morts trouvent de chaleureux abris.

Un voile obscurcit un moment le regard de Payns qui reprend :

— Typhaine et Émeline ont pris place dans ma mémoire. Elles y reposent mieux que dans la plus belle des chapelles. Elles me parlent souvent, profitant de la nuit, alors que mon esprit est moins encombré des affaires du jour. Après chacune de leurs visites, le matin venu, je me sens plus serein et mon amour à leur égard s'en trouve plus affirmé.

— N'avez-vous point de haine envers celui qui vous les a ravies ? interroge Hélène en s'essuyant le visage sur sa manche.

— Ma haine reste intacte, je vous l'assure. Une

haine qui fera sans doute de moi un ignoble boucher quand je serai face à ce tueur ! Je le massacrerai sans une once de pitié. Je le réduirai à l'état de loque sanglante ! Et, si je dois le dépecer, l'éviscérer, le démembrer pour étouffer ma haine, je le ferai, dame Hélène. Je jure que je le ferai !

Maurin a entendu. Il s'est tourné vers son père. Et se surprend à frissonner en découvrant un autre homme : visage blême, vieilli subitement, yeux élargis brillant comme ceux d'un loup, mâchoires dures, lèvres livides.

Un court instant, l'enfant vient de voir un démon. Puis Payns, immédiatement, a effacé de son visage ce masque terrible.

Mais Maurin tremble sans pouvoir s'arrêter. Il tremble d'une haine qui ressemble à celle décrite par son père. Un sentiment immonde qui apaise cependant sa volonté de vengeance. Une émotion noire et glaciale qui lui procure un plaisir jusqu'alors inconnu.

S'il le pouvait, s'il était plus vieux, il mettrait tout en œuvre pour tuer l'homme à la hache…

Sa mère n'en finit plus de lancer un hurlement de terreur en courant, éperdue, dans les ténèbres de ses cauchemars.

7

Constance

Les chevaliers champenois ont décidé de se rendre le lendemain matin au monastère que le pape a visité discrètement à deux reprises. Payns a conseillé à Geoffroy de Saint-Omer de regagner son domaine, l'expédition pouvant très bien être menée par une poignée d'hommes armés de la maison du comte.

Sans renâcler, Geoffroy a accepté l'offre et quitte le palais d'Hugues dès midi, soulageant ses amis.

— Je préfère le savoir à l'abri en sa bastide que dans le combat, dit Payns. Il a été très affecté par tous les décès qui nous ont endeuillés. De plus, le vin, qu'il boit en abondance sans le couper d'au moins quelques gouttes d'eau, amoindrit ses réflexes.

Après le départ de Geoffroy, la journée s'étire dans l'aula du palais, devant l'imposante cheminée. Le comte lit de la poésie, Ferrer et Schelomet parlent des vertus de certaines plantes médicinales, Hélène évoque les nombreux moments de bonheur passés avec Arcis, Payns explique comment repousser la douleur par un simple contrôle de sa respiration… Et Maurin écoute. Il s'émerveille de tout. Des jolies rimes scandées par la voix du comte, des noms savants de plantes poussant en de lointaines contrées : *Aesculus hippocastanum, Carduus marianus, Galega officinalis, Rhamnus frangula*…

Le feu craque, emplissant l'atmosphère de sa chaleur capiteuse. Une suave indolence s'est emparée de l'assistance lorsque Constance, la femme du comte, vient saluer avec beaucoup de cordialité chacun des invités. Elle est de retour d'un long séjour à Provins où elle a veillé une tante à l'agonie.

Maurin a rarement vu une femme aussi douce et calme, parlant d'une voix chantante et lente, dessinant de ses longues mains pâles de belles figures dans l'espace, souriant des yeux et des lèvres.

— Tu te nommes Maurin, lui dit-elle. C'est bien toi, n'est-ce pas ?

— Oui, madame.

Elle le regarde longuement avec tendresse.

— Maurin, répète-t-elle. Mon mari m'a parlé de toi et m'a expliqué pourquoi nous vous hébergeons, toi et tes amis. Il t'a sans doute dit que tu pourrais rester chez nous autant que tu le désirerais. Tu partagerais l'enseignement et les jeux de nos enfants…

— Je vous remercie, madame, répond le garçon. J'ignore encore ce que mon père a décidé.

Constance se tourne vers Payns :

— Nous nous sommes vus quelquefois, chevalier ; nous nous sommes bien entendus et j'ai pu apprécier votre âme charitable et noble. Je suis certaine que vous vous occupez de votre fils avec beaucoup d'intelligence, mais je renouvelle mon offre ; s'il le souhaite, il pourra séjourner en ce palais.

— Vous êtes une femme de cœur, lui répond Payns. Je vais réfléchir à votre proposition. Il est évident que Maurin, en demeurant à mes côtés, souffrira parfois de solitude. Je suis le plus souvent un homme austère, et mes manières abruptes ne conviennent pas toujours à un enfant de son âge. Sa mère et sa sœur lui apportaient une bienveillance qui lui fera défaut sous ma seule tutelle. Toutefois, un lien nouveau nous unit l'un à l'autre : le chagrin ! Oui, dame Constance, le chagrin est un étrange ciment qui soude ceux qui ont perdu les mêmes parents aimés.

Constance hoche la tête, signifiant qu'elle comprend, et ajoute :

— Soit, vous verrez, Payns. Vous verrez avec le temps. Sachez seulement que notre porte sera toujours ouverte à Maurin. À n'importe quel moment !

Payns, s'inclinant :

— C'est là une belle et généreuse attention.

Constance invite ensuite les hôtes de son mari à l'accompagner dans la salle des banquets.

Payns s'arrange pour rester légèrement en arrière avec le comte, de manière à l'interroger discrètement :

— Quand tu as parlé de Maurin à ta femme, lui as-tu appris de quel sang il était issu ?

— Non, Payns. J'ai pensé qu'il était inutile de lui en parler. Il suffit bien que dame Hélène le sache.

— Cette dernière nous a juré de ne révéler ce secret à personne, et je gage qu'elle tiendra son serment après la trahison de son confesseur. Cette mésaventure l'a suffisamment ébranlée pour qu'elle ne la renouvelle pas.

— Il n'empêche que je me sentirai plus à l'aise quand nous aurons déposé le corps du Premier dans son tombeau et que nous nous serons débarrassés de l'homme à la hache.

— Nous retournerons le monastère de Sainte-Ménehould de fond en comble s'il le faut. Nous le trouverons !

Hugues soupire et prend le bras de son ami.

— Je ne suis pas un magicien comme toi, animé d'une telle détermination, Payns. Ces dernières semaines, il m'est souvent arrivé de douter. Je préférerais livrer bataille contre une armée de barbares plutôt que de devoir traquer cet ennemi. Cette ombre…

— Non, pas toi, Hugues ! Tu ne vas tout de même pas courber l'échine devant l'obstacle ! Que restera-t-il bientôt de notre confrérie ? Deux de nos frères gisant sous terre, Geoffroy s'abîmant dans l'alcool, et toi qui confonds un vulgaire assassin avec un fantôme !

Les deux hommes pénètrent dans la salle des banquets. Constance apostrophe son mari d'une voix légèrement réprobatrice :

— Il existe un temps pour chaque chose, Hugues : un temps pour les conciliabules, un autre pour honorer ses hôtes en les conduisant à la table de l'amitié.

— Je te demande pardon, ma mie.

Le comte, se forçant à sourire, frappe par trois fois dans ses mains et prie que l'on prenne place.

Constance ne le quitte pas des yeux. L'expression qu'elle lit sur son visage la désole intérieurement. Nul, en la voyant, ne pourrait toutefois imaginer qu'elle a la gorge nouée et le cœur serré.

« Son voyage à Jérusalem l'a vieilli de dix ans ! Où est passé mon Hugues ? Qui me l'a volé ? »

Elle aimerait pleurer.

Mais elle sourit. À tous. Elle sourit, conversant à droite, à gauche, s'intéressant, questionnant, réagissant. Elle incline la tête, tend une oreille attentive, ouvre grands les yeux, admet, consent, accepte. Ne réfute jamais.

Puis, par hasard, elle croise le regard de Maurin, posé sur elle si fortement qu'elle le ressent presque physiquement.

L'enfant semble lui dire qu'il a compris. Qu'il a deviné sa peine. Et qu'il sait qu'elle la tait, l'enfermant derrière un masque de civilité qui la brûle plus violemment qu'une jeune braise.

8
Le réveil de Geoffroy

Le lendemain, dès matines sonnantes, Payns et le comte Hugues, à la tête d'une troupe de six hommes, quittent le palais pour prendre la route malgré une forte tempête de neige.

Au même moment, Geoffroy de Saint-Omer se réveille dans sa chambre, une vaste pièce située au dernier étage de l'unique tour de sa claustrale bastide.

Le chevalier peine à quitter son lit que la nuit a rafraîchi. Ses reins le font souffrir, son foie lui rappelle que la veille, à son retour de Troyes, il a vidé trois ou quatre pichets du vin de ses propres vignes. Un vin aigrelet qu'il affectionne particulièrement, y retrouvant l'acidité de sa terre, la force de la craie, le parfum de bois humide.

Il s'assied, première étape avant de parvenir à la station verticale. Il demeure un long instant au bord de son lit, creusant de son poids le gros édredon de plumes.

Là, le souffle court d'avoir fait ce simple effort, il reprend contact avec la réalité. Lentement. Très lentement, il parcourt des yeux la chambre, la reconstruisant mentalement pour en imposer la matérialité à son esprit brouillé. La cheminée avec un baquet suspendu à sa crémaillère. Les braises moribondes posées comme des diamants sur un écrin de cendre grise. Une maie ventrue, décorée par un subtil artisan ébéniste, ferrée à ses coins. Deux tabourets à trois pieds. Une tablette accrochée à un mur et qui supporte une assiette contenant une pièce de viande figée dans sa sauce et un quignon de pain. Des étagères se cintrant sous des liasses de parchemins, des livres et des rouleaux. Un écu accroché non loin de la fenêtre : deux bandes verticales rouge et bleu passant sous un pélican blanc. Un évier en pierre. Un broc empli d'eau. Des habits à une patère. De la paille et des herbes sèches sur le sol fait de planches…

Il se lève. Le bois craque sous ses pieds. Il sait alors que l'on frappera bientôt à la porte. Gérard, qui dort juste au-dessous, n'attend que ce signal pour monter préparer la toilette de son maître.

Geoffroy soupire, regrettant de n'être pas déjà au printemps. Il s'inscrirait à quelque tournoi qui libérerait son esprit désormais confus et tourmenté.

Les armes à la main, on ne pense pas à ces choses qui encombrent l'âme et s'y accrochent comme les tiques à la chair des chiens !

On frappe doucement à la porte. Coups de griffes d'une souris.

— Entre, Gérard ! crie Geoffroy en tirant sur le bas de sa chemise.

Le vieil homme qui pénètre dans la chambre est maigre et sec, noueux, fait de peau tannée, de tendons durcis, d'os tors. Mains tavelées de minuscules fleurs brunes, cou décharné, cheveux rares en effiloches tombant sur les épaules, yeux ronds dans leurs trous d'ombre.

Petits pas. Frottis à peine perceptibles dans la jonchée de paille et d'herbe.

Il désigne l'assiette et le pain.

— Vous n'avez pas touché à votre souper, messire ! Mangerez-vous au moins ce matin ? Ce n'est pas le ventre creux que l'on commence une journée de froidure !

— Je n'ai pas faim, Gérard. Seulement soif !

Réellement désolé par l'état de son maître, le valet hoche sa tête de corbeau en faisant une grimace et en se lamentant :

— Vous n'êtes pas raisonnable. Vous êtes-vous regardé ? Vous avez le blanc de l'œil plus jaune qu'un poussin, des taches rouges sur les pommettes et de vilaines veines noires aux tempes !

— Comme tu y vas, l'ami ! s'exclame Geoffroy en riant. Jamais tu ne te serais permis de parler de la sorte à mon père.

— C'est que votre père ne buvait pas comme vous. Je me souviens même que, lorsqu'il a perdu votre mère, il a préféré soigner son chagrin par l'abstinence et les prières ! Un an, que cela a duré ! Un an, messire ! Il n'attendait pas les matines pour se rendre à la chapelle et communier. Oui, un bel exemple que cet homme-là ! Une foi à fleur d'âme, solide et parfaitement arrimée au corps !

— Je sais, Gérard. Je n'étais qu'un enfant, mais je n'ai rien oublié. Toi, par contre, tu sembles omettre que nous avons aussi perdu ma petite sœur à la même époque… Toute la population de Champagne a enterré le tiers de ses familles. On brûlait aussi les cadavres, parfois. Pour que la maladie ne se répande point.

— C'était sans doute la peste. Quant à votre sœur, je ne l'ai pas effacée de ma mémoire, mais elle n'avait pas atteint ses deux ans et elle s'en est allée au ciel sans péché, toute pure, pareille à un oisillon. Les adultes n'ont pas cette chance, messire… Lorsque Dieu les rappelle à Lui, ils ont pour la plupart leur besace pleine de minuscules fautes ou de gros péchés. Et cela les alourdit pour voler ! Nombreux sont ceux qui tombent comme des pierres dans la gueule de l'enfer.

Geoffroy hausse les épaules et dit :

— Tu n'es qu'un sot, Gérard ! Rien qu'une vieille tige qui radote !

— C'est ainsi ! Néanmoins, je ne mourrai pas dans la peau d'un ivrogne, moi !

— Tu mourras dans celle d'un animal sentencieux, toujours à piquer du bec tes semblables !

— C'est vrai, ma foi. Je picote en effet vos points faibles. Et Dieu m'en est témoin, vous en avez une multitude, messire !

Geoffroy ouvre les volets de bois, faisant grincer leurs pentures. Un peu de la fraîcheur des vitres épaisses entre dans la pièce et le dégrise. Puis, se retournant vers son valet :

— Ne me donne pas du « messire » à toutes les sauces alors que tu as remplacé mon père quand il s'est pendu…

— Ne parlez pas de cet affreux événement. Je vous

ai demandé de ne jamais le faire, avez-vous oublié ? Je vous avais dit que je ne resterais à votre service qu'à la seule condition que nous nous interdisions d'évoquer ce drame. J'aimais votre père comme un fils et ne me suis jamais remis de son décès.

— Excuse-moi, Gérard. Ce doit être l'air du moment qui me pousse à la mélancolie. Mais avoue que, pour un homme pétri de principes religieux, se donner la mort n'est guère conforme à l'enseignement distribué par nos savants abbés. Où crois-tu que l'âme de mon père s'en soit allée ?

En grognant, le valet verse le contenu du broc d'eau dans le baquet de la cheminée.

— Vous allez faire une bonne toilette, recommande-t-il, puis vous vous vêtirez, vous descendrez à l'office réclamer une pleine assiette de gruau chaud à Éloïse, et vous avalerez une miche de pain de seigle avec un peu de miel… Ensuite, *messire*, il serait bon que vous enfourchiez votre cheval le plus rétif pour lui apprendre à vous obéir au cours d'une vivifiante promenade autour de l'étang ; l'exercice vous sera autant profitable qu'à lui.

— Je te remercie pour ta sollicitude, mais il me faudrait une énergie que je n'ai plus pour t'obéir, se plaint Geoffroy en jouant avec sa chevalière.

— Eh bien, vous vous forcerez, par saint Jean !

Se dénudant le coude gauche pour le plonger dans le baquet afin de juger de la température de l'eau, le vieil homme ajoute :

— Je préconise une toilette à l'eau tiède, ce matin ! Ni trop froide, ni trop chaude… Votre sang a besoin d'être tonifié.

Geoffroy est revenu à la fenêtre. Il regarde l'étang gelé qui s'étend au pied de la tour. Une barque enchâssée dans la glace. Les saules courbés par des dizaines d'années de vent venu du nord…

La barque, il l'utilisait autrefois pour pêcher. Elle pourrit désormais, été comme hiver, mourant lentement comme la jeunesse du chevalier.

*

* *

La troupe du comte de Champagne a laissé le village de Cormeux dans son dos : quelques maisons et une grosse ferme écrasées par la neige. Pour parvenir au monastère de Sainte-Ménehould, les huit hommes ont ensuite emprunté une route encaissée entre deux hauts talus traversant une forêt de pins.

Les cavaliers mettent pied à terre. Hugues va tirer la chaîne actionnant la cloche d'alarme, qui égrène quelques notes grêles.

Bientôt l'huis est tiré, et apparaît derrière son grillage le visage émacié d'un moine à la peau grise auquel le visiteur commande immédiatement :

— Qu'on aille chercher le père supérieur et qu'on le prévienne que le comte de Troyes et de Champagne le demande sur-le-champ.

— Certes, certes…, bredouille le portier. J'y vais de ce pas.

Il se passe peu de temps avant que ne s'ouvre la porte. Un petit moine au visage inquiet accompagne le portier et considère les hommes armés en joignant les mains sur sa poitrine.

— Messire, que me vaut cet honneur ?

La réponse d'Hugues est sèche et cinglante :

— Mon temps est compté ; hébergez-vous un visiteur dans ce monastère ?

— Ma foi, certains pèlerins s'arrêtent en effet pour…

— Je ne vous parle pas de pèlerins, mais d'un hôte en particulier qui aurait tout intérêt à se cacher. Faut-il que je fasse fouiller le prieuré du sol aux charpentes ?

Le père supérieur se tord les lèvres et lance :

— Inutile, messire… Inutile ! Veuillez me suivre.

Deux gardes restent avec les chevaux ; les autres, dans les pas du comte et de Payns, pénètrent dans le monastère. Le père supérieur leur fait traverser une cour et les conduit à un cellier.

— J'ignore tout de cet homme, expose-t-il d'une voix mal assurée. Sauf qu'il se mortifie nu en plein froid en s'appliquant de bien douloureuses pénitences. Jamais je n'ai vu croyant se martyriser de la sorte… Il me semble que la torture ne vous confère pas le statut de saint, et qu'il est plutôt recommandé de se comporter généreusement avec son prochain pour accéder à la pureté.

Puis, devant une porte :

— Voici sa cellule. Nous avons transformé cette petite grange en chambre pour y accueillir les pèlerins qui demandent le gîte et le couvert. Si vous voulez y jeter un coup d'œil… L'homme s'en est allé tout à l'heure.

— Quand est-il parti ? demande Payns.

— Trois cavaliers sont venus le chercher peu avant votre arrivée.

Hugues et Payns pénètrent dans une pièce sans confort. Des murs grossièrement chaulés, une étroite cheminée où dorment des braises falotes, une table et un tabouret, un coffre, un crucifix au mur.

Le sol a été recouvert d'une paille ocre qui exhale une affreuse odeur d'humidité semblable à celle de l'urine.

Payns soulève le couvercle de la maie :

— Juste un baluchon et une sacoche… Seulement du linge !

Manifestement mal à l'aise, le père supérieur est resté sur le seuil et observe les deux hommes. Intimidé par la présence du comte, qui retourne lui-même la literie comme ferait un vulgaire valet.

— Rien ! dit Payns à regret. Nous nous trompons peut-être…

— Non, le coupe Hugues. Regarde ce que j'ai trouvé dans un étui caché dans son lit.

À l'extérieur, les gardes se sont approchés de la porte.

— Seigneur ! s'exclame Payns en parcourant le parchemin que le comte vient de lui tendre.

Sur la feuille de vélin ont été inscrits en rouge les noms d'Arcis de Brienne, Basile le Harnais, Geoffroy de Saint-Omer, Hugues de Champagne, Hugues de Payns et Hélène de Brienne. À chaque nom sont associés un chiffre et une croix : 1 pour Arcis, 2 pour Basile, 3 pour Geoffroy…

— La liste rouge ! souffle Payns. La liste qu'a évoquée le confesseur d'Hélène avant de mourir.

— Les noms de nos frères Arcis et Basile ont été

biffés, marmonne le comte. L'homme à la hache tient ses comptes comme un épicier !

— La canaille a décidé de nous tuer suivant un ordre précis, dit Payns. Et notre frère Geoffroy figure en troisième place !

Les deux hommes sortent de la cellule. Passant devant le père supérieur, le comte s'arrête, le prend au col et lui lance :

— Vous logez un criminel !

Le moine tente de se disculper derrière de nerveux claquements de dents :

— Je ne comprends pas… Cet homme m'était recommandé et… enfin, je…

— Ne parle pas trop, l'abbé ! Ta voix m'insupporte. Je sais qui a patronné ton hôte, mais il t'en cuira tout de même s'il arrive un nouveau malheur à l'un de nos amis.

Le père supérieur est au bord des larmes. Sa voix n'est plus que plainte et gémissements.

— Je vous l'ai dit… Je ne comprends rien à toutes ces affaires !

Peu de temps après, les huit cavaliers reprennent la route. Tandis qu'il mène sa monture au galop entre les ornières emplies de neige, véritables pièges pour les jarrets des chevaux, Payns tente de voir…

Voir. Deviner. Les événements que tisse déjà l'avenir…

Il projette son esprit loin en avant. Vers une bastide aux formes massives, une tour dominant un étang gelé, une barque prisonnière de la glace…

Vers Geoffroy de Saint-Omer, son ami.

9

L'ascension

L'homme, Robert le Roué, saute d'un pied sur l'autre, pestant contre le froid qui lui est entré dans la moelle, contre la neige mouillée qui lui a trempé les épaules et le dos.

Il se frappe les flancs, s'appliquant de grandes claques pour redonner de la vie à son corps qu'une longue attente a engourdi.

Certes, il s'est abrité sous la ramure d'un saule centenaire, coupé du vent, bien emmitouflé dans une grosse fourrure, mais cela n'a pas suffi à le protéger vraiment.

Maintenant il tremble comme une vieille carne brûlante de fièvre. Il ne cesse de se dire qu'il mourra bientôt. « C'est sûr, pardi ! J'ai la couenne dure comme du bois. Et toute gelée ! »

Il en est à se demander s'il ne devrait pas recommander son âme à Dieu, tout mécréant qu'il soit depuis son plus jeune âge, quand il perçoit un hennissement.

Il ravale les premiers mots d'une pauvre petite prière qui lui était venue aux lèvres, et offre une oreille attentive à la brise. Il entend un deuxième hennissement porté par le vent sifflant sur sa droite.

« Eh bien, les voici enfin ! J'ai tout de même cru que je m'étais caillé le sang pour rien. Jusqu'à la merde que j'ai chiée, tout en moi n'est que glaçon ! »

Il voit venir quatre cavaliers aux montures fumantes. Il reconnaît, chevauchant en tête, la silhouette du maître qui les emploie et que l'on ne nomme pas.

« C'est à se croire que le bougre n'a pas été baptisé ! Plus vite nous aurons achevé notre besogne et plus vite ce larron sortira de notre vie. Je ne le regretterai pas, c'est certain. »

L'homme à la hache saute à bas de son cheval.

— Je t'écoute, Robert.

— Le chevalier a l'habitude de rester dans ses appartements, au sommet de la tour. Ça bouge à peine, dans cette maisonnée ! Il a juste un vieux serviteur et une cuisinière à son service. Je suis venu tous les jours pendant une semaine, comme vous me l'aviez ordonné, messire… Et j'ai aussi interrogé les gens du bourg. Geoffroy de Saint-Omer n'est guère argenté, n'a point d'épouse et vit comme un ermite depuis son retour de Jérusalem. Il ne quitte que rarement sa bastide…

Les trois autres cavaliers descendent à leur tour de leur monture et s'approchent des deux hommes.

— C'est un véritable nid d'aigle ! s'exclame l'un des Gardiens du Sang. Comment pénétrer dans cette tour ?

— Par cette fenêtre, là-haut, répond l'homme à la hache. Je crois pouvoir l'atteindre sans trop de difficulté. J'ai exécuté de plus périlleuses acrobaties.

— Messire, dit le Roué, cette tour est bien haute !

Le tueur ne répond pas ; il s'engage déjà sur l'étang gelé où il progresse à son aise, lentement, avec assurance.

— Après tout, remarque le Roué, ce n'est pas mon affaire, notre maître a sans doute été mâtiné avec un chat dans le ventre de sa sorcière de mère, mais il s'attaque là à un rude morceau ! Il risque de se casser l'échine, ce qui serait grand dommage pour nous, car il n'a pas fini de régler notre solde.

— Veux-tu parier, Robert ? lui propose l'un de ses compagnons.

— Non pas ! Il suffirait que je mise contre lui pour que le Diable le pousse au cul et le propulse là-haut plus vite qu'un pet !

*

* *

L'homme à la hache a atteint la rive opposée. Il est au pied de la tour. Il en a évalué la hauteur avec précision tout le temps qu'a duré sa traversée de l'étang, répétant mentalement l'ascension qu'il doit maintenant effectuer.

De gros moellons saillants lui serviront de points d'appui et, lorsqu'ils manqueront, il pratiquera des encoches dans le mortier à l'aide de sa hache ou de sa coutille.

C'est avec une grande confiance en lui-même qu'il entame son ascension.

La pierre est glacée, glissante ; ses gants en peau de chevreau s'y accrochent cependant sans trop de difficulté.

*
* *

Geoffroy de Saint-Omer est seul dans sa chambre. Il n'est pas descendu déjeuner comme le lui avait conseillé Gérard. Il a préféré se servir une coupe de vin qu'il est en train de boire à petites lampées et qui lui cuit la gorge et l'estomac.

Il repense au puits qu'Eliphas fait creuser au cœur de la forêt d'Orient, sur les terres de Payns. Ce gouffre dans lequel il n'a pas osé descendre de peur qu'il ne se referme sur lui. Ce trou d'ombre…

Il lui faudra néanmoins puiser suffisamment de courage en lui pour y accompagner la dépouille du Premier lorsque les frères allongeront celui-ci dans son tombeau définitif.

Bientôt, sans doute. Aux beaux jours, comme se plaît à le dire Eliphas que l'organisation des travaux satisfait. Le chantier avance bon train !

L'architecte est de bonne nature. Les malheurs semblent glisser sur sa vieille écorce comme l'eau sur une pierre. Non qu'il n'éprouve pas de sentiments, bien au contraire. Il n'a pas son pareil pour consoler et réconforter de sa voix de rocaille l'ami dans l'affliction. Il ne s'apitoie jamais sur lui-même, affirmant que l'exercice n'en vaut pas la peine. C'est pourquoi il oublie aisément son âge, les douleurs qui l'accompagnent, la mort qui pointe son groin, les nuits d'insomnie.

Geoffroy déplore de ne pas posséder le millième de la philosophie d'Eliphas, que les nombreux deuils n'ont pas su détruire. Une femme morte dans sa vingt-septième année d'une méchante toux qui lui a fait cracher du sang tous les matins durant plus de six mois. Une fille emportée à quinze ans par une fièvre contre laquelle la science de Ferrer et de Schelomet – qu'il fréquentait déjà – resta impuissante. Un garçon de neuf ans renversé par une carriole et qui mit près de deux semaines à trépasser, la plupart des os brisés… Des voisins dirent à l'époque qu'Eliphas, ne supportant plus de voir son enfant souffrir le martyre, l'aida à rendre l'âme en l'étouffant avec un linge mouillé enfoncé dans la gorge.

« Le malheur, répète-t-il souvent, est du vilain sable noir que l'homme utilise comme ingrédient premier pour accomplir sa propre transmutation. Certes, il ne deviendra jamais un bel or pur ; toutefois, il participe à l'œuvre qui conduit à la Lumière ! Notre esprit est un caveau où nous conservons nos morts. Notre mémoire est un cimetière fleuri et serein ! »

Lui, Geoffroy, grosse brute courtaude, ours sans subtilité, mais cœur chaud et âme généreuse, n'est jamais parvenu à discipliner les fantômes qui le hantent.

Il a estropié, assommé, tué. Comme le font avec une saine conviction tous les guerriers. Les soldats, marauds et autres canailles qu'il a passés au fil de son épée ont tous rejoint le terreau de ses souvenirs et n'encombrent jamais ses nuits.

Pas eux. Mais les autres… Les frères, les amis. Typhaine, Émeline… Oui, ceux-là, les victimes innocentes, alourdissent son cœur. Ceux-là…

Il a achevé sa coupe. Veut s'en servir une nouvelle.

La tête lui tourne un peu. Il se lève pourtant, les jambes lourdes et tremblantes.

*
* *

— Vois-tu, Robert, tu aurais perdu ton pari !

— Pour sûr ! Il ne manque plus à messire que quelques malheureuses coudées pour atteindre l'allège de la fenêtre de l'appartement de Saint-Omer.

— Il ne lui restera plus qu'à réaliser un savant rétablissement et il prendra pied sur sa margelle.

— Ouais… N'empêche que l'entreprise ne sera pas terminée pour autant ; il va devoir s'accrocher à la chambranie, à la manière d'une araignée s'il ne veut pas glisser sur le paquet de neige déposé sur le rebord.

Puis un autre :

— C'est miracle à voir ! Regardez-le… Il se hisse à la seule force des bras pour atteindre les meneaux. Et voilà ! Le fauve va bondir dans l'appartement du Champenois et lui arracher la main droite d'un coup de griffe !

10

La chute

Geoffroy voit la grande et sombre silhouette se dresser derrière les vitres et ne comprend pas. Son esprit embrumé par l'alcool tarde à lui faire prendre conscience de ce dont il retourne.

Ce n'est que lorsque verre et bois volent en éclats sous un violent coup de hache qu'il saisit. Il en éprouve même presque du plaisir…

— Par saint Jean, la face d'ombre ! Le boucher du pape…

L'homme a jailli dans la pièce, se réceptionnant à trois pas du chevalier. En un bond il est sur lui, son arme à bout de bras, prêt à frapper.

Geoffroy pare le coup avec un tabouret que la hache disloque. Il s'engage d'emblée dans le combat, se jetant contre son adversaire de tous ses muscles courts et épais, pareil à un lutteur.

Le tueur plie sous le choc, décontenancé par cette réaction inattendue.

— C'est au corps-à-corps qu'il faut te vaincre, charognard ! Loin de ton merlin…

Le Champenois empêche son ennemi de se servir de sa cognée en lui saisissant le poignet, l'enserrant dans l'étau de sa main droite, tandis que de la gauche il tente d'abaisser son capuchon.

— Fais-moi voir ton visage, que je sache qui cherche à me tuer !

Et, dans ce pugilat quasi immobile, cette épreuve de force que se livrent les deux athlètes, Geoffroy parvient à dénuder le visage de son ennemi.

Un regard d'ange, transparent. Un regard empli d'une tristesse profonde et brûlante. Que dément un sourire allongeant des lèvres trop sensuelles pour être celles d'un homme.

Néanmoins Geoffroy ne peut en douter : il se bat bel et bien contre un garçon.

— Comme tu es jeune ! Cette cicatrice… C'est mon frère Basile qui te l'a faite. S'il avait pu te trancher la tête !

— Tu le rejoindras bientôt, lui répond la voix douce, efféminée et lasse. Lui et Arcis de Brienne, qui pourrissent en enfer où ils ont trouvé la place des apostats !

Ils se sont étreints, leurs visages tout proches l'un de l'autre, à se toucher en une caricature de baiser. L'homme à la hache ne cesse de sourire. Ce combat, qu'il prend maintenant pour un jeu, le divertit.

Le chevalier ne cède pas. Il maintient élevée au-dessus de lui la cognée, qui ne peut s'abattre.

— Tu es déjà mort, Geoffroy de Saint-Omer ! Payns, le comte et la veuve de Brienne le sont aussi ; vous êtes sur ma liste !

La force de Geoffroy est celle d'un taureau. Le Gardien du Sang recule lentement sous la poussée.

— As-tu pensé que nous pourrions mourir ensemble, tous les deux enlacés ? lance le chevalier.

Un voile assombrit soudain le regard d'eau de l'assassin, qui cesse de sourire. Il vient de sentir une arête de pierre dans ses reins. La fenêtre…

Ils s'étreignent toujours. Aucun ne lâchera l'autre.

La fenêtre. Le vide…

*

* *

— Je t'assure, Éloïse… Un grand fracas et des cris !

— Le maître était encore saoul et il aura brisé de la vaisselle ! Me faire monter toutes ces marches pour si peu !

Gérard se retourne vers la grosse femme et la rudoie.

— Dépêche-toi ! C'est moi qui suis vieux et c'est toi qui traînes…

Éloïse cherche sa respiration, pose une main sur son opulente poitrine, roule des yeux.

— C'est que tu es sec et que je suis grasse, voilà ! C'est grande honte que de forcer une personne de mon poids à pratiquer une telle gymnastique de si bon matin.

— Te hâteras-tu, à la fin ?

— Pour l'amour de Dieu, que crois-tu qu'il puisse arriver à notre maître dans ce pigeonnier, sinon des hallucinations ? J'ai entendu dire que l'oncle Gaétan, dont je t'ai parlé quelquefois et qui ne crachait jamais sur une coupe de vin, voyait à la fin de sa vie de grosses araignées et des rats géants lui courir sur le ventre ! N'est-ce pas une chose singulière ?

— Monte et tais-toi !

— Tu es aussi aimable qu'un seau d'aisances, Gérard… Décidément, je comprends pourquoi tu n'as jamais eu d'épouse !

*

* *

Geoffroy a conscience qu'il ne parviendra pas à retenir le bras du tueur beaucoup plus longtemps, et s'étonne que ce dernier, malgré sa jeunesse et sa minceur, puisse autant lui résister.

Les forces du chevalier déclinent ; le vin qu'il a bu à profusion ces derniers jours a raison de sa vigueur.

Le Gardien du Sang tire profit de la faiblesse du Champenois et le prend à la gorge.

— Perdu pour perdu…, râle Geoffroy. Plongeons ensemble !

Il pense à Hugues et à Payns. Il peut les sauver par son sacrifice en entraînant l'assassin avec lui dans la mort.

« Il me reste juste assez d'énergie pour cela. Le pousser, faire poids de toute ma masse sur lui, et nous envoler ! »

Le tueur semble avoir compris ce que son adversaire veut tenter. Il redouble d'énergie pour lui résister. En vain. Geoffroy, se donnant un dernier courage en hurlant à s'en déchirer les poumons, se propulse dans le vide avec le jeune homme.

La cape du Gardien du Sang se gonfle dans la chute en une aile noire qui claque au vent.

Les deux corps embrassés frappent la surface de l'étang gelé qui se brise sous eux en éclats de verre. Ils disparaissent dans une gerbe d'eau qui retombe en mousse bouillonnante.

*

* *

Gérard a surgi dans la chambre, Éloïse râlant sur ses talons.

— On s'est battu là-dedans ! Mais avec qui ? Geoffroy ! Où êtes-vous, chevalier ?

— Je te l'ai dit, ahane la femme, le malheureux a certainement fait une crise de démence, et il est passé par la fenêtre !

Gérard se précipite. Il se penche à la croisée. Là, plus bas, l'étang a été crevé, sa glace éclatée sur une eau noire qui se ride de derniers remous.

« Geoffroy, mon garçon ! »

Le vieux valet n'a plus de voix. C'est son âme qui hurle en lui.

Le Champenois ne reparaît pas. Gérard le pleure déjà.

*

* *

— Ils étaient bien deux, n'est-ce pas ? criaille le Roué. Il y avait deux corps ? Vous avez vu comme moi ?

— Je peux en jurer. J'ai nettement vu briller la lame de la hache de notre maître !

— Amène les chevaux plus près, Robert, et garde-les. Les autres avec moi !

— Tu comptes t'avancer sur l'étang ? Cela me semble risqué, maintenant que la surface a été fragilisée.

— Laissons de l'écart entre nous et cherchons messire. La glace est transparente ; nous la percerons de nos épées…

Les trois hommes s'élancent.

Bientôt :

— Je les aperçois !

Un Gardien du Sang désigne des formes floues sous ses pieds.

*

* *

Le tueur fracasse la glace à coups de hache pour tâcher de sortir de cette souricière. Rage et violence. Le froid lui mord la chair, l'eau colle ses vêtements gelés à sa peau.

Il frappe, frénétique, furieux. Il entame la croûte opaque, au travers de laquelle il discerne cependant la silhouette de ses hommes.

Le chevalier, lui, a perdu connaissance ; le Gardien du Sang le retient par la main et c'est un poids mort qui le tire vers le fond. Il ne doit pourtant pas le lâcher. Frapper encore ! Briser le plafond de cette prison liquide. Retenir son souffle. Frapper !

*

* *

Le comte Hugues, Payns et leurs six coutiliers chevauchent sur une route bordée de saules qui traverse une prairie d'où s'égaille à leur approche un vol de corbeaux.

— Le donjon de Saint-Omer ! s'écrie Payns avec soulagement. Nous y sommes. Enfin !

— Ne dirait-on pas qu'il y a du monde sur l'étang gelé ? s'étonne Hugues.

— En effet, ça semble grouiller de toute part !

*

* *

L'homme à la hache est parvenu à pratiquer une brèche dans la croûte de glace, sur laquelle ses nervis se sont couchés pour le haler par ses vêtements.

— Nous vous tenons, maître. Lâchez le chevalier, et nous vous remonterons !

— Hors de question ! Hissez-nous tous les deux. Je veux sa bague ! Je suis venu pour cela !

Prenant d'infinies précautions pour ne pas fragiliser davantage la surface craquante de l'étang, les hommes hissent le corps inerte de Geoffroy.

— Maudite engeance qui a bien failli me noyer ! se plaint le tueur en tremblant de tous ses membres.

— Là-bas, une troupe ! s'exclame l'un des comparses. Regagnons les chevaux, vite !

— Nous avons le temps, assure l'assassin. C'est un moment que je dois déguster ; qu'on ne me le gâche point !

Geoffroy de Saint-Omer a rouvert les yeux. Malgré sa vue troublée, il voit la hache s'élever dans le ciel.

— Nous sommes vivants… J'ai échoué !

La voix de miel aux accents enfantins lui répond :

— Oui, Geoffroy de Saint-Omer, je t'ai vaincu… Pour la sainte et unique vérité de l'Église !

Puis le Champenois entend un craquement de bois brisé. Le froid qui a transi sa chair et paralysé ses nerfs lui évite de ressentir la douleur.

Aucune souffrance.

Un flot de sang inonde son visage. Son propre sang.

L'homme à la hache vient de lui arracher la main droite. « *In hoc signo vinces !* » entend-il prononcer au-dessus de lui.

Le rire de son bourreau. Sa propre main à la chair blanche lui est brandie sous les yeux… La marque qui lui est faite au front… La marque qu'il devine… Le chiffre 3 et une croix…

— Maintenant, en route ! lance la voix suave.

Bruit de bottes qui décroît. Puis le silence. Une paix de tombeau qu'accompagne une grande ombre algide qui recouvre le chevalier.

Geoffroy perçoit un battement lent, lointain. Est-ce son cœur qui vit encore un peu ? Est-ce la mort qui approche à pas tranquilles, assurée que le blessé lui appartient déjà ?

« Est-ce ma mort ? »

Ce n'est que son sang qui jaillit en pulsations syncopées des artères de son bras sectionné.

Geoffroy attend. Il se sait robuste et se donne un répit. Il entendra peut-être sonner tierce au clocher du bourg.

« Geoffroy, nous sommes là ! Nous arrivons, frère ! »

La voix de Payns. Mais le chevalier ne peut le voir. L'ombre le recouvre désormais entièrement.

« Il se vide de son sang… Qu'on me donne une ceinture, je vais le garrotter. »

Le mourant a conscience qu'on s'affaire autour de lui. On lui ligature certainement le bras. À quoi bon ?

« Il faut le dévêtir et le couvrir de nos manteaux. Aide-moi, Hugues. Et qu'on lui lave le front ! »

Geoffroy s'entend dire :

— Allons, Payns, tu sais parfaitement que c'en est fini pour moi… Ne cherche pas à te leurrer…

— Non, Geoffroy. Nous voulons te garder avec nous. Reste, mon frère. Reste !

Et le blessé de répondre dans un murmure :

— Embrassez-moi plutôt, car j'ai tellement peur… J'ai une requête à vous faire…

— Nous t'écoutons.

— Vous… vous m'enterrerez dans le Tombeau de la forêt d'Orient… Dans la terre où s'allongera le Premier… Je partagerai son sommeil…

— Nous te le jurons, frère !

La voix n'est plus qu'un râle :

— Et vous tuerez ce fantôme… L'homme à la hache…

L'ombre lui clôt les yeux.

11

Gratias agamus Domino Deo nostro. Dignum et justum est

L'homme à la hache est transi, mais il ne s'est pas plaint depuis qu'il a quitté les terres de Saint-Omer à la tête de sa troupe.

Les cavaliers débouchent d'un bois et gravissent une colline, coupant à travers des vignes pelées aux ceps torturés et fuligineux. Au sommet, ils marquent un arrêt. Deux routes se présentent à eux. L'une redescend vers un hameau, l'autre s'enfonce dans une épaisse forêt.

— Séparons-nous ici, ordonne le jeune tueur. Retournez chez vous et prenez quelque repos avant que je ne vous rappelle pour que nous nous chargions du comte et de Payns. Cette fois, le gibier sera plus difficile à atteindre.

— Le chevalier Payns a la réputation d'être un bretteur invincible et le comte est solidement défendu.

— En effet, j'ai vu Payns à l'œuvre à Jérusalem. Ce n'est pas le genre d'animal que l'on attaque de front. J'ai décimé sa nichée ; il ne lui reste plus qu'un fils. C'est là sa faiblesse. *Dominus vobiscum.*

— *Et cum spiritu tuo*, répondent ses quatre hommes, qui le regardent partir alors qu'il lance sa monture au galop.

— C'est à croire qu'il prend un sournois plaisir à s'attaquer aux enfants, remarque le Roué. Le maître me glace l'échine par son manque de compassion.

— Je ne vois pas la différence entre un jeune mort et un vieux ! réagit un deuxième. Notre métier est de tuer sur ordre. Eh bien, tuons enfants, femmes et hommes ! Puisque la cause est sacrée.

— Je crains cependant que Dieu la fasse, la différence ! riposte le Roué avec une grimace de dégoût.

*

* *

Quand l'homme à la hache met pied à terre dans la cour du monastère de Sainte-Ménehould, le père supérieur sort de la chapelle et vient à lui en sautillant et en se tordant les mains sur la poitrine.

— Messire ! Ah messire, vous voici… Le comte Hugues de Champagne est venu en personne vous réclamer.

— Le comte, ici ? Qui lui a appris ?

— Je n'ai pu faire autrement que de lui avouer que vous… Enfin, comprenez-moi, il me menaçait ! Je l'ai laissé visiter votre cellule.

Le tueur s'est approché du moine et le soulève presque du sol en le prenant au collet. Il lui lance :

— Pauvre petit roquet en soutane ! As-tu parlé du pape ?

— Non ! Non ! Mais le comte est puissant et sans doute bien renseigné. Il est gendre du roi et son frère est évêque de Châlons. J'ignore ce qu'il a contre vous ; cependant, sa colère était fort importante !

— Était-il seul ?

Quelques moines sont sortis à leur tour de la chapelle et assistent de loin à l'altercation. Aucun n'ose venir au secours de son supérieur, quoique certains craignent qu'il ne se fasse étrangler par l'inconnu.

— Était-il seul ? t'ai-je demandé.

— Je vous répondrais plus aisément si vous ne me serriez pas aussi fort le cou, messire… Non, il n'était pas seul. Un autre chevalier l'accompagnait ainsi que des hommes solidement armés.

— Le chevalier… As-tu entendu son nom ?

— Certes, répond le père supérieur dans une quinte de toux. Le comte l'a appelé Payns.

— Alors ce sont eux qui ont failli me surprendre sur l'étang…

— Pardon ?

L'homme à la hache relâche le moine dont le visage devenait exsangue et, se dirigeant vers la remise qui abrite sa cellule :

— Le monastère n'est plus un refuge sûr, je serai parti dans peu de temps. Tu ne me reverras plus ; je pense que tu en seras satisfait.

Les moines sortis de la chapelle attendent que le tueur soit hors de vue pour rejoindre leur supérieur qui peine à reprendre son souffle, cassé en deux, ne cessant de tousser.

— Je n'avais jamais croisé pareille créature avant d'héberger cet homme, halète-t-il. Il vous sourit comme un ange et vous regarde comme un démon. Je n'ose imaginer quel commerce il entretient avec notre Saint-Père !

— Ses vêtements étaient trempés et il ne semblait pas en souffrir malgré le froid.

— C'est à se demander s'il a déjà souffert au moins une fois dans sa vie !

*

* *

Il s'est entièrement dénudé.

Puis il s'est allongé sur la jonchée de paille humide recouvrant le sol de sa cellule, ventre au sol, bras en croix face au mur où pend un crucifix.

Sa chair mortifiée par le bain glacial dans l'étang lui rappelle sa malheureuse condition d'humain, que Dieu a voulu fragile, et il en ressent une intense satisfaction.

Les brins de paille lui griffent la peau et lui apportent une délectation aiguë, bénigne mortification qui attise son plaisir.

Dans sa main droite il tient une cordelette à laquelle il a fait une dizaine de nœuds.

— Je crois en Toi, mon Dieu, commence-t-il. Je crois en Ta sainte gloire, en Ton avènement sur cette terre, en Ta vérité…

Ange extatique au regard révulsé, il sourit singulièrement, tel un enfant.

— Et je suis le bras qui défend cette vérité contre

tous les ennemis de Ton nom. Je T'implore de me donner la force de mener mon juste combat jusqu'à son terme. Je T'adjure de m'aider à vaincre les adversaires de Ton nom. Endurcis mon cœur et ma chair…

Moulinant l'air de son bras droit, il abat la corde sur son dos. Il crie, entre douleur et jouissance.

— *Gratias agamus Domino Deo nostro. Dignum et justum est.*

Il fait pleuvoir les coups frénétiquement. Sa peau cinglée se déchire et saigne. Il en rit. Il en pleure.

— *Gratias agamus Domino Deo nostro. Dignum et justum est.*

Au terme de longues minutes de supplice, il se redresse et, du pouce, trace un signe de croix sur son front, un autre sur son cœur.

Il enroule la cordelette qu'il remet dans sa sacoche de cuir, et se dirige vers son lit. Avant de s'y allonger pour se reposer, il regarde sous le matelas.

— Bien sûr, pense-t-il. Les Champenois ont trouvé ma liste !

Il se jette sur sa couche. Ferme les yeux. Et s'endort aussitôt.

12

La troisième bague

Le corps de Geoffroy a été porté jusqu'au palais du comte de Champagne et déposé dans sa chapelle. Il a été étendu sur un autel dressé pour la circonstance. Une grande planche sur des tréteaux, recouverte d'un drap blanc.

Aux quatre coins du reposoir ont été disposés des candélabres.

Les frères de la Loge Première ainsi que dame Hélène, la comtesse Constance et Maurin sont venus s'incliner et se recueillir devant la dépouille.

Le bon gros visage de Saint-Omer semble endormi. Aucun stigmate de douleur ne l'affecte. Seule la peau des pommettes s'est légèrement tendue sur les os, et les commissures des lèvres se sont un peu affaissées.

— Nous sommes arrivés trop tard, ma chérie, dit Hugues à sa femme qu'il tient dans ses bras. Le tueur qui nous pourchasse depuis notre retour de Jérusalem avait déjà fait son œuvre. Le chevalier Geoffroy est mort dans nos bras, à Payns et à moi.

— Je redoute de te perdre aussi, mon époux.

Toutes mes prières resteront vaines devant un tel assassin.

— Nous devons trouver le moyen de tendre un piège à ce loup !

— Si nous ne parvenons pas à atteindre la bête, grommelle Payns entre ses dents, peut-être faudra-t-il que nous nous attaquions à son maître !

Le comte se sépare doucement de Constance et entraîne Payns vers le fond de la chapelle.

— Quand tu parles de son maître, tu penses réellement au pape ?

— Oui. N'est-ce pas lui son commanditaire ? C'est lui qui tient la laisse de ce chien ! Le pape Pascal demeure en retrait, mais profite de la curée. Nous irons le trouver…

Très bas, le comte demande :

— Comment comptes-tu que nous nous y prenions ? Le pape ne nous écoutera pas ; il niera être l'instigateur de cette guerre secrète.

— Je soumettrai ce soir un plan à la Loge. Qu'on fasse revenir Eliphas de la forêt d'Orient pour qu'il soit témoin de ce que nous entreprendrons. Je n'enterrerai notre frère Geoffroy que lorsque j'aurai puni ce pape assassin ! Quand je l'aurai mis à genoux ! Tu verras, Hugues, il nous implorera bientôt et devra se retourner contre les Gardiens du Sang s'il veut continuer à vivre.

Hugues prend son ami par les épaules et, plus bas encore :

— As-tu la volonté de t'attaquer physiquement à lui ?

— Nous aurions dû le faire plus tôt ; nous en avions les moyens. Ce fut une faiblesse de notre part que de nous comporter humainement et de considérer que l'Église nous épargnerait.

Puis, après un temps, Payns chuchote, sachant que le comte peut déchiffrer les mots d'après le mouvement de ses lèvres :

— Je jure sur la dépouille de Geoffroy, ainsi que sur la mémoire d'Arcis, de Basile, de Typhaine et d'Émeline, que je forcerai l'Église à reconnaître notre confrérie ! Je fais le serment par le Christ que l'Église deviendra notre vassale et que nous la soumettrons à notre volonté. Par I.N.R.I. !

*

* *

Reims. Le repas s'achève à la table de l'évêque. Les mets ont été nombreux, mais servis en petites portions afin de ne point offenser l'humilité du pape. Ce dernier et dom Mestrany ont néanmoins apprécié les galettes de fèves bien poivrées, l'anguille cuite au vin avec de gros oignons rouges, l'agneau de lait braisé présenté sur un lit de tendres feuilles de choux bouillies à point et encore craquantes, les pilons de poulet grillés accompagnés de châtaignes et de raisins secs. Et l'hydromel au miel blanc aromatisé de cannelle, le lait caillé épais, les noix amères.

Dans la vaste aula parfaitement chauffée par ses deux cheminées, les trois hommes ont mangé en silence ou n'ont échangé que de rares paroles convenues sur la saveur des plats ou au sujet de cet hiver obstiné qui ne semble pas vouloir s'achever.

Le souverain pontife s'est plu à observer du coin de l'œil l'évêque qui mourait d'envie d'entamer une conversation plus en rapport avec leur position.

Jamais il ne l'y a aidé, souriant intérieurement de cette facétie. Pascal n'aime pas ce prélat austère, faussement modeste, ouvertement curieux.

Mais l'évêque n'y tient plus ; il s'arme de courage et lance sur un ton cauteleux :

— Je comprends, Saint-Père, que vous ayez vos raisons de me tenir à l'écart des affaires qui vous retiennent en Champagne ; cependant, admettez que je m'interroge. Naturellement, je vous dis cela avec tout le respect que doit un fils à son père.

— Je ne l'entendais pas autrement, répond le pape sans dissimuler l'ironie. N'éprouvez aucune rancœur, Monseigneur. Je suis votre hôte et j'en apprécie les avantages. Malgré tout, je ne puis rien vous apprendre. Je vous dis cela avec toute l'affection qu'un père se doit d'éprouver pour son fils.

Dos rond, l'évêque fait mine de ne pas avoir été touché par le coup de griffe et reprend :

— Je n'en attendais pas moins du prince de l'Église, auquel je porte un sincère respect.

— Que vous révéler, d'ailleurs ? Certains problèmes imposent une grande discrétion et ne trouvent leur résolution que dans le secret le plus absolu.

— Pourtant, un simple abbé vous rend souvent visite et partage de longs moments avec vous, alors que les rares conversations que vous me consentez sont bien banales. Se pourrait-il que vous ne me jugiez point digne de recevoir quelques-unes de vos lumières ? Je vous assure que mon esprit est suffisamment ouvert et s'enrichirait sans aucun doute du savoir que vous daigneriez lui apporter.

— Vous me prêtez bien des qualités, dit le pape. C'est m'habiller de vêtements trop amples !

Dom Mestrany assiste à la joute en décortiquant quelques noix dont il épluche avec soin les cerneaux.

— Je parle de l'abbé Denis, apothicaire et savant en science hébraïque, poursuit l'évêque. Un homme dont le grand savoir est certes reconnu, mais qu'on dit adepte de disciplines occultes dangereuses pour l'âme.

Le pape élève une main lasse.

— On raconte tant de choses au sujet des brillants esprits ! Je puis vous affirmer que je suis apte à reconnaître une âme en perdition qui serait assaillie par des forces maléfiques. Soyez rassuré, Monseigneur : l'abbé Denis n'est pas la proie de puissances délétères. Ce brave homme a la raison plutôt finement tournée, et s'il peut paraître original à un observateur peu attentif, c'est à cause des grandes connaissances dont il est familier.

L'évêque s'apprête à croiser de nouveau le fer quand dom Mestrany le devance :

— Saint-Père, n'est-il pas l'heure de faire votre sieste ?

Le pape, se levant déjà en souriant :

— Vous avez raison, dom Mestrany. Veuillez m'excuser, Monseigneur ; je me retire dans mes appartements. À ce propos, je tenais à vous remercier encore une fois pour la qualité de votre accueil. Et pour votre discrétion !

— Je suis à votre disposition, mon père, ronchonne le prélat.

Une fois que dom Mestrany et lui sont sortis de la salle, le pape se tourne vers son compagnon pour reconnaître :

— Vous avez interrompu cette discussion avec beaucoup de talent, mon ami.

— Moi ? Allons, je me souciais seulement de la santé du souverain pontife !

Puis Sa Sainteté regagne ses appartements. En y pénétrant, il frissonne et, voyant qu'une fenêtre a été ouverte :

— Mais c'est glacial, ici ! Ah, le vent a poussé la fenêtre…

Allant la refermer, il remarque avec inquiétude des empreintes neigeuses sur le sol.

— Des marques de pas !

Il a deviné…

L'homme à la hache est assis sur un petit banc où il a pris ses aises. Sa sacoche de cuir est posée sur ses genoux.

— Mes respects, Saint-Père.

— Quelle fâcheuse habitude vous avez prise de vous introduire dans ce palais à la manière d'une ombre !

Le tueur jette la sacoche aux pieds du pape.

— Une ombre ! Naturellement, puisque je n'existe pas !

— M'humilier vous satisfait donc tant ? Vous me

balanstiquez cette chose comme on jette un os à un chien !

— Je tue pour vous, Père. Je considère que vous pouvez bien vous baisser pour ramasser votre dû.

Pascal s'empare de la musette en disant :

— Croyez que si je pouvais me passer de vos services, si l'Église n'était pas en péril, je vous ferais monter sur le bûcher.

— Je sais. Vous avez choisi de me haïr plutôt que de vous détester. Nous sommes liés l'un à l'autre par notre contrat. Je suis une part de vous-même.

— De qui s'agit-il, cette fois ?

— Geoffroy de Saint-Omer. Le chevalier s'est battu héroïquement. Il a bien failli m'emporter avec lui dans la mort. Il s'est comporté en homme courageux. Un rude adversaire !

À gestes lents, le Saint-Père prend la main du Champenois et vient la déposer sur la table, près de la cheminée.

— Notre contrat, Père…

— Oui, je dois défaire la bague et reproduire le dessin du Saint Signe afin de laisser l'original aux Gardiens du Sang… Partager la Vérité et la Connaissance avec vous ! Tout cela est bien symbolique, ne trouvez-vous pas ?

— Je ne vous apprendrai pas que le mot « symbole » provient du grec *sumbolon*, sourit le tueur.

— *Symbolum* en latin…, ajoute le pape en dégageant de la pierre rouge le morceau de suaire de Thomas.

— Latin ou grec ! raille le tueur. Dans les deux cas, un objet que deux hôtes partageaient dans l'Antiquité en deux morceaux. Ils conservaient chacun le leur, pour le transmettre à leurs descendants, ce qui permettait aux familles de se reconnaître plus tard et de se réunir. Ainsi, l'Église et les Gardiens du Sang resteront mariés pour les siècles, tenus tous deux de respecter leur engagement.

Tout en s'appliquant à recopier au plus précis le nouveau motif, Pascal jette brutalement :

— Il arrive que certaines épousailles se brisent.

— Ce serait fatal à l'une ou l'autre des parties, Père. Ne le souhaitons surtout pas !

L'homme à la hache se lève de son banc et vient se placer dans le dos du pape pour regarder par-dessus son épaule le dessin qu'il est en train de reproduire.

— Ce motif est composé des quatre lettres I, N, R et I, dit Pascal. N'est-il pas étonnant que Jésus ait emprunté l'alphabet romain pour dissimuler son Secret ?

— Peu m'importe actuellement la signification de ces Signes. Il vous appartient d'en découvrir le sens, alors que ma tâche consiste à les voler.

— Ne me prenez pas pour un naïf, je me doute que vous êtes aussi impatient que moi de percer le secret de Jésus.

— Ou de le faire disparaître !

Le pape rend le bijou et la pièce de linceul au jeune homme. Ce dernier lui annonce :

— Il me faudrait une autre cachette ; le comte Hugues et Payns ont découvert le monastère, et, pour des raisons de sécurité, je ne peux partager le repaire de l'un de mes hommes.

— Naturellement ! Nous allons remédier à cet

inconvénient. Mais comment les chevaliers sont-ils parvenus jusqu'à vous ?

— Je l'ignore. Le comte possède de solides appuis. Son frère Philippe, peut-être ?

— L'évêque, admet Pascal. Oui, c'est possible. Très probable… Je devrai me méfier de cet homme. Je vous écris une lettre pour le prieur de l'abbaye d'Hautvillers. De Reims, deux heures à cheval suffisent pour s'y rendre. Vous y serez à l'abri.

— Je l'espère. Je croyais être assuré de n'être jamais découvert jusqu'à aujourd'hui. Nous avons sous-estimé nos ennemis.

— Nous péchons souvent par orgueil, mon fils. Surtout lorsque nous nous pensons invincibles.

Le ton du pontife a été cinglant. Le tueur y répond, tout sucre :

— Ce n'est point l'orgueil qui m'anime. Je laisse cela aux politiques et à vos prélats. La cause que je défends est celle de Dieu ; l'auriez-vous oublié, Père ?

— Non, bien sûr… Dieu ! Pour Dieu, évidemment. Comme la croisade que nous faisons en Palestine, qui n'est qu'une mascarade dans laquelle se précipitent des roitelets avides d'aventure et d'or.

L'assassin retourne à la fenêtre, qu'il s'apprête à enjamber. Il retient son geste. Le pape lui recommande :

— Méfiez-vous, cependant ; vous avez attisé la haine dans le cœur des derniers chevaliers. Payns et le comte vont chercher à vous faire payer très cher la mort de leurs trois frères.

— Ils ne peuvent se douter que j'ai un homme dans la place. Un charpentier…

Il pose le pied sur la margelle et, avant de disparaître, lance ces derniers mots :

— Nous nous reverrons donc bientôt, Père.

— Je le crains, en effet.

Pascal gagne la croisée en deux enjambées. Il n'a que le temps d'apercevoir sur sa droite un pan de la cape de l'homme à la hache qui flotte au sommet d'une corniche soutenue par deux modillons grimaçant de manière grotesque.

— *In gloriam et laudem Dei*[1] !

1. Pour la gloire et la louange de Dieu !

13

L'or

Schelomet a tiré la tenture noire.

— Approchez, dame Hélène. Toi aussi, Maurin, puisque tu brûlais d'envie de savoir ce que nous dissimulions dans cette pièce.

Le jeune garçon, qui a déjà eu une rapide vision de cette officine, regarde cette fois avec une grande attention, étonné de trouver la salle plus exiguë qu'il ne l'avait imaginée.

— Je ne m'étais pas trompé, remarque-t-il. Ce que j'ai vu hier était bien de l'or, n'est-ce pas ? Tout comme ce qui bouillonne là !

— En effet, Maurin, répond Payns. C'est de l'or.

— Voyez-vous, dit Schelomet en prenant d'un récipient une poignée de sable qu'il égrène devant la jeune femme et l'enfant. Comme l'on peut faire du verre à partir de ce vulgaire sable siliceux que l'on soumet à la fusion avec de la potasse et de la soude, nous sommes en mesure d'obtenir de l'or par un procédé similaire… Nous versons une quantité précise de ce sable dans ce premier athanor, que nous portons à une forte chaleur sur ce fourneau, et qui, devenu pâteux, subit différent traitements dans cette série de vases reliés entre eux par ces tubes de plomb. Nous faisons subir à ce singulier mortier différents traitements et décantations dans des bacs, puis nous le portons une nouvelle fois à une température élevée que nous appelons l'« exaltation » avant de le filtrer au travers de ces trois tamis coniques. Nous en réceptionnons une pure quintessence dans ce second athanor, où il devient cette soupe jaune que nous portons à ébullition durant près de trois jours et trois nuits.

— C'est alors par le mercure et le soufre que nous amalgamons la matière et la figeons en or, précise Ferrer.

— De la sorcellerie ! s'exclame Hélène en se signant.

— Non, Hélène, la reprend le comte en souriant. Seulement une tradition scientifique qui nous vient de Jésus. Le Christ a été instruit de ce savoir par les docteurs égyptiens qui l'initièrent dans la mystérieuse société des bâtisseurs et savants de Deir el-Medineh…

— Jésus consacra toute son énergie et son intelligence à ces recherches, ajoute Payns. Les Égyptiens, eux, approchaient la transmutation sans jamais y atteindre. Vous savez que Jésus eut la révélation de la formule dans la tombe de Thomas. Il consacra ensuite sa vie entière à mettre cette équation en pratique. Il fut le seul alchimiste à réaliser le Grand Œuvre.

— I.N.R.I. s'applique à la matière minérale comme à la manière organique, souligne Schelomet.

Et Payns de reprendre :

— Vous comprenez maintenant pourquoi l'Église

nous traque. Nous, héritiers de la confrérie de Jésus, nous détenons le pouvoir suprême sur la Mort et la Nature !

— Et nous considérons que le temps n'est pas venu de distribuer aux hommes cette connaissance, scande Hugues. Peut-être, d'ailleurs, ce savoir ne devra-t-il jamais être révélé.

Une voix grave et forte, légèrement éraillée, les surprend tous :

— *Insignia Natures Ratio Illustrat*[1] *!*

Ils se retournent. Eliphas leur sourit, les yeux brillants derrière leurs loupes. Il y a encore de la neige sur les épaules de son manteau, à cause du chemin qu'il vient de parcourir depuis la forêt d'Orient. Il salue dame Hélène, puis Maurin, à qui il passe une main dans les cheveux.

— Tu en fais une tête, garçon !

— Ma foi, maître Eliphas, comment en serait-il autrement ?

— Quoi ? Tout cela parce que nous faisons ici un peu d'or ? Tout ce que produit la Nature peut être imité par l'homme si celui-ci est un juste observateur de ses mystères.

— Vous me raillez ! se plaint Maurin. La Nature est prodigue en phénomènes qui resteront à tout jamais de profondes énigmes.

— Je crois en Dieu et cela me trouble, fait Hélène.

— Mais tous nous croyons aussi en Dieu, poursuit Eliphas sans se départir de son sourire. Cette science est d'essence divine. Elle tire ses origines de la nuit

1. La raison dévoile les merveilles de la Nature !

des temps, de Dieu lui-même ! Dieu existait avant les hommes ! Bien avant que ceux-ci inventent des religions dévoyées pour le mettre en cage !

— Nous vous avons parlé des sages de la confrérie de Deir el-Medineh, dit Payns. C'est à la lumière de leur Tradition que Jésus s'est instruit. Il y a bu comme on boit à la source originelle de la Connaissance. Cette communauté de bâtisseurs et de clercs s'est certainement constituée sous la dix-huitième dynastie. Elle jouxtait Louxor, au nord d'Edfou. Dans cette société, les hommes étaient appelés « serviteurs dans la place d'Harmonie » ou « serviteurs de la Grande Place », et obéissaient à une règle particulière qui plaçait leur travail en relation directe avec le divin. Pour un serviteur de la Grande Place, l'art, l'équilibre et l'harmonie étaient d'origine divine. L'homme – l'artisan – recevait des dieux l'inspiration qu'il concrétisait par son travail. Il s'interdisait donc de revendiquer la paternité de son œuvre, miroir terrestre d'une euphonie cosmique. Il s'appliquait, par des gestes traditionnels, par un comportement irréprochable, par une éthique monacale, à devenir le catalyseur d'une force universelle, d'un plan déjà tracé et qu'il s'efforçait de reconstituer par un enseignement permanent, éveillé lors de son initiation au sein d'une communauté fraternelle et structurée ; une communauté hiérarchisée possédant ses maîtres et ses apprentis. L'artisan, par son initiation, se devait de progresser, de gravir les marches conduisant à la Connaissance. Là se situe le véritable mystère de l'initiation, phénomène à la fois sacré et matériel qui unit l'esprit au geste, qui consacre le travail, insufflant à l'homme le sentiment d'un devoir à accomplir. L'initiation égyptienne ouvrait l'esprit de l'homme sur l'idée qu'un plan existe, qu'il a toujours existé, et qu'il est du devoir de l'artisan d'en déchiffrer les contours. C'est d'ailleurs en lisant le plan universel qui nous apparaît parfois, que nous nous approchons de l'harmonie, de la force, de la sagesse et de la beauté. L'architecte égyptien savait qu'il n'atteindrait jamais l'ultime équilibre ni la perfection de son art. *Les limites de l'art ne sauraient être atteintes par un individu.* C'est pour cette raison, parce qu'une vie humaine est trop courte, que les Égyptiens avaient instauré ce genre de communauté initiatique de bâtisseurs. Les aînés transmettaient leur savoir aux jeunes adeptes, perpétuant la Tradition, leur enseignant la règle de la confrérie, calquée sur le cycle solaire…

— Je crois comprendre…, l'interrompt Hélène. Vous me décrivez votre confrérie en évoquant celle de ces Égyptiens. Et si je n'entends pas tout à votre discours, mon ami, j'en retiens cependant que la Loge Première, dont mon regretté Arcis faisait partie à vos côtés, est sœur de cette société de bâtisseurs.

— Vous êtes femme d'esprit, Hélène, la rassure Payns. Et vous saisissez fort clairement ce que je vous explique. Oui, oui, la Loge Première que Jésus fonda pour que ne meure pas la Tradition était effectivement née de ce qui lui avait été enseigné à Deir el-Medineh.

— Néanmoins, ajoute Hélène, j'ai cru percevoir que le Christ n'avait pas laissé son savoir à ses frères en un unique élément. Ne l'a-t-il pas fragmenté ? N'avez-vous pas dû aller en récolter quelques-unes des pièces à Jérusalem à partir d'un manuscrit de Joseph d'Arimathie ?

— En effet, reprend Payns, Jésus a segmenté son savoir et en a laissé des traces en latin, en grec et en hébreu. À ce propos, il n'est pas anecdotique de préciser le fonctionnement de la confrérie de Deir el-Medineh, composée de membres dont le nombre pouvait varier en fonction des ouvrages à édifier. Les serviteurs de la Grande Place étaient les « hommes d'équipage ». Ils étaient divisés en deux côtés : droit et gauche, comme sur un navire égyptien. L'impétrant qui demandait à être admis dans la confrérie était reçu sur le chantier et les deux surveillants lui posaient de nombreuses questions à la fois profanes et sacrées. L'examen ayant été réussi, une dernière épreuve attendait la jeune recrue. On lui présentait une barque en pièces détachées dont il devait assembler les pièces en bon ordre. Cet exercice expliquait une nouvelle fois qu'un plan existait, et que, même brisé ou déchiré, ce plan divin demeurerait toujours prêt à éclairer l'esprit et la main de l'homme. L'inspiration et la technique maîtrisée devaient permettre à l'initié égyptien de retrouver le sens universel de l'harmonie divine. C'est par le travail que l'homme acquiert le savoir ; c'est par l'initiation qu'il atteint au sacré. L'initiation nous inscrit dans le plan du travail – sur nous-mêmes, avec les autres et pour les autres. Elle nous ouvre les yeux sur une voie nouvelle, véritable religion de la fraternité qui nous propose un langage universel fait de symboles…

Payns marque un temps. Il regarde ses amis tour à tour puis s'attarde sur Maurin que ses mots, que la fièvre avec laquelle il les a prononcés ont surpris. Jamais le fils n'avait entendu son père parler autant, d'une voix aussi ferme, aussi chaude, aux accents inhabituellement soutenus.

L'enfant prend conscience que son père est double, qu'il appartient et à sa famille et à cette confrérie… Cette Loge Première ! Et que là, dans cette société secrète, il est cet homme disert que ses amis écoutent en silence. Avec tant de respect ! Et que là, même le comte de Champagne lui témoigne une considération et une déférence étonnantes.

Payns poursuit :

— Nous sommes les héritiers de la Tradition, les enfants du souffle initial. Nous faisons partie d'un tout fragmenté, dispersé à travers l'espace et le temps. Nous contemplons, émerveillés, les étoiles qui tapissent le ciel du temple de la Nature et qui nous invitent à élever sans cesse notre esprit, à rêver, à la fois nostalgiques et enthousiastes, à ce mystère d'où nous venons, où nous retournerons. À cette vérité absolue, mais inaccessible, que la science devrait tenter de percer, repoussant ses frontières à chaque nouvelle découverte. Car il est une région de l'Univers – de notre univers – que la science ne peut atteindre et qui se situe dans le domaine spirituel. Dans ce que certains appelleraient l'âme. L'Univers est un symbole tout entier contenu en lui-même, plan énigmatique qui offre le cosmos comme champ d'exploration. Notre quête est alors nourrie d'innombrables questions qui n'appellent pas forcément de réponses, puisque beaucoup se situent hors du champ de notre compréhension. Cependant, interrogateurs parfois inquiets, investigateurs frustrés, nous nous inscrivons aussi dans la Tradition par notre entêtement à traquer la Vérité. Les questions que nous lançons aujourd'hui seront reprises par d'autres qui, enrichis d'un nouveau savoir, d'une science plus précise, trouveront peut-être l'esquisse d'une réponse. La main tachée de boue qui marqua jadis la paroi d'une grotte, premier symbole pictural d'une conscience intelligente, n'a jamais quitté la mémoire de l'humanité. Cet être humain à peine éveillé a signé là son appartenance à une communauté. Il a imprimé de manière indélébile cette image d'une main tendue à ses semblables à travers les siècles. Comme une poignée de mains dans une Chaîne d'union reliant les vivants aux morts. Qui unit ceux qui ont bâti et ceux qui reprennent le chantier… Car il est un enseignement particulièrement évident que nous délivre l'initiation : notre existence est fugace, mais notre travail est immortel. Nous sauvons les trésors préservés par nos frères aînés. Nous percevons déjà dans l'initiation que le savoir est temporel et humain, alors que la Connaissance est de l'ordre du divin. La Connaissance est unique et englobe tous les savoirs. Tout est toujours contenu dans cette infinitésimale particule originelle, cet œuf premier où se côtoient l'infiniment petit et l'infiniment grand, la vie et la mort, tout et son contraire, Dieu et le néant. Tout est dans ce Verbe, l'énigme indicible qui broie la raison et impose à l'homme de tendre sans cesse la main vers Dieu, cherchant un guide, un soutien, une ébauche de réponse qui le consolera de n'être qu'un simple mortel. Qui lui interdira de sombrer dans la folie d'une inacceptable fatalité. La mort et la vie sont liées comme le sable l'est à l'or !

Tous les hommes font alors le même geste à l'unisson, en une parfaite chorégraphie qui impressionne Hélène et Maurin : ils portent leur main droite, paume ouverte, à hauteur de leur cœur, et s'inclinent. Puis, tout bas, très lentement, ils prononcent ces mots :

— Par la chair et le sang du Christ, par le sable et l'or, que demeure la Tradition pour la gloire de la Connaissance !

Ils se redressent. Payns voit que dame Hélène est pâle et frissonne ; il s'approche d'elle, lui prend les poignets et lui demande :

— Je crains que vous n'ayez pris certains de mes propos pour une catilinaire, n'est-ce pas ?

— En vérité, vous m'avez chaviré l'âme plus d'une fois, Payns. Vous rendez-vous compte que si un représentant du clergé entendait le millième de ce que vous énoncez, il vous livrerait pieds et poings liés au tribunal, lequel vous condamnerait au bûcher ?

Maurin intervient, les joues rougies d'être longtemps demeuré près d'un fourneau :

— L'Église ferait mieux de juger et de brûler l'homme à la hache et ses gens, ce serait plus saine et raisonnable justice, dame Hélène !

Eliphas repasse sa main osseuse dans les cheveux du garçon et lui frictionne le crâne en disant :

— Tu es une bonne graine, mon enfant ! Mais dame Hélène réagit selon ses croyances, us et habitudes. Il ne serait point intelligent de notre part de l'en blâmer. Je suis par contre certain qu'elle respecte notre philosophie comme nous respectons la sienne. Même si sa conscience est quelque peu ébranlée ! Elle a sans aucun doute compris que nous sommes les dépositaires de la véritable religion d'amour que le Christ nous a transmise. Nous luttons contre l'Église qui a trahi Jésus…

— Vous êtes un homme excellent, maître Eliphas, dit Hélène. Vous êtes d'ailleurs tous, ici, des amis de qualité auxquels je dois beaucoup. Vous aimiez mon Arcis autant qu'un frère, bien que vous donniez à ce vocable de nombreux sens. Toute cette bonté, tout cet amour me réchauffent le cœur et m'aident à supporter mon veuvage. Je vous sais gré aussi de m'instruire de vos secrets ; je prends cela comme un témoignage de votre respect à mon égard. Aussi, bien que ce que j'ai appris ce soir risque de m'interdire le sommeil pendant de longues nuits, je vous jure de n'en parler à personne.

À ces mots, Payns la serre contre sa poitrine et l'embrasse sur le front en lui murmurant :

— Je vous appellerai désormais *sœur*, ma mie. Et sachez que je donnerai toujours à ce mot le sens de l'amitié !

Elle lui sourit, le regard voilé de larmes.

*

* *

Plus tard dans la nuit, alors que Maurin et Hélène sont allés se coucher, les hommes se réunissent dans la première salle du laboratoire à la demande de Payns, qui leur soumet son intention de rencontrer le pape à Reims. Et qui leur expose le piège qu'il a décidé de lui tendre.

— Le pape sera perdu par l'or ! Par notre or !

14

La punition

La neige qui n'a cessé de tomber durant la nuit s'est transformée à l'aube en une pluie lourde qui s'est installée sur Reims.

À none sonnante, il pleut toujours. Le pape Pascal et dom Mestrany se sont retranchés dans la bibliothèque du palais épiscopal.

Le souverain pontife ne parvient pas à dissimuler sa mauvaise humeur ; il ne cesse de se plaindre du temps exécrable de cette Champagne froide et lugubre.

Il croyait que l'examen de magnifiques antiphonaires le distrairait, mais ce n'est pas le cas. Il en tourne les pages machinalement, soupirant à chaque fois que le vent rabat la pluie contre les volets.

Dom Mestrany a tenté à plusieurs reprises d'entreprendre une conversation. En vain. Aussi s'est-il muré dans un silence complet, aux lisières de l'engourdissement.

La porte s'ouvre soudain sur l'évêque.

— Saint-Père ! Sa seigneurie le comte de Champagne en personne… Il a forcé le passage et sollicite sur-le-champ une audience auprès de vous !

— Le comte, ici ? s'étonne Pascal. Sans avoir présenté préalablement de requête ?

— J'en ai été le premier surpris. Il a dû quitter son palais de Troyes de fort bonne heure et chevaucher sans souffler ! Il n'est accompagné que d'un seul chevalier.

— Aucune troupe ?

— Non, Saint-Père, aucune !

Pascal, se tournant vers dom Mestrany qui vient de se lever de son siège :

— Entrez dans ce réduit, mon ami, tandis que je reçois ce singulier visiteur.

Dom Mestrany s'enferme dans une minuscule pièce servant de remise à l'archiviste. À peine s'est-il dissimulé que le comte Hugues et Payns pénètrent dans la bibliothèque.

— Pardonnez cette intrusion, Saint-Père. Ignorant combien de temps vous séjourneriez à Reims, je me suis permis de bousculer le protocole afin d'être certain de vous voir.

— Enfin, comte ! bafouille le pape. Je… Laissez-nous, Monseigneur.

L'évêque se retire à regret et referme la porte derrière lui.

— Voici le chevalier Payns, qui m'accompagna avec trois autres compagnons à Jérusalem où, vous le savez sans doute, nous avons séjourné au Temple.

— Oui, oui… Je… J'ai eu quelques échos de l'intérêt que vous portiez à notre croisade en Terre sainte sous l'hospitalité du roi Baudouin.

Payns porte en bandoulière une musette de cuir. Il y plonge une main gantée.

— Allons sans détour, poursuit Hugues. Le chevalier Payns, qui est mon plus fidèle ami, m'a soufflé un projet auquel j'ai immédiatement souscrit. Il m'a convaincu de financer une part de la pieuse mais coûteuse entreprise qui retient l'Église en Palestine.

— Ah, comte… C'est… Si je m'attendais à une telle proposition !

Payns sort de sa musette une brique en or qu'il tend au pape. Celui-ci, d'abord interloqué, se résout à accepter le présent.

— Agréez ce gage de ma résolution, dit Hugues. Je peux mettre mille fois ce poids d'or dans vos saintes campagnes.

— Que comptez-vous recevoir en échange d'un tel investissement, comte ?

Pascal regarde la brique qu'il tient dans la main droite.

— Nous en reparlerons plus tard, conclut le comte. Lorsque nous arrangerons les termes de notre marché. Réfléchissez… Je suis en mesure de couvrir l'Église d'or ! Vous me ferez parvenir votre réponse. Adieu, Saint-Père.

Puis les deux hommes se retirent, laissant Pascal abasourdi.

— Avez-vous entendu ? demande-t-il à dom Mestrany qui vient de quitter son réduit. À quel jeu le comte joue-t-il ? Et il y avait ce chevalier… Payns ! Ont-ils l'intention de m'acheter comme une vulgaire marchandise ?

— Il s'agit certainement d'autre chose, Saint-Père… Cela cache forcément une fourberie. Je ne peux concevoir un tel revirement !

— Il n'empêche que cet or est bien réel et pèse son poids. Prenez et jaugez-le !

Mais dom Mestrany fait un pas en arrière, refusant de se saisir du lingot, et s'écrie :

— Mon Dieu, votre poignet, Saint-Père !

Le pape baisse les yeux.

— Eh bien quoi, mon poignet ? Oui… il est fort rouge ! Et… des cloques apparaissent sur mes doigts. Cela commence à me brûler ! Que m'arrive-t-il ?

— C'est cet or, Père ! Jetez-le, vite !

Le pape lâche aussitôt le présent empoisonné qui tombe à ses pieds.

Des bouffissures enflent sur sa chair. La paume de sa main et son poignet se couvrent de seconde en seconde de phlyctènes purulentes.

— Les maudits ! Ils ont corrompu l'or avec leur magie de sorciers ! Ils sont venus m'infester avec un épouvantable toxique…

*
* *

Payns et le comte se sont hâtés de regagner leurs chevaux. Avant de monter en selle, Payns, à l'aide de sa main gauche, et fort soigneusement, retire de sa main droite le gant qu'il dépose dans sa musette.

— Je jetterai au feu cette manicle contaminée à notre retour. À cette minute même, le pape constate l'état ignoble de sa main.

— Une punition machiavélique, Payns !

Puis, sortant de la cour du palais épiscopal, Payns ajoute :

— Le mal va se répandre lentement dans tout son bras. S'il ne veut pas être obligé de le faire trancher comme il a fait couper la main droite de nos frères, le pape devra se résoudre à implorer qu'on lui administre le contrepoison.

— Et nous sommes les seuls à posséder le remède ! ponctue Hugues en s'esclaffant.

*

* *

Le pontife s'est laissé tomber sur son siège et a retroussé la manche droite de sa tunique.

— Ma main est une véritable braise !

— Demandons à l'abbé Denis de venir au plus tôt, propose dom Mestrany. Ainsi qu'à d'autres apothicaires, les meilleurs de la région.

Le mal empire à vue d'œil. Les apostumes, de plus en plus nombreux, dessinent cloques et pustules rougeâtres.

— La douleur est insupportable… Cette lèpre me dévore la peau. Courez, dom Mestrany !… Rappelez ces damnés chevaliers. Il est peut-être encore temps de les rattraper.

— J'y vais…

Dom Mestrany sort précipitamment et manque de renverser l'évêque que les cris ont alerté.

— Au secours ! Qu'on se rende auprès du Saint-

Père… Des médecins, vite ! Faites venir des médecins…

— Le pape se sent-il mal ? s'inquiète l'évêque.

— Ne cherchez pas à savoir et allez quérir vos docteurs. Le comte, l'avez-vous vu ?

— Certes, je l'ai croisé à l'instant, ainsi que l'homme qui l'accompagnait.

Malgré son âge et son poids, dom Mestrany se jette dans l'escalier, qu'il dévale au risque de glisser à chaque marche.

Lorsqu'il arrive dans la cour, il interroge abruptement le portier :

— Deux hommes… Les avez-vous fait sortir ?

— Certes, Monseigneur. L'un d'eux m'a dit être le comte Hugues. Il est parti à bride abattue avec son compagnon.

— Mon Dieu, mon Dieu ! se lamente l'ecclésiastique qui revient sur ses pas en courant.

Haletant, la poitrine en feu, il regagne la bibliothèque et retrouve le pape en compagnie de l'évêque, encadré de deux abbés.

— Comment avez-vous fait pour vous brûler de la sorte, Saint-Père ? interroge l'évêque.

— Je vous en prie, souffle Pascal en grimaçant. Qu'on m'ôte cette souffrance ! Des onguents, des pommades ! Apportez-moi des baumes ! Faites quelque chose !

— Voyez, tente de le rassurer l'évêque. Je vous ai amené deux clercs qui possèdent certains talents en médecine et qui vont vous examiner.

— Je n'ai nul besoin de néophytes ! J'exige que l'on m'amène des hommes de science !

Il tourne un regard implorant vers dom Mestrany. Un regard empli de larmes, tout chaviré de douleur et d'épouvante. Il serre les dents, laisse tomber son menton sur sa poitrine et demeure un long moment ainsi, tandis que l'évêque et ses deux abbés ne savent quelle contenance adopter.

Il relève le visage, soupire et, les yeux mouillés, murmure :

— *Flammis ne urar succensus, per te, Virgo, sim defensus*[1] !

1. Et pour que j'échappe aux tourments du feu, ô Vierge, soyez ma défense !

15

Les mots de Jésus

Les frères de la Loge Première ainsi que Maurin et dame Hélène se sont rendus tôt le lendemain matin en forêt d'Orient afin d'enterrer Geoffroy de Saint-Omer.

Ils ont pénétré dans l'enceinte protégée par la haute palissade que gardent les hommes du comte. Ce dernier est descendu dans le puits avec Payns pour creuser la tombe de leur compagnon.

Leur tâche achevée, Payns fait tinter une cloche afin de prévenir leurs amis. Ceux-ci placent le corps de Geoffroy sur une planche à laquelle ils le ligotent. Ferrer et Schelomet actionnent ensuite le volant de la grue.

La dépouille du chevalier disparaît dans la fosse.

Payns et Hugues l'accueillent avec d'infinies précautions. Deux torches fichées en terre les éclairent et projettent leurs ombres dansantes sur les parois de la grotte.

Puis ils portent le corps jusque dans la cavité pratiquée par les terrassiers et étayée d'épais madriers.

Là où une crypte sera excavée pour abriter la tombe de Jésus.

Geoffroy est allongé dans la marne humide.

Avant de jeter la première pelletée de terre sur le linceul, Payns dit :

— Adieu, frère Geoffroy. Selon ta volonté, tes os se mêleront à la glaise dans laquelle nous porterons bientôt notre frère Premier…

Leur besogne terminée, Payns et le comte se font hisser jusqu'à la surface où ils retrouvent leurs amis trempés, transis. Une pluie oblique perce manteaux et robes, ruisselle sur les visages en grosses larmes brillantes.

Maurin vient se presser contre son père, passant un bras à sa taille.

Hélène esquisse un signe de croix.

Eliphas ôte les loupes de ses yeux pour les essuyer contre sa tunique et les rajuste avec une moue de mécontentement.

Ferrer l'a regardé faire en souriant.

— Parle-nous, Payns, demande Hugues.

Payns, qui fixait les ténèbres du trou béant, tousse et se racle la gorge comme pour en chasser un sanglot. Et prononce ces mots :

— Jésus dit : *Je ne meurs pas. Je me couche pour un long sommeil. Je suis l'Amour qui s'endort paisiblement. Je pénètre dans le cœur des hommes. Dans le terreau de l'Avenir. Je suis la graine qui germera dans la paume des sages et des saints. Car je vous le dis, à vous, mes frères : l'eau est mon sang, le feu est mon âme, l'air est mon souffle et la terre est ma chair. Jamaïn, Nor, Rouach, Jabashah. Par I.N.R.I., je ne meurs pas. Vous serez mes disciples pour les siècles à venir. Vous formerez la longue Chaîne d'union entre les vivants et les morts et nul n'approchera la Connaissance pour en faire une arme de pouvoir. Un temps viendra, celui du Jugement dernier, qui décidera de mon réveil. J'apporterai alors la Vie éternelle à l'humanité. Il n'y aura plus ni mendiant ni malade, ni roi ni vassal.*

Tous demeurent ensuite un long moment en silence, frappés par la pluie, l'esprit empli des phrases que le Christ a confiées à la Tradition et que celle-ci a portées au travers des siècles.

Il n'y aura plus ni mendiant ni malade, ni roi ni vassal.

Hélène pleure doucement, presque timidement, en retrait. Et ce n'est plus de chagrin. La jeune femme pleure devant tant d'amour exprimé, comprenant en une soudaine illumination le message de cet homme qui, s'il n'était point le fils unique de Dieu, était cependant l'un de ses nombreux enfants. L'un parmi cette innombrable descendance humaine dont Dieu a embrasé l'âme pour des temps immémoriaux.

Hélène pleure, se surprenant à éprouver une sérénité qui ressemble à du bonheur.

Une main ferme et douce à la fois, rugueuse et pourtant sensible, prend la sienne.

C'est Payns.

— Pleurez, ma sœur. Je sais pourquoi, et je vous envie.

QUATRIÈME PARTIE

Pour la vie éternelle…

1

L'initiation de Maurin

Le printemps peine à chasser l'interminable hiver. Si les fragiles lumières du ciel de Champagne sont enfin revenues éveiller les jeunes pousses, soutenir l'éclosion des bourgeons soyeux et sucrés, le pâle et lointain soleil retient sa chaleur.

Les froides soirées écourtent les journées et le vent se lève chaque nuit, encore humide, apportant du fleuve et de ses canaux des odeurs de vase grasse.

Tard cette nuit-là, une pièce demeure allumée au premier étage du presbytère de Châlons, adossé à la cathédrale. Les épais carreaux de verre maintenus par leurs croisées de plomb interdisent de discerner nettement de l'extérieur les silhouettes en présence dans le cabinet de l'évêque Philippe.

Un homme est assis et écrit à un bureau. Ses larges épaules, sa nuque épaisse et sa tonsure indiquent qu'il s'agit de Philippe. Un deuxième se tient debout sur le côté gauche, tout proche du premier. Un troisième, enfin, reste immobile dans l'ombre, plus loin.

La main de l'évêque tremble et sa plume accroche

le vélin tandis que l'homme qui se tient debout près de lui, d'une voix douce et enfantine, lui dicte :

— *Mon cher et bien-aimé frère Hugues, par le présent message que t'apporte un clerc en qui j'ai toute confiance, je te demande de bien vouloir me rejoindre au plus tôt en mon évêché à Châlons. Je dois sans tarder te faire une importante communication relative au pape, qui séjourne actuellement à Reims...*

L'homme poursuit sa dictée. Celle-ci terminée, il se penche sur le bureau, plie la lettre en quatre et s'empare d'un bâton de cire qu'il fait chauffer à la flamme de la chandelle pour sceller le pli.

— Apposez votre sceau, Monseigneur, fait la voix calme.

Puis, dès que l'évêque s'est exécuté à gestes fébriles, l'homme tend la lettre au troisième personnage qui sort de l'ombre pour s'en emparer.

— Tu remets ce pli en main propre au comte, puis tu agis comme convenu.

— Je reviens avec Hugues et le conduis immédiatement à cet appartement.

— C'est cela. Pars maintenant pour ne pas être vu et rassure les autres ; qu'ils m'attendent avec les chevaux sous la fenêtre. Nous aurons très peu de temps pour agir... Ah, un détail !

— Oui, lequel ?

— Tu as du sang sur ta manche gauche. Nettoie-la avant de te présenter au comte.

*

* *

Ils sont tous présents : le comte Hugues, Payns, Schelomet, Ferrer, Eliphas et Émeric. Ils entourent Maurin dans la chapelle éclairée de torchères.

Sur l'autel, près d'un gros cierge éteint, ont été placés un calice empli de vin et un morceau de pain.

Maurin a revêtu une robe blanche. Il est pieds nus.

Payns se tient devant lui, la main droite posée sur son front. Et dit :

— Par les quatre forces… Jamaïn, Nor, Rouach et Jabashah… Par l'ordre retrouvé dans le feu, le sel, le soufre, le mercure et l'azoth… Au nom de Jésus, nous t'accueillons dans notre Chaîne d'union, Maurin, mon fils. Nous t'acceptons dans la Loge Première.

Payns retire sa main du front de l'enfant et poursuit :

— Par le Triangle, l'Hexagramme, l'Omega, la Croix et le Tau, tu rejoins aujourd'hui la grande communauté des morts et des vivants qui ont consacré et consacreront leur vie à la préservation de la Vérité et de la Parole secrète du Christ.

Et tous :

— Par I.N.R.I. !

Payns s'approche de l'autel, se saisit du calice et du pain en disant :

— Mangeons ce pain et buvons ce vin, la chair et l'esprit immortels de Jésus !

— Par I.N.R.I. ! Par la chair et le sang du Christ, par le sable et l'or, que demeure la Tradition pour la gloire de la Connaissance !

Payns tend le pain à son fils, lequel en détache un morceau qu'il mange aussitôt.

— Le pain de la terre est la chair de la vie.

Le chevalier offre ensuite le calice à l'enfant.

— Le vin de la terre est le sang de la vie.

Payns se sert ensuite d'une bougie pour allumer le gros cierge en prononçant :

— Maurin, mon fils, tu as reçu la véritable eucharistie qui t'unit aux frères de la Loge Première. Par ce sacrement, tu as épousé leur cause et tu t'es engagé à respecter le serment qu'ils ont fait jadis à ton ancêtre Jésus, fondateur de leur ordre.

Hugues a pris la coupe et le pain. Il boit et mange. Puis c'est au tour de tous les frères.

Payns élève le cierge au-dessus de la tête du jeune impétrant.

— *Igne Natura Renovatur Integra*. Par le feu, la Nature est intégralement renouvelée… Que la Lumière de Jésus nous guide jusqu'à la fin des temps dans la fraternité et la Connaissance !

— Par I.N.R.I. !

Payns abaisse et élève le cierge par trois fois avant de le remettre sur l'autel.

Revenu auprès de son fils, il fait un geste qui surprend ce dernier. Il lui dénude la poitrine. Maurin recule d'un pas. Il prend soudainement conscience de la fraîcheur qui règne dans la chapelle : les dalles sous ses pieds… l'ombre qui ternit les vitraux.

Il frissonne.

Payns s'agenouille devant lui en souriant et dépose un baiser sur son sein gauche. Une longue caresse tendrement appliquée, lèvres collées au mamelon. Dès que Payns s'est redressé, Hugues s'agenouille à son tour et agit de même.

Comme tous les frères.

Cette singulière cérémonie achevée, Payns rajuste la robe de son fils et dit :

— Le sang de Jésus est dans notre poitrine, Maurin. Tu es le dernier de sa descendance qui procréera. Les frères à venir embrasseront le cœur de tes fils… Et tes fils procréeront ; les frères à venir embrasseront leur cœur, avant qu'un jour les frères à venir embrassent le cœur même de Jésus. Tu es le Saint Cœur de l'avenir et nous respectons notre frère Premier en t'honorant. Car ta sœur n'est plus pour enfanter. Toi et moi, enfant, sommes les derniers maillons du lignage du Christ.

— Mais si nous disparaissons tous les deux, père ?

— La Tradition ne conservera plus que la Parole de notre frère Premier et sa dépouille en forêt d'Orient.

— J'aimerais savoir…

— Oui ?

— Si Jésus revenait à la vie…

— Oui ?

Les yeux de Maurin se sont agrandis. La flamme du gros cierge brille en eux.

— Si Jésus revenait à la vie, aurait-il les moyens de procréer de nouveau ? Transmettrait-il son don à sa descendance ? Femmes et hommes de son sang deviendraient-ils immortels ?

Payns réfléchit un instant et se tourne vers ses amis, cherchant en eux un appui. Revenant à Maurin, il dit :

— Nous l'ignorons. Nous ignorons d'ailleurs tout à propos d'une possible résurrection de notre ancêtre. Nous sommes certains que la mort ne l'a point corrompu comme elle le fait traditionnellement de tout corps organique. Nous t'avons dit que la vie – du moins une forme léthargique de vie – se maintient en lui grâce au procédé alchimique qu'il s'est appliqué. La Tradition nous laisse espérer que Jésus, si des frères lui prodiguaient la médecine d'I.N.R.I. selon les règles, recouvrerait progressivement la vie. Ses os se durciraient à nouveau, la moelle les irriguerait, les tissus se régénéreraient, les veines et les artères se reformeraient, l'eau, le sel et le sang y couleraient. Mais seule l'expérience peut vérifier cette hypothèse.

— Nous y croyons, intervient Eliphas, mais il nous arrive de douter. Toute science impose le doute, Maurin. La certitude n'appartient pas au monde des hommes.

— Nous l'espérons, ajoute Schelomet. La pratique d'I.N.R.I. a permis de défier la mort… La vaincra-t-elle définitivement ?

— Tu dois te pénétrer de l'enseignement de la Tradition, reprend Payns. Cet enseignement est double, comme tu as pu l'entrevoir. Il est d'ordre scientifique en ce qui concerne le corps de Jésus, et d'essence symbolique par le message que nous devons en tirer.

— Je comprends, se hasarde Maurin, le Christ était Amour et Connaissance ; il nous appartient de prodiguer l'un et d'approfondir l'autre pour qu'il vive perpétuellement par nos actions…

— Je te l'ai déjà dit, intervient Eliphas avec un large sourire, tu es réellement une bonne graine, mon jeune frère ! Qui ne demande qu'à germer dans l'excellent terreau de ton intelligence.

— Vous êtes trop bon, maître Eliphas. Mon initiation dans votre Loge me confère-t-elle tout à trac savant raisonnement et docte conscience ? !

La raillerie de l'enfant déclenche l'hilarité.

— Une bonne graine ! répète Eliphas.

2

Le piège

Payns est entré dans la chambre de Maurin pour ouvrir les volets dans un joyeux fracas. Avec un grognement, l'enfant tire le drap sur son visage afin de se protéger de la clarté d'un jour blême.

— L'heure du coq ! lance Payns en riant. La meilleure pour se lever !

— Tu veux me faire mourir de froid, papa !

— Nous avons une lourde journée à remplir, fils. Saute de ton lit, respire une longue goulée de ce bel air frais et lave-toi vigoureusement du museau au cul !

Maurin s'assied à regret en faisant une grimace de chat contrarié.

— Dois-je faire tout cela de si bonne heure ? s'étonne-t-il. Tu ne m'as pas habitué à être si matinal.

— Pardi, les temps ont changé ! Maintenant que tu es frère de la Loge Première, tu dois en adopter aussi la discipline. Chaque heure du jour est une bénédiction de la vie. J'ai prévu de t'emmener visiter le chantier en forêt d'Orient. Maître Eliphas a presque achevé le Tombeau. Et lui, il y est retourné dès vigiles sonnées !

— Grand bien lui fasse ! Je commence à regretter ma condition d'enfant… Je trouve le changement de statut un peu brutal ! Toute la maisonnée dort encore à poings fermés.

— Ne crois pas cela : un cavalier vient de passer la poterne, le contredit Payns en se penchant par la fenêtre.

Dans la cour, en effet, un voyageur engoncé dans une épaisse pelisse de fourrure fauve met pied à terre et s'adresse à l'un des gardes qui viennent de lui ouvrir la porte :

— Je dois remettre un message urgent de l'évêque de Châlons à messire le comte.

— Je vais chercher mon maître.

L'estafette n'attend guère. Hugues ne tarde pas, accompagné de Constance qui a passé un châle de laine sur ses épaules et s'est coiffée d'un bonnet.

Intrigué, Hugues s'empare du pli qu'il décachette vivement. Il s'écarte du messager et lit à haute voix pour son épouse :

— *Mon cher et bien-aimé frère Hugues, par le présent message que t'apporte un clerc en qui j'ai toute confiance, je te demande de bien vouloir me rejoindre au plus tôt en mon évêché à Châlons. Je dois sans tarder te faire une importante communication relative au pape, qui séjourne actuellement à Reims. Je te demande la plus grande des discrétions. L'affaire étant fort grave, je souhaite que tu sois seul à en recueillir le secret. Tu jugeras ensuite si tu dois le partager. Ton dévoué Philippe.*

Hugues s'en retourne aussitôt vers la maison pour se préparer.

— Je pars sur-le-champ ! Philippe est notre allié au sein de l'Église ; c'est un homme sage qui ne m'appellerait pas sans raison. Le pape lui aurait-il fait savoir que nous l'avions empoisonné ?

Payns, qui vient de le rejoindre, dit :

— Je t'accompagne. Prenons quelques hommes avec nous par prudence, au cas où le palais serait surveillé par les Gardiens du Sang. Ne courons aucun risque sur les chemins.

Le comte, souriant :

— Mon fidèle et précautionneux chevalier Payns qui me garde comme une nourrice ! Que pourrait-il m'arriver de fâcheux avec un tel compagnon ?

— Ne te moque pas, Hugues. Nous avons déjà perdu tant des nôtres que je n'ai pas su protéger ! Je m'en fais l'attrapade chaque jour… Et c'est un si lourd fardeau !

Maurin est sorti de sa chambre. Débraillé, le visage encore chiffonné de sommeil, il descend l'escalier et retrouve son père qui attend à la porte de l'appartement du comte.

— Remettons à demain notre visite au chantier, annonce Payns.

— C'était bien la peine de me faire quitter un bon lit chaud ! Que se passe-t-il ?

— Hugues et moi devons nous rendre à Châlons.

— Ah ! Eh bien, je remonte…

Le garçon tourne les talons et grimpe l'escalier en chantonnant.

— Clampin ! lui lance son père en riant.

*

* *

Le comte Hugues, Payns, le messager de Philippe et trois hommes armés se présentent à l'évêché de Châlons peu après midi.

Les portes leur sont ouvertes et le comte se fait reconnaître par un abbé qui vient à leur rencontre :

— Je suis Hugues, comte de Champagne, feudataire du roi et frère de l'évêque que je viens voir à sa demande.

— Ah, répond l'abbé, j'ignorais que Monseigneur attendait votre visite, messire. Il n'en a point informé ses secrétaires. Soyez cependant le bienvenu en ces murs.

— Où puis-je le trouver ?

— Dans ses appartements, sans aucun doute. Il n'en est pas sorti depuis hier soir ; je crains qu'il ne s'use encore les yeux sur d'anciens parchemins embrouillés de latin ou de grec ! Son valet s'est même fait refouler ce matin quand il a frappé à sa porte. Monseigneur n'a certainement avalé aucune nourriture, trop occupé qu'il était à son ouvrage.

— Il n'est pas dans ses habitudes de sauter un repas, s'étonne Hugues en descendant de cheval. Mon saint homme de frère pèche au contraire souvent par gourmandise. Je vais de ce pas lui faire la leçon. Attends-moi, Payns ; je te demanderai de monter si Philippe le permet. Apprenons ce qu'il a de si grave à me communiquer.

— Si tu tardes trop, je me fais inviter à la table de ces bons pasteurs, répond Payns en souriant.

— Ma foi, dit l'abbé, si vous aimez la soupe au chou avec du pain trempé, du fromage aigre et des noix séchées…

Le messager invite Hugues à le suivre.

Payns met pied à terre et se dérouille les jambes en exécutant quelques flexions. L'abbé, un grand gaillard au cuir tanné et au regard pétillant, ne manifeste pas l'intention de retourner à ses affaires. Au contraire, profitant de l'opportunité qui lui est donnée de se distraire un peu, il engage la conversation avec le chevalier :

— Il est vrai que notre évêque n'a jamais manqué de bénir le déjeuner du matin. C'est un moment qu'il apprécie fort, manifestant à chaque fois la satisfaction de célébrer une nouvelle journée. Puis il en profite pour saluer chacun avec la chaleur qui le caractérise. La tâche qui le retient dans son bureau doit être bien accaparante !

Pendant ce temps, le messager conduit Hugues à l'intérieur de l'austère bâtiment. Les deux hommes empruntent un escalier aux marches noires qui craquent sous leurs pas.

Parvenus dans un étroit vestibule, ils s'engagent ensuite dans un couloir pavé de tommettes brunes. L'appartement de l'évêque se situe au fond du corridor. Sans même frapper, ce qui surprend quelque peu le comte, l'estafette en ouvre la porte et s'efface pour le laisser entrer.

Philippe est assis à son bureau. Immobile. Il ne réagit pas à l'arrivée de son frère.

Hugues s'approche.

— Philippe ! Pourquoi cette pénombre ? Il fait une si belle lumière dehors…

Le messager est demeuré près de la porte.

— Philippe…

— Hugues, commence la voix plaintive de l'évêque, c'est toi ? Me pardonneras-tu ?

— Que te pardonner, mon frère ?

Hugues fait de nouveau quelques pas.

— Je… J'ai écrit parce que j'avais trop mal… Il m'a dicté… pour te tendre un piège !

Le comte découvre que son frère a les bras attachés dans le dos. Il se précipite. Voit le visage tuméfié, la lèvre supérieure éclatée, le sang sur le front…

— Tu as été battu ! Mon pauvre frère, que t'est-il arrivé ?

Le regard suppliant de Philippe, sa voix douloureuse :

— Fuis ! Il est là ! Fuis, Hugues…

Hugues se tourne vivement vers la porte qui donne sur une seconde pièce. L'ombre. Mais une silhouette se détache cependant sur le seuil.

— J'ai trouvé cette ruse pour vous faire venir à moi, comte. J'étais certain que vous mordriez à l'hameçon. Il suffisait de vous parler du pape.

La silhouette : capuchon, ample manteau et hache en main droite.

*

* *

L'abbé ne cesse de parler, trop heureux de converser avec cet aimable chevalier, ami du comte de Champagne, qui s'est rendu à Jérusalem et s'est incliné sur le Tombeau de Jésus-Christ.

— Avez-vous fait bonne route ? Troyes est à bonne distance de Châlons.

— Le temps nous était clément, et le message apporté par votre clerc exigeait que nous nous hâtions.

— Notre clerc ? Vous parlez de cet homme qui est monté avec le comte ?

— En effet, je parle bien de lui. Il est arrivé à matines au comté et nous avons aussitôt sauté en selle.

Puis, en proie à une soudaine inquiétude :

— Quoi ? Ce messager n'appartient pas à la maison de l'évêque ?

— Nullement, seigneur ! Je pensais qu'il faisait partie de vos gens…

Une angoisse glace le sang de Payns, qui lance aux hommes armés :

— Un guet-apens ! Avec moi, vous trois, vite ! Épée en main, le comte est en danger de mort !

Ils s'élancent vers le lourd bâtiment.

*
* *

Hugues a esquissé un pas, cherchant à se replier vers la porte qui donne sur le corridor mais que défend le messager. L'homme à la hache est dans la pièce.

— Aucune retraite possible, Hugues. Votre heure est venue, je dois prendre la bague que vous portez à la main droite. Vous voyez, je moissonne pour préserver les intérêts de la Sainte Église.

— Mes hommes sont en bas…

— Je sais ; ils n'auront pas le temps de vous sauver. Il me suffit de quelques secondes pour faucher…

Le tueur a gagné le bureau ; l'évêque le regarde, cherchant à deviner quelques traits du visage que dissimule la cagoule. Il s'interroge, puis la terreur envahit ses traits. Car l'homme à la hache, comme accomplissant un geste ordinaire, sans importance, élève son arme en disant :

— D'abord le témoin !

La cognée s'abat sur la nuque de Philippe. La tête de ce dernier, à demi détachée du tronc, s'affaisse en un angle incongru sur la poitrine, qui aussitôt se rougit de sang.

Hugues a hurlé. Les yeux de son frère, même dans la mort, même dans ce visage oblique et grotesque, lui sourient encore tendrement derrière leur voile d'épouvante.

Le chevalier a dégainé son épée. Il se rue sur l'assassin.

— Monstre ! Il était inutile de tuer cet innocent.

— Allons, aucune âme n'est totalement vierge ! Votre frère connaissait le Secret et vous l'avez condamné en le lui confiant.

Hugues est jeté au sol d'un puissant coup porté au front avec le manche du merlin. Le tueur a frappé comme un bûcheron, violemment, sans que son adversaire ait le temps de soupçonner l'attaque.

— Votre bague, comte…

À la porte, le messager s'écrie :

— Finissons-en, ses hommes montent l'escalier ! Ils vont faire sauter la porte et…

— Comme tu es pressé, Robert ! Tu sais que j'aime

goûter ces instants… Il faut savoir trouver du plaisir dans son métier. Surtout quand celui-ci est un art subtil…

Au sol, désormais prisonnier du tueur qui le maîtrise, Hugues lance :

— Tu n'es qu'un vulgaire viandard !

La voix de miel, sans aucune aménité, se faisant basse et lente :

— Non, comte. Je suis le bras de la Vérité. L'arme de Dieu ! Et c'est offenser Dieu que d'injurier Son guerrier.

— Maître, s'impatiente le messager, ils sont dans le couloir !

— Oui, oui…

Voix d'enfant à peine irritée.

— Oui, oui… Puisqu'il faut se hâter…

Le tueur tranche d'un coup sec le poignet droit du comte et trace une croix ainsi que le chiffre 4 sur le front de celui-ci avec son propre sang.

— *In hoc signo vinces !*

La porte vole en éclats. Le messager est bousculé ; il tente néanmoins de défendre son maître.

— Christ Roi, nous arrivons trop tard ! se lamente l'un des trois gardes voyant le comte évanoui et baignant dans son sang, qui ne cesse de jaillir de la blessure hideuse.

Le bras, pareil à un animal blessé, est parcouru de soubresauts, comme affranchi de son corps inerte.

— Place ! crie Payns en plongeant la lame de son épée dans la gorge de l'estafette, la traversant de part en part.

S'agenouillant au-dessus de son ami, il ordonne :

— Pour l'amour du comte, ne laissez pas s'enfuir le tueur !

Les trois hommes se précipitent dans la seconde pièce tandis que Payns tire le corps du blessé jusqu'à la cheminée où vivotent encore quelques grosses braises, vestiges de la flambée nocturne.

Hugues a rouvert les yeux.

— Je vais devoir te faire souffrir encore, frère, le prévient Payns… Mais il faut absolument cautériser ta plaie, ou tu vas te vider entièrement de ton sang.

— J'ai compris ! Crois-tu que cela suffira ?

L'abbé entre à son tour dans l'appartement de l'évêque, découvre l'effroyable spectacle. Le sang. Le sang sur le sol, sur la robe de Philippe. La tête de ce dernier, à peine retenue par de fragiles tendons et ligaments, la joue droite posée de manière obscène sur la poitrine. Le chevalier assis sur le plancher, le comte geignant contre lui…

— Mon Dieu, s'exclame l'abbé, vous n'allez tout de même pas lui brûler le bras ?

— C'est le seul moyen, rétorque sèchement Payns. Lui plonger le poignet dans les braises… Lui griller les chairs pour arrêter le saignement ! Vous vous pâmerez plus tard. Courez chercher du secours !

Grésillement. Odeur écœurante de la peau et des muscles que les braises calcinent. Suintement et bouillonnement du sang dans la chaleur.

Le comte n'a pas crié. Il s'est évanoui de nouveau et Payns en est satisfait ; il peut ainsi maintenir plus longuement son poignet dans les brandons ravivés.

L'homme à la hache est parvenu à fuir. Il a sauté d'une fenêtre. Après s'être réceptionné dans une courette aussi aisément qu'un chat, il enfourche l'un des deux chevaux que trois Gardiens du Sang, qui attendaient, avaient préparés pour lui et Robert le Roué.

Au moment où la troupe va s'élancer, l'un des Gardiens du Sang s'inquiète :

— Nous n'attendons pas le Roué, maître ?

— Son sacrifice m'a permis de m'échapper. Voyez, j'ai la main droite du comte. Il ne nous reste plus désormais que deux noms à rayer de notre liste : Payns et la veuve de Brienne.

— Ah, Payns…

— Eh bien quoi, *Payns* ?

— Un magicien et sorcier !

— Vous n'êtes que des ânes superstitieux tout juste bons à gober des contes pour enfants, dit le tueur en éperonnant son cheval. Payns tombera comme ses quatre « frères », et j'aurai alors rempli mon contrat. *Dominus vobiscum.*

— *Et cum spiritu tuo*, répondent en chœur les trois Gardiens du Sang.

Après une courte chevauchée, la troupe doit se séparer.

— Retrouvons-nous cette nuit à l'endroit habituel, commande l'homme à la hache. Nous formerons la Loggia pour entendre notre espion. Je crois que le pape me cache certaines choses.

— L'odeur du sang indispose peut-être le Saint-Père ? émet l'un des trois Gardiens.

— À moins qu'il ne s'impatiente ? avance un deuxième. Il s'imaginait certainement que nous récupérerions les cinq bagues plus promptement.

— Notre mission sera bientôt achevée, et il pourra

regagner son douillet palais l'esprit apaisé. Ainsi, l'Histoire sera écrite ! Les pèlerins iront par milliers se recueillir sur le Tombeau du crucifié à Jérusalem. Pour les siècles à venir, ils respecteront cette croyance. *Amen !*

— *Amen*, font les trois Gardiens.

3

Maître Guillemet

Payns vient d'essuyer le front du comte, faisant disparaître la croix et le chiffre qui le souillaient.

— Le criminel nous a échappé, seigneur Payns ! Trois hommes l'attendaient au pied du mur. Ils ont pris la fuite à grand train et je crois inutile de partir à leur poursuite ; on ne les rattrapera pas.

— Aidez-moi à porter Hugues dans la chambre de Philippe ; j'ai envoyé l'abbé chercher un médecin.

Le blessé a repris connaissance. Livide, il jette un coup d'œil à son bras mutilé dont l'extrémité noirâtre est boursouflée. Puis il lance un regard affligé au corps de son frère, toujours assis à son bureau, quasi décapité.

— Il a sectionné le cou de Philippe en riant, Payns. Il riait ! Tu entends, il riait !

— Je t'assure que je lui ferai ravaler son rire. Je tuerai cette vipère en mémoire de tous ceux qu'il a massacrés.

Tandis qu'on l'allonge sur le lit de l'évêque, Hugues poursuit :

— Mais les jours passent et il ne cesse de tuer. Nous sommes en train de perdre notre combat… Tu m'avais dit que le pape nous ferait appeler… qu'il nous implorerait…

— Patience. La maladie que nous lui avons transmise ne peut être guérie sans notre aide. Nous sommes les seuls à posséder l'antidote.

Avec des gestes empreints de douceur et d'amour, Payns soulève délicatement la nuque de son ami pour glisser un coussin sous sa tête, et s'assied à son côté sur le bord du lit.

— Donne l'ordre de me ramener, demande le comte. Nous prendrons un chariot… Et puis, maîtres Ferrer et Schelomet pourront exercer leur science sur moi.

— Je ferai ce que tu demandes. Nous partirons dès que le médecin t'aura fait un emplâtre. Mais cesse de parler. Repose-toi. Garde tes forces pour le voyage.

— J'aimerais tant vivre encore, mon ami… Pour Constance et mes enfants. Je suis si jeune !

— Tu vivras, Hugues. J'ai pu enrayer à temps l'hémorragie, évitant que tu ne perdes tout ton sang.

Un homme âgé et de petite taille entre dans la chambre.

— Je suis maître Guillemet, messires, annonce-t-il en ouvrant une grosse sacoche. J'ai fait au plus vite lorsqu'on m'a dit qu'il s'agissait d'un membre tranché et carbonisé.

Des abbés ont investi le cabinet de l'évêque en poussant de grands cris. De la chambre, on les entend ensuite s'affairer autour de la dépouille. Certains se sont mis à prier. D'autres pleurent en reniflant comme des enfants effarés.

Maître Guillemet examine le bras sectionné du comte.

— Oui, je vois, note-t-il, on lui a administré un remède sévère !

— J'en suis l'auteur, dit Payns.

— Je ne vous blâme pas. Bien au contraire ! Vous lui avez sans aucun doute sauvé la vie. Ma foi, je ne peux guère accomplir d'autres soins que soulager la douleur et appliquer un onguent qui raffermira les chairs tout en interdisant l'infection.

Le médecin fouille dans sa sacoche ; il en sort pots, bocaux, linges et sachets de poudres.

— Qu'on fasse chauffer un baquet d'eau, commande-t-il, et que l'on m'apporte du vinaigre afin que je désinfecte la plaie.

Il se penche plus près des larges phlyctènes, semblant les renifler tel un vieux chien et les fouillant longuement des yeux pour les évaluer. Se redressant, il constate :

— Il est inutile de ligaturer les artères. Elles ont été durement brûlées et ne nécessitent aucune autre intervention. Quant aux os, ils ont été brisés net. Un rude coup… Alors, cette eau chaude !

Il s'est retourné, impatient.

— Ça vient, lui est-il répondu du cabinet de l'évêque. Il a fallu rallumer le feu, maître !

— Et ce vinaigre !

— Voici, le rassure un abbé en lui tendant un flacon brun.

Maître Guillemet, s'il est réputé pour la qualité des

soins qu'il dispense depuis plus de quarante ans à ses semblables, n'est guère apprécié pour son amabilité, qualité qui lui est le plus souvent étrangère et qu'il considère comme une perte de temps.

Il entretient avec ses condisciples des rapports froids et austères, refusant avec constance toutes les effusions de reconnaissance lorsqu'il sauve une vie ou guérit simplement d'une vulgaire angine.

Mais le grand nombre d'années passées à exercer son ministère lui ont permis d'acquérir une pratique magistrale, et il enseigne son art avec un profond dédain et une orgueilleuse hauteur à des étudiants admiratifs.

Désinfectant la blessure épouvantablement tuméfiée avec des gestes quasi féminins, il marmotte dans sa barbe :

— Certes, cela ne me regarde pas… Ce qui s'est passé ici n'est pas mon affaire. Néanmoins, ma vue a beau avoir beaucoup baissé avec l'âge, je n'ai pas pu m'empêcher de voir que Monseigneur l'évêque a eu le col tranché ! Et que pour lui ma science ne sera d'aucun secours… Quelle affreuse époque, où les saints hommes se font trucider dans leur propre appartement et où l'on sectionne des poignets pour faire bon poids ! Je n'ai jamais beaucoup aimé mes semblables, qui sont généralement de quelconques porcelets marchant sur leurs pattes postérieures, ce qui leur confère – s'imaginent-ils – la raison et la religion ! Mais je dois admettre que mon jugement ne fait que se durcir au soir de ma vie… Cette eau est-elle enfin chaude ?

La dernière phrase a été prononcée sur un ton pointu, excédé.

L'un des hommes d'armes revient enfin avec un baquet fumant.

— Posez-le ici, empoté !

Payns regarde le vieillard agir, appréciant son doigté précis et attentionné. Alors qu'il nettoie l'avant-bras de son patient, il surprend par la prévenance de son toucher, appliquant avec une grande précaution les linges mouillés sur la peau, frottant celle-ci sans hâte, la caressant plutôt, pour lui ôter les croûtes de sang, tout en poursuivant ses litanies sur un ton de colère à peine contenue :

— Un triste monde et une vilaine époque, pour sûr ! Dire que j'ai usé ma belle jeunesse à emplir jusqu'à la douleur mon esprit de ce maudit trivium… Grammaire au lever hiver comme été, à m'en gaver ! Rhétorique au midi en guise de souper, chaque jour que Dieu fit ! Astronomie le soir venu, le nez à s'enrhumer dans les étoiles et leurs courses infinies ! Dire que mon père – qu'il repose dans la paix du paradis – voulait que je sois plus savant que lui ! La médecine ? Bien sûr, mais pas avant d'avoir appris à maîtriser par le petit bout de leurs queues les arts libéraux ! S'endormir d'abord en compagnie de ces chers et doctes Euclide, Ptolémée, Aristote, Cicéron ou Pythagore, et s'abreuver comme eux à la fontaine de la sagesse ! Et pourquoi, messires ? Pour quel résultat ? Hippocrate ne m'a-t-il parrainé que pour raccommoder des hommes qu'estropient et déchirent d'autres hommes ?

Il rejette les linges rougis dans le seillon et entreprend de composer une pâte dans un mortier à partir d'une huile et d'une poudre jaune.

La respiration du comte s'est apaisée. Payns est demeuré près de lui et a posé une main sur son front. Une seconde, prenant conscience de ce geste d'amitié, le vieux médecin a esquissé un sourire. Juste une seconde.

Maintenant qu'il semble satisfait de l'onctuosité de son onguent, le praticien, à l'aide d'une spatule, en enduit la plaie de son patient.

— Je vous donnerai de ce liniment, seigneur, dit-il à Payns, et vous pourrez ainsi répéter chaque jour au matin ce que vous m'avez vu faire. Car je crois qu'un lien fidèle vous unit à ce blessé…

— En effet, maître Guillemet. Je vous ai regardé faire attentivement et j'ai remarqué que vous nourrissiez abondamment les chairs de cette graisse en débordant loin sur les parties saines.

— Vous êtes très observateur. Pratiquez-vous un peu la médecine ?

— Mon art n'est rien à côté du vôtre, sourit le chevalier. Mes amis m'utilisent plutôt comme rebouteux. Je sais remettre les os en place, recoudre une blessure, soigner quelques douleurs… Un enseignement empirique qui me vient de mes aînés… Et d'une sœur en particulier.

La voix de maître Guillemet a imperceptiblement changé. Elle s'est débarrassée de ses accents pointus et aigres pour dire :

— La science de nos ancêtres n'est pas à railler. Elle a souvent été frappée au coin du bon sens et il est communément admis qu'elle fut le résultat d'observations précises du monde. Voyez cette pommade, par exemple, celle-là même avec laquelle j'enduis si généreusement le bras de votre ami, eh bien, il entre un peu de magie en elle !

Hugues oublie sa douleur et s'étonne :

— De la magie ? Qu'entendez-vous par là ?

Maître Guillemet s'explique :

— De tout temps, les brûlures ont été les maux les plus malaisés à soigner, les douleurs les plus difficiles à apaiser ! Peau, muscles et tendons suppurent. La chair pourrit. Les os se gangrènent… La cicatrisation se fait laborieusement et il est courant que des escarres se forment et occasionnent d'ardentes souffrances. Le feu est le pire ennemi du corps, car il nous vient de l'enfer. Il mord et laisse son poison dans la plaie à vif. Une poussière, une goutte d'eau souillée, et la blessure s'infecte ! Vous ne pouvez savoir combien d'heures j'ai passées à étudier le moyen de remédier à cette calamité… En vain ! J'ai interrogé nombre de confrères illustres et me suis penché sur des traités qui faisaient autorité en la matière. Qu'ils fussent latins ou grecs, je n'y ai trouvé que piètres remèdes : solutions d'huile et d'eau de chaux, balnéations chaudes…

— Mais la magie ? s'impatiente le comte.

— J'y viens, messire… Une très vieille femme du nom de Pervenche me fit venir un jour dans sa chaumière où elle se mourait entre un fils attardé et une fille qui s'était dévouée à elle corps et âme. La dame Pervenche avait une réputation de guérisseuse dans la région, et j'avoue que j'avais parfois entendu parler d'elle sans y prêter attention. Ses recettes de bonne femme étaient sans effet sur le mal qui la rongeait et l'emportait, aussi souhaitait-elle que je l'aide à trépasser en douceur. Ayant diagnostiqué une fort vilaine infection de ses intestins – elle avait des selles rouges de sang –, je lui composai des emplâtres à absorber et des tisanes analgésiques. Je vins la voir tous les soirs pour lui prodiguer mes soins ; la vieille ne souffrait plus et s'en allait lentement, le sourire aux lèvres. La veille de son décès, devinant sans doute son heure proche, elle m'interrogea sur mon apostolat et me demanda quel mal me résistait. Je fus surpris qu'elle me posât cette question, mais j'y répondis néanmoins : je lui parlai des brûlures, que je ne parvenais pas à soulager. Elle me dit alors : « Vous ne connaissez donc pas la pâte jaune ? » Elle me désigna une étagère couverte de petits sacs et de pots. « Prenez cette poudre ! Le sac marqué d'une mandragore », m'ordonna-t-elle. J'allai à l'étagère et pris la poche sur laquelle figurait une grossière représentation de mandragore. Je la lui portai dans son lit. Elle l'ouvrit et m'en fit sentir le contenu. « Savez-vous ce que c'est ? » Comme je répondais par la négative, elle poursuivit en riant : « Eh bien, moi non plus ! Je la confectionne depuis que je suis enfant selon la recette de ma mère, qui faisait comme sa mère le lui avait enseigné. Je compte les mesures exactes d'herbes choisies avec précision, que je concasse et mélange en y associant un nombre précis de certains insectes broyés… Ensuite, la poudre ayant séché durant une semaine d'été, les jours en plein soleil, les nuits sous une bonne grosse lune bien ronde, elle est prête à l'emploi. Pour l'exalter, il suffit de la mouiller de cette huile… Là, sur cette autre étagère… » Elle me fit chercher le flacon d'huile et recommença une ritournelle semblable. Puis elle me dit : « Voulez-vous que je vous indique la nature des ingrédients qui entrent dans la composition de la pâte jaune, maître Guillemet ? » J'étais un peu las de son bavardage, que des râles rendaient parfois inaudible. Avec agacement, je lui demandai : « Faudrait-il au moins que je sache à quoi sert votre fameuse panacée ! » Je me souviens encore du petit rire qu'elle eut en me répondant : « Ah, c'est vrai, je ne vous l'ai pas dit… Je pensais que vous aviez compris. Cette pâte soigne les brûlures, maître Guillemet ! »

Le médecin, déchirant une bande de linge pour confectionner un pansement, ajoute :

— Cela fait maintenant plus de vingt ans que je confectionne cette poudre et cette huile, messires. J'utilise pour cela la recette que me confia dame Pervenche, au grain près ! Je fais sécher la poudre pendant une semaine d'été à l'époque de la pleine lune… N'y a-t-il pas là tout de même un peu de magie ?

Hugues parvient à sourire pour dire :

— Je prierai pour le repos de l'âme de dame Pervenche dès que j'en aurai le courage !

— Vous ferez bien, souligne le médecin, elle le mérite grandement. Vous verrez que votre bras ne vous fera plus souffrir d'ici deux à trois jours et que la brûlure séchera sans s'infecter.

— Maître Guillemet ! l'interpelle Payns.

— Oui ?

— Vous êtes un brave homme.

— Je le regrette fort. J'aurais tant aimé détester

mon prochain comme il le mérite dans son insigne bêtise et son incurable désir de faire le mal partout où il pose sa patte ! Voyez-vous, il y avait dans cette ville un personnage de valeur et de grande bonté… Des barbares l'ont tué en lui coupant la tête !

— L'évêque Philippe…, articule Hugues dans un sanglot.

— En effet, éructe le vieillard. Lui-même ! Un saint qui ne radotait pas les Écritures à la moindre occasion et qui parlait plutôt une langue que le pire des ânes pouvait comprendre.

— C'était mon frère…, lance Hugues dans un souffle.

— Mon Dieu ! s'écrie le médecin. Mais, dans ce cas, vous êtes le comte… Notre comte !

Tremblant soudain, se relevant du bord du lit où il s'était assis, il bégaye :

— Et moi qui vous ai saoulé avec mes péroraisons de vieillard gâteux !

Puis, se tournant vers Payns :

— Prenez de quoi écrire, messire ! Notez avec précision la recette de dame Pervenche…

4

L'intuition de l'abbé Denis

Le visage traversé de tics, le front brillant de sueur, dom Mestrany accueille l'abbé Denis avec affolement et le tire brutalement par la manche.

— Ah, Denis ! Nous vous attendions avec impatience. Venez… Vite !

— Eh bien, je ne vous ai jamais vu dans un état pareil ! C'est à croire que vous êtes le malade, Monseigneur !

— Ne plaisantez pas avec cela. Sait-on si l'infection du Saint-Père est contagieuse ?

— Je vous l'ai déjà répété cent fois ; il n'y a pas lieu de s'inquiéter à ce propos. Justement, comment se porte le pape, ce matin ?

Halant littéralement le petit abbé vers l'appartement du pontife, dom Mestrany répond :

— Mal. Il a souffert toute la nuit d'une forte fièvre, c'est pourquoi j'avais hâte que vous arriviez.

— Il devrait pourtant se porter mieux, avec mon traitement !

Dans la chambre du pape règne une animation inhabituelle. Deux clercs préparent onguents et cataplasmes sur une table placée devant une fenêtre par laquelle pénètre un jour radieux. À l'aide d'une plume d'oie, un abbé tente d'adoucir les brûlures du malade par d'imperceptibles caresses.

Assis sur le bord de son lit, le pape est torse nu, son gras bedon reposant sur ses cuisses. Il geint, se lamente, pleurniche sans crainte de paraître ridicule. La douleur et l'épuisement lui ont ôté une grande partie de sa dignité. Il n'est plus qu'une malheureuse chose apeurée qui souffre le martyre.

Il se tourne vers l'abbé Denis qu'il apostrophe en râlant :

— Je brûle ! Je ne cesse de me consumer de l'intérieur, maître Denis ! Voyez dans quel état je me trouve malgré les remèdes que vous m'infligez ! Rien n'y fait ! Les pommades dont on m'enduit, les décoctions que l'on me force à avaler… Inutiles les unes comme les autres !

— Pourtant, Saint-Père, se justifie Denis en s'approchant de son patient, soyez assuré que je mets tout mon savoir dans ces prescriptions.

— Ces sorciers… Payns et le comte Hugues m'ont empoisonné le sang ; le mal gagne chaque jour un peu plus. Voyez par vous-même, des cloques apparaissent sur ma poitrine et ma gorge ; je dois me retenir pour ne point m'arracher la peau !

Denis a sorti une loupe de sa musette et entreprend un examen minutieux des furoncles purulents, lesquels lui arrachent une grimace de contrariété.

— Je ne comprends pas, admet-il, les emplâtres d'*Alliara* et d'*Asteraceae* devraient apaiser votre douleur. Quant à l'*Echinacea purpurea* que je vous administre matin et soir, elle aurait dû vous purger les veines. Je me demande si l'*Uncaria tomentosa* ne serait pas mieux appropriée dans cette infection qui…

— Pour l'amour du Ciel, Denis, cessez de bavasser comme une pie savante, guérissez-moi plutôt !

— Oui, oui, Saint-Père… Je m'y emploie. Néanmoins, ce mal est bien mystérieux. Je n'en ai jamais vu de semblable. Ce n'est pas une lèpre habituelle, Saint-Père. Euh… Si je connaissais la nature du poison qui vous a infecté, je pourrais sans doute m'acquitter de ma tâche avec plus de discernement.

Le ton de l'abbé s'est voulu ironique et dom Mestrany le tance sèchement :

— Nous vous avons expliqué comment notre souverain pontife a été contaminé par ces damnés Champenois !

— Certes, Monseigneur, je sais cela. Cependant, avec quel venin ont-ils commis leur crime ? Car c'est là une fort étrange maladie !

Le pape soupire.

— Devrais-je me résoudre à implorer Payns et le comte de Champagne de me délivrer un antidote, dom Mestrany ?

— À quel prix ? s'interroge l'ecclésiastique.

L'abbé sourit.

— Vous m'avez fait l'honneur de me demander récemment de commenter trois dessins, Saint-Père… Seul un alchimiste a pu tracer ces figures.

— Où voulez-vous en venir ? lui demande brutalement le pontife.

— Bien des rumeurs circulent depuis le retour de

Jérusalem du comte de Champagne. Trois des quatre chevaliers qui l'accompagnaient ont été victimes de crimes épouvantables…

— Poursuivez, jette le pape.

— L'assassin les aurait mutilés en leur tranchant la main droite d'un coup de hache. Les langues s'agitent et disent que le tueur leur a dérobé un secret rapporté de Terre sainte. Un secret lié au Grand Œuvre…

— Des ragots, naturellement ! fait le Saint-Père en balayant l'espace du revers de la main.

— Persiflages et clabaudages, bien sûr ! reprend l'abbé. Cela ne peut avoir de rapport avec les dessins que vous m'avez invité à déchiffrer, ni avec votre empoisonnement, Saint-Père. Bien sûr !

— Du moins est-ce ainsi que nous devons l'entendre, Denis.

— Naturellement, puisque c'est la vérité… Il y aurait vraiment malice à ne pas l'admettre de votre bouche.

Après avoir désinfecté les plaies du pape et houspillé les clercs pour leur manque de savoir-faire dans la confection d'un pansement convenable, l'abbé Denis s'éclipse avec dom Mestrany pour l'entretenir en privé. Les deux hommes font quelques pas dans le couloir.

— J'avoue que la santé du pape me contrarie fort, Monseigneur.

— Il n'empêche que vous devez trouver un moyen de le guérir. Et le plus rapidement possible, afin que nous retournions en son palais. Le Saint-Père ne peut se permettre de laisser son siège vacant trop longtemps.

— Si j'ai clairement compris, les deux derniers survivants de l'expédition en Terre sainte sont le chevalier Payns et le comte Hugues ? Et ce sont eux qui auraient empoisonné Sa Sainteté… Pour quelle raison ?

— De la basse politique qui ne vous regarde pas, tranche dom Mestrany, embarrassé. Contentez-vous de répondre aveuglément à nos volontés.

— Tout de même, s'entête l'abbé, l'affaire est d'importance ! Le comte de Champagne a attenté à la vie du souverain pontife ; cet acte imposerait que l'on se plaigne au roi et que l'on ouvre un procès sans tarder… À moins que…

— Oui ?

— Trois crimes, trois dessins hermétiques… N'est-ce point là une curieuse coïncidence, dom Mestrany ? Le roi devrait-il être tenu à l'écart ?

— Apprenez donc à obéir à vos supérieurs sans poser de questions ! rétorque l'ecclésiastique, excédé.

— Excusez-moi ; je pensais tout haut. C'est un défaut dont je ne parviens pas à me corriger.

— Vous êtes roué comme un renard, l'abbé. N'oubliez pas que vous vous êtes engagé à ne rien dévoiler de tout ce que vous avez appris entre ces murs.

— Soyez assuré de mon silence. Je vais réfléchir de nouveau au mal qui affecte le Saint-Père et reviendrai demain à la même heure. Si la fièvre empirait entre-temps, faites-moi appeler.

— Je n'y manquerai pas.

L'abbé Denis salue dom Mestrany d'une rapide inclinaison du buste et s'en retourne, sa musette en bandoulière.

L'évêque, qui les surveillait depuis quelques minutes dans l'encoignure d'une porte, profite de l'instant pour interpeller dom Mestrany :

— Je vous cherchais justement. Je tenais à saluer Sa Sainteté. Je m'inquiète beaucoup à son sujet et ne cesse de prier pour son prompt rétablissement !

— Que Dieu vous entende. Nous vous sommes reconnaissants de votre chaleureuse hospitalité et craignons de devoir en abuser encore un peu.

— Restez en Champagne autant qu'il vous plaira. Le temps qu'il faudra au pape pour guérir et régler son entreprise.

— De quelle entreprise parlez-vous ?

— Oh, rien… Je pensais au comte Hugues et à son pieux cousin Hugues de Payns qui sont venus l'autre fois rendre visite au souverain pontife ! Juste avant qu'il ne soit atteint par cette soudaine maladie. J'imagine qu'un discret commerce s'est engagé entre eux.

Dom Mestrany tourne les talons. L'évêque le suit pour demander à nouveau :

— Puis-je voir le pape et lui présenter mes civilités ?

— Plus tard, Monseigneur. Plus tard. Il souhaite se reposer.

— Partagerez-vous mon souper ?

— Je vous le ferai savoir.

L'évêque abandonne. Il regarde s'éloigner l'imposante silhouette de son hôte en hochant la tête, se disant que, décidément, il déteste cet homme et ses mystères. Tout comme il exècre ce pape aux allures affectées qui se conduit pourtant comme le plus vulgaire des rustres.

*
* *

L'abbé Denis apprécie les longues déambulations à travers Reims. Du palais épiscopal, il lui faut beaucoup marcher pour regagner sa modeste cure. Traverser la place de la Cathédrale encombrée de marchands et de rebouteux, emprunter les rues étroites et sombres aux échoppes minuscules, aux auberges louches, longer le fleuve et regarder passer les barques plates chargées de ballots, s'attarder auprès de pêcheurs patients qui revendront plus tard leur poisson aux tavernes, écouter les cris des enfants qui se baignent malgré la fraîcheur de l'eau… Parvenir enfin à son église, de guingois d'avoir été mal construite, son cimetière aux tombes moussues, sa cure avec son poulailler et sa porcherie. Et son laboratoire d'apothicaire, modeste édifice qu'un épais toit de chaume semble écraser.

Morve, son gros chien à demi aveugle, lui fait fête chaque fois qu'il passe le portail en bois. Il se précipite dans ses jambes en manquant de le faire tomber et jappe, gueule baveuse en l'air, à s'en époumoner.

— C'est bon, stupide et affectueux animal !

Morve n'a jamais compris le langage des hommes, bien qu'il ait sans doute fait de louables efforts pour saisir le sens de quelques mots. Il aboie du bonheur de retrouver son maître comme s'il l'avait perdu depuis des années, et s'emmêle dans ses chevilles.

— Comme tu es sot !

Tout ce qui sort de la bouche de ce petit homme en robe n'est que douceur et gentillesse. Aussi Morve braille-t-il de plus belle.

Un battant de l'une des fenêtres du laboratoire est poussé. Une tête toute ronde et tonsurée de jeune abbé apparaît.

— Ah, tu es rentré, Denis.

— Je ne croyais plus te trouver au travail, Mathieu. Ne devais-tu pas visiter le couple Champloit et prier en leur compagnie ? Leur petit risque de passer de vie à trépas d'un moment à l'autre.

— J'irai plus tard. J'avais hâte d'achever cette décoction à base d'*Aconitum carmichaeli*. Mais le pape, dis-moi… Quelle mine avait-il aujourd'hui ?

Denis pénètre dans le laboratoire encombré de pots et de vases étiquetés, de grimoires et de rouleaux entassés sur des étagères bombées, de coffrets, de paniers emplis d'herbes séchées, de sachets plombés, de mortiers, de pilons, de hachoirs…

Il règne dans la pièce une chaleur étouffante et moite ; deux chaudrons chantent sur leurs fourneaux. Dans l'un, le jeune Mathieu s'est remis à agiter un liquide rougeâtre à l'aide d'une longue cuiller en bois. Gestes appliqués, rythmés.

— Alors, le pape ? s'impatiente-t-il.

— Je passe pour un piètre docteur à ses yeux ; le vieil ours n'est que cloques, abcès et bubons sur tout le côté droit. Cependant, son esprit reste vif et il a su esquiver habilement les questions que je lui ai posées au sujet de ses empoisonneurs. À chacune de mes visites, nous jouons au chat et à la souris et il profite de son auguste fonction pour endosser la peau du gros matou, m'obligeant à me replier la queue entre les jambes ! Je me fais rabrouer vertement, je t'assure…

Ne cessant de remuer sa préparation, Mathieu propose :

— Peut-être pourrais-je t'accompagner ? Deux souris valent souvent mieux qu'une.

— Il nous croquerait l'un et l'autre. Cet homme est un ogre. Fort diminué actuellement, mais un ogre tout de même !

Tout en parlant, Denis s'est mis à fouiller dans un amoncellement de notes jetées en vrac sur une table entre livres et grimoires.

— Ah, voici ! s'exclame-t-il en extrayant d'un épais portfolio une bande de parchemin sur laquelle il a recopié de mémoire les figures que le pape lui a demandé d'étudier.

Il revient vers Mathieu et lui agite la feuille sous le nez en disant :

— Que je sois damné si je n'ai pas deviné juste ! Le comte Hugues et ses chevaliers ont certainement rapporté ces symboles de Jérusalem et je puis t'assurer que ceux-ci ne sont pas au complet.

— Comment peux-tu l'affirmer ?

Denis paraît déçu.

— Tu ne comprends pas ? Ces trois signes font partie d'une équation alchimique que la Tradition hermétique mentionne parfois comme étant la base même du grand magistère !

— La transmutation ?

Cette fois, le jeune préparateur s'est arrêté de touiller sa décoction.

— La transmutation de l'ombre en lumière, articule Denis, du sable en or, du mort en vivant ! La formule de l'Élixir spagirique.

— Non, c'est impossible, Denis ! Impossible… Un seul homme s'est relevé de la mort et a quitté son tombeau… Jésus ! *Dixit ei Jesus : Ego sum resurrectio et vita*[1].

— Et si Jésus n'avait été qu'un simple mortel ? assène Denis. S'il avait été réellement instruit par les Égyptiens, comme le disent certaines légendes ? S'il avait été le premier et le seul à posséder les arcanes d'un savoir ancestral ? Ce que le pape me demande de traduire, c'est certainement cela : le secret de Jésus ! L'antique mystère de la résurrection…

Horrifié, Mathieu fait un bond en arrière, lâchant sa cuiller qui plonge dans la solution bouillonnante.

— Sacrilège ! Je crois au Christ fils de Dieu ! Je crois que c'est par Dieu que Jésus a transgressé la mort. *Ex Deo nascimur, in Jesu morimur, per Spiritum sanctum reviviscimus*[2] *!*

Puis, arrachant sa cape d'une patère, Mathieu sort de la pièce en criant :

— Non, je ne veux pas en entendre plus ! Je file chez les époux Champloit prier pour le salut de leur fils !

La porte claque derrière lui.

---

1. Jésus dit : Je suis la résurrection et la vie.

2. De Dieu nous naissons, en Jésus nous mourons, par l'Esprit-Saint nous revivons !

5

Le retour du comte

Le convoi ramenant le comte Hugues met tout le reste de la journée pour atteindre Troyes, roulant lentement, évitant la moindre ornière.

Constance et Hélène sortent du palais lorsque la roulotte s'arrête dans la cour.

L'épouse du comte s'est précipitée sur Payns qui met pied à terre, le visage grave, les joues creusées de fatigue.

— Payns, je ne vois pas Hugues. Est-il resté à Châlons ? Et que transportez-vous dans cette roulotte ?

— Soyez courageuse, dame Constance…

La femme porte les mains à ses lèvres pour y étouffer un cri. Elle a compris. Hélène s'approche d'elle, lui enlace la taille, la soutient.

— Mon Dieu, Hugues a subi le sort de ses chevaliers, n'est-ce pas ?

— Il vit. Il vivra… Mais le tueur du pape lui a tranché la main droite.

— Je veux le voir !

Les hommes d'armes descendent déjà le comte sur

un brancard. Constance, que les bras d'Hélène maintiennent, s'approche du blessé inconscient.

— Un médecin lui a administré des soins de grande qualité, explique Payns tandis qu'on porte la civière vers le palais. Il s'est endormi sous les effets d'un puissant narcotique. Je vous propose de l'installer au rez-de-chaussée, où maîtres Ferrer et Schelomet pourront l'examiner.

— Ne conviendrait-il pas mieux de le porter dans sa chambre ? propose Hélène.

— Il nous faudrait monter l'escalier. Non, préparons une salle en bas.

On met immédiatement au courant les valets, des ordres sont donnés ; toute la maison du comte est alors bouleversée.

— Heureusement que nos enfants sont actuellement chez l'un de nos oncles, dit Constance.

— C'est heureux, en effet, affirme Payns. Lorsqu'ils reviendront, ils retrouveront leur père sur pied. Vous verrez, Hugues sera vite remis. Je vous l'ai dit, on s'est fort bien occupé de lui à Châlons. L'hémorragie a été jugulée à temps.

— Vous ne m'avez pas parlé de l'évêque, remarque Constance.

Maîtres Ferrer et Schelomet, qui viennent de faire leur entrée dans la salle où l'on a couché le comte, ont entendu. Ferrer reprend :

— Oui, Payns… Qu'est-il advenu de Philippe ? Que s'est-il passé ?

— Nous sommes tombés dans un piège des Gardiens du Sang. Je vous expliquerai plus tard.

— Mais l'évêque ? insiste Constance.

Payns soupire. Il aurait préféré épargner les femmes, leur éviter l'évocation de la tuerie.

— Philippe a été assassiné sous les yeux de son frère… Le message qu'il lui a fait parvenir ce matin lui avait été dicté par le tueur à la hache, qui le maintenait prisonnier dans ses propres appartements.

Hélène, qui tient toujours Constance contre elle, empêche celle-ci de s'effondrer. La jeune femme s'est évanouie dans ses bras.

— Qu'on la porte dans sa chambre ! ordonne Payns à deux valets. Et vous, Hélène, restez auprès d'elle.

— Bassinez-lui le front avec un linge mouillé d'eau fraîche, recommande Schelomet. Et ouvrez sa chemise pour lui libérer la poitrine et l'aider à respirer.

Payns commande ensuite aux valets restés dans la pièce de se retirer.

— Et moi ? demande Maurin qui passe la tête par l'entrebâillement de la porte.

— Entre, lui dit Payns. Tu fais partie de notre Loge, tu peux donc rester. Referme bien la porte derrière toi.

Schelomet entreprend de défaire le pansement du comte tandis que Payns lui résume brièvement l'intervention de maître Guillemet, lui parlant de la pâte jaune.

— Comment se fait-il que le tueur n'ait pas achevé Hugues ? s'étonne Ferrer.

— Il n'en a pas eu le temps. J'ai surgi dans la pièce alors qu'il venait juste de sectionner la main de notre frère. Il restait des braises dans la cheminée, aussi y ai-je plongé le bras d'Hugues.

— Tu as bien fait de lui brûler le poignet, le félicite Schelomet, le nez sur la plaie ; c'est ce qui lui a sauvé la vie. Le sang a coagulé dans l'artère radiale. Et je constate que les soins qui lui ont été donnés ont déjà raffermi les chairs. Ce maître Guillemet est sans aucun doute un excellent praticien.

— Qu'en est-il des os ? s'inquiète Ferrer.

— Aucune esquille, note Schelomet après un long temps d'observation. Ce bougre de sadique sait affûter sa lame !

— J'ai promis à Constance qu'il vivrait, dit Payns. Rassure-moi, Schelomet.

Celui-ci lui répond par un murmure :

— *Medicus curat, natura sanat*[1].

Puis Schelomet remet le pansement en place, manifestement satisfait du travail qui a été accompli sur le bras de leur ami.

Dans son sommeil, Hugues, le visage tranquille bien que fort pâle, respire calmement, sa poitrine se soulevant avec régularité.

Maurin et les trois hommes le regardent un long moment en silence, puis Ferrer dit :

— Les Gardiens du Sang ont fait preuve d'une incroyable audace en s'infiltrant dans la maison de l'évêque. C'était une énorme prise de risques !

— Bien sûr, approuve Payns, cela montre leur acharnement. Ils ne nous lâcheront jamais. Ils n'ont plus que ma bague à récupérer et mettront tout en œuvre pour l'obtenir. Je crois même qu'ils ne se contenteront pas de cette dernière besogne. Ils vou-

1. Le médecin soigne, la nature guérit.

dront assassiner tous ceux qui partagent le Secret. L'homme à la hache n'abandonnera son travail de boucher que lorsque nous aurons tous péri.

— Se doute-t-il que Maurin et toi êtes les descendants de Jésus ?

— Je l'ignore, reconnaît Payns, mais notre Loge ne doit pas s'éteindre. Le Tombeau aura toujours besoin de veilleurs… Des sentinelles qui protégeront éternellement le corps du Christ. Jusqu'au jour de sa résurrection, s'il doit en être ainsi !

6

La Loggia

Une nuit noire et pure où ne luisent que de rares étoiles. Quelques fenêtres demeurent éclairées dans le palais épiscopal de Reims. Leurs lumières filtrent au travers des minces ajours des épais volets de bois.

La silhouette a franchi sans difficulté le mur d'enceinte nord et s'est réceptionnée dans une arrière-cour pavée. Elle s'y repose un instant, tendant l'oreille en quête du moindre bruit, puis, rassurée, s'élance en direction d'un préau qu'elle sait devoir traverser pour gagner le bâtiment où loge le pape.

Ce dernier somnole, assis dans son lit, le dos maintenu par des coussins, une épaisse pelisse passée sur ses épaules nues. Son mal l'empêche désormais de porter des vêtements, qui irritent sa peau tuméfiée, et l'abbé Denis lui a conseillé de faire respirer celle-ci la nuit.

La chambre est emplie d'une odeur âcre, mélange de sueur et de médecines.

La flamme d'une chandelle flotte dans l'ombre et

une médiocre flambée grignote une bûche humide qui exhale sa fumée en sifflant.

Un bruit à la fenêtre. Un volet qui couine… Le pape, paupières lourdes et lèvres humides de bave, se réveille.

— Maudit traitement qui me brouille les esprits et m'endort comme un vieillard !

Il lui faut s'habituer à l'ombre pour se rendre compte que s'ouvre la fenêtre et qu'apparaît une forme sur son rebord.

Un battement de cœur lui manque, retenu par sa peur.

L'homme à la hache se détache de l'ombre comme d'une glu noire.

— C'est à croire que la nuit vous vous transformez en chat pour vous accrocher ainsi aux murs ! s'exclame le Saint-Père avec colère en tirant la pelisse sur son bras droit et sa poitrine pour dissimuler ses plaies. Avez-vous décidé de me faire mourir d'angoisse en surgissant ainsi ?

— Préféreriez-vous qu'un vicaire ou un diacre me croisent et me demandent ce que je cache dans cette sacoche ? ironise la voix douce et féminine. Je devrais répondre : « Ce n'est rien d'autre, ma foi, que la main droite du comte Hugues ! »

Les épaules du pape s'affaissent.

— Ah, le comte ! Vous l'avez donc tué aussi, bien sûr !

Le tueur s'approche du lit.

— Je ne suis pas certain de l'avoir laissé pour mort. J'ai été surpris par le chevalier Payns alors que je venais de lui couper la main après avoir occis l'évêque.

Le pontife s'effondre, glisse sur les coussins, cherche un appui en tremblant.

— Qu'avez-vous dit ? Vous avez parlé de l'évêque ! Vous ne voulez pas dire que… ? De quel évêque s'agit-il, malheureux ? Qu'avez-vous osé faire ?

— J'avais tendu un piège à Hugues, poursuit le tueur d'un ton anodin. Son frère Philippe en était l'appât, comprenez-vous ?

— Vous êtes un dément et un fanatique ! Et le sort a voulu que je sois condamné à partager votre folie jusqu'au terme de vos carnages !

Le tueur dépose sa sacoche sur les draps.

— J'appelle cela une alliance de raison. L'Église et les Gardiens du Sang y trouvent chacun leur compte. Une association satisfaisante jusqu'à présent, ne croyez-vous pas ? Tenez ! Voici le quatrième des Saints Signes. Retirez le morceau de suaire de la chevalière et, si votre conscience ne vous torture pas trop, recopiez-le comme vous avez fait avec les précédents.

Le pape a recouvré un peu de sa volonté et se redresse, cherchant une assise confortable.

— Apportez-moi l'écritoire, la plume et l'encrier qui se trouvent sur cette table, commande-t-il à son visiteur.

Puis, combattant son dégoût, il ouvre la musette.

Il en sort la main du comte. Cireuse, les doigts raidis en une douleur griffue.

— Nous avons frappé dans la propre famille du roi ! articule le Saint-Père. Et, avec l'évêque, dans celle de l'Église !

Déposant l'écritoire sur les genoux de son hôte, le tueur avance :

— Le roi ne bougera pas, car les Champenois le tiendront à l'écart de leurs affaires. Quant à l'Église, vous en êtes le maître.

Ne pouvant réprimer le tremblement de ses doigts, Pascal déchausse la pierre de la chevalière d'Hugues pour en extraire le morceau du suaire de Thomas, qu'il défroisse et approche de ses yeux afin de le lire.

— Apportez cette chandelle et tenez-la près de moi !

— Je ferai tout ce que vous désirez, Père.

— Le quatrième des Saints Signes…, balbutie le pape. Un triangle en enfermant un second plus petit avec cet étrange symbole en leur centre… Ne serait-ce pas un « U » renversé ?

Il soulève le couvercle de l'écritoire et en sort la feuille de vélin sur laquelle il a déjà tracé les trois premiers Signes.

— Plus près, la lumière ! s'irrite-t-il.

— Oui, Père.

Il se met à l'ouvrage. Sa main est maladroite ; la plume déchire le parchemin à deux reprises et crisse sous la pression mal maîtrisée des doigts.

— Souffrez-vous, Saint-Père ? s'étonne l'assassin. Votre main tremble et votre bras semble gourd.

— Ce n'est rien… Un simple embarras dû au froid ; les murs de ce palais suintent d'humidité. Ce n'est que cela. Rien qu'un rhumatisme, je vous assure.

Le jeune homme désigne les nombreux pots et flacons sur la table.

— Vos médecins sont gens fort prévoyants, à en

juger par la quantité de remèdes et d'onguents qu'ils vous ont prescrits pour un vulgaire rhumatisme.

— Ne vous souciez pas tant de ma santé ; dites-moi plutôt si vous avez enquêté sur les travaux que Payns a engagés dans son domaine en forêt d'Orient.

— J'exerce un chantage sur son charpentier, maître Rogemourd. Celui-ci me tient régulièrement informé de l'avancement du chantier. Il n'y a plus de doute : les Champenois creusent un profond tombeau au cœur des marécages.

— Le Tombeau du Christ ! Ils exhumeront sa dépouille de l'endroit qu'ils gardent secret et la transféreront dans ce nouveau sépulcre.

Le pape a achevé la copie du quatrième des Saints Signes. Il replace le morceau de suaire dans le logement de la chevalière, qu'il restitue au tueur. Ce dernier remet la chandelle en place, reprend sa gibecière et néglige la main du comte recroquevillée sur le drap.

Il se dirige de nouveau vers la fenêtre restée entrouverte et en écarte les battants. Avant d'enjamber la margelle, il se retourne, certain d'avoir perçu un sanglot. Mais il discerne à peine le souverain pontife dans l'ombre.

— Soignez-vous, Père, recommande-t-il seulement en disparaissant.

La fraîcheur de la nuit a pénétré dans la chambre et le pape doit se lever pour refermer les volets. Il avance à petits pas fatigués, courbé sous un poids qui lui brise l'échine.

Il se rend ensuite à la cheminée et actionne le soufflet pour redonner de la flamme à la bûche. Et, quand cette dernière s'est embrasée, il dépose dessus la main d'Hugues de Champagne.

Cette fois, malgré l'exécrable odeur de chair grillée, il la regarde brûler en pleurant, tel le plus misérable des humains.

Aucune prière ne lui monte aux lèvres. Un froid de mort lui a enserré le cœur, le fait frissonner et claquer des dents. Un froid noir, profond, infini.

*

* *

Les trois Gardiens du Sang attendent au centre d'un cimetière à la sortie est de Reims. La nuit s'est figée. Pas le moindre souffle de vent. Pas le plus faible bruit. Les chevaux eux-mêmes, patientant non loin, ne bronchent pas.

Soudain :

— Le voici !

— Je n'avais pas entendu son cheval.

— Ni même vu sa silhouette approcher, et je fixais pourtant l'entrée du cimetière !

— C'est à croire que notre maître n'est rien d'autre qu'un fantôme, reprend le premier.

— Ou plutôt une personne fort discrète !

L'homme à la hache avance lentement entre les tombes. Parvenu à la hauteur des trois Gardiens, il met pied à terre en disant :

— J'apprécie cet endroit. C'est le lieu idéal pour ouvrir notre Loggia… La nuit, les étoiles, le froid et le calme de la mort !

Il noue les rênes de sa monture au montant transversal d'une croix.

— Vous ne nous avez pas dit qui nous attendions, messire.

— L'un de mes plus fidèles agents. Un clerc qui accompagne le pape depuis Rome et qui le suit comme son ombre. Quelqu'un de médiocre, transparent, insignifiant, et que nul ne remarque !

— Le traître idéal !

— Et ponctuel ! note le tueur en montrant un homme qui vient vers eux.

Le clerc s'incline profondément devant l'homme à la hache, marque de respect rendue ridicule par l'insistance qu'il met à demeurer courbé.

— *Dominus vobiscum,* dit-il enfin. J'ai appris au palais épiscopal des choses fort intéressantes dont j'ai hâte de vous rendre compte.

— *Et cum spiritu tuo,* répond l'assassin. Ouvrons d'abord la Loggia.

Aussitôt, tous forment un cercle et étendent devant eux le bras droit à l'horizontale, leurs doigts se touchant presque, formant de la sorte une étoile à cinq branches.

L'homme à la hache prononce :

— C'est pour la Maison de Dieu et son Royaume que nous combattons et offrons nos vies. *Cum fortis armatus custodit atrium suum, in pace sunt ea quae possidet.*

Le clerc et les Gardiens ajoutent :

— *Salvum fac populum tuum, Domine, et benedic hereditati tuae.*

Ils abaissent alors leurs bras et le tueur précise :

— La Loggia est délimitée dans l'espace et le temps selon ses règles et coutumes. Nous t'écoutons, compagnon.

Le clerc commence :

— Le pape souffre d'un mal mystérieux qui infecte son sang et lui brûle tout le côté droit…

D'une voix monotone et sans vie, il leur livre toutes les informations qu'il a recueillies dans l'entourage du pontife ; il a souvent participé aux soins, tendant une oreille curieuse aux murmures échangés entre Pascal et dom Mestrany. C'est ainsi qu'il a été témoin de l'ire et de l'exaspération que l'évêque ne se gêne plus pour montrer à ses vicaires ou secrétaires.

Il leur parle de cet étrange et savant abbé Denis qui tente de déchiffrer des dessins que lui confie le Saint-Père, de la visite du comte Hugues de Champagne et du chevalier Payns au palais… Certes, avoue-t-il, les renseignements qu'il leur donne cette nuit n'ont peut-être pas de rapport entre eux et peuvent paraître décousus, mais peut-il en faire le tri en toute intelligence ?

— C'est très bien, le rassure l'homme à la hache. Tu m'as dit que le pape était malade, et cela m'intéresse fort.

— L'abbé Denis, dont la réputation est grande en matière de médecine, ignore la nature de l'infection. J'ai cru cependant comprendre qu'elle était due à un empoisonnement par la peau.

— Fais un effort, l'ami… Réfléchis et dis-moi si le mal qui a atteint le pape s'est déclaré avant ou après la venue au palais du comte de Champagne.

De manière grotesque, le clerc se gratte le menton,

qu'il a pointu et imberbe, et, après une interminable méditation, révèle :

— Ma foi, messire, je puis affirmer – maintenant que j'y porte attention – que le Saint-Père a réclamé des médecins après l'audience qu'il a consentie au comte. Le jour même ! Que dis-je ? Dans l'heure même qui a suivi l'audience !

— Je te remercie. La Loggia est fière de compter parmi ses frères un élément de ta qualité.

Malgré la nuit, il est visible que le petit clerc au visage de fouine rougit de la racine des cheveux à sa pomme d'Adam, qui monte et descend dans sa gorge comme un œuf qui ne veut pas passer.

— Marquons de nouveau le cercle, dit le tueur.

Les cinq hommes se remettent en place, étendent le bras droit.

De sa voix suave, l'homme à la hache se met à réciter un passage de la commémoration des défunts, comme l'impose la clôture du rituel de la Loggia :

— *Mes frères, voici un mystère que je vais vous révéler : nous ressusciterons tous, mais nous ne serons pas tous changés. En un moment, en un clin d'œil, au son de la dernière trompette, car la trompette sonnera, les morts ressusciteront dans un état incorruptible, et alors nous serons changés. Car il faut que ce corps corruptible soit revêtu d'incorruptibilité, et que ce corps mortel soit revêtu d'immortalité. Et quand cela sera fait, alors cette parole de l'Écriture sera accomplie : la mort a été ensevelie dans la victoire. Ô mort, où est maintenant ta victoire ? Ô mort, où est ton aiguillon ? Or l'aiguillon de la mort, c'est le péché, et la force du péché, c'est la loi. Mais grâces soient rendues à Dieu qui nous a donné la victoire par Jésus-Christ Notre-Seigneur*. In memoria aeterna erit justus : ab auditione mala non timebit[1].

À ces derniers mots, les hommes frappent par trois fois le sol du talon gauche et abaissent leurs bras.

1. La mémoire du juste sera éternelle ; il ne craindra pas les mauvais discours des hommes.

7

L'Élixir

Vigiles ont été sonnées depuis longtemps déjà lorsque, à la demande de maîtres Ferrer et Schelomet, Payns se rend dans leur laboratoire, qu'il a déserté ces dernières semaines, préférant superviser le chantier de la forêt d'Orient en compagnie d'Eliphas.

Il trouve l'officine entièrement transformée. On n'y circule plus qu'avec difficulté entre d'innombrables cornues, alambics et vases dans lesquels réduisent diverses compositions qui, par de longs tubes en verre torsadé, sont ensuite dirigées en filets bouillonnants vers des récipients de plomb.

Les murs sont encombrés d'ardoises recouvertes de symboles et de formules qui se chevauchent à l'infini.

Les joues rouges, le front luisant de sueur, Schelomet, qui porte d'épaisses manicles et un large tablier de cuir, saute d'un vase à un autre, se penche sur un athanor rougeoyant, examine des éprouvettes de décantation tandis que Ferrer, plus calme, poursuit de complexes calculs sur un tableau.

— Ah, te voici, fait-il en voyant Payns entrer.

Approche, frère, nous devons te montrer quelque chose ; nous avons beaucoup progressé dans notre travail.

— Tu veux parler de l'Élixir ? demande Payns avec fièvre.

Schelomet abandonne l'attentive observation qui l'accaparait.

— Nous pensons avoir réussi à réunir les principes des Saints Signes de Jésus et à extraire la quintessence de la Solution primordiale, explique-t-il d'une voix nerveuse.

— Si je te suis bien, lance Payns, tout aussi nerveux, vous avez pratiqué avec succès la stabilisation des trois essences primaires et la distillation alcaline de l'Opus Major ?

Schelomet désigne un vase rond dans lequel s'égoutte un épais liquide qui a suivi un long trajet entre tubes et alambics.

— La Tradition nous avait laissé le nombre des ingrédients naturels ainsi que leurs dosages précis, mais nous ignorions dans quel ordre et selon quelle méthode nous devions procéder…

— Et les Saints Signes vous ont éclairés !

Ferrer, qui les a rejoints, ajoute :

— En effet, si faire de l'or à partir de sable et de métaux vulgaires nous a été possible rapidement, résoudre l'Équation alchimique du frère Premier a nécessité de notre part un travail opiniâtre. Nous avons dû recommencer sans arrêt la sublimation originelle, sans jamais cesser de douter.

— Et… ? fait Payns, impatient.

— Eh bien, dans quelques semaines, nous aurons

certainement atteint notre but, et ce que tu vois là – cette liqueur – possédera de puissantes propriétés régénératrices. Nous en sommes ardemment convaincus.

Payns se penche sur le vase rond où, toutes les secondes, cloque une goutte lourde et noire tombant du bec d'un tube effilé.

— Un remède contre la maladie et la mort ! murmure-t-il. Nos anciens appelaient cette huile le Sang du Christ…

— En effet. On lui donne aussi le nom de Saint Graal ! Car c'est cela : une savante chimie à bonne température pour une exacte calcination, de patientes décoctions, de précises macérations, de parfaites exaltations…

— Ne pourrions-nous pas donner de cet élixir de vie à notre frère Hugues ? demande Payns.

— Surtout pas ! réagit violemment Ferrer. Tant que le procédé n'aura pas atteint son terme, cette liqueur constituera un véritable poison, bien plus terrible que celui avec lequel tu as infecté le pape. Tu sais pertinemment que Jésus a dit lui-même dans son testament oral, transmis par la Loge, que la distillation devait durer trente-trois jours.

— Rappelle-toi le verset concernant l'Élixir, ajoute Schelomet. *Et la conscience viendra du mariage de l'étoile avec le triangle en son cercle. Et la vie renaîtra de l'Unité fractionnée formant le Tau. L'Unique sera multiplié et deviendra esprit. Trente-trois jours et trente-trois nuits seront nécessaires pour que le sang soit vie.*

Ferrer dit :

— Tu me surprends, Payns !

— Pourquoi, frère ?

— Nous devions composer l'Élixir de manière à préciser les éléments le constituant, leurs dosages, leurs réactions, afin d'en consigner le protocole d'élaboration…

— Certes.

— Ceci dans le but de transmettre la recette à nos successeurs…

— En effet.

— Nos légataires seraient ainsi en mesure d'appliquer le remède de régénération au frère Premier si ce choix était fait par la Loge.

— Je te suis toujours. Et je ne vois pas en quoi je t'ai surpris, Ferrer.

— Lorsque tu as évoqué la possibilité d'utiliser le Sang du Christ sur l'un d'entre nous, pardi ! Nous n'avons pas vocation à devenir immortels, Payns ! Pas nous ! Nous nous servirons sans doute de la science qui découlera de nos travaux actuels pour soigner des maux aujourd'hui incurables, mais nous ne devons pas nous appliquer le procédé dans sa complétude ! Toi, mon ami, surtout toi, tu sais cela !

Schelomet est venu poser un bras autour du cou de Payns pour lui demander tout bas :

— Avais-tu un projet que nous ignorions, frère ? Nous aurais-tu dissimulé une partie de tes intentions pour l'avenir ? Un avenir proche ?

Payns leur sourit à tous deux.

— Pardonnez-moi. Devant un tel prodige, je me suis égaré un moment. J'ai cru entrevoir un instant tout l'intérêt qu'il y aurait pour notre Loge à être servie par des frères éternels. Tout le bien qu'elle serait alors en mesure de prodiguer à ses semblables… Mais vous avez raison de me remettre une bonne mesure de raison dans la tête ; cette mission incombe à notre frère Premier. Seulement à lui !

Payns sourit encore plus largement, plus clairement, et ajoute :

— Il n'empêche que notre guide gît actuellement dans la terre ! Et, bien que nous pensions qu'il soit en mesure de s'en relever si, grâce à l'Élixir, nous lui insufflons le supplément de vie qui lui sera nécessaire, nous nous contentons d'attendre… Attendre quoi, mes frères ?

— Tu nous embrouilles ! s'exclame Ferrer.

— J'en suis désolé, répond Payns sans grande conviction. Je rêvais simplement devant ce petit vase qui contient le plus indicible des miracles de la Nature.

— Tu rêvais ?

— Oui, mes bons amis. Oui… Je rêvais d'un monde d'amour.

Schelomet accuse la pression de son bras sur les épaules de Payns et dit :

— J'allais me méprendre sur ton rêve.

— Lui aurais-tu imaginé une autre signification ? interroge Payns.

— Certes. L'immortalité peut engendrer les plus grandes passions, et si l'amour de son prochain en est une, exemplaire et bénéfique, il en est une autre qui t'irait comme une seconde peau.

— Laquelle ?

— La vengeance, Payns ! Avoir l'éternité pour se venger est aussi un rêve ! Te venger de l'Église, des Gardiens du Sang…

Payns prend la main de Schelomet qu'il presse fortement et, détachant nettement chaque syllabe comme s'il prononçait un engagement solennel, il déclare :

— Je me vengerai en effet de ceux qui le méritent. Puis je ferai la paix avec l'Église, car nous avons un unique message de fraternité à partager. La Loge Première servira secrètement sa sœur l'Église tant que cette dernière respectera les préceptes de notre maître à tous, Jésus-Christ !

— C'est ainsi que nous aimons t'entendre, conclut Schelomet. Fasse le Ciel que tu puisses tenir ton engagement !

8

Le départ de Maurin

Comme à leur habitude, les abbés Denis et Mathieu se sont levés tôt. Après avoir dit leurs premières prières de la journée et rendu grâce à Dieu de les avoir gardés en vie durant la nuit, ils déjeunent d'un bon bol de lait caillé, de grosses tartines de pain inondées de miel, et d'amandes sèches. Ensuite ils s'occupent de leurs quelques bêtes, Morve dans leurs jambes à aboyer contre les poules ou à se cogner contre les murs sous les moqueries affectueuses de Denis.

Une fois toutes ces tâches expédiées, ils se rendent dans leur officine, ravivent le feu dans la cheminée et se mettent à l'ouvrage.

Denis s'est installé à sa table pour se plonger dans ses grimoires et poursuivre ses recherches concernant les trois figures que le pape lui a demandé d'étudier.

Mathieu est retourné à ses préparations : il est chargé de confectionner emplâtres, onguents, tisanes et vermifuges.

Les bruits familiers qui leur sont si chers emplissent ainsi la pièce qui se réchauffe lentement.

Une fine pluie s'est mise à battre aux peaux tendues des fenêtres, y crépitant par rafales.

Soudain, Mathieu demande :

— Tu attendais quelqu'un ? Un cavalier vient d'entrer dans la cour. N'as-tu pas entendu claquer ses sabots ?

— Ma foi, je suis bien trop accaparé par ma lecture. C'est sans doute quelqu'un de la maison du pape qui me demande à son chevet.

On frappe bientôt à la porte. Denis s'est levé pour ouvrir.

L'homme qui se tient sur le seuil dissimule son visage sous un capuchon, ce qui déplaît d'emblée à l'abbé. Une hache est passée dans sa ceinture.

— Suis-je bien chez l'abbé Denis, l'apothicaire ?

— Vous l'avez en face de vous, étranger. En quoi puis-je vous être utile ?

L'homme fait un pas en avant. Mathieu lève le nez de son chaudron.

— Vous pouvez me rendre un grand service en mourant ! jette l'inconnu.

— Pardon ?

— En cela, je peux vous aider !

La hache a été vivement dégagée de sa ceinture et a sifflé avant d'atteindre Denis en pleine poitrine. Elle y pénètre profondément, déchirant la chair et brisant les os pour se retirer tout aussi rapidement, abandonnant le corps de l'abbé qui se replie sur lui-même, s'affaisse lentement et s'immobilise mollement, le ventre au sol.

Mathieu a hurlé d'une voix pointue qui lui a lacéré la gorge en se jetant sur le cadavre de son ami.

— Par le Ciel, pourquoi ? Pourquoi l'avoir tué ? Qui êtes-vous ?

— Je suis celui qui efface l'hérésie, moinillon !

Et dans un nouveau geste, ample, vif et brutal, il arrache la tête de sa seconde victime.

— Aucune trace, aucune preuve ne doit demeurer derrière mon passage. Je suis celui qui baptise par la mort et le feu. *Viam veritatis elegi*[1] !

Il s'empare alors d'une lampe à huile qu'il jette sur le monceau de parchemins et de livres recouvrant la table. Il attend que naissent de hautes flammes pour s'assurer que celles-ci se propageront bientôt à l'ensemble du laboratoire, aspirées par l'air qui traverse le chaume, puis il sort, remonte en selle, traverse la cour sous les aboiements inquiets de Morve et retrouve plus loin, dans une ruelle, ses trois compagnons auxquels il annonce en riant :

— Cette journée mérite la grâce de Dieu ! Elle s'achèvera pour Sa gloire. Nous aurons accompli notre mission ce soir, mes amis. Le charpentier Rogemourd m'a dit qu'il devait livrer cet après-midi le dernier chargement de madriers en forêt d'Orient. Et Payns sera présent comme de coutume ces derniers jours. Avec son fils… Oui, une belle journée en vérité ! Loué soit Dieu à qui nous offrons nos vies et nos âmes, mes amis !

La troupe se remet en chemin sous la pluie. Déjà des cris retentissent dans son dos. L'incendie de l'officine de l'abbé Denis a alerté les voisins, qui sonnent

---

1. J'ai choisi la voie de la vérité !

la cloche appelant à former une chaîne avec seaux et baquets.

*
* *

Plus tard, lorsque Payns se souviendra de cette journée, il se maudira d'avoir chassé un pressentiment qui, dès son lever, lui avait assombri l'esprit.

La nuit avait été plus douce qu'à l'ordinaire et Maurin avait dormi la fenêtre de sa chambre entrouverte. Un corbeau était entré alors que l'enfant dormait ; c'est Payns, venu réveiller son fils, qui avait dérangé l'oiseau. Ce dernier avait pris un vol éperdu, ne trouvant pas immédiatement un passage, se heurtant aux poutres et aux murs dans d'épouvantables froissements d'ailes, avant de parvenir à s'enfuir.

Payns s'était souvenu de ce que disait sa mère, jadis : « Un corbeau dans une maison est signe de grand malheur ! »

Mais le chevalier s'était ébroué et avait rejeté cette affreuse sentence comme un chien mouillé se débarrasse de l'eau glacée qui lui trempe le poil.

Le chantier de la forêt d'Orient l'attendait, lui et aussi Maurin, auquel il était fier de faire découvrir la progression des travaux… Il avait donné de la gaieté à sa voix pour rassurer l'enfant que le volatile avait effrayé.

Puis il avait oublié le corbeau.

*
* *

Payns et Maurin retrouvent Eliphas devant la petite chapelle. Une table de travail a été dressée sur des tréteaux. Un grand dais de grosse toile abrite l'architecte de la pluie.

Derrière ses loupes épaisses, le vieil homme consulte des épures qu'il examine pour la énième fois, doutant encore de ses calculs ou révisant ceux laissés par Arcis de Brienne.

— Que crains-tu ? lui demande Payns selon un rituel quotidien. Les travaux seront bientôt terminés et tu ne cesses pourtant d'étudier ces plans !

— Tu me connais… Je me lève même la nuit pour refaire certaines opérations. C'est le phénomène des poussées qui me tracasse encore. Imagine qu'Arcis et moi n'ayons pas pris en compte certaines forces, ou ayons mal évalué la quantité d'eau que nous allons devoir déverser pour immerger le Tombeau ! Les poussées, te dis-je… Un flot trop dynamique, mal contrôlé, insuffisamment démultiplié par les vannes, risquerait d'exercer une pression trop importante sur les doubles parois du puits et les ferait exploser.

— Je n'entends pas grand-chose en ce domaine, Eliphas. Je me contente de te faire confiance comme je l'ai fait pour Arcis. Je ne doute pas que votre intelligence ait su repousser tous les pièges de la physique.

Eliphas se tourne vers Maurin :

— Vois-tu, mon jeune frère, ton père est parfois sujet à des excès de confiance ! Surtout lorsqu'il juge ses amis… Il leur accorde un crédit aveugle.

Et Maurin de répondre en souriant :

— Il vient de vous le dire, maître Eliphas, il se comporte ainsi car il s'agit là d'un domaine où il n'est pas expert. Dans le cas contraire – et vous devez le savoir autant que moi –, il a plutôt tendance à exercer une autorité un peu trop insistante !

— Tu grandis bien vite, réagit Payns avec une évidente bonne humeur. Te voici en train de me railler comme si tu étais mon semblable en âge !

— Je suis ton frère, n'est-ce pas, père ?

Eliphas pouffe dans ses mains. « Décidément, pense-t-il, ce garçon me plaît beaucoup. Son esprit est vif et délié, toujours prompt à soutenir de solides joutes oratoires avec humour… Oui, plaisant compagnon et cependant bien triste ! Toujours des larmes au bord des yeux… »

Reprenant son sérieux, essuyant ses verres sur sa manche, Eliphas demande à Payns :

— Le pape s'est-il manifesté ?

— Pas encore. Sans doute est-il trop orgueilleux pour s'abaisser à nous demander le remède à son mal ! Ou bien n'est-il pas suffisamment atteint ? Attendons, il nous appellera.

L'architecte remonte le col de fourrure de sa robe, ajuste son bonnet.

— Venez, en attendant maître Rogemourd, je vais vous montrer l'avancement des travaux. Voyez, nous avons fini de creuser tous les canaux, dans lesquels nous avons recueilli l'eau des marais avoisinants les plus importants.

— Et les digues ont toutes été montées, dit Payns à Maurin.

— Nous terminons de placer les vannes grâce auxquelles nous inonderons le Tombeau… Ces fameuses vannes qui m'empêchent de dormir ! La poussée ! Cette maudite poussée…

*

* *

Quatre cavaliers, dans leurs amples manteaux, la tête et le visage protégés de la pluie sous des capuchons, approchent de l'atelier du maître charpentier Rogemourd.

Ce dernier, aidé de six compagnons et de son fils Nizier, charge sur un grand chariot les dernières pièces commandées par Eliphas.

La voix frémissante, Nizier s'exclame :

— Ils sont revenus, père !

— Qui sont ces cavaliers ? interroge l'un des menuisiers.

— Ne vous en souciez pas, dit Rogemourd. Achevez le chargement.

Les quatre cavaliers sont parvenus à la hauteur des ouvriers. L'homme à la hache saute à bas de sa monture et s'adresse à Rogemourd en le prenant par le bras :

— Suis-moi à l'écart dans ton atelier, Landéric ; j'ai un service à te demander et je suis certain que tu ne pourras pas me le refuser. Tu es homme de bon sens, à ce que je sais.

— Cela dépend du service, se force à répondre le charpentier en suivant à regret le tueur.

— Tu accepteras ! Car tu es surtout un père soucieux du bien-être de son fils. Je vois d'ailleurs que

Nizier s'est remis de sa blessure ; il serait fâcheux qu'il soit de nouveau affligé.

Les compagnons n'ont pas cessé leur travail, mais ne peuvent s'empêcher de s'interroger.

— Avez-vous remarqué ? Notre maître a paru effrayé à la vue de ces inconnus.

— Et Nizier encore bien plus ! Voyez comme il tremble…

Dans l'atelier, ayant appris ce que veut lui imposer l'homme à la hache, Rogemourd, soudain livide, se rebelle :

— Non, messire ! Je ne pourrai jamais faire cela au chevalier Payns… Non, pour l'amour de Dieu ! Je ne puis le trahir plus que je ne l'ai déjà fait. Les termes de notre marché exigeaient que je vous informe de l'avancée du chantier, et je m'y suis conformé. Là, vous me forcez à lui tendre un piège et vous me faites complice d'une affaire criminelle.

— Tu agiras pourtant comme je te l'ordonne, et tu joueras ton rôle avec naturel afin qu'il ne se rende compte de rien. Ton fils demeurera ici avec l'un de mes hommes. Il sera le gage de ton obéissance. Je te jure que tu le retrouveras en vie si tu t'acquittes de ta tâche selon mon plan.

Vaincu, le charpentier hoche sa grosse tête rousse, les larmes aux yeux.

— Vous n'avez donc aucune pitié ?

— Si c'était le cas, j'aurais déjà tranché la tête de Nizier. Alors, ta réponse ?

— Oui… J'obéirai… Pour Nizier. Mais que Dieu me pardonne !

— J'en étais certain !

Les deux hommes ressortent alors de l'atelier et rejoignent les compagnons. Nizier lance un regard inquiet à son père. Celui-ci lui répond par un sourire malheureux.

Peu après, maître Rogemourd conduit le chariot à travers le village et prend la route qui le mènera en forêt d'Orient, lui et trois cavaliers qui passeront pour des compagnons charpentiers : ce sont l'homme à la hache et deux de ses Gardiens du Sang.

Dès qu'ils arrivent à la petite chapelle, Eliphas donne l'ordre à quelques-uns de ses ouvriers d'aider à décharger le chariot et de porter immédiatement les dernières pièces de charpente sur l'île ceinturée par la haute palissade.

Payns a chaleureusement salué le charpentier, le félicitant encore d'avoir respecté si scrupuleusement les délais qui lui avaient été impartis. Maître Rogemourd s'efforce de paraître aimable, mais ne parvient pas à dissimuler tout à fait son embarras.

— Je vais vous régler ce que nous vous devons, lui annonce Payns. Vous l'avez amplement mérité.

Maurin, s'étonnant de ne pas voir Nizier, en fait la remarque :

— Nizier n'est pas avec vous ? Il m'avait pourtant promis de vous accompagner.

Le charpentier jette un coup d'œil par-dessus son épaule en direction des trois Gardiens du Sang qui participent au déchargement du chariot.

— Il est désolé, Maurin… Vraiment ! Il souffre de la gorge à cause d'un mauvais courant d'air qui traverse notre atelier. J'ai… j'ai préféré qu'il reste au chaud.

— Qu'il se soigne bien, dit Payns. Approchez, maître Rogemourd, votre argent vous attend. Vous paierez vos compagnons en les remerciant pour la qualité de leur ouvrage.

— Je ne manquerai pas de leur transmettre le compliment, messire. Ils toucheront leur solde selon les justes principes de notre profession…

L'homme à la hache s'est glissé derrière Maurin qui se tient maintenant légèrement à l'écart, regardant vers l'enclos. L'enfant ne s'est aperçu de rien. Les deux autres Gardiens du Sang ont abandonné le chariot et s'approchent de leur maître.

Payns, qui a ouvert un coffret, en sort une bourse rebondie qu'il tend à Rogemourd, puis demande à celui-ci de signer un document certifiant qu'il a été payé selon les termes de leur contrat.

— Vos commis n'ont-ils point trop manifesté de curiosité quant à la nature des tâches que vous leur demandiez d'effectuer ? s'inquiète Payns.

— Je leur ai vite fait comprendre qu'il ne servait à rien de me questionner à ce propos. Ils ont respecté ma volonté et nous avons tous travaillé en bonne intelligence.

— Je me loue de vous avoir associé à notre chantier, mon ami.

— Merci, seigneur Payns.

« Au secours, père ! »

Le chevalier et Eliphas se retournent. Un froissement d'ailes de corbeau déchire l'esprit de Payns. Une ombre noire lui voile un instant les yeux.

Et il voit.

L'un des compagnons a abaissé sa cagoule. Il tient

Maurin contre lui, un poignard posé sur sa gorge. Payns a immédiatement reconnu le tueur avec sa cicatrice et ses yeux transparents. Landéric joint les mains en un geste ridicule et pitoyable.

— L'homme à la hache ! hurle Payns. Vous l'avez fait entrer dans le chantier, Rogemourd ! Vous, le prud'homme de votre guilde ! Et votre serment ?

— Seigneur..., bafouille le charpentier en se tordant les doigts. Mon fils est gardé en otage. Mon Nizier ! Il a promis de lui laisser la vie sauve si je vous trahissais et... J'implore votre clémence...

Payns fait quelques pas en direction de l'assassin qui sourit comme un enfant las. Deux hommes, juste derrière lui, ont sorti leurs épées.

— Tu ne fais donc la guerre qu'en utilisant des femmes et des enfants ? s'écrie le chevalier. Es-tu trop lâche pour affronter tes ennemis face à face ?

— La terreur est l'une de mes armes, messire. Peu m'importe le sexe et l'âge de mes victimes si je parviens à mes fins. J'ai un devoir à accomplir ; je m'y emploie avec détermination. Pour Dieu !

— Laisse aller mon fils et mesurons-nous l'un à l'autre.

— Tu ne sembles pas avoir compris : je repartirai d'ici avec ta bague. La dernière des cinq. Une confrontation entre nous pourrait tourner à mon désavantage et je n'aurais pas honoré mon contrat. Ce qui serait fort dommage, après toute la peine que je me suis donnée.

— Il a amputé Nizier, gémit Rogemourd. Ce démon est capable du pire... J'ignore pour quelle raison il demande votre bague, mais obéissez-lui et votre fils, tout comme le mien, aura la vie sauve…

— Taisez-vous ! lui lance Payns. Je ne veux plus jamais vous entendre geindre !

L'homme à la hache exerce une pression de sa dague sur la gorge de Maurin qui grimace. Un filet de sang coule sur la peau de l'enfant.

— J'ai fauché tant de vies que celle de ton fils ne pèsera pas plus sur ma conscience que toutes les autres. Veux-tu faire le compte ? Tes amis… Arcis de Brienne, Basile le Harnais, Geoffroy de Saint-Omer… Ta femme, ta fille, l'évêque de Châlons… Et peut-être le comte Hugues ! Une longue litanie, n'est-ce pas ? Tous morts à cause d'un pouvoir que tu détiens avec ceux que tu nommes tes frères.

Eliphas s'est rapproché de Payns pour lui prendre le poignet.

— Ta bague, Payns, poursuit le tueur. J'attends ! La pointe de mon poignard commence à se faire lourde sur la gorge de ce petit.

— Obéis, mon ami, implore l'architecte à l'oreille de Payns. Les Gardiens du Sang ne disposent pas de notre enseignement oral ; ils ne parviendront pas à percer le Secret.

— Aujourd'hui… demain, ils n'y arriveront pas. Mais d'ici des années, des siècles ?

Le chevalier fait glisser la bague de son doigt. Un Gardien du Sang vient la récupérer pour la remettre aussitôt à son maître qui l'empoche vivement.

— Je garde ton fils. Il sera mon sauf-conduit pour sortir de ce chantier. Je le laisserai plus loin sur le chemin, à condition que nul ne nous suive. Vous ne bougerez pas d'ici avant le temps d'un Pater et deux Credo prononcés lentement.

Des ouvriers et des soldats du comté s'interrogent. Certains ont dégainé leurs armes. Eliphas leur adresse un signe leur interdisant d'intervenir.

Et à Payns, qui porte la main au pommeau de son épée :

— Non, ce serait trop dangereux ! Il y va de la vie de Maurin.

— Il faudra bien que je tue un jour cette charogne. Il ne s'abritera pas toujours derrière un enfant ! Si jamais il ne respecte pas sa parole… s'il faisait du mal à Maurin…

— Il a dit qu'il le relâcherait. Il possède maintenant la dernière bague ; c'est tout ce qu'il était venu chercher. Soyons patients : dès que les Gardiens se sentiront en sécurité, ils abandonneront Maurin et nous verrons celui-ci réapparaître sur le chemin. Confiance, mon ami !

L'enfant est hissé sur le col du cheval de l'homme à la hache, qui monte en selle.

Maurin ne quitte pas son père des yeux. Il donne l'impression de vouloir le retenir dans son esprit ainsi : debout sous la pluie, l'épaule contre l'épaule d'Eliphas dont le regard est rendu énorme par ses épaisses loupes.

Le corbeau, ce matin…

Les trois Gardiens du Sang quittent le chantier, s'enfoncent dans la forêt brouillée par l'ondée, disparaissent.

Eliphas, mon vieil ami, pressa très fortement ma main. Il tremblait tout autant que moi tandis que nous attendions le retour de Maurin. Les ouvriers s'étaient arrêtés de travailler. Ils attendaient avec nous. La forêt n'était plus que silence et froid...

— Je n'y tiens plus ! s'écrie soudain Payns en s'élançant sur le chemin emprunté plus tôt par les tueurs. Maurin aurait dû revenir depuis longtemps…

Il court, brûlant de haine et d'angoisse. Chaque pas est une douleur. Chaque inspiration, une déchirure. Son cœur aux battements désordonnés frappe brutalement sa poitrine, à se rompre.

À la chapelle, Eliphas s'adresse aux soldats du comte :

— Que cinq hommes viennent avec moi. Rejoignons-le !

« Le corbeau, ce matin… »

Le chemin grimpe entre les chênes ruisselants. À la crête du léger promontoire brillant de pluie, une jambe se détache sur le gris du ciel. Un corps est allongé là-haut. Payns devine déjà et appelle son fils, sachant cependant, dans une horreur infinie, qu'il ne lui répondra pas.

Plus bas, un garde s'exclame, le visage défait :

— Vous avez entendu ce hurlement ?

— Celui d'un père déchiré…, murmure Eliphas.

Le vieil architecte accélère le pas bien que le souffle commence à lui manquer. Il aperçoit plus loin son ami cassé en deux sur le chemin, tenant contre lui le corps sans vie de Maurin.

Les soldats, eux, ralentissent leur course, embarrassés par tant de tristesse.

Eliphas est parvenu à la hauteur du chevalier agenouillé dans la boue, berçant l'enfant qui s'est vidé de son sang par une profonde entaille à la poitrine.

— Payns, mon frère, laisse-moi voir. Laisse-moi partager ton chagrin.

Le père relève le visage, tend son regard de spectre vers l'architecte.

— Il avait juré qu'il l'épargnerait ! Il l'avait dit… Je savais que c'était le Diable, Eliphas. C'est l'incarnation du Mal absolu !

Eliphas tombe à genoux, brisé à son tour. Il passe une main dans les cheveux de son « petit frère », qui n'aura vécu que le temps de découvrir le malheur.

« Une bonne graine… »

— Ne dirait-on pas qu'il dort ? s'étonne Payns. Il semble si calme.

— Il l'est en effet. Il dormira ainsi dans tes bras jusqu'à la fin des temps.

9

L'intention du pape

Reims n'a pas été épargné par la pluie qui semble avoir recouvert toute la Champagne et s'y être installée pour longtemps.

Le soir venu, au palais épiscopal, dom Mestrany entre sans frapper dans l'appartement du pape qui se fait soigner par un clerc. Le pontife, essentiellement tourné vers sa douleur, ne semble pas contrarié par cette brutale irruption.

— Ah, dom Mestrany, voyez comme les ulcères progressent. Et l'abbé Denis qui n'est pas venu m'examiner !

— Il ne viendra plus jamais, Saint-Père.

— Pourquoi cela ?

— L'abbé a été tué à coups de hache, ainsi que son aide. Leur boutique d'apothicaire a été détruite par le feu. Ce double meurtre est signé !

D'un geste impatient et violent, le pape congédie le clerc. Celui-ci parti, dom Mestrany ajoute :

— Et il y a pire ! Un charpentier de Troyes a fait courir la nouvelle que le fils de Payns a été tué en forêt d'Orient. L'assassin aurait tracé une croix sur le front de sa jeune victime.

— Le tueur des Gardiens du Sang ! Il s'en est pris à l'enfant pour atteindre le père. Mais quelle sorte de monstre est cet homme ? L'Église ne peut tolérer autant d'horreur !

Le pape se lève soudainement, repoussant dom Mestrany venu l'aider, le faisant presque trébucher.

— Je suis coupable autant que cet assassin, martèle Pascal. J'ai fermé les yeux sur ses crimes car je pensais me battre pour la foi chrétienne, pour le maintien du dogme…

— Sans doute les Gardiens possèdent-ils maintenant la cinquième et dernière bague. La guerre est terminée…

Le pape s'est planté devant un miroir et s'examine à la lueur d'une chandelle. Toute la partie droite de son corps est boursouflée, nécrosée.

— Je mérite le mal dont je souffre, dit-il avec dégoût. Regardez, ma chair est à l'image de mon âme, aussi immonde, vérolée, pourrie !

— Commençons à préparer notre retour. Dès que le tueur vous aura permis de recopier le dernier des Saints Signes, nous nous mettrons en route.

— Ce n'est pas en mon palais que je veux aller pour l'heure. Faites apprêter ma roulotte et retenez six soldats : nous partons sur-le-champ pour Troyes.

— Pour Troyes ? s'étonne dom Mestrany. Vous voulez dire que… ?

— Ne discutez pas, dom Mestrany, nous avons du chemin à faire jusqu'au palais du comte Hugues de Champagne.

10

Le baiser

Je veillais Maurin dans la chapelle Saint-Jean du palais d'Hugues. Mon cœur et mon esprit n'étaient que pierres gelées...

Dans la cour, Ferrer, Schelomet et Eliphas, plantés sous la pluie, sont tournés vers la chapelle. Derrière ses vitraux naïfs, d'instables chandelles diffusent une lueur incertaine.

— Cela fait des heures qu'il est seul avec la dépouille de Maurin, se lamente l'architecte.

— Je n'ose pas aller le déranger, dit Ferrer, mais je crains qu'il ne perde la raison sous le poids d'une telle peine.

— Pourquoi le tueur a-t-il épargné le fils de maître Rogemourd et non celui de notre ami ? demande Eliphas.

— Les Gardiens du Sang ont sans doute compris que Maurin était un descendant de la lignée des « Païens », avance Schelomet. Leurs clercs ont dû déchiffrer les quelques légendes qui évoquent la branche directe de Jésus ainsi nommée. C'est pourquoi il a été tué.

Un cri dans leur dos. Une plainte douloureuse.

Les trois hommes se retournent.

Titubant, le comte Hugues est sorti de ses appartements, une fourrure passée sur son torse nu, les pieds chaussés à la diable, hagard, titubant. Constance tente de le retenir, en vain. Le chevalier avance, avance sans rien voir…

— Tu tiens à peine debout, mon chéri. Et tu n'as rien sur le corps. Retourne te coucher, je t'en prie…

Hugues continue d'avancer comme un automate, manquant de s'écrouler à chaque pas, se dirigeant vers la chapelle. Impuissante, Constance s'accroche inutilement à lui.

— Je veux le voir… l'embrasser…

Nul ne peut arrêter le comte qui bouscule ses trois amis, obligés de s'écarter pour le laisser passer. Constance s'est arrêtée, consciente qu'elle ne parviendrait pas à le retenir.

— J'ai eu grand tort de lui apprendre l'affreuse nouvelle quand il s'est réveillé, explique-t-elle. J'aurais dû attendre le petit matin. Il s'est évanoui quand je le lui ai dit, puis, à peine avait-il repris connaissance, il a bondi hors de son lit comme un dément.

Parvenu à la porte de la chapelle, Hugues y tambourine de son bras valide, tel un ivrogne, frappant du poing à tout rompre.

— Payns, ouvre-moi… Ouvre ! C'est moi, Hugues !

Au bout d'un certain temps, la porte s'entrouvre sur le visage blême et creusé de Payns.

— Hugues… Comment peut-on survivre à tant de malheurs ?

— En laissant ses amis en prendre une part à leur compte.

Le comte se glisse dans la chapelle. La porte est refermée derrière lui.

S'habituer à l'ombre… Discerner le corps de Maurin allongé sur l'autel, l'épée de son père posée sur son ventre…

Avancer… les pieds s'enfonçant dans la pierre gelée des dalles aussi mollement que dans un sable boueux. Avancer et regarder cet enfant qui dort, les joues rondes, les paupières transparentes, l'or un peu roux de ses cheveux se mouvant dans le faible éclat des chandelles.

— Je lui ai joint les mains sur mon épée, comme un chevalier… Je lui avais promis de lui apprendre de nouveaux coups, des esquives… Il était las de s'entraîner sur son mannequin de paille.

— Mon ami, mon tendre ami… Que te dire avec des mots ?

Hugues prend Payns dans ses bras, le serre contre lui, son moignon passé autour de son cou. Et ce sont deux noyés qui s'accrochent l'un à l'autre, leurs poitrines se pressant, mêlant les battements de leurs cœurs.

Ils demeurent longuement ainsi, dans leur chaleur.

— Embrassons-nous, mon frère, dit Hugues.

Ils joignent leurs lèvres.

Puis, alors qu'ils se désunissent, le comte ajoute :

— Et pleurons.

— Je ne veux plus pleurer, Hugues. Je veux me battre ! Tuer… Tuer à en être couvert de sang !

— Nous avons échoué, Payns… Les Gardiens nous ont arraché ceux que nous aimions et nous ont volé les Saints Signes. Notre combat est fini.

— Non ! Il ne fait que commencer. Cette épée a été consacrée par le sang de mon fils. C'est avec elle que je percerai le flanc de l'homme à la hache.

Payns retire délicatement l'épée des mains de son fils et l'élève au-dessus de lui en disant :

— La Loge Première possède le corps de Jésus et Eliphas ne pense pas que le secret d'I.N.R.I. puisse être découvert aisément. Nos ennemis sont loin de détenir les connaissances que la Tradition nous a léguées. Mais si tel ne devait pas être le cas, si les Gardiens du Sang s'emparaient un jour du Christ ou approchaient son Secret, cette épée les massacrerait.

— Tu me fais peur, Payns… Tu divagues. Nous ne sommes que d'humbles mortels et nous ignorons comment se comporteront dans l'avenir les frères de la Loge Première. La Tradition disparaîtra peut-être avec le temps.

À l'aube, je poursuivais toujours ma veille avec Hugues qui somnolait parfois, épuisé par les drogues lénifiantes qu'il avait absorbées…

11

Trois croix de sang

Ma méditation fut interrompue par des coups frappés à la porte…

— Messires Hugues et Payns, il y a là un voyageur inconnu qui souhaite s'entretenir avec le comte. Il a un message à lui remettre, et dit qu'en le voyant le comte comprendra.

Payns entrouvre la porte de la chapelle. Un garde lui tend un pli.

— Pardonnez-moi de vous déranger, seigneur Payns. Mais le voyageur insiste en affirmant que sa visite est de la plus haute importance. Tenez.

Le comte a quitté son banc, il s'approche de son ami en titubant, les yeux bouffis d'un mauvais sommeil.

— Excuse-moi ; je devais dormir. Que se passe-t-il ?

Payns lui tend la dépêche.

Sur la feuille de vélin pliée en deux ont été tracés quatre des Saints Signes.

— Par saint Jean, s'exclame Hugues, as-tu remarqué ?

— Oui, il s'agit du pape, naturellement. Ouvre vite son billet…

Le comte s'exécute vivement et maladroitement, puis lit tout haut :

— *Je viens vers vous en pénitent, messire. Je me présente en pécheur face à vous et me soumets ce jour à votre jugement en toute humilité. Pascal.*

Les deux hommes sortent de la chapelle. Le souverain pontife est dans la cour, vêtu d'une robe noire et d'un vulgaire manteau de toile écrue. Il est chaussé de sandales ; la fraîcheur matinale a violacé ses gros orteils nus.

Les deux chevaliers remarquent aussitôt que l'homme a maigri. Ses flasques bajoues se sont affaissées et pendent comme des bourses vides. Ses orbites sont creusées, sombres ; des yeux fiévreux y brillent. Les mains jointes sur sa poitrine tremblent. La droite est couverte d'une lèpre hideuse.

Pascal n'aurait jamais cru possible que deux hommes puissent exprimer autant de haine par leurs regards. Une aversion dirigée contre lui, l'atteignant en plein cœur, soulevant en lui un remords brûlant. Un ardent désir de résipiscence.

Il tombe à genoux aux pieds de ses victimes et incline la tête.

— Je m'agenouille devant vous tel un pénitent, messires. Je renonce à m'opposer à vous. Je fais acte d'allégeance et de contrition. Désormais, je m'engage à ce que l'Église ne vous tourmente plus…

Il frappe par trois fois sa poitrine et dit :

— *Miserere mei*[1].

Payns a fait un pas. Il gifle le souverain pontife. Une gifle violente, surprenante, brutale. Qui le déséquilibre, l'obligeant à poser une main au sol pour ne pas tomber de côté.

Les larmes aux yeux, le pape se redresse, relève le menton.

— Je mérite votre haine et votre châtiment, seigneur Payns. Vous avez perdu votre famille dans cette guerre alors que j'y ai perdu mon âme, ce qui est bien peu ! Mais je vous assure que je suis venu parler de paix.

— De paix ? réagit Payns d'une voix dure. Je vous croirai si vous consentez à me donner un gage de votre bonne foi.

— Demandez, et je vous le donnerai.

— Nous allons entrer dans cette chapelle où repose la dépouille de mon fils. Je vous ferai étendre la main droite au-dessus de son cœur et vous nous direz ce que nous voulons savoir.

— Je vous suis…

Arrivé devant l'autel sur lequel est allongé l'enfant qui paraît dormir, Pascal est pris d'un malaise, mais se ressaisit aussitôt. Livide, il obéit à l'injonction de Payns et pose sa main droite sur le cœur de Maurin.

Hugues s'est adossé à un pilier.

— Nous voulons que vous nous livriez le Gardien du Sang, dit Payns, ce tueur qui brise ses victimes à coups de hache.

1. Ayez pitié de moi.

Peu après, nous ressortîmes de la chapelle et le pape attendit près de sa roulotte que je lui apporte le remède devant le guérir de son empoisonnement. Nous avions conclu un accord sacré.

Puis je partis à mon tour, seul. Je laissai Maurin sur l'autel de la chapelle. Je demandai qu'on le veille pendant mon absence.

Hélène et Constance pensaient que j'étais devenu fou pour abandonner ainsi mon fils. Et c'est ce que j'étais ce matin-là : fou ! Fou de haine et de vengeance à assouvir.

J'avais volontairement choisi une robe et un manteau blancs, car je savais que je les tacherais du sang de l'homme à la hache.

*

* *

De retour au palais épiscopal, le pape monte aussitôt dans ses appartements, dom Mestrany sur ses talons, silencieux.

Une fenêtre est ouverte. Pascal soupire, devinant et redoutant à la fois la présence du tueur dans sa chambre.

— Il s'est introduit chez moi, comme à l'ordinaire. Pareil au damné chat de sabbat qu'il est !

Mais l'homme à la hache n'est ni dans la chambre ni dans le cabinet de travail.

— Regardez, Saint-Père !

Sur une table, on a planté un poignard pour retenir une feuille de vélin. Pascal s'en approche.

— Il ne m'a pas attendu. Voyez, dom Mestrany…

Il a recopié lui-même le dernier Signe. Et il a ajouté une phrase… *Ad vitam aeternam.* Pour la vie éternelle… Ce démon ne manque pas de cynisme !

Il froisse rageusement le message, dont il fait une boule qu'il jette au feu.

— Vous renoncez donc ? fait mine de s'étonner dom Mestrany.

— Je me suis accordé avec les Champenois. Ils ne révéleront pas le Secret de Jésus tant que l'Église les laissera en paix. J'espère que mes successeurs maintiendront cette alliance et n'écouteront plus trop les Gardiens du Sang. Notre monde ne tiendra que par ce fragile équilibre. Les hommes ont besoin de croire. Ils n'accepteraient pas l'épouvantable fatalité de la mort s'il n'y avait pas de Dieu. S'il n'y avait plus d'espoir !

— L'enseignement du Christ ressuscité, notre foi en lui, notre culture, tout cela est ce qui nous rend civilisés…

— J'envie votre foi, dom Mestrany. Une belle foi chevillée au corps, simple et évidente. Bien loin de la mienne, corrompue par les calculs, les plans, la politique !

Tout en parlant, le pape a sorti de sous son manteau un petit flacon de verre bouchonné d'un liège que muselle une mince ficelle.

— Cette fiole, Saint-Père !

Pascal répond presque évasivement en élevant le flacon à hauteur de ses lèvres :

— Ah, cela ? C'est l'antidote que m'a remis le chevalier Payns. Je devrais être guéri en moins d'une semaine.

— Et vous, que lui avez-vous offert en échange ?

Pascal esquisse un mince sourire.

— Je lui ai livré celui qui a détruit sa vie. Et l'assurance d'un avenir où la Loge Première et l'Église apprendront à cohabiter.

Tandis que je chevauchais en direction de l'abbaye d'Hautvillers, où je savais trouver le tueur, je repensais au pape qui, après m'avoir appris ce que je désirais et s'être engagé à ce que l'Église cesse de harceler les frères de la Loge Première, avait longuement pleuré sur le cadavre de Maurin avant de s'agenouiller à nouveau et de me baiser la main droite. Ses larmes avaient coulé entre mes doigts. Et il s'était mis à prier, tout bas.

C'était à Dieu qu'il demandait pardon. C'est Dieu qui le jugerait.

L'abbaye est située au cœur même du village, bâti sur le flanc d'une colline dominant la Marne. Quelques vignes grusinent une terre crayeuse et se heurtent souvent à d'épais et sombres bosquets.

La pluie a raviné le sol, dans lequel elle a creusé de profonds sillons. Au loin, dans la brume qui s'appesantit au creux de la vallée, retentissent des aboiements et quelques cris d'oiseaux.

Payns a sauté à bas de son cheval et en a attaché les rênes à un anneau ancré dans un gros mur de pierre. Puis il frappe à la lourde porte de bois noir.

Il n'attend guère avant qu'un moine vienne ouvrir le judas et montrer une tête craquelée comme une vieille pomme blette.

— Oui, messire ?

Le chevalier lui fourre sous le nez un document.

— Reconnaissez-vous ce sceau ? C'est celui du pape Pascal. Lisez le message et obéissez à son ordre.

— Ma foi, c'est beaucoup d'honneur pour un modeste moine que de lire une lettre du pape !

L'homme plisse les yeux et déchiffre le message en faisant bouger ses lèvres à la manière d'un lapin.

— Oui, oui… Je comprends.

La porte est ouverte. S'effaçant pour laisser entrer Payns, le capucin ajoute :

— Vous le trouverez dans la chapelle. Il a pris son bagage et se prépare à nous quitter. Il nous a dit qu'avant il souhaitait qu'on le laisse prier. Et qu'il s'en aille, ma foi, ne nous coûtera guère ! C'est une figure bien peu aimable…

Payns ne l'écoute déjà plus. Sous le regard de quelques moines qui s'interrogent, le voyant traverser le jardin l'épée à la main, il avance à grandes enjambées, courant presque, le corps et l'esprit tendus par la haine.

Son manteau blanc s'anime autour de lui en claquant, lourd de pluie et de la boue des chemins.

Dans la chapelle, l'homme à la hache est allongé face contre terre, bras en croix. Ses bagages ont été déposés, ainsi que son arme, au pied d'un grand crucifix de bois, non loin de l'autel.

— *Sanguis Domini nostri Jesu Christi custodiat animam meam in vitam aeternam. Amen*[1].

Ses lèvres murmurent dans la poussière fraîche du

1. Que le Sang de Notre-Seigneur Jésus-Christ garde mon âme pour la vie éternelle. Ainsi soit-il.

grossier dallage, sur lequel sa langue vient bientôt se poser pour le lécher longuement, s'écorchant à son grain.

Cette caresse l'échauffe, et le goût de sang qui est apparu dans sa bouche appelle le plaisir.

Yeux clos, il accentue la force de son baiser, se plaisant à s'entendre soupirer tandis qu'une pointe de jouissance lui fouille les reins.

— *Praesta meae menti de te vivere, et te illi semper dulce sapere*[1].

Comme il aime cette pierre que les semelles des moines ont tannée ! Cette pierre contre laquelle il se presse mieux qu'il ne le ferait contre le corps d'une femme. Une femme…

— *Me immundum munda tuo Sanguine : cujus una stilla salvum facere totum mundum quit ab amni scelere*[2].

Quelle femme aurait pu lui apporter autant de volupté ? Les rares qu'il a enlacées ne lui ont laissé que des souvenirs de cendre et d'humiliation.

Son sexe, capable de se soulever à l'écoute d'une prière ou d'un chant intense, sous les coups de fouet, la morsure du froid et le jeûne, ne s'est que piteusement conduit en présence d'une chair tiède en demande.

Il les entend encore, ces gueuses rougeaudes. Il les entend railler la dague consternante qui pendait entre ses cuisses !

---

1. Faites que mon cœur vive de vous, et qu'en vous toujours il trouve ses délices.

2. Que votre Sang, dont une seule goutte peut effacer tous les péchés du monde, lave les souillures de mon âme.

Alors il les battait. Il réprimait leurs brocards en les étouffant dans leurs gorges blanches. Il les rouait de coups, quand il ne les tuait pas. Quand il ne les éventrait pas.

Il se souvient de celle dont la trop grande beauté l'avait empêché d'espérer la moindre manifestation de virilité. Il avait pleuré devant sa propre impuissance et ses larmes avaient redoublé le dédain de la donzelle, dont les seins nus s'agitaient en d'interminables éclats de rire.

Il lui avait ouvert le ventre d'un coup de hache et avait assisté à son lent trépas, ses boyaux palpitants s'étalant sur ses cuisses souillées de sang.

Les grands yeux bleus de la fille, d'abord horrifiés, s'étaient lentement noyés dans une acceptation de son sort, rivés sur les siens. Et c'est ce regard qu'il avait apprécié. Cette plongée en son âme qui s'éloignait doucement, pareille à un vent d'été à la fin d'une journée trop chaude.

La vie quittait la femme immolée, assise sur la terre battue de sa demeure.

Là, il avait joui.

Dieu, pourquoi sa mémoire lui rappelle-t-elle aujourd'hui toutes ces images ?

Pourquoi la porte de la chapelle s'ouvre-t-elle avec une telle violence pour laisser apparaître une haute et maigre silhouette blanche que la lumière, dans son dos, transforme un instant en ange ?

Il se redresse, s'agenouille, plisse les yeux.

— Payns ? Le pape m'a donc trahi !

Il se relève, recule. Il lui faut empoigner sa hache.

Payns avance.

— En effet, le pape t'a donné. C'est ce qu'il aura fait de meilleur dans sa vie ! Il a réalisé toute l'horreur de son alliance avec les Gardiens du Sang… Avec un monstre tel que toi.

— Tu es venu me tuer ! Et me reprendre les Saints Signes. Tu arrives trop tard, je les ai confiés à l'un de mes hommes qui est déjà en route pour Rome.

Puis, saisissant le manche de sa cognée :

— Décidément, tu auras été bien malchanceux dans cette affaire, chevalier. Quelle pitié ! Je penserai et prierai pour toi lorsque je t'aurai tué.

Payns avance encore. La pointe de son épée griffe le sol en émettant un feulement acide.

— J'ai fait une promesse à mon fils : celle de te transpercer la poitrine de mon épée et de tremper mes vêtements dans ton sang. Son âme ne sera en paix que lorsque tu auras quitté cette terre.

— Infortuné enfant qui ne sera jamais soulagé…

Il se jette sur le chevalier, hache tournoyant au-dessus de sa tête. D'une seconde à l'autre, son visage est passé de l'innocence à la cruauté, déformant ses lèvres sensuelles en grimace obscène, embrasant ses yeux pâles d'une flamme malveillante.

Payns a anticipé l'assaut et préparé son esquive. Il se fend en souplesse, évitant la lourde lame, qui s'abat sur l'autel pour y fracasser le tabernacle, dont marqueteries et dorures volent en éclats.

L'épée du Champenois a jailli pour atteindre le tueur à la taille, mais ce dernier élude l'attaque d'un pas de côté vif et souple.

Un temps. Les deux hommes se défient du regard.

De la sueur commence à couler sur le front de l'assassin.

— À qui penses-tu, Payns ? gabe-t-il. À tes frères, à ton fils ? Ou bien à ta femme et à ta fille ? Pour qui éprouves-tu le plus de douleur ?

Payns est trop fin bretteur pour se laisser déstabiliser par de telles pointes. La voix de miel n'atteint pas son but. Elle n'attise pas sa colère.

C'est de haine, uniquement de haine, que le chevalier doit se nourrir pour massacrer son adversaire.

L'homme à la hache a compris que ses sarcasmes étaient vains. Il se précipite dans un nouvel assaut encore plus violent, plus brutal. En hurlant.

Payns courbe l'échine, la hache passe juste au sommet de son crâne ; il la sent lui frôler les cheveux. Alors que le tueur s'apprête à frapper de plus belle, l'épée du chevalier, sans qu'il l'ait vue surgir, le touche à l'épaule gauche.

— Juste un peu de sang, remarque-t-il en jetant un coup d'œil à sa blessure.

— Ce n'est que le début, dit Payns. C'est tout ton sang que je suis venu chercher. Je vais te saigner comme un porc. Te vider !

La voix du Champenois s'est transformée. L'homme à la hache a fait un pas en arrière comme s'il avait été frappé. La voix…

— Je repartirai d'ici avec la sereine satisfaction d'avoir accompli mon devoir, poursuit Payns de sa voix dont les intonations gutturales semblent se parer de sourdes résonances.

« Mais est-ce réellement sa voix ? » se demande le tueur qui ne parvient pas à dominer sa frayeur, les muscles de ses cuisses se tétanisant, ses mains s'alourdissant.

« Il me paralyse par sa voix ! Il m'empoisonne l'esprit ! Que dit-il maintenant ? Je l'entends mais ne le comprends plus. Quelle langue emploie-t-il ? »

Les lèvres de Payns articulent des syllabes graves qui se succèdent en interminables échos.

L'homme à la hache cherche à se ressaisir, aspire une longue et abondante goulée d'air, crispe ses doigts sur le manche de sa cognée, toute sa volonté contraignant ses sens à se délier du piège qu'a tissé ce sorcier de Champenois autour de lui…

Pourtant, cette voix…

— Mon Dieu… Ce n'en est pas une ! Ce n'en est pas deux ! Mon Dieu !

Une terreur hideuse, poisseuse, se répand dans ses veines et enserre son cœur.

— Combien ?

Car le tueur vient de comprendre pourquoi il ne saisissait pas ce que psalmodiait Payns. Il connaît maintenant la raison des divers accents de ses litanies…

Par sa bouche parlent les morts ! Par sa bouche s'expriment ses morts !

Arcis de Brienne, Basile le Harnais, Geoffroy de Saint-Omer, Typhaine, Émeline, Maurin… Ils l'ont accompagné et le soutiennent dans sa mission de vengeance.

« Ce qu'on disait du chevalier était donc vrai ! Un enchanteur et un nécromancien… Mon Dieu ! Le descendant du Christ ! »

L'homme à la hache sent la lame de l'épée pénétrer dans son flanc droit, l'entend briser des os, déchirer des chairs, s'extraire et replonger aussitôt dans sa poitrine, puis dans sa gorge qui bouillonne aussitôt.

— Au nom de mes frères ! dit Payns de sa propre voix revenue. Au nom de ma famille ! Au nom du véritable Christ !

Le jeune tueur est cloué au crucifix. L'acier l'a percé de part en part. Il n'est que plaies et sang.

Un sifflement. Un choc à son poignet droit. Sa main tranchée s'en détache et tombe entre ses pieds. La hache claque sur le dallage.

Son corps mutilé crache tout son sang comme une gargouille. La douleur ne parvient pas à submerger sa stupeur. Hébété, il se laisse glisser le long du crucifix. Pantin brisé, estropié, anéanti, il est devenu lourd, grotesque. Il ne cesse de tomber, son dos s'arrachant aux échardes de la croix. Une chute sans fin durant laquelle, déjà, une épouvantable angoisse l'agrippe comme les serres d'un oiseau de proie, l'attirant dans un gouffre où résonnent les voix de ses victimes.

Il ne cesse de tomber…

Hurlements, criailleries, malédictions.

Encore un sursaut. Un geste ridicule de son bras sectionné qui pisse le sang en direction de la hache. Un réflexe. Le dernier d'un guerrier vaincu.

Payns le domine, le regarde un long moment hoqueter et vomir une bile rouge avant de lui transpercer le cœur d'un geste bref en prononçant :

— Au nom de la Vérité !

La loque sanguinolente s'affale sur elle-même, fœtus géant retournant à l'enfer qui l'enfanta.

Le chevalier met un genou en terre et, de son index

trempé dans le sang de sa victime, trace un triangle sur son front.

— Enfin en mon nom ! Te voici à ton tour marqué au front… du signe de la Loge Première !

Ensuite, les mains entièrement trempées de sang, Payns dessine une première croix sur sa poitrine, une deuxième et une troisième sur chacune de ses épaules.

Il se redresse, épuisé et satisfait, l'esprit enfin libéré de cette boule de haine qui le tuméfiait.

« Désormais, les frères de la Loge Première porteront ces croix sur des robes blanches en souvenir de leurs trois frères sacrifiés : Arcis de Brienne, Basile le Harnais et Geoffroy de Saint-Omer. Et en mémoire de mon combat victorieux contre le fanatisme ! »

Typhaine, Émeline et Maurin, quant à eux, demeureront dans son cœur.

Éternellement…

12

L'avenir

Le soir, nous enterrâmes Maurin dans le cimetière de mon domaine, auprès de sa mère et de sa sœur, à quelques pas de la tombe provisoire de Jésus.

Nous n'étions que cinq : Eliphas, Schelomet, Ferrer, Hugues et moi, vêtus de robes blanches sur lesquelles nous avions tracé des croix rouges aux épaules et sur la poitrine.

Émeric était parti plus tôt en forêt d'Orient afin que le chantier demeure sous la surveillance d'un frère de la Loge Première.

Nous formâmes la Loge pour célébrer la cérémonie et je prononçai la phrase rituelle :

— Puisqu'il est l'heure et que nous avons l'âge, ouvrons nos travaux...

Je ne pus poursuivre, tant mon chagrin était grand. Hugues officia à ma place alors que nous nous tenions en cercle autour de la dépouille de Maurin, nos mains unies.

La pluie avait cessé depuis longtemps et une fin de journée ensoleillée avait réveillé de douces exha-

laisons d'herbe et de terre : une bonne odeur sucrée que la nuit approchant piquait de fraîcheur.

Le parfum de ma propriété...

L'été viendrait. Émeric se chargerait des travaux des champs avec les saisonniers que j'employais habituellement. Je demanderais à une femme du village de venir préparer les repas pour mes gens...

Je savais déjà que ma famille me manquerait douloureusement, que chaque geste que je ferais me la rappellerait. Ces gestes du quotidien que je dessinerais dans l'espace vide de ma solitude.

Et Maurin ne courrait plus derrière le cul des poules pour amuser Émeline. Typhaine ne m'accompagnerait plus au clos de Grouin, aux vendanges. Ma petite fille ne m'interrogerait plus à tout propos, toujours curieuse, sans cesse insatisfaite de mes réponses.

Hugues parlait ; je ne l'entendais pas. J'écoutais les innombrables bruits du soir. Minuscules pour la plupart. Persistants comme ceux des sauterelles, monocordes et essoufflés comme ceux des crapauds de la mare vaseuse qui s'étendait derrière les écuries. Puis les brefs appels d'un hibou grand duc que j'avais parfois vu perché sur une branche basse du vieux pommier. Quelques aboiements de mes chiens, les derniers caquetages des poules, les grognements las des porcs...

Je laissais bercer ma peine par cette musique désordonnée. Mais j'émergeai de ma mélancolique rêverie quand Hugues me dit qu'il était temps de placer la dépouille de Maurin dans la tombe.

Je m'y employai avec l'aide de Ferrer.

Schelomet empoigna ensuite une pelle et commença à combler la fosse.

Lorsque mon ami en eut terminé, Eliphas prononça :

— *Par I.N.R.I.* Igne Natura Renovatur Integra.

Je repensai à la liqueur noire qui reposait dans un vase du laboratoire de Troyes. Le Sang du Christ ! Je regrettai qu'il n'eût pas encore atteint sa sublimation...

Eût-il été actif, je l'eusse introduit dans l'organisme de Maurin ! Car Schelomet m'avait expliqué par quel procédé on devait l'infiltrer dans les veines. Une canule, un tube... La liqueur aurait envahi tout le système sanguin de mon fils pour lui redonner vie.

— *Nous allons rester avec toi, me dit Hugues.*

— *Votre présence me sera effectivement un tendre réconfort, répondis-je avec reconnaissance.*

Nous passâmes toute la nuit à veiller, évoquant le souvenir de nos défunts. Nous bûmes beaucoup, et c'est sans doute à cause de l'état d'ébriété dans lequel je me trouvais à l'aube que je pris la plus impensable des décisions.

L'avenir... Je me projetais dans l'avenir, promettant à mes quatre frères que la Loge Première ne s'effacerait jamais de la surface de la Terre, leur prédisant qu'elle bénéficierait d'une existence éternelle.

Certes, comment aurais-je pu me douter alors qu'à ma demande un concile se tiendrait à Troyes dix-sept ans plus tard ? Et qu'à cette occasion le pape Honorius II reconnaîtrait officiellement l'ordre du Temple, dont je serais le premier grand maître ?...

Plus tard !

Que je deviendrais cette figure légendaire, initiatrice de l'une des plus prodigieuses épopées humaines...

*
* *

Le pape s'en était retourné. Juin s'achevait dans une claire lumière d'été. Il ne pleuvait plus depuis mai, et la terre commençait à se craqueler autour des marais de la forêt d'Orient.

Eliphas avait fait abattre la palissade qui encerclait l'île ; il avait fait creuser le puits menant à l'hypogée où nous allions inhumer les restes de Jésus, le frère Premier.

Nous avions congédié tous les ouvriers ; le comte avait chargé une poignée d'hommes de confiance de garder les lieux. Ainsi étions-nous rassurés, des patrouilles arpentant les digues et surveillant les abords du chantier.

Le pape n'ignorait pas que Jésus reposerait dans cette forêt, mais il m'avait fait le serment qu'il ne tenterait rien pour retrouver son Tombeau. Je l'avais cru. Il ne chercherait pas à entreprendre des fouilles, mais je redoutais que les Gardiens du Sang ne s'affranchissent de la tutelle de l'Église et ne veuillent poursuivre leur combat...

Nous avions choisi la date du vingt-quatre juin pour ensevelir le Christ : le jour de la fête de saint Jean-Baptiste, qui baptisa Jésus après avoir annoncé sa venue à ses proches.

Le soir, un cortège constitué d'Émeric, Hugues, Eliphas, Ferrer, Schelomet et moi emprunta un étroit chemin qui sinuait à travers la forêt. Nous avions placé le corps du Christ dans une charrette bâchée.

Eliphas avait accompli des prouesses ; il avait fait réaliser en très peu de temps l'escalier hélicoïdal – dont Arcis avait conçu une partie des plans – permettant d'atteindre la niche funéraire dans laquelle nous descendîmes le frère Premier ; nous le couchâmes dans un cercueil de pierre qui, une fois refermé par une épaisse dalle, serait totalement hermétique.

Nous restâmes longuement devant le Tombeau, méditant sur l'aventure qui trouvait ici sa conclusion.

Comme la présence de Maurin à mes côtés me manquait !

Nous formâmes la Chaîne d'union et je prononçai :

— Quod est inferius est sicum quod est superius[1]…

Hugues ajouta :

— Quod est superius est sicut quod est inferius ad perpetranda miracula rei unius[2].

Deux phrases du rituel de la Loge Première…

Avant de sceller le cercueil de pierre, je déposai sur la poitrine du Christ son testament, protégé dans un sac de cuir.

Émeric dit :

— *Qui pourrait découvrir ce tombeau lorsque nous aurons immergé cette partie de la forêt ?*

---

1. Ce qui est en bas est comme ce qui est en haut.

2. Ce qui est en haut est comme ce qui est en bas, pour accomplir les miracles d'une seule chose.

— Les Gardiens du Sang ne s'avoueront pas vaincus, remarquai-je. Il est à craindre qu'ils ne le recherchent inlassablement.

Eliphas nous rassura :

— Ceux qui violeraient cet endroit seraient pris au piège que je leur ai tendu. Un mécanisme a été conçu pour que la voûte de la crypte se referme peu après son ouverture. De plus, pour parvenir à pénétrer dans cet endroit, le visiteur devrait utiliser l'Anneau...

Eliphas nous expliqua qu'il avait conçu un dispositif qu'il mettrait en fonction dès que nous aurions quitté la crypte après en avoir condamné l'accès.

Il s'agissait d'un système d'engrenages très précis que seul le poids de l'Anneau pourrait actionner. Il suffisait de le placer dans une gorge circulaire de diamètre identique. L'Anneau serait reçu par un plateau de bronze qui réagirait sous son poids – et seulement sous son poids. Le plateau s'abaisserait jusqu'au cran d'une roue qui enclencherait alors l'ingénieuse machinerie créée par Eliphas.

— Il nous reste une dernière tâche à accomplir, dis-je.

Nous remontâmes à la surface et j'entraînai Ferrer et Schelomet vers les digues après que nous nous fûmes munis de masses. Nous prîmes chacun position devant une vanne.

Nos autres frères regagnèrent la berge.

— Nous aurons très peu de temps pour nous mettre à l'abri dès que nous aurons ouvert les écluses, fis-je à Ferrer et Schelomet. Êtes-vous prêts ?

— Donne le signal, Payns.

Nous étions tous trois espacés de trente bons pas.

— Allez ! lançai-je.

Et je frappai de toutes mes forces sur la cheville qui maintenait la vanne fermée. La pièce de bois sauta ; l'empellement s'ouvrit brutalement.

Mes compagnons firent de même. L'eau contenue dans les étangs servant de réservoirs s'écoula aussitôt à grands flots dans le bassin où nous avions creusé le puits.

Ferrer, Schelomet et moi courûmes rejoindre nos amis sur la berge. Dans peu de temps, les digues seraient recouvertes.

L'eau des marais, longtemps retenue par les estacades, envahit le chantier, s'engouffra dans le Tombeau, plongea dans le puits...

Bientôt il n'y eut plus qu'un grand lac étale ; à sa surface miroitaient les derniers feux du soleil, que nous regardâmes s'effacer lentement en silence.

J'eus la vision de Jésus reposant désormais dans son sépulcre auprès de notre frère Geoffroy, protégé par l'eau de la forêt d'Orient. Jésus entre la vie et la mort, dans cet état miraculeux qui préservait un peu de sa chair et de sa conscience. De son âme.

Dormait-il ? Vivait-il ?

Je savais seulement qu'il attendait...

*
* *

Cela se passa il y a longtemps. Si longtemps que je ne suis plus certain de me souvenir avec précision des événements. Il m'arrive parfois de confondre quelques faits ou de ne plus savoir les situer dans leur ordre chronologique.

C'est pourquoi j'ai pris l'habitude d'écrire mon journal. Certes, je ne le publierai jamais, car je suis conscient que l'on me prendrait pour un imposteur ou pour un dément.

Je vis toujours dans mon domaine, près de Troyes. Ma demeure ne ressemble plus guère à l'originelle. Mais j'ai conservé le petit cimetière et sa chapelle, et me rends quotidiennement sur les tombes de Typhaine, Émeline et Maurin.

Mes promenades me conduisent souvent en forêt d'Orient, dont je ne suis plus le propriétaire ; je passe des heures devant le petit lac où, l'été, viennent parfois se baigner des enfants. J'aime les entendre et les regarder, car ils me rappellent ma fille et mon fils. S'étonnent-ils de ma présence triste et silencieuse ? S'interrogent-ils au sujet de cet homme sombre qui se plaît à les voir jouer ?

Après leur départ, je reste encore longtemps sur la berge du lac, tentant de me remémorer les images du chantier... J'apprécie que le soir m'engourdisse de sa fraîcheur en apaisant ma peine.

La forêt est devenue ma thébaïde ; j'en connais le moindre bruissement, le plus infime souffle. Elle est en moi, pareille à une seconde âme, plongeant sa multitude de racines dans ma chair.

Mon sang la nourrit. Mes rêves l'animent. Elle me parle.

Voix de vent, de feuillage, de clapotis et de craquements. Voix des morts qui la hantent et que je suis seul à percevoir.

J'ai perdu le sommeil. Mes nuits sont devenues de longues déréliction où s'égare ma raison.

Ferrer, Schelomet, Eliphas, Hugues et moi avons changé de nom. Je m'appelle aujourd'hui Henri Payens. Je suis historien et écrivain. Après avoir exercé d'innombrables métiers ! Avant d'en exercer une multitude d'autres...

Mon fidèle Émeric n'est plus. Il a refusé le pacte que nous lui avions proposé ; il a préféré vivre selon la loi de la Nature. Et mourir.

Nous ne sommes donc plus que cinq.

Hugues a sacrifié son amour et, jadis, a enterré Constance avec un chagrin que je n'ai jamais plus vu chez aucun homme. Une peine inhumaine.

Dame Hélène est morte dans sa soixante-dix-septième année et nous l'avons pleurée longtemps avant qu'elle ne prenne doucement sa place parmi tous les fantômes de notre mémoire.

Je me dois d'avouer que j'ai oublié le son de sa voix, la forme de son visage, l'éclat de ses yeux... Alors qu'après quelques années de veuvage je m'étais épris d'elle !

Notre vie ressemble à un long automne. Une éternelle attente. Car nous sommes devenus ces cinq hommes sans âge qu'une indolente patience a mûris.

Nous assistons en témoins immobiles aux sursauts de ce monde brouillon où le frère ne cesse de s'opposer au frère. Las d'avoir trop longtemps rêvé d'amour et de fraternité, nous avons fait de notre désillusion notre dernière compagne. Cette maîtresse sèche et stérile a enveloppé notre cœur dans une gangue.

Nous ne pleurons plus jamais.

Nous ne sommes plus que cinq.

Cinq veilleurs. Les cinq derniers Templiers, gardiens du Tombeau de Jésus.

Et dans nos veines coule un sang éternel. Le « Sang du Christ ».

Henri Payens, le 20 décembre 2007.

EXCUSES

Certains faits historiques ont été volontairement tronqués ou librement interprétés au profit de la trame romanesque. Certains personnages ayant existé ont vu leur destin transformé pour jouer des rôles imposés par l'Auteur.
Il y a deux histoires : l'histoire officielle, menteuse, puis l'histoire secrète, où sont les véritables causes des événements... (Honoré de Balzac.)

D.C.

Table

PREMIÈRE PARTIE
Le voyage à Jérusalem

DEUXIÈME PARTIE
La liste rouge

TROISIÈME PARTIE

Le tombeau d'orient

QUATRIÈME PARTIE

Pour la vie éternelle…

Didier Convard
dans Le Livre de Poche

LE TRIANGLE SECRET

1. *Le Triangle secret* n° 30677

Mon très cher Didier, quand vous écouterez cette cassette, je ne serai sans doute plus de ce monde. Ceux qui me traquent vont bientôt me débusquer et il me reste trop peu de temps pour relater les derniers événements qui m'ont conduit au seuil de la mort... Les tueurs sont sur ma piste depuis bien longtemps... Depuis Jérusalem, certainement. Abandonnez notre quête ! Je vous en conjure ; fermez tous vos livres, brûlez-les et soufflez leurs cendres au vent ! Oubliez tout ce que je vous ai dit au sujet du Christ. OUBLIEZ ! [...] Je vous supplie de détruire cette bande magnétique quand vous l'aurez écoutée. Je vous prie de ne parler de rien de tout cela à personne. Au nom de notre serment de franc-maçon, obéissez-moi, mon frère ! [...] Adieu, mon très cher Didier. Votre ami qui s'est perdu, Francis D. C.

Du même auteur :

LE MANOIR D'ORLEUR, Magnard
À CE CHER ROMUALD, Magnard
LES TROIS CRIMES D'ANUBIS, Magnard
LES DIX PETITS BLACKS, Magnard
LA PETITE BROCANTE INTIME, (collectif), Le Pré aux Clercs
LA PETITE GÉOGRAPHIE INTIME, (collectif), Le Pré aux Clercs
NEIGE, LE SOURIRE DU FOU, Magnard
LE TRIANGLE SECRET, Fayard

Composition réalisée par PCA

Achevé d'imprimer en décembre 2009, en France sur Presse Offset par
Maury-Imprimeur - 45330 Malesherbes
N° d'imprimeur : 152391
Dépôt légal 1re publication : janvier 2010
LIBRAIRIE GÉNÉRALE FRANÇAISE - 31, rue de Fleurus - 75278 Paris Cedex 06

31/2566/3